HEYNE
BÜCHER

SCIENCE FICTION

Ein Verzeichnis aller STAR-TREK®-Romane finden Sie am Schluss des Bandes.

WILLIAM SHATNER
MIT JUDITH & GARFIELD REEVES-STEVENS

STAR TREK

DUNKLER SIEG

Roman

Star Trek®
Classic Serie
Band 104

Deutsche Erstausgabe

WILHELM HEYNE VERLAG
MÜNCHEN

HEYNE SCIENCE FICTION & FANTASY
Band 06/5704

Titel der amerikanischen Originalausgaben
DARK VICTORY
Deutsche Übersetzung von ANDREAS BRANDHORST

Umwelthinweis:
Dieses Buch wurde auf chlor- und säurefreiem Papier gedruckt

Redaktion: Rainer-Michael Rahn

Erstausgabe by Pocket Books/Simon & Schuster Inc., New York

http://www.heyne.de
Printed in Germany 2001
Umschlagbild: Pocket Books/Simon & Schuster, New York
Umschlaggestaltung: Nele Schütz Design, München
Technische Betreuung: M. Spinola
Satz: Schaber Satz- und Datentechnik, Wels
Druck und Bindung: Ebner Ulm

ISBN 3-453-18771-7

Ich habe eine liebe Freundin,
die standhaft, liebevoll, zuvorkommend
und aufmerksam ist,
eine mit der Scholle verwachsene und
auch sehr geistige Frau.
Sie sieht wundervoll aus, und ihre
Arbeit lässt sie schwitzen.
Sie heißt Donna Moore, und ich liebe sie sehr.
Dieses Buch widme
ich jener großartigen Frau.

DANKSAGUNG

Ich danke Judy und Gar Reeves-Stevens, ohne die dieses Buch nicht geschrieben worden wäre.

Ich danke auch John Ordover, ohne den dieses Buch nicht geschrieben worden wäre.

PROLOG

Die Enterprise *hing antriebslos im All, umgeben von den Resten des Transferapparats. Sie wirkte wie ein altes, untergegangenes Schiff, das in einem Grab aus Tang und Schutt ruhte.*

Die Positionslichter des Schiffes brannten nicht mehr. Es zeigte sich kein Glühen an den Warpgondeln. Aber äußerlich wies die Enterprise *keine Schäden auf, und ihre Notstromaggregate lieferten genug Energie, um die Lebenserhaltungssysteme auf dem Basisniveau funktionieren zu lassen.*

Kirk und Picard standen vor dem Hauptschirm der Voyager. *Spock und Teilani leisteten ihnen Gesellschaft.*

»Es tut mir Leid, Jean-Luc«, sagte Kirk. Und er meinte es ernst. Er gehörte zu den wenigen Personen, die um die besondere Beziehung zwischen einem Captain und seinem Schiff wussten. Daher konnte er sich gut vorstellen, was Picard empfand, während er die Enterprise *beobachtete.*

»Schon gut«, sagte Picard zu Kirk. Er lächelte, ein wenig schief zwar, aber die Schatten des Kummers wichen aus seinen Zügen. »Ich habe sie noch immer. Wir haben sie gerettet.«

*Kirk wollte Picard die Hand reichen, aber beide Männer blickten ein wenig verlegen auf die schmutzigen Verbände hinab. Schließlich legte Picard die Hände auf Kirks Schultern. »*Sie *haben sie gerettet«, sagte er. »Und ich danke Ihnen.«*

LaForges Stimme erklang von einer rückwärtigen Sensorstation. »Captain?«

Kirk und Picard drehten sich gleichzeitig um. »Ja?«

LaForge lächelte. »Captain Picard, *Scotty und ich haben*

eine Strukturanalyse durchgeführt. Es gibt keine Anzeichen für eine fehlerhafte Transporter-Synchronisierung.«

»Das ist eine gute Nachricht«, erwiderte Picard. Die von der Explosion des Warpkerns verursachte Subraum-Schockwelle hatte den Transfer der Enterprise *ins Paralleluniversum unterbrochen. Unter gewissen Umständen hätte es durch den vorzeitigen Abbruch des Vorgangs zu einer fehlerhaften Restrukturierung des Schiffes kommen können, aber allem Anschein nach war alles gut gegangen – ein weiterer Sieg.*

Spock blieb skeptisch. »Seltsam«, sagte er. »Ich war sicher, vor der Warpkern-Explosion einen vollständigen Transporterfeld-Effekt registriert zu haben.«

Kirk musterte seinen alten Freund und lächelte. »Wir bekamen es zum ersten Mal mit einem so großen Transporter zu tun, Spock. Bestimmt gibt es technische Unterschiede, von denen wir nichts wissen.«

»Vielleicht«, räumte der Vulkanier ein, doch es klang nicht sehr überzeugt.

Picard sah an der klingonischen Rüstung hinab und schien erst jetzt zu merken, dass er sie immer noch trug. »Ich sollte mich besser umziehen. Die Hilfsschiffe treffen in zwei Stunden ein, und… Nun, dort drüben wartet sicher viel Arbeit auf uns.«

Picard ging zum Turbolift und lächelte auch weiterhin.

Kirk sah ihm nach, froh darüber, dass Jean-Luc noch immer sein Schiff hatte. Gleichzeitig empfand er eine tiefe Zufriedenheit angesichts der Erkenntnis, dass auf ihn selbst andere Missionen warteten.

Teilani umarmte ihn. »Ich möchte, dass du die Krankenstation aufsuchst und dir von Dr. McCoy die Verbände wechseln lässt.«

Kirk sah darauf hinab. Sie waren noch immer die geringste seiner Sorgen. »Später«, sagte er.

»Geh jetzt«, beharrte Teilani. »Ich beabsichtige nicht, die Windeln alle selbst zu wechseln.«

Kirk lächelte, als er an diese ganz besondere Mission dachte. Er konnte es gar nicht abwarten, dass sie begann. Dann bemerkte er, wie Spock zu T'Val sah – vermutlich dachte auch der Vulkanier an Kinder und Eltern. An nicht beschrittene Lebenswege. Die Vorstellung, dass Spock litt, bereitete Kirk Kummer. Er wechselte das Thema.

»Kurz vor dem Angriff der Voyager, *Spock... Sie wiesen darauf hin, Sie und Ihr Äquivalent hätten herausgefunden, wo die unterschiedliche Entwicklung der beiden Universen begann.«*

Spocks Aufmerksamkeit kehrte ins Hier und Jetzt zurück. »Dabei ging es nicht etwa um ein bestimmtes Ereignis, sondern vielmehr um den Zeitpunkt«, sagte er. »Er liegt rund dreihundert Jahre zurück, während des Erstkontakts zwischen Menschen und Vulkaniern. Kate Janeway gab uns einen Anhaltspunkt, als sie meinte, Lake Sloane auf Alpha Centauri IV hieße in ihrem Universum Lake Riker.«

»Bedeutet ein Name einen so großen Unterschied?«, fragte Kirk.

»Nein, aber dabei handelt es sich um eins der ersten Anzeichen einer unterschiedlichen Entwicklung. Der See erhielt seinen Namen von Zefram Cochrane, nachdem er die Erde verlassen und eine Kolonie auf dem vierten Planeten von Alpha Centauri gegründet hatte. Aus diesem Grund konzentrierten wir unsere Untersuchungen auf den Zeitraum des Erstkontakts.«

»Ein solcher Erstkontakt fand in beiden Universen statt?«, fragte Kirk.

»Ja. Und soweit wir uns erinnern können, waren die Umstände identisch. Cochranes erster Warpflug weckte die Aufmerksamkeit eines vulkanischen Raumschiffs, und am nächsten Tag fand der erste Kontakt statt.« Spock wirkte sehr nachdenklich.

»Aber...?«, hakte Kirk nach.

»Bei den Ereignissen nach *dem ersten Kontakt scheint es in den beiden Universen Unterschiede zu geben. Es ist nichts*

Eindeutiges, kein wichtiges Dokument oder ein Zwischenfall, der sich genau bestimmen ließe. Aber in einem Universum – in unserem – teilten Menschen und Vulkanier einen optimistischen Traum, der vorsah, ihre Ressourcen zu kombinieren und den Weltraum zu erforschen. Im Paralleluniversum kam es ebenfalls zur Zusammenarbeit, und es fanden auch gemeinsame Expeditionen statt, aber sie zeichneten sich durch einen starken militärischen Aspekt aus. Man könnte meinen, die am dortigen Erstkontakt beteiligten Personen hätten an eine große Gefahr geglaubt, die irgendwo zwischen den Sternen auf sie wartete. Sie verhielten sich so, als verfügten sie damals über ein geheimes Wissen in Bezug auf zukünftige Konflikte.«

»Welche Art von Konflikten?«, fragte Kirk.

Spock legte die Hände auf den Rücken. »Nun, vielleicht gehen die Unterschiede nur darauf zurück, wie historische Daten aufgezeichnet werden. Möglicherweise steckt nicht mehr dahinter. Aber im Paralleluniversum … als man dort die Borg entdeckte, und zwar viel früher als in unserer Realität … Das Terranische Empire schien damit gerechnet zu haben, ihnen zu begegnen. In der Welt hinter dem Spiegel blieben die Borg nicht lange eine Bedrohung.«

»Wie ist so etwas möglich?«, fragte Teilani.

»Ich weiß es nicht«, erwiderte Spock. »Selbst wenn wir die richtigen Schlüsse daraus ziehen: Vielleicht lässt sich eine solche Wahrheit nie erklären.«

Kirk sah wieder zum Hauptschirm, der nach wie vor die Enterprise *zeigte. In diesem Universum gab es genug Mysterien für ihn – sollten sich andere um die Geheimnisse des Paralleluniversums kümmern. Janeway und T'Val würden in ihren Krieg mit all den technischen Informationen zurückkehren, die Kirk ihnen beschaffen konnte. Der am Bendii-Syndrom leidende andere Spock würde eine Behandlung in dieser Realität erfahren und erst dann heimkehren, wenn ihm keine Gefahr mehr drohte. Und was Kirk betraf … Er wollte sich endgültig ins Privatleben zurückziehen.*

»Was denkst du gerade, James?«

Kirk lächelte und wandte sich der Frau zu, mit der er neues Leben geschaffen hatte. »Möchtest du mich heiraten?«, fragte er.

Teilani musterte ihn mit einem Blick, der bis in seine Seele reichte. Vor ihr konnte er nichts verbergen, was er keineswegs bedauerte.

»Was hast du mit dem Baumstumpf auf Chal vor?«

»Ich zerstrahle ihn mit einem Phaser«, versprach Kirk. »Ich leihe mir einen von Memlons Mutter.«

Teilani lachte. Ein so herrliches Geräusch hatte Kirk seit Wochen nicht gehört.

»Und dann?«, fragte sie. »Nachdem du die Lichtung bepflanzt und uns ein Haus gebaut hast?« Sie sah zum großen Bildschirm, an der Enterprise *und den Plasmastürmen vorbei zu den Sternen. »Was ist mit... den Dingen dort draußen?«*

Kirk blickte ebenfalls hinaus, aber nicht durchs All, sondern durch die Zeit.

Er konnte nichts vor Teilani verbergen. Und er war auch nicht imstande, sie zu belügen.

»Ich weiß es nicht«, entgegnete er. »Vielleicht werde ich Bauer. Vielleicht können wir mit dem Pferd, das ich von Jean-Luc bekommen habe, eine Zucht beginnen. Oder ich kaufe ein kleines Raumschiff, und dann finden wir heraus, wie viele Chals es dort draußen gibt. Du, ich und unser Sohn.«

»Oder unsere Tochter.«

»Alle unsere Kinder.« Kirk lächelte und zog Teilani enger an sich heran, sodass sie den Kopf an seine Schulter stützen konnte. »Ich weiß nicht, was ich machen oder wohin ich gehen werde. Aber eins steht fest: Was auch immer die Zukunft bringt – es betrifft uns beide.«

Teilani lächelte ebenfalls, teilte ihre Liebe mit ihm. Und plötzlich wusste Kirk: Er war von ihr fortgeschickt worden, um etwas zu entdecken, und er hatte es gefunden.

Er kannte jetzt seinen Platz im Universum.

Es war weder eine Welt noch irgendein Ort in Raum und Zeit.

Stattdessen war sein Platz überall, zu jedem beliebigen Zeitpunkt. Solange Teilani bei ihm war.

»Ich liebe dich«, flüsterte sie dicht an seiner Wange.

»Ich liebe dich auch«, erwiderte er ebenso leise.

Ein perfekter Moment.

Und dann heulten Alarmsirenen.

Kirk und Teilani traten sofort auseinander.

»Was ist los?«, fragte Kirk.

»Waffensysteme peilen uns an!«, antwortete T'Val.

Janeway sah auf die Displays der taktischen Station. »Es ist die Enterprise! *Ihre Bordsysteme werden wieder aktiv.«*

»Was?«, brachte Kirk hervor. »Wie ist das möglich?«

»Wir empfangen Kom-Signale«, meldete T'Val.

»Auf den Schirm«, sagte Janeway.

Alle Blicke richteten sich auf den Hauptschirm. Die Enterprise *verschwand aus dem zentralen Projektionsfeld, und ein Bild ihrer Brücke erschien.*

Alle Stationen waren besetzt. Blinkende Indikatoren deuteten auf das volle Funktionspotential der Konsolen hin.

Doch all das spielte keine Rolle.

Weitaus größere Bedeutung kam dem im Kommandosessel sitzenden Mann zu.

Wenn im Kontrollraum der Voyager *jemand nach Luft schnappte, so hörte Kirk es nicht.*

Wenn sich Teilanis Hand fester um seinen Arm schloss… Er spürte nichts davon.

Das Herz schlug ihm bis zum Hals empor.

Ihm stockte der Atem.

Jähe Furcht verbannte alle Gedanken aus ihm, ein Entsetzen, das aus den dunkelsten Winkeln seiner Seele kroch.

Das Gesicht des Mannes im Kommandosessel…

…war sein eigenes.

Und es lachte.

»James T. Kirk«, sagte der Mann. »Ich habe so viel von dir gehört. Und ich verdanke dir noch viel mehr.«

»Die Phaser werden mit Energie geladen«, sagte T'Val.

Kirk versuchte, den Schock zu überwinden. »Wer… bist du?«, fragte er, obwohl er die Antwort bereits kannte.

Der Mann im Kommandosessel der Enterprise beugte sich vor, und das Lächeln in seinem Gesicht kam dem Grinsen des Teufels gleich.

»Du darfst mich… Tiberius nennen.«

Kirk stützte sich an der Navigationskonsole ab. »Warum bist du hier?«

Sein anderes Selbst antwortete so, als sei gerade die selbstverständlichste aller Fragen gestellt worden. »Du hast mir ein Universum gestohlen, James. Ich bin hier, um dir deins zu nehmen.«

»Ausgeschlossen«, sagte Kirk.

»Du hast die Wahl. Deaktiviere die Schilde und ergib dich. Oder du stirbst. Ich gebe dir zehn Sekunden Zeit.«

Imperator Tiberius lehnte sich im Kommandosessel der Enterprise zurück.

Das Warten begann.

1

Das Warten endete …

»Zehn«, sagte der Imperator.

Mehr Sekunden blieben nicht für James T. Kirks Leben.

Hinter ihm auf der Brücke der anderen *Voyager* sprang Kathryn Janeway zur Navigationsstation. Kirk kannte sie gut genug, um zu wissen, was sie plante.

Früher einmal wäre dies auch seine Absicht gewesen.

»Neun.«

Kirk wandte sich vom Bildschirm ab, von seinem anderen Selbst, und rief der Kommandantin der *Voyager* zu: »Nein!«

Spock begriff, worum es dem Captain ging. Er trat vor und streckte die Hand aus, um Janeway mit einem Nervengriff außer Gefecht zu setzen.

Doch T'Val stellte sich ihm in den Weg, jene ausgemergelt wirkende Vulkanierin, die ihn nicht zur Ruhe kommen ließ, das Phantom einer unerforschten Möglichkeit, Tochter eines alternativen Spock und einer anderen Saavik. Eine treue Gefährtin Janeways.

»Acht.«

T'Vals biomechanische Hand kam nach oben, um Spocks Angriff abzuwehren. Janeway erreichte die Kontrollen. Kirk spürte, wie der Warpkern ein Lied sang, das in einem deutlichen Vibrieren des Decks Ausdruck fand.

T'Vals wuchtiger Hieb stieß Spock zur Seite, und anschließend gesellte sich die Vulkanierin Janeway hinzu.

»Sieben.« Tiberius lachte spöttisch. Er beobachtete alles und genoss das von ihm verursachte Chaos.

Kirk beugte sich über die zentrale Flugkontrollkonsole und streckte die Hand nach den Schaltelementen aus. Jäher Schmerz ließ ihn nach Luft schnappen, als er die Sensorflächen berührte.

Vor einigen Stunden hatte eine Transtator-Rückkopplung die Kontrollen des von ihm geflogenen Runabouts zerstört. Es war ihm gelungen, das kleine Raumschiff auf Kurs zu halten und seine Mission zu vollenden, aber der Preis dafür bestand aus verbrannter Haut und gesplitterten Knochen – Kirks Hände steckten in Verbänden.

Er wandte sich an die einzige Person, die imstande war, ihm zu helfen. »Teilani!«

»Sechs.«

Erst eben hatte sie sich bereit erklärt, Kirks Ehefrau zu werden. Vor einem guten Monat, auf einer friedlichen Lichtung des Planeten Chal, hatte ihre Liebe ein Kind gezeugt, das nun in ihr heranwuchs.

Jetzt wurde Teilani zu der Kämpferin, die Kirk brauchte, um ihres Kindes und ihrer Zukunft willen.

Teilani, Tochter von *Qo'noS* und von Romulus, klingonische Kriegerin und romulanische Taktikerin, sprang über die Konsole hinweg.

T'Val hatte keine Chance.

Teilanis Stiefel trafen die Vulkanierin am Kinn, und ihr Arm schlang sich um Janeways Hals.

Die drei Frauen entfernten sich von der Konsole. T'Val ging zu Boden, und Janeway versuchte ohne Erfolg, sich aus Teilanis Griff zu befreien.

»Fünf.«

Mit seinen Händen konnte Kirk kaum etwas anfangen, aber er lief trotzdem los. Er stürmte an der Konsole vorbei zur unbesetzten Navigationsstation, als sich die Brücke zur Seite neigte – die Trägheitsabsorber reagierten zu spät. Die *Voyager* begann mit ihrem Todesflug, so wie es Janeways Absicht gewesen war.

Im Paralleluniversum hatte diese Janeway als terranische Sklavin der klingonisch-cardassianischen Allianz ihr Dasein gefristet, mit der besonderen Bürde eines wissenschaftlichen Intellekts und ihrer Träume.

Diese Janeway wusste, was man ihr vorenthalten hatte. Hass brannte in ihr.

Und er galt einem Mann: Tiberius. Die *Voyager* wurde nun zu einer Waffe und näherte sich mit einem fatalen Kollisionskurs der *Enterprise.*

Der Bildschirm zeigte, wie Tiberius auf eine überraschende Weise reagierte. Er brach den Countdown ab und befahl seiner Crew, die Zielerfassung auf die *Voyager* zu richten.

Kirk verharrte an den Kontrollen der Navigationsstation und zerrte mit den Zähnen am Verband der rechten Hand, wie ein Tier, das an seinem eigenen Bein nagt, um aus einer Falle zu entkommen. Teile des Verbands lösten sich zusammen mit Hautfetzen und fielen zu Boden. Neue Blutflecken zeigten sich an Kirks Mund.

Die *Voyager* erbebte, und Kirk taumelte, als eine Salve aus den Heckphasern der *Enterprise* an den Schilden des Schiffes zerstob. Irgendwie gelang es ihm, auf den Beinen zu bleiben.

Der Hauptschirm zeigte einen grimmig grinsenden Tiberius. Sein langes weißes Haar war zu einem tadellosen Kriegerzopf zusammengebunden. Weder Flecken noch Narben zeigten sich auf seiner gebräunten Haut, und Triumph glühte im Gesicht.

Im Kontrollraum der *Voyager* stand ein blutender, verzweifelter Kirk.

Aber er war nicht verzweifelt genug, um zu töten.

Der Daumen der rechten Hand war unverletzt geblieben. Er presste ihn auf die Navigationskontrollen und stöhnte, als Feuer in seiner aufgerissenen Hand und durch den Arm brannte.

»Scotty! LaForge!«, rief er den beiden Ingenieuren zu. »Alle Energie in die Steuerbordschilde, und zwar *sofort!*«

Eine zweite Salve traf zwar die *Voyager,* aber nicht ihre geschwächten Bugschilde.

Es war Kirk gelungen, den Kurs des Schiffes zu ändern. Die unbeeinträchtigten Schilde auf der Steuerbordseite hatten die destruktive Energie abgelenkt.

Das Licht auf der Brücke flackerte. Die Vibrationen wurden immer stärker, und das wiederholte Knacken in Boden und Wänden deutete auf ein fluktuierendes Integritätsfeld hin.

»Wir haben die Hälfte der Schildknoten verloren«, meldete Scotty. »Und wir können nicht in den Warptransfer gehen.«

LaForges Stimme übertönte den Lärm. »Wir können von Glück sagen, wenn wir halbe Impulsgeschwindigkeit schaffen!«

Janeway riss sich von Teilani los, eilte zur Navigationskonsole und versuchte, Kirk von den Kontrollen fortzuzerren.

»Wir können nicht *fliehen!* Wir können uns nicht *schützen!* Lassen Sie es uns *hier und jetzt* zu Ende bringen!«

Kirk stieß sie mit der Schulter fort. Eine halbe Sekunde später kam Teilani und hielt Janeway erneut fest. Immer wieder schüttelte sich das Schiff. Der letzte Treffer hatte die Stabilisatoren beschädigt, und die Anzeigen mehrerer Displays wiesen darauf hin, dass sich die *Voyager* um ihre zentrale Achse drehte.

»Sie haben kein Recht, eine solche Entscheidung zu treffen!«, rief Kirk. »Sie sind nicht allein an Bord dieses Schiffes!«

Der Hass blendete Janeway. Aber nicht Kirk. Spock, Scott und LaForge befanden sich im Kontrollraum. Auf den anderen Decks weilten McCoy, Picard, der andere

Spock, Data, Dr. Crusher, Will Riker, Deanna Troi und Dutzende von anderen Starfleet-Angehörigen, die aus dem Arbeitslager des Asteroiden unter der *Voyager* gerettet worden waren. *Niemand* hatte das Recht, ihren Tod zu beschließen, ohne sie vorher zu fragen.

Teilani hielt Janeway auch weiterhin fest und war bereit, ihr einen tödlichen Schlag zu versetzen, wenn das erforderlich sein sollte.

Das grinsende Gesicht von Tiberius verschwand aus dem zentralen Projektionsfeld und wich einem Durcheinander aus schnell dahingleitenden Bildern: die wogenden Wolken der Goldin-Diskontinuität, die beide Raumschiffe umgab; zwei Asteroiden, die sich einander immer mehr näherten; die *Enterprise* in ihrem metallenen Käfig.

»Sie sind schwach«, warf Janeway Kirk vor. »Sie lassen das Ungeheuer leben, damit *sie* nicht sterben muss!« Erneut versuchte sie, sich aus Teilanis Griff zu befreien, und wieder blieben ihre Bemühungen vergeblich.

Kirk biss die Zähne zusammen, als er mit dem rechten Daumen Schaltelemente betätigte und die Fluglage des Schiffes stabilisierte. »Es hat bereits zu viele Tote gegeben.«

»Entweder er oder wir!«

Kirk ließ sich nicht ablenken, blieb auch weiterhin auf die *Voyager* und das Überleben konzentriert. »Es gibt *immer* einen anderen Weg!«

Spock hatte sich inzwischen von T'Vals Angriff erholt und stand an der taktischen Konsole. »Phaser, Captain?«

»Auf meine Anweisung hin«, erwiderte Kirk.

»Wir können das andere Schiff unmöglich besiegen!«, stieß Janeway zornig hervor.

Kirk brummte, um über seine Schmerzen hinwegzutäuschen, während er mit Daumen und blutigen Fingerknöcheln die *Voyager* stabilisierte. Er richtete ihren Bug auf das Heck der *Enterprise* und beschleunigte dann, ging aber nicht auf Kollisionskurs. »Wir müssen nicht das *Schiff* besiegen«, schnaufte er. »Nur den *Mann!*«

Weitere Vibrationen ließen das Brückendeck erzittern, aber jetzt waren sie nicht so stark. Die Phasersalven der *Enterprise* schienen weniger Schaden angerichtet zu haben als zunächst befürchtet.

Die *Voyager* erreichte die Backbordseite des größeren Schiffes und bot ein perfektes Ziel. Doch es gleißten keine Strahlblitze durchs All.

Verwirrung ließ einen Teil von Janeways Zorn verschwinden. »Er feuert nicht.«

Kirks Aufmerksamkeit galt den Positionen der *Enterprise* und des komplexen Gitterwerks, in dem sie steckte. »Natürlich feuert er nicht«, erwiderte er. »Weil er zu viel Aufwand in die Konstruktion des Apparats gesteckt hat. Er will nicht riskieren, dass er beschädigt oder gar zerstört wird.« Er drehte den Kopf. »Spock, hat die *Enterprise* ihre Schilde erweitert, um mit ihnen die Transfervorrichtung zu schützen?«

»Das ist tatsächlich der Fall.«

Kirk nickte und war nicht überrascht. Angesichts der besonderen Umstände hätte er die gleiche Entscheidung getroffen.

Die Tür des Turbolifts öffnete sich, und Jean-Luc Picard betrat den Kontrollraum. Er trug noch immer jene klingonische Rüstung, die er seinem Äquivalent aus dem Paralleluniversum abgenommen hatte. Der Captain der *Enterprise* blickte schockiert zum Hauptschirm. »Was hat das zu bedeuten, Kirk?«

Kirk gab keine Antwort – er konnte keine Zeit dafür erübrigen. Das größere und weitaus leistungsfähigere Raumschiff glitt aus seinem metallenen Käfig. Wenn die *Enterprise* heraus war und frei manövrieren konnte, würde sich die *Voyager* innerhalb weniger Sekunden in ein Wrack verwandeln.

»Beobachten Sie die Schildintensität im vorderen Bereich«, wies er Spock an. »Wenn die Spitze hindurchragt…«

»Verstanden«, sagte Spock.

Kirk drehte die *Voyager* und richtete ihren Bug auf das geschlossene Ende des Transferapparats. Auf der anderen Seite ragte inzwischen mehr als die Hälfte der *Enterprise* aus der Öffnung. Schweißperlen bildeten sich auf Kirks Stirn. »Spock…«

»Die Schildstärke über der Vorrichtung sinkt auf elf Prozent… sechs… drei… null.«

»Feuer!«, befahl Kirk.

Ein dünner blauer Energiestrahl ging von der *Voyager* aus und fand ein Ziel: einige Quadratmeter Kabel und Metall, die nicht mehr von den Schilden der *Enterprise* geschützt waren.

Die kupferfarbenen Platten und Streben verloren sofort ihre molekulare Kohäsion. Als sie sich in Quantendunst verwandelten, kam es zu einer Kettenreaktion, so als sei eine Zündschnur in Brand geraten. Die von der *Voyager* stammende Phaserenergie raste über den Transferapparat, und zwar im *Innern* der *Enterprise*-Schilde.

Die Schirme des großen Schiffes schützten dieses jetzt nicht mehr, sondern wurden zu einer Gefahr. Sie hielten keine Energie von der *Enterprise* mehr fern, sondern verhinderten, dass sie ins All entweichen konnte.

»Nein…«, hauchte Picard. Das blaue Feuer der Phaserenergie waberte hinter den Schilden seines Schiffes und umgab den ganzen Rumpf.

Die eiförmige Deflektorenblase verschwand, als die Schildgeneratoren der *Enterprise* versagten. Mit einem letzten Blitz verschwand die destruktive Energie in der Leere des Weltraums.

Eine Subraum-Kompressionswelle raste der *Voyager* entgegen.

Als sie das Raumschiff traf, kippte das Brückendeck abrupt zur Seite. Einmal mehr flackerte das Licht im Kontrollraum.

»Ich weiß nicht, was gerade explodiert ist«, sagte Scotty. »Aber es hat unsere Schilde erledigt. Wir haben keinen Schutz mehr.«

Auf dem Hauptschirm schob sich die *Enterprise* aus dem Feuer. Sie hatte jetzt den Transferapparat ganz verlassen und war noch immer intakt.

Janeway richtete bittere Worte an Kirk. »Sie haben uns trotzdem alle getötet. Und wofür?«

Aber Kirk hörte gar nicht auf sie. Er hatte die Arme angewinkelt und an den Leib gepresst, kämpfte gegen das Gefühl an, dass sich die *Voyager* noch immer drehte, dass sie noch immer vibrierte und außer Kontrolle war. »Hat die *Enterprise* Schilde, Spock?«

»Nein«, antwortete der Vulkanier ruhig. »Der Notstrom aus den Batterien geht zur Neige. Die Lebenserhaltungssysteme versagen.«

Kirk war ein großes Risiko eingegangen – und hatte erneut den Sieg errungen. Er ließ sich in den Sessel des Piloten sinken. »Richten Sie den Transferfokus auf alle Personen im Kontrollraum der *Enterprise.* Beamen Sie die Betreffenden in den Arrestbereich.« Er fühlte, wie ihm Teilani beide Hände auf die Schultern legte. In ihrer Präsenz brauchte er nicht länger gegen den Schmerz anzukämpfen. Er sehnte sich danach zu schlafen, auszuruhen...

»Es gibt keine Lebensformen auf der Brücke der *Enterprise*«, sagte Spock. »Es befindet sich niemand mehr an Bord.«

Kirk riss die Augen auf. »Scotty! Gibt es Transporterspuren?«

»Aye, Sir. Neun Personen beamten sich... ins Arbeitslager auf dem Asteroiden?«

Kirk stemmte sich in die Höhe. Er musste Tiberius irgendwie aufhalten. Vielleicht hatte er irgendetwas auf dem Asteroiden versteckt.

Picards Hand griff nach ihm und drückte ihn mit sanftem Nachdruck in den Sessel zurück. »Sie haben genug geleistet, Captain. Meine Leute und ich sind während der letzten drei Wochen auf dem Asteroiden gewesen. Es gelingt uns bestimmt, Tiberius zu finden.«

Zu einem anderen Zeitpunkt hätte Kirk Picards Angebot, ihm zu helfen, vielleicht zurückgewiesen. Sein anderes Selbst befand sich dort unten. Dies war Kirks Kampf. Aber ein einzelner Mann konnte weder unbegrenzt viel leisten noch unbegrenzt Schmerz ertragen. Vielleicht hatte Teilani Recht. Es wurde Zeit, die Bürde anderen Leuten zu überlassen.

»Captain Picard!«, rief LaForge plötzlich. »Die *Enterprise!*«

Kirk blickte zum Hauptschirm und gewann den Eindruck, dass sich das große Raumschiff in seine einzelnen Bestandteile aufzulösen begann. Einige Sekunden lang wirkte es wie ein Puzzle, das zerfiel.

»Die Rettungskapseln…?«, fragte Picard verwirrt. »Mr. LaForge, welchen Status haben die Sicherheitssysteme der *Enterprise?*«

Natürlich, dachte Kirk. Er wusste, wie LaForges Antwort lauten würde. *Ich hätte die gleiche Maßnahme ergriffen, um Zeit zu gewinnen.*

»Die Selbstzerstörungssequenz wurde mit einem zehnminütigen Countdown eingeleitet, Captain.«

Kirk fühlte sich ausgelaugt und völlig erschöpft, ohne irgendwelche Kraftreserven. Aber er wusste, was Picard jetzt empfand; er wusste es nur zu gut.

»Sie müssen Ihr Schiff retten, Captain«, sagte er. »Ich kümmere mich um Tiberius.«

Kirk sah Teilani an und schüttelte den Kopf, um ihren Einwänden zuvorzukommen. »Spock, bitte teilen Sie Dr. McCoy mit, dass er in den Transporterraum kommen soll. Scotty, wir brauchen Schutzanzüge für die Landegruppe. Und ich möchte, dass Sie von hier aus eine Sensorsondierung vornehmen.«

Als sie zum Turbolift gingen, hörte Kirk, wie Picard seiner Kommando-Crew an Bord der *Voyager* Anweisungen erteilte und sie aufforderte, sich ebenfalls im Transporterraum einzufinden.

Kirk betrat die Transportkapsel des Turbolifts, blieb dort mit Spock auf der einen und Teilani auf der anderen Seite stehen. Bevor sich die Tür schloss, sah er noch einmal zur Flugkontrollkonsole zurück.

»Captain Janeway…«, sagte er. »Sie haben das Kommando.«

Wenn es wirklich Grenzen für das gab, was ein Mann zu leisten vermochte und wie viel er erleiden konnte… Seine eigenen hatte Kirk noch nicht gefunden.

Die Bürde lastete nach wir vor auf ihm.

Dann schloss sich die Tür des Turbolifts und die Transportkapsel trug James T. Kirk fort.

2

Seit Jahrhunderten wusste man, dass das Vakuum des interstellaren Alls mehr war als nur schlichtes Nichts. Quantenfluktuationen fanden darin statt, und es gab unendliche Mengen an Energie und Materie – ihre Entstehung und Annihilation fanden so schnell nacheinander statt, dass in der Leere nichts übrig blieb.

So war es die meiste Zeit über.

Aber in bestimmten Regionen des Alls sorgten unbekannte Ursachen für eine Verschiebung des natürlichen Gleichgewichts. Dann wurde alles möglich: Wurmlöcher, Risse im Raum, temporale Schleifen, Interphasen-Phänomene. Und Plasmastürme.

In einigen dieser Raumbereiche kam es zu heftigen energetischen Entladungen, die sich über Lichtjahre hinweg erstreckten. Sie erweckten den Anschein, als wären Sterne auseinander gezogen worden, um lange Ranken aus Plasma zu bilden, anstatt kompakte Kugeln zu formen.

Eine solche Region befand sich unweit der cardassianischen Grenze. Man nannte sie Badlands.

Eine andere erstreckte sich einige hundert Lichtjahre von den vulkanischen Kolonialprotektoraten entfernt und trug die Bezeichnung Goldin-Diskontinuität.

Vor weniger als vier Wochen war die *Enterprise* unter dem Kommando von Jean-Luc Picard in die Diskontinuität geflogen, auf der Suche nach Anzeichen dafür, dass Streitkräfte des Dominion und der Cardassianer die instabile Raum-Zeit für die Erzeugung eines Wurmlochs nutzen wollten.

Picards Schiff geriet in die Gewalt einer Allianz-Streitmacht aus der Welt hinter dem Spiegel. Die Crew wurde gefangen genommen und in einem Arbeitslager auf einem nur fünfzehn Kilometer messenden Nickel-Eisen-Asteroiden untergebracht.

Bevor Kirk und seine Gefährten den Asteroiden mit der *Voyager* aus dem Paralleluniversum angriffen, hatte ein Kraftfeldgenerator die Atmosphäre im Bereich des Arbeitslagers stabil gehalten. Jetzt, eine Stunde später, war das Lager dem Vakuum ausgesetzt. An einer ganz bestimmten Stelle schimmerte plötzlich Transporterenergie, und darin verdichteten sich Konturen.

Neun Gestalten materialisierten auf der metallenen Oberfläche des Astroiden. Das Glühen verblasste, und dunkle Silhouetten zeichneten sich vor dem brennenden Himmel ab. Zwar waren die Transferierten humanoid, aber ihre Kampfanzüge gaben ihnen ein düsteres, fremdartiges Erscheinungsbild.

Am Firmament sorgten die Plasma- und Ionenstürme für ein Farbenmeer, das sich ständig veränderte. Rote Wolken schoben sich vor blaue. In goldenen Streifen kam es zu jähen Explosionen aus weißem Licht, die wie Funken einer chemischen Reaktion wirkten. Das Chaos der Diskontinuität erstreckte sich über viele Lichtjahre hinweg, aber es war weit genug entfernt und stellte für die Träger der abgeschirmten Kampfanzüge keine unmittelbare Gefahr dar – wenn sie sich nicht zu lange an einem Ort aufhielten.

Direkt über ihnen hing die beängstigend anmutende Masse des zweiten Asteroiden, der ebenfalls aus Nickel und Eisen bestand und genauso groß war wie der erste. Langsam drehte er sich um die eigene Achse, und seine Flugbahn würde ihn innerhalb der nächsten Minuten bis auf zweihundert Meter an den ersten Asteroiden heranbringen.

Das Lodern der Plasmastürme mochte spektakulär und Ehrfurcht gebietend sein, der Anblick des nahen Asteroiden sehr bedrohlich wirken – aber die neun Transferierten ließen sich davon nicht ablenken.

Unmittelbar nach der Rematerialisierung liefen sie in militärischer Formation los. Ihr Ziel waren die niedrigen, runden Baracken aus rostbraunen Metallsegmenten, die das Kommandozentrum der Aufseher umgaben. Jenes Gebäude entsprach cardassianischen Konstruktionsmustern. Es war doppelt so hoch wie die anderen, und ein Wald aus Sensorscheiben und Antennen ragte aus dem Dach. Ein Netzwerk aus erhöht angebrachten Plastahl-Gängen und Plattformen verband es mit den Baracken.

Trotz der zusätzlichen Masse des Kampfanzugs lief Tiberius mühelos, führte seine sechs Samurai und die beiden Kommandanten zur Station der Aufseher. Er trug einen klingonischen Anzug, der die heroische Muskulatur von Kahless nachbildete. Die Außenschicht bestand aus zwei Lagen Metall in einem so tiefen Rot, dass es fast schwarz wirkte. Diese Schutzkleidung sollte Bewegungen so wenig wie möglich behindern und beim Nahkampf nicht zu einem Problem werden, was bedeutete: Tiberius' Kampfanzug war weniger stark gepanzert als die pechschwarzen cardassianischen Anzüge seiner Begleiter, die irgendwie insektenhaft wirkten.

Runde Kristalle und Blutsteine glänzten in den Armen und auf der Brust von Tiberius' Anzug. Für jeden anderen Krieger von *Qo'noS* erzählten sie die Geschichte der Siege, die der Träger errungen hatte. Für jeden Bewohner des Paralleluniversums identifizierten sie den Träger als das Ungeheuer, das zahllose Welten und Zivilisationen vernichtet hatte. Als den Wahnsinnigen, der ein Reich verloren und die einst großen Völker von Vulkan und der Erde der Sklaverei unter dem Joch der klingonisch-cardassianischen Allianz ausgeliefert hatte.

Doch für Tiberius stellten die Jahrzehnte seines Lebens, die seit dem Untergang des Terranischen Empire und der Eroberung von Vulkan und Terra vergangen waren, nur einen Rückschlag dar, keineswegs eine endgültige Niederlage. Für ihn bedeuteten diese Ereignisse nur, dass er einen kleinen Umweg machen musste, um sein Ziel zu erreichen: die absolute Kontrolle über das bekannte All.

Dieser James T. Kirk war auf einer Farm in Iowa aufgewachsen, zum Captain der I.S.S. *Enterprise* und dann zum Kaiser Tiberius I. geworden. Er hatte sowohl den Verrat seines Premierministers Spock, Sohn von Sarek, überlebt als auch den der Klingonen und Cardassianer, deren Allianz auf seine eigenen Bemühungen zurückging.

Tiberius überlebte sogar den Tod und fand sich in einer neuen Ära wieder, 78 Jahre von seiner eigenen entfernt.

Wie konnte ein mit solcher Unsterblichkeit gesegneter Mann nicht daran glauben, den Segen der Götter zu genießen und von ihnen beauftragt worden zu sein, über das ganze Universum zu herrschen?

Tiberius zweifelte nicht daran, dass das Universum irgendwann ihm gehören würde. Es war nur eine Frage der Zeit, bis alle anderen lebenden Geschöpfe – darunter auch die Spiegelbilder im Geisteruniversum – die Wahrheit begriffen und ihren sinnlosen Kampf gegen ihn einstellten.

Die neun Personen erreichten das Kommandozentrum. Der Haupteingang befand sich oben, bei einer Plastahl-Plattform, aber Tiberius führte seine Begleiter zur Seite des Gebäudes. Dort zeigten sich Kühlgitter in der Wand, Radiatorflächen, die der Wärmeabgabe dienten. Doch Tiberius wusste, dass eine dieser Flächen nicht funktionierte.

Er öffnete die Abdeckfläche über dem Kontrollmodul eines Radiators und schob den Block mit den Schaltelementen achtlos beiseite. Dahinter kam eine kleine Holokammer zum Vorschein. Tiberius schob die Hand in die dunkle Öffnung und spreizte die Finger, um den Sensoren Gelegenheit zu geben, die Knochenstruktur seiner Hände zu identifizieren. Anschließend schuf der Holoprojektor fünf Tasten in der Leere vor der Hand.

Tiberius reagierte sofort und gab den imperialen Code ein. Innerhalb eines Sekundenbruchteils wurde er überprüft und bestätigt, woraufhin die falsche Radiatorfläche beiseite glitt. Dahinter befand sich eine cardassianische Luftschleuse. Das runde Schott rollte nach rechts, und die Luft in der Schleuse entwich ins Vakuum. Feuchtigkeit kondensierte zu kleinen Eiskristallen.

Tiberius wartete, bis alle seine Soldaten in der Schleuse standen, betätigte dann eine Schaltfläche. Bevor sich das Außenschott schloss, blickte er noch einmal nach oben.

Die *Enterprise* hing energetisch tot einen Kilometer über dem Asteroiden im All. Daneben nahm die andere *Voyager* Fahrt auf – der Gegner musste erkannt haben, dass sich Tiberius und seine Leute transferiert hatten. *Jetzt nähert er sich dem Asteroiden, um Sensorsondierungen mit hoher Auflösung durchzuführen und den Transporter einzusetzen,* dachte der Imperator. Auf diese Weise wäre *er* vorgegangen.

Tiberius wusste auch, dass der Feind imstande war, die Transferspuren zu orten. Deshalb hatte er den Retransfer ein ganzes Stück von seinem wirklichen Ziel entfernt stattfinden lassen.

Noch einige Minuten, dachte Tiberius. Mehrere Phantome würden an Bord der *Enterprise* gehen und versuchen, die Selbstzerstörungssequenz zu deaktivieren.

Aber der wahre Gegner, der Geister-Kirk, begab sich bestimmt auf den Asteroiden, um nach ihm zu suchen. Allerdings ohne etwas zu finden.

Die hermetischen Siegel des Außenschotts schlossen sich. Tiberius hörte ein lauter werdendes Zischen, als sich die Schleuse wieder mit Luft füllte.

Er nahm den Helm des Kampfanzugs ab, als der Druck noch gefährlich niedrig war, spürte dabei, wie die Luft im Innern des Anzugs nach oben strömte und ihm übers Gesicht strich.

Dennoch atmete Tiberius tief ein, als sei er allein mit seiner Willenskraft imstande, den kleinen Raum mit Luft zu füllen.

Seine acht Begleiter nahmen ebenfalls die Helme ab. Das Zischen wurde leiser und verstummte ganz, als der Druckausgleich hergestellt war, und daraufhin rollte das Innenschott beiseite.

Tiberius trat durch die Öffnung, noch bevor sich das Schott ganz geöffnet hatte. Die heiße, stickige Luft des Kommandozentrums schlug ihm entgegen. Der unangenehme Geruch passte gut zu seiner Stimmung.

Regent Picard erwartete ihn. Er trug keine Uniform, nur eine Hose und einen schlichten, dunkelbraunen klingonischen Umhang. Sein Kriegerzopf fehlte; an seinem Kopf zeigte sich nur ein fransiger Kranz aus weißem Haar.

Der Regent hob die Faust zum Herz und streckte dann den Arm zum Gruß. »Imperator, ich…«

Da traf ihn Tiberius' Handrücken mitten im Gesicht.

»Sie haben Ihrem Geist das Überleben gestattet«, knurrte Tiberius. »Ich habe ihn auf der Brücke der *Voyager* gesehen. Er trug *Ihre* Uniform, leistete dem Spock dieses falschen Universums *und* dem Phantom-Kirk Gesellschaft.«

Ein dünner Blutfaden sickerte aus Picards Mundwinkel. »Nechajew hat das Arbeitslager nicht geschützt! Ich kann wohl kaum für die Fehler anderer zur Rechenschaft gezogen werden.«

»O doch, Jean-Luc, das ist durchaus möglich. Und ich *werde* Sie zur Rechenschaft ziehen, verlassen Sie sich darauf.« Tiberius bedachte Picard mit einem durchdringenden Blick, und der Regent hielt ihm mühelos stand, zeigte keine Furcht.

»Sie brauchen mich«, sagte Picard und versuchte nicht einmal, den drohenden Tonfall zu verbergen.

Tiberius berührte den edelsteinbesetzten Griff des *D'k tahg* in seinem Gürtel. »Sollen wir feststellen, wie sehr ich Sie brauche?«

»Imperator!«, rief einer der beiden Kommandanten. »Draußen hat ein mehrfacher Transfer stattgefunden!«

Tiberius wandte sich von Picard ab und sah den Waffenmeister Geordi LaForge an. Dieser geniale, dunkelhäutige Mensch war blind geboren worden. Um sich seine Fähigkeiten zunutze zu machen, hatte Tiberius ihn mit okularen Transplantaten ausstatten lassen. Es handelte sich um holographische Linsen, wie sie bei den Borg üblich waren, umgeben von grauem Metall, die tief in die leeren Augenhöhlen hineinreichten. Wie Insektenbeine gingen Nerven-Transducer davon aus, durchdrangen Stirn und Wangen. Der Waffenmeister konnte jetzt in energetische Sphären blicken, die selbst Tricordern verborgen blieben.

LaForge hob einen cardassianischen Kampfsensor. »Vier Personen, mit Signaturen eines Föderationstransporters.« Die Indikatoren des kleinen Geräts blinkten. »Vier weitere.«

Tiberius wandte sich an drei seiner Samurai. Die glitzernden roten Schnittmuster an ihren dunklen Kampfanzügen symbolisierten ihr Blut – sie hatten geschworen, es für den Imperator zu opfern. »Gehen Sie bei den Konvertern in Deckung. Warten Sie, bis die Geister durch die Luftschleuse hereingekommen sind. Töten Sie alle – *bis auf* Kirk.«

Die drei Samurai salutierten und gingen dann bei den großen Energiekonvertern in Stellung, die aus dem glänzenden Metallboden des Kommandozentrums aufragten. Jeder Konverter war von schmalen Plasmaleitungen umgeben, in denen goldenes Glühen pulsierte. Immer wieder glitt es über den Boden, wie von einer Wasserfläche reflektiertes Licht.

Tiberius wandte sich an seinen Sicherheitskommandanten. »Ich übergebe Ihnen den Regenten. Schlitzen Sie ihm beim ersten Anzeichen von Verrat den Bauch auf.«

William Riker lächelte, wodurch die lange weiße Narbe in seinem Gesicht in Bewegung geriet – sie erinnerte ihn an die Begegnung mit einem Iopenschneider. Das blitzförmige Muster aus beschädigtem Gewebe reichte über die Stirn, unter der Augenklappe aus schwarzem Leder hindurch und über die Wange. Hinzu kam ein schmaler heller Streifen in seinem dunklen Vollbart.

»Mit Vergnügen«, erwiderte Riker.

Tiberius überprüfte das taktische Display im Unterarm des Kampfanzugs. »Noch siebzehn Minuten bis zum Wechsel in unser Universum. Bleiben Sie in der Nähe.«

Er führte die anderen Soldaten durch ein Labyrinth aus zusätzlichen Energiekonvertern und Containern zur verborgenen Subraumstation im Kommandozentrum. Tiberius ging mit langen, zielstrebigen Schritten. Er hatte sich die Konstruktionspläne dieser Anlage nur einmal angesehen, vor zwei Jahren, aber ganz deutlich erinnerte er sich an alle Details. Wichtige Dinge vergaß er nie. An die drei zurückgelassenen Samurai vergeudete er keinen Gedanken mehr. Zweifellos würden sie sterben, wenn der Feind angriff. Nun, darin bestand ihre Pflicht. Alle waren verpflichtet, sich für den Imperator zu opfern.

Tiberius, die restlichen fünf Soldaten und Regent Picard verharrten an einem großen schwarzen Container, der vor einer silbrigen Metallwand stand. Cardassianische Schriftzeichen wiesen auf den Inhalt des Behälters hin: dehydrierte Wühlmausbäuche. Klingonen kamen gar nicht erst auf die Idee, einen solchen Container zu öffnen. Und die Cardassianer im Arbeitslager hatten gewusst, dass sie diesen Behälter nicht anrühren durften.

Tiberius strich mit den Fingerkuppen über einen nicht gekennzeichneten Bereich des Transportetiketts, und sofort schwang ein laterales Segment des Containers auf. Dahinter führte eine Wendeltreppe in die Tiefe.

Der Imperator trat zurück und überließ es seinem Waffenmeister, eine Sondierung vorzunehmen.

»Alles klar«, meldete LaForge.

Tiberius ging die Treppe hinab.

Kurz darauf erreichte er einen fünf Meter messenden Kontrollraum, der alle notwendigen Dinge enthielt. Die großen Subraum-Transmitterknoten und inaktiven Energiekupplungen waren anderenorts auf dem Asteroiden versteckt. Aus gutem Grund. Wenn das Impulssignal ausgestrahlt wurde, bedeutete es den Tod für alle lebenden Wesen, die weniger als einen Kilometer von den Knoten entfernt waren. Tiberius hatte das Arbeitslager durch die Aktivierung des Systems nicht beeinträchtigen wollen. Andererseits: Durch das Versagen des Regenten Picard und die Aktionen des Phantom-Kirk war das Lager inzwischen verloren gegangen.

Tiberius verdankte sein Überleben auch dem Umstand, dass er immer alle Möglichkeiten berücksichtigte und Ausweichpläne entwickelte. Wie auch immer eine Situation beschaffen sein mochte: Er stellte sich das Schlimmste vor und versuchte, gewappnet zu sein.

Manchmal bestand die beste Strategie darin, ganz einfach die Regeln zu verändern.

Genau das beabsichtigte er jetzt.

Tiberius schaltete die Konsolen ein, aktivierte die Subraum-Transmitterknoten und begann damit, die seit langem inaktiven Energiekupplungen auf Betriebstemperatur zu bringen.

Regent Picard und Kommandant Riker schlossen zu ihm auf.

»Wie können Sie auf diese Weise vorgehen?«, fragte Picard.

Der Regent schien fast entsetzt zu sein, und das amüsierte Tiberius. »Dies ist immer Teil des Plans gewesen, Jean-Luc. Nachdem der Apparat, in dem sich die *Enterprise* befand, seinen Zweck erfüllt hat, muss auch der Rest zum Einsatz gelangen.«

»Aber der Transferapparat wurde zerstört! Und die *Enterprise* befindet sich noch immer dort oben!«

Tiberius erlaubte sich ein dünnes Lächeln. Er fand großen Gefallen daran, den klingonischen Quisling zu verwirren, doch er wandte den Blick nicht von den Kontrollen ab. »Wo sollte sie sonst sein?«

»Das Schiff hat das Portal nicht passiert!«

»Welches Portal, Jean-Luc?«

Tiberius versteifte sich, als Picard es wagte, ihn an der Schulter zu packen und umzudrehen. »Ich habe *alles* riskiert, um Sie hierher zu bringen!«

Aus dem Augenwinkel beobachtete Tiberius, wie Riker die Faust ballte, um eine Möbiusklinge aus dem Unterarm des Kampfanzugs zu lösen. Er wusste, dass der Sicherheitskommandant nur die Spitze der nadelartigen Waffe in Picards Leib bohren musste – den Rest erledigte die Klinge allein, indem sie Millionen von nanomolekularen Armen ausbreitete. Im Innern des Opferkörpers sorgten fluktuierende Ströme dafür, dass sich jeder einzelne Arm wie eine Schlange hin und her wand, mit dem Ergebnis, dass Muskelgewebe und Organe regelrecht zerfetzt wurden.

Tiberius hob die Hand, und Riker verharrte sofort, reagierte mit maschinenhafter Schnelligkeit.

»Und Ihre Belohnung«, teilte Tiberius dem tollkühnen Regenten mit, »ist *alles,* was Sie sich vorstellen können. Ihr eigenes Sonnensystem, Ihre eigene Flotte und die Flucht auf die andere Seite.« Er stieß Picards Hand beiseite. »Der Apparat *hat* seinen Zweck erfüllt, Jean-Luc. Er war nie dazu bestimmt, ein Portal zu sein, das Zugang zu unserem Universum gestattet. Es ist einfach nicht möglich, einen so großen Transporter zu konstruieren.«

Picard riss schockiert die Augen auf, und Tiberius lächelte humorlos. Der Regent hatte mehr als ein Jahr an diesem Ort verbracht, das Arbeitslager verwaltet, den Bau der anderen *Voyager* und des Apparats beaufsichtigt – ohne jemals vom Imperator zu erfahren, was wirklich dahinter steckte.

»Aber… wozu diente der Apparat wirklich?«

»Sie brauchen nur zu wissen, dass er wie vorgesehen funktionierte.« Tiberius nickte Riker zu, der erneut die Faust ballte, woraufhin die Möbiusklinge wieder im Unterarm des Kampfanzugs verschwand. »Wenn Sie mich noch einmal anfassen, bedeutet das Ihren Tod«, fügte er scharf hinzu. »Dann sterben Sie so langsam, dass Ihre Reue schlimmer ist als der grässlichste Schmerz.«

Tiberius wandte sich wieder den Kontrollen zu und stellte fest: Die Energiekupplungen waren fast einsatzbereit. Noch eine Minute, und es konnte losgehen. Dann war die Durchführung des Plans ebenso unaufhaltsam wie er selbst.

In der Ferne heulten Phaser, und es folgte das Fauchen von Disruptoren. Etwas eher als erwartet. Aber Tiberius *hatte* damit gerechnet.

»Sie sind da!«, tönte LaForges Stimme durch den Zugangsschacht.

Tiberius wies seinen Waffenkommandanten an, in den Kontrollraum zu kommen und hinter sich das Schott zu verriegeln. Die anderen drei Samurai waren verloren. Ihre ursprüngliche Aufgabe hatte darin bestanden, die *Enterprise* aus der Goldin-Diskontinuität zu fliegen und sie an einem Ort zu zerstören, wo ihre Trümmer schon nach kurzer Zeit gefunden werden sollten. Ohne dass jemand feststellen konnte, was zuvor mit ihr geschehen war.

Diese Mission ließ sich jetzt nicht mehr durchführen, und das bedeutete für die drei Soldaten: Sie konnten einen menschlicheren Tod sterben, indem sie das Vorrücken des Gegners verlangsamten. Es blieb ihnen erspart, später einfach eliminiert zu werden, indem sie als überschüssiges Personal aus einer Luftschleuse gestoßen wurden. Tiberius kümmerte sich um seine Gefolgsleute. Wann immer es möglich war, dachte er zuerst an ihr Wohlergehen.

Die Displays im cardassianischen Kontrollraum zeigten eine andere Farbe, Hinweis auf die volle Funktionsbereitschaft der Energiekupplungen.

Tiberius blockierte die Kontrollen. Nichts sollte das Signal verhindern können.

Er bemerkte das Glitzern von Furcht in Rikers Augen. Der Kommandant wusste ganz offensichtlich, was nahe Subraum-Verzerrungen mit lebendem Fleisch anrichten konnten. »Und wenn wir nicht rechtzeitig ins andere Universum wechseln, Imperator?«

Tiberius hob die Hand. »Dann sterben wir wie *Targs.*« Er ballte die Hand zur Faust. »Sind Sie ein *Targ,* Kommandant?«

Die beabsichtigte Wirkung stellte sich ein: Angesichts der Demütigung verschwand die Furcht aus Rikers Augen.

Tiberius wandte sich von den Soldaten und Picard ab, um in der gewölbten Wand eine ganz bestimmte Stelle zu lokalisieren. Er streckte die Hand, und ein Disruptor, von einer Legierung aus Gold und Latinum überzogen, sprang aus dem Halfter am Oberschenkel. Der Imperator schloss die Finger um die Waffe und betätigte gleichzeitig den Auslöser. Ein Energieblitz traf die Wand, löste einen Teil von ihr auf.

Dahinter wurde ein Alkoven sichtbar. Der Boden wies ein einzelnes Transferfeld auf.

»Das ist ein Föderationstranporter!«, protestierte Picard sofort. »Ohne eine multidimensionale Erweiterung können wir damit unser Universum nicht erreichen!«

Tiberius zögerte. Sein Vorrat an Geduld ging rasch zur Neige. »Er ist darauf programmiert, uns zur Oberfläche zu bringen. Wenn wir von hier aus in den anderen Kosmos wechseln... Sie wissen ja, wo wir dann erscheinen würden. Und Ihnen dürfte auch klar sein, dass man uns verfolgen könnte. Ich bin noch nicht bereit aufzugeben.« Er schloss die Hand fester um den Disruptor. »Sind Sie es?«

»Nein«, erwiderte Picard.

Tiberius ließ die Waffe los, und sie kehrte ins Halfter zurück, gelenkt von speziellen Kraftfeldern des Kampfanzugs. »LaForge«, sagte er.

Der Waffenkommandant trat sofort in den kleinen Raum, setzte den Helm auf, versiegelte ihn, zog beide Disruptoren und nickte knapp.

Tiberius betätigte einen Schalter an der Wand, und LaForge entmaterialisierte.

Eine Explosion erschütterte das Schott oben an der Wendeltreppe. Riker und Picard sahen auf, aber Tiberius behielt die Transporterkontrollen im Auge. Als nach fünf Sekunden wieder genug Betriebsenergie zur Verfügung stand, wies er den Regenten an, als Nächster aufs Transferfeld zu treten.

Picard setzte den Helm auf, aber Tiberius aktivierte den Transporter, noch bevor der Regent die Siegel geschlossen hatte. »Seien Sie das nächste Mal ein wenig schneller.«

Kommandant Riker lachte, als Picard noch während der Entmaterialisierung erschrocken nach den Verschlüssen des Helms tastete.

Dann begann die Tür des Kontrollraums zu summen. Tiberius erkannte das Geräusch: Phaserschwingungen. Ein Energiestrahl fraß sich von der anderen Seite ins Metall. Aber die Tür wies eine starke Abschirmung auf, und in ihrem Innern gab es sogar niederenergetische Kraftfelder. Sie würde lange genug standhalten.

»Gleich ist der Gegner hier«, sagte Riker. »Gehen Sie. Ich halte den Feind auf.«

Tiberius schüttelte den Kopf. »Es könnte James sein. Treten Sie aufs Transferfeld.«

Riker verschloss seinen Helm, und Tiberius transferierte ihn, als am oberen Ende der Wendeltreppe flüssiges Metall von der Tür spritzte – die Phaserstrahlen hatten sich hindurchgefressen. Blaues Licht glänzte in den Kontrollraum herab, begleitet von weißem Rauch.

Ruhig beobachtete Tiberius die Anzeigen des Transporters, setzte dann den klingonischen Helm auf, versiegelte ihn und streckte die Hand nach dem Disruptor aus.

Als wieder genug Energie zur Verfügung stand, trat er aufs Transferfeld und wandte sich dem Raum zu. Der Schalter an der Wand außerhalb des Alkoven ließ sich mühelos erreichen. Er brauchte ihn nur zu betätigen – dann stand er einen Sekundenbruchteil später neben den anderen auf der Oberfläche des Asteroiden.

Er überprüfte das Countdown-Display auf der Transmitterkonsole. Noch acht Minuten. *Nicht* genug für alles, was noch erledigt werden musste. Aber genug, um die Herausforderung interessant zu gestalten.

Tiberius beschloss zu warten. Um zu sehen, wer als Erster die Treppe herunterkam.

Er versuchte, sich in die Lage seines Äquivalents zu versetzen. *Er* hätte gewusst, was es nun zu tun galt.

Kirk atmete schwer im Innern des Schutzanzugs, und ein dünner Feuchtigkeitsfilm bildete sich an der Innenseite des Helmvisiers. Vor ihm glühten noch immer die Ränder des Lochs, das die Phaser in die Tür gebrannt hatten. Es war ein sehr zeitaufwendiger Vorgang gewesen.

Spock richtete einen Tricorder auf die Öffnung. Wie Kirk, T'Val und Teilani trug auch der Vulkanier einen Schutzanzug, obwohl im Kommandozentrum des Arbeitslagers normaler Luftdruck herrschte. Aber es brauchte nur ferngesteuert eine Tür geöffnet zu werden, um eine explosive Dekompression zu bewirken.

»Eine Lebensform«, sagte Spock.

Kirk wusste, wer ihn jenseits des Schotts erwartete.

Neun Personen hatten sich von der *Enterprise* auf den Asteroiden gebeamt. Sechs waren inzwischen tot. Sie hatten Kirks Gruppe an der Luftschleuse und beim vermeintlichen Container auf der untersten Ebene des Kommandozentrums aufgelauert.

Doch der Gegner war erfolglos geblieben, und zwar aus dem gleichen Grund, der Spock in die Lage versetzt hatte, ihn so leicht zu lokalisieren. Der Vulkanier hatte einen gewöhnlichen Tricorder so modifiziert, dass er Quantensignaturen orten konnte. Alle Personen und Objekte aus dem Paralleluniversum zeichneten sich durch eine einzigartige Quantensignatur aus, die sich mühelos von den entsprechenden Signaturen dieser Realität unterscheiden ließ.

Auf der metallenen Oberfläche des Asteroiden hatten die Stiefel von Tiberius' Soldaten molekulare Spuren hinterlassen, die für Spock ebenso deutlich zu erkennen waren wie mit roter Farbe gemalte Hinweise.

Deshalb fiel es auch nicht weiter schwer, die verborgene Luftschleuse zü finden. Das mit dem Code geschützte Schaltsystem brauchte einfach nur von den übrigen Kontrollen getrennt zu werden, und schon wurde es möglich, Innen- und Außenschott zu öffnen. Anschließend entdeckte Spock die Wärmesignaturen der versteckten Soldaten, und Teilani löste die Energiekonverter, hinter denen sie lauerten, einfach mit Phaserstrahlen auf.

Tiberius' Männer kapitulierten nicht, was Kirk und seine Begleiter kaum überraschte. Sie kämpften, aber nicht sehr lange. Ohne Deckung fielen sie innerhalb weniger Sekunden der Zielsicherheit von T'Vals biomechanischer Hand zum Opfer.

Beim Container spielten sich ähnliche Szenen ab. Wenn sie keinen Überraschungsangriff durchführen konnten, schienen Tiberius' Männer nicht mehr in der Lage zu sein, richtig zu kämpfen. Sie starben einfach.

Kirk nahm nicht an dem Kampf teil. Die Umstände zwangen ihn, tatenlos zuzusehen.

Wenigstens schmerzten die Hände nicht mehr. McCoy hatte ihm etwas injiziert, das die Pein aus ihnen verbannte. Hinzu kam eine Tri-Ox-Mischung – ein Aufputschmittel, das zumindest einen Teil der Müdigkeit aus ihm vertreiben sollte. McCoy verzichtete nicht auf den Hinweis, dass er versucht gewesen war, Kirk mit einem neuralen Neutralisator zu »behandeln«, so wie vor mehr als hundert Jahren auf Vulkan.

Zusammen mit Teilani hatte McCoy isolierte Konstruktionshandschuhe repliziert und sie an den Ärmeln von Kirks Schutzanzug befestigt. Die klobigen Handschuhe wurden auf Eiswelten getragen, und Kirks verbundene Hände fanden genug Platz in ihnen.

Handschuhe und Betäubungsmittel sorgten dafür, dass Kirk kaum etwas mit seinen Händen anfangen konnte. Doch er wusste: Hier und jetzt fand seine Inaktivität ein Ende.

Bei der einzelnen Lebensform im verborgenen Kontrollraum unter dem falschen Container konnte es sich nur um Tiberius handeln.

»Ich gehe als Erster«, sagte Kirk und trat durch die von den Phasern geschaffene Öffnung.

»Nein, James«, protestierte Teilani. Ihre Stimme klang leise aus den Helmlautsprechern, was den Eindruck erweckte, sie sei weit entfernt. »Ich gehe. Oder T'Val. Jemand, der eine Waffe tragen kann.«

Kirk verharrte an Ort und Stelle. »Er will mich nicht töten.«

Spock wölbte eine Braue hinter dem Helmvisier. »Er hat versucht, die *Voyager* zu zerstören, Jim.«

»Er kämpfte gegen das Schiff, nicht gegen den Mann«, erwiderte Kirk. »Mein Tod ist nicht genug. Erinnern Sie sich an seine Worte, als wir ihn auf dem Bildschirm sahen? ›Du hast mir ein Universum gestohlen. Ich bin hier, um dir deins zu nehmen.‹ Er braucht mich lebend, damit ich Zeuge seines Sieges werden kann. Aber euch drei würde er ohne zu zögern töten.«

Kirk sah die Skepsis in Teilanis Augen, doch Spocks Schweigen wies darauf hin, dass es an Kirks Logik nichts auszusetzen gab.

»Ich halte euch auf dem Laufenden«, sagte Kirk und ging langsam die rostrote Plastahl-Treppe hinab. Eine gefühllose Hand glitt dabei übers Geländer und diente ihm nur dazu, das Gleichgewicht zu wahren.

Die Treppe führte in den Kontrollraum. Ein rascher Blick zu den Konsolen teilte ihm mit, dass eine Art Countdown stattfand, obgleich die cardassianischen Schriftzeichen bedeutungslos für ihn blieben. *Vielleicht ist eine Selbstzerstörungssequenz eingeleitet worden,* dachte Kirk. Aber aus irgendeinem Grund fühlte sich das nicht richtig an. Wenn er an Tiberius' Stelle gewesen wäre, hätte er anders gehandelt und sich nicht auf eine solche Weise geschlagen gegeben.

Dann bemerkte er die Gestalt im Alkoven: groß und monströs in dem sehr eindrucksvoll und bedrohlich wirkenden klingonischen Kampfanzug.

Er begriff sofort, dass er Tiberius sah. Und in dem Alkoven befand sich ein Transporter.

Jetzt wusste er, warum Tiberius gewartet hatte.

»Die cardassianischen Kontrollsysteme zeigen einen Countdown an«, sprach Kirk in den Helmkommunikator. Er rechnete die Zeiteinheiten um. »Ich glaube, es bleiben noch sechs Minuten.«

»Sehen Sie die geortete Lebensform?«, erklang Spocks Stimme an Kirks Ohr.

Er sah durch den Kontrollraum, richtete seinen Blick auf Tiberius im halbdunklen Alkoven. Der Imperator bewegte sich nicht.

»Es ist mein anderes Selbst.«

T'Vals Stimme tönte aus dem Helmlautsprecher. »Ist er bei Bewusstsein?« Die Vulkanierin schien sich zu fragen, warum nichts passiert war.

Kirk kannte die Antwort.

Er trat vor und breitete die Arme aus. »Empfängst du auf dieser Frequenz?«, fragte er sein Äquivalent aus dem Paralleluniversum.

Tiberius stand auf einem Transferfeld und beugte sich ein wenig vor. Ein golden glänzender Disruptor erschien plötzlich in seiner Hand, doch Kirk fürchtete sich nicht.

Mit der freien Hand tastete Tiberius nach einem Schalter an der Wand.

Natürlich, dachte Kirk. *Er möchte, dass ich ihm folge.*

Tiberius betätigte den Schalter und entmaterialisierte einen Sekundenbruchteil später.

»Er hat sich gerade fortgebeamt«, teilte Kirk seinen Gefährten mit. »Vermutlich in sein Universum. Ich folge ihm.«

Er lief zum Alkoven und presste den klobigen Handschuh an den Schalter, bis er sah, wie der Aktivierungsindikator aufleuchtete. Dann trat er aufs Transferfeld.

Er brauchte sich nicht umzudrehen, um festzustellen, dass Spock, T'Val und Teilani in den Kontrollraum gekommen waren und sich dem Alkoven näherten – vermutlich wollten sie ihn am Transfer hindern. Ihre Stimmen drangen aus dem Helmlautsprecher und warnten ihn vor der Benutzung des Transporters.

Er achtete nicht darauf. Es wurde Zeit, aktiv zu werden.

Kirk drehte den Kopf und beobachtete, wie der Kontrollraum und seine drei Gefährten hinter einem Vorhang aus schimmernder Transferenergie verschwanden. Das Glitzern ließ nach, und…

…eine Faust traf ihn in der Magengrube.

Der wuchtige Hieb presste ihm die Luft aus den Lungen, und er fiel nach hinten, auf die metallene Oberfläche des Asteroiden.

Vor ihm ragte Tiberius wie ein klingonischer Racheengel auf.

Hinter dem Visier bewegten sich die Lippen des Imperators, aber kein Laut drang aus Kirks Helmlautsprecher.

Er versuchte, die Hand zur Seite des Helms zu heben, um Tiberius darauf hinzuweisen, dass er nichts hörte. Aber sein anderes Selbst trat ihn sofort in die Rippen.

Erneut entwich die Luft aus Kirks Lungen. Er keuchte und sah aus tränenden Augen zu Tiberius auf.

Der Imperator winkte ungeduldig und schien auf eine Antwort zu warten.

Kirk schnappte nach Luft und konzentrierte sich auf die Lippenbewegungen seines Äquivalents.

»…ein Geist! Ein Phantom… Albtraum…« Nur diese fünf bedeutungslosen Worte konnte Kirk identifizieren.

Dann fiel ein Schatten auf Tiberius, und dieser sah

auf. Eine Sekunde später blickte er wieder auf Kirk hinab. Er schwieg jetzt, doch in seinen Augen blitzte Verachtung.

Dann drehte sich Tiberius um und eilte fort.

Kirk sah nach oben, um festzustellen, woher der Schatten kam. Er riss die Augen auf.

Der zweite Asteroid füllte den ganzen Himmel. Dunkelheit ersetzte die wilden, wogenden Farben der Goldin-Diskontinuität.

Kirk stemmte sich hoch. »Hören Sie mich, Spock?« Er blickte sich um und stellte fest, dass er sich noch immer im Arbeitslager befand. Aber warum sollte Tiberius in seinem eigenen Universum ein Duplikat des Lagers einrichten? *Es kann nur bedeuten, dass ich noch immer in* meinem *Universum bin,* dachte Kirk.

Tiberius war fünfzig Meter entfernt und verschwand gerade hinter einer Baracke.

»Spock! Teilani! Ich bin auf der Oberfläche des Asteroiden!« Kirk bemerkte das Gebäude, das er vor wenigen Minuten betreten hatte. »Meine Entfernung vom Kommandozentrum beträgt etwa einen halben Kilometer.«

Keine Antwort. Kirk blickte auf die Statusanzeigen am Innenkragen des Schutzanzugs. Der Kommunikator funktionierte nicht mehr – offenbar war er beim Sturz beschädigt worden.

Kirk lief los und folgte seinem anderen Selbst, in der Hoffnung, von Spocks Tricorder oder den Sensoren der *Voyager* geortet zu werden.

Er sah zum zweiten Asteroiden auf, der jetzt so nahe war, dass ein einziger Sprung zu genügen schien, um ihn zu erreichen.

Während er lief, dachte er an die *Enterprise* jenseits davon, an den Countdown ihrer Selbstzerstörungssequenz. Es blieb Jean-Luc Picard nicht mehr viel Zeit, um sein Schiff zu retten.

Aber warum wollte Tiberius, dass die *Enterprise* zerstört wurde?

Oder anders ausgedrückt: Was könnte mir *an einer Zerstörung des Schiffes gelegen sein?* fragte sich Kirk. Gab es an Bord der *Enterprise* etwas, das sie nicht entdecken sollten? Irgendwelche Hinweise, die Tiberius eliminiert wissen wollte? Aber Hinweise worauf?

Kirk fühlte sich von Rätseln umgeben, die nur ein Mann lösen konnte. Er reagierte darauf, indem er die einzige Möglichkeit wahrnahm, die ihm jetzt noch blieb.

Er lief schneller.

3

Der Transporterstrahl brachte Picard in den Kontrollraum seines Schiffes, und sofort hielt der Captain nach funktionierenden Displays Ausschau.

Davon gab es nur wenige. Die meisten Bildschirme und Anzeigeflächen blieben dunkel, was auch für die Leuchtkörper in der Decke galt. Das Licht stammte allein von den Leuchtstreifen an den Wänden und Treppenstufen.

Das Halbdunkel bestätigte die Botschaft der wenigen noch leuchtenden Displays.

Die *Enterprise* starb.

Aber sie war noch nicht tot.

Picard eilte bereits zur Sicherheitsstation, als Riker und Data materialisierten. Sein erster Gedanke bestand darin, dass die entsprechende Konsole deaktiviert worden war, aber dann verharrte er vor einer fast kreisförmigen Öffnung in der Wand und im Boden, genau an der Stelle, wo sich eigentlich die Station befinden sollte.

»Will – die Sicherheitsstation ist *verschwunden!*« Picard drehte sich zum Ersten Offizier um, doch Riker und Data hatten selbst eine verblüffende Entdeckung gemacht.

Der Kommandosessel fehlte ebenfalls. Wo man ihn erwartete, zeigte sich ein weiteres rundes Loch im Boden. Man hätte meinen können, dass hier ein Traktorstrahl der Borg am Werk gewesen war.

Data überprüfte rasch den Rest der Brücke. »Das ist noch nicht alles, Sir«, sagte er. »Fünfzehn wichtige Kontrolleinheiten sind auf die gleiche Weise von der Brücke verschwunden.«

Genau in diesem Augenblick erklang erneut die ruhige Stimme des Bordcomputers. Seit mehr als hundert Jahren ertönte sie auf diese Weise an Bord von Starfleet-Schiffen. »Selbstzerstörung in fünf Minuten.«

»Suchen Sie ein funktionierendes Terminal«, wandte sich Picard an die Offiziere. »Eine Konsole, von der aus ich meinen Zugangscode eingeben kann.«

LaForges Stimme drang aus dem Lautsprecher des Kommunikators, den Picard an dem klingonischen Kampfanzug befestigt hatte. »Captain, ich bin im Maschinenraum, und hier…«

»…fehlen wichtige Komponenten«, sagte Picard. »An ihrer Stelle befinden sich runde Öffnungen im Boden und in den Wänden.«

»Das stimmt, Sir.«

»Geordi«, warf Riker ein, »sind die energetischen Systeme stabil? Haben wir die Warpkontrolle verloren?«

»Alle energetischen Systeme und Generatoren sind deaktiviert, Commander. Der Warpkern ist kalt. Wenn es nicht zur Selbstzerstörung kommt, droht keine unmittelbare Gefahr. Aber ich habe keine Ahnung, was hier passiert ist.«

»Halten Sie sich in Bereitschaft«, sagte Riker.

Data stand an einer intakten technischen Nebenstation. »Captain, diese Konsole gestattet Ihnen, sich mit den sekundären Computern in Verbindung zu setzen.«

Picard durchquerte den Kontrollraum und wich dabei dem Loch aus, das den Kommandosessel verschluckt zu haben schien. »Was ist mit den primären?«

»Offenbar befinden sie sich nicht mehr an Bord, Sir.«

Picard gab seinen Zugangscode ein.

Die Darstellung des Bildschirms über den Kontrollen

veränderte sich und zeigte den Countdown der Selbstzerstörungssequenz.

»Wenigstens bin ich nicht ausgesperrt«, sagte Picard und gab den Deaktivierungscode ein.

»Selbstzerstörung in vier Minuten und dreißig Sekunden«, sagte der Computer.

»Was? Wieso wird mein Zugangscode akzeptiert, nicht aber der Deaktivierungsbefehl?« Picard wandte sich von der Konsole ab. »Data, geben Sie die Prioritätssequenz ein, die Sie verwendeten, als die Borg das Schiff unter ihrer Kontrolle hatten.«

Der Androide rührte sich nicht von der Stelle. »Unglücklicherweise basierte jene Sequenz auf einem bis dahin unentdeckten Programmierfehler, der inzwischen korrigiert wurde.«

Picard zog am ledernen Kragen des klingonischen Kampfanzugs, in dem es ihm viel zu warm geworden war. »Computer, hier spricht Picard, vier sieben Alpha Tango.«

»Identität bestätigt«, antwortete die Sprachprozessorstimme des Computers.

»Deaktiviere Selbstzerstörungssequenz Alpha eins. Ausführung.«

»Sie sind nicht befugt, die Selbstzerstörungssequenz zu deaktivieren«, erwiderte der Computer.

Picard spürte, wie ihm das Blut ins Gesicht schoss. »Ich bin der Captain dieses Schiffes. Selbstzerstörungssequenz Alpha eins deaktivieren!«

»Selbstzerstörung in vier Minuten.«

Der Erste Offizier klopfte auf seinen Insignienkommunikator. »Riker an *Voyager*. Treffen Sie Vorbereitungen für einen Nottransfer.«

»Aye, ich habe den Transferfokus auf Sie gerichtet«, ertönte die Stimme von Captain Scott. »Aber ich muss Sie warnen: Nach den vielen Ort-zu-Ort-Transfers sind diese Transporter ziemlich empfindlich geworden. Ich weiß nicht, ob ich Sie alle gleichzeitig an Bord holen kann.«

Riker runzelte die Stirn. »Verstanden.«

»Data«, sagte Picard, »was ist mit dem Computer los?«

»Vielleicht wird Ihr Deaktivierungsbefehl nicht akzeptiert, weil die Selbstzerstörungssequenz von jemand anders eingeleitet wurde.« Data sah zur dunklen Decke hoch. »Computer, hier spricht Commander Data. Autorisierung Delta India null eins. Wiederhole die verbalen Kommandos zur Einleitung der Selbstzerstörungssequenz.«

Eine Stimme erklang aus allen Lautsprechern auf der Brücke, und Picard erkannte sie sofort.

»Selbstzerstörungssequenz einleiten. Autorisierung Kirk. Acht acht Alpha Kilo.«

»Tiberius«, sagte Picard bitter. »Er gab sich dem Computer gegenüber als Kirk aus, und Nechajew verlieh Kirk den Status eines Starfleet-Offiziers mit vollem Kommandostatus.«

»Sir«, sagte Data, »ich schlage vor, wir beamen den echten Captain Kirk zur *Enterprise*, damit er die Sequenz deaktivieren kann.«

Picard wandte sich an Riker, um ihm eine solche Anweisung zu erteilen, als eine zweite Stimme aus den Lautsprechern tönte.

»Computer, Commander William Riker. Bestätige Selbstzerstörungssequenz. Autorisierung Riker. Zwei fünf Sierra Tango.«

Picard bemerkte die Verblüffung im Gesicht seines Ersten Offiziers. Also hatte auch Riker ein anderes Selbst.

Und dann ließ sich der für die Einleitung der Selbstzerstörungssequenz notwendige dritte Offizier vernehmen.

»Computer, Commander LaForge. Bestätige Selbstzerstörungssequenz. Autorisierung LaForge. Eins neun Rigel Tango.«

»Selbstzerstörung in drei Minuten und dreißig Sekunden.«

Stille breitete sich im Kontrollraum der *Enterprise* aus.

»Commander Riker«, sagte Data nach einigen Sekunden, »ich glaube, der Computer wird auf Sie hören.«

Der Erste Offizier wirkte noch immer ziemlich erschüttert und stand an der Konsole, deren Display auf den Countdown hinwies. »Computer, hier spricht… *Commander… William… Riker.* Deaktiviere Selbstzerstörungssequenz Alpha eins.« Er sah zu Picard, bevor er das letzte Wort hinzufügte: »Ausführung.«

Picard blickte aufs Display und sah, wie die Zahlen des Countdowns verharrten. Einen Herzschlag später wichen sie dem Hinweis: SELBSTZERSTÖRUNGSSEQUENZ DEAKTIVIERT.

Der Captain und Riker ließen erleichtert den angehaltenen Atem entweichen – und sahen dann zu Data, der ebenso reagiert hatte, obwohl er als Androide überhaupt nicht atmen musste.

Data zuckte mit den Schultern. »Angesichts der besonderen Umstände erschien mir eine solche Reaktion angemessen.«

Picard nickte und sah sich auf der verwüsteten Brücke um. »Mehr können wir hier nicht tun.« Er klopfte auf seinen Insignienkommunikator. »Picard an *Voyager.* Die Selbstzerstörungssequenz ist deaktiviert. Wir sind jetzt bereit, auf den Asteroiden zurückzukehren und Kirk zu helfen.«

»Energie«, antwortete Captain Scott.

Picard breitete sich innerlich auf das kühle Prickeln des Transporterstrahls vor.

Nichts geschah.

Er klopfte noch einmal auf seinen Insignienkommunikator. »Captain Scott…?«

Scotts angespannt klingende Stimme ertönte aus dem kleinen Lautsprecher. »Wir haben hier ein… kleines

Problem. Die zentralen Schaltkreise des Haupttransporters sind durchgebrannt. Ich fürchte, es wird eine Weile dauern, bis wir Sie an einen anderen Ort beamen können. Und da die Lebenserhaltungssysteme der *Enterprise* immer mehr versagen, sollten Sie sich möglichst schnell Schutzanzüge besorgen.«

Es erleichterte Picard, dass die Schaltkreise vor dem Einsatz des Transporters durchgebrannt waren und nicht während des Transfers. Doch die Erleichterung währte nicht lange und wich Sorge.

»Was ist mit Kirk und der Suchgruppe?«

»Sie sind leider auf sich allein gestellt«, erwiderte Scott. »Dieses arme Schiff hat zu viel durchgemacht. Ich schätze, wir können Kirk und den anderen erst helfen, wenn die Rettungsschiffe eintreffen.«

Für Picard, Riker und Data gab es nur eine Lösung dieses Problems.

»Das Hangardeck«, sagten sie wie aus einem Mund.

Die *Enterprise* verfügte über Shuttles. Es wurde Zeit, Gebrauch von ihnen zu machen, um Kirk zu helfen.

Tiberius lief über die metallene Oberfläche des Asteroiden und brauchte nicht auf das taktische Display im Innern seines Helms zu sehen. Er verfügte über ein absolutes Zeitgefühl und wusste daher, dass ihm noch zwei Minuten blieben. Genug, um ein Universum zu gewinnen – oder um eins zu verlieren. Die Herausforderung belebte ihn.

Trotz des perfekten Eroberungsplans, den er nun in die Tat umsetzen wollte, enttäuschte ihn die Begegnung mit dem anderen Kirk, der ihm wie ein blasses, farbloses Spiegelbild des Originals erschien. Tiberius hatte beabsichtigt, sein Äquivalent zu töten – die Existenz des anderen Kirk kam für ihn einem Affront gleich. Dass es jenem anderen Kirk ebenfalls gelungen war, lange genug zu überleben und wie Tiberius diese neue Ära zu erreichen… Es erstaunte ihn, dass sie sich so sehr ähnelten und gleichzeitig so verschieden sein konnten.

Tiberius wusste, dass die großen historischen Kriegsherrn in beiden Universen die gleichen Namen trugen: Alexander, Cäsar, Washington, Khan… Jeweils beide Versionen hatten Ruhm erworben und bewiesen, dass das Schicksal Größe für sie vorsah, unabhängig von allen externen Bedingungen.

Welche Erklärung gab es dann dafür, dass Kirk in seinem Universum kaum mehr war als der Vasall einer wenig schlagkräftigen Flotte namens Starfleet? Wieso stand er in den Diensten der lächerlich inkompetenten Föderation? Wie konnte Tiberius von sich behaupten, für unvergleichliche Größe bestimmt zu sein, wenn sein anderes Selbst in einem Paralleluniversum überhaupt nichts Nennenswertes geleistet hatte?

Spock – einst ein Freund und jetzt ein Verräter – hatte vor Jahren darauf hingewiesen, dass die Unterschiede zwischen den beiden Universen vielleicht nur auf Zufall zurückzuführen waren.

Doch Tiberius konnte und wollte eine solche Erklärung für sein Schicksal nicht akzeptieren.

Zufälle bestimmten das Leben der Schwachen und Hilflosen. Doch Männer mit Weitblick und eisernem Willen konnten das eigene Schicksal *kontrollieren,* ohne es vom Zufall beeinflussen zu lassen.

Der andere Kirk war ein Fehler. Indem er das geisterhafte andere Selbst eliminierte, tilgte er jeden Zweifel daran, zu Höherem geboren zu sein.

Aber es genügte nicht, den anderen Kirk einfach nur zu töten. Er sollte verstehen, *warum* seine Existenz ausgelöscht wurde – dieser Vorgang lief auf die Korrektur eines Fehlers hinaus.

Tiberius hätte es nie jemand anders gegenüber zugegeben, aber er wusste: Bevor er das Universum erobern konnte, musste er sich selbst erobern.

Vor wenigen Sekunden hatte er darauf verzichtet, den anderen Kirk zu töten, weil er ihn nicht hören konnte. Sein Äquivalent war nicht imstande gewesen, die wahre Macht des Imperators kennen zu lernen.

Tiberius zweifelte nicht daran, dass schon bald eine neuerliche Begegnung stattfände. Eine öffentliche Hinrichtung hatte etwas Endgültiges und wirkte weitaus befriedigender. In der Vergangenheit hatten sie immer den gewünschten Zweck erfüllt.

Der Imperator betätigte eine in den Unterarm des Kampfanzugs integrierte Kontrolleinheit und aktivierte damit das taktisch Display. Eine holographische Projektion entstand vor der Helmscheibe: Blinkende grüne Punkte in einem Kreis markierten die aktuellen Positionen von insgesamt vier Verfolgern. Einer war den anderen ein ganzes Stück voraus.

Der Geister-Kirk.

Für einen Schwächling erwies er sich als bemerkenswert hartnäckig. Aber er konnte die erforderliche Strecke unmöglich in der noch verbleibenden Zeit zurücklegen.

Nur noch hundert Meter trennten Tiberius vom Rand des Asteroiden. Die von den Gravitationsgeneratoren erzeugte künstliche Schwerkraft wirkte sich auch in diesem flachen Bereich des Nickel-Eisen-Asteroiden aus, aber er wusste: Das Schwerkraftfeld endete an der Kante weiter vorn.

Tiberius hob den Blick und sah durch die oberste Wölbung der Helmscheibe. Der andere Asteroid war nur noch zweihundert Meter entfernt, drehte sich langsam und erweckte den Eindruck, alles auf dem ersten Asteroiden zermalmen zu wollen. Aber er hatte jetzt die geringste Distanz erreicht: Näher als zweihundert Meter kam er bei diesem Umlauf nicht heran.

Der Imperator sah wieder nach vorn. Die beiden Kommandanten warteten auf ihn, zusammen mit dem

Regenten Picard. Das immer noch aktive taktische Display zeigte, dass Kirk ihn auch weiterhin verfolgte. Die Entfernung verringerte sich.

Die Kommandanten Riker und LaForge hatten ihre Disruptoren gezogen. Tiberius bedeutete ihnen mit einem Wink, die Waffen wegzustecken.

Wenn der andere Kirk so versessen darauf war, sein Leben zu beenden, so wollte Tiberius ihn nicht enttäuschen.

Für Kirk brachte jeder Atemzug unerträgliche Schmerzen. Trotzdem blieb er nicht stehen, lief auch weiterhin über die Oberfläche des Asteroiden. Ein Countdown fand statt. Seinen Zweck kannte Kirk nicht, aber er war auf keinen Fall bereit, Tiberius entkommen zu lassen.

Er brauchte Antworten.

Er musste herausfinden, ob er die Ursache für das Schicksal von Menschen und Vulkaniern im anderen Universum war. Nicht Tiberius, sondern James T. Kirk, jener Starfleet-Captain, der vor einhundertacht Jahren in die Welt hinter dem Spiegel wechselte und dort mit Spocks anderem Selbst sprach. Trug er persönlich die *Verantwortung* für das totale Chaos im Paralleluniversum? Wenn er der Welt hinter dem Spiegel keinen Besuch abgestattet und Spock nicht mit Revolutionsideen konfrontiert hätte – wären Menschen und Vulkanier dann nie zu Sklaven der Allianz geworden? Oder handelte es sich dabei um eine unvermeidliche Entwicklung, um ein Zusammenwirken von Ereignissen und Geschichte, das ohnehin stattgefunden hätte, mit oder ohne ihn?

Schicksal? Oder das Ergebnis seines Eingreifens?

Kirk musste es wissen.

Und Tiberius war der Schlüssel.

Der gleiche Tiberius, der am Rand des Asteroiden auf ihn wartete, nur zwanzig Meter entfernt.

Er war nicht allein. Drei Personen in cardassianischen Kampfanzügen und mit schussbereiten Waffen begleiteten ihn. Zwei der Gesichter wirkten menschlich auf Kirk, obwohl er durch die Helmvisiere kaum Einzelheiten erkennen konnte – sie reflektierten das blaue und rote Plasmafeuer der Goldin-Diskontinuität.

Kirk lief weiter, und während die Distanz schrumpfte, legte er sich die geeignete Taktik zurecht. Wenn er sich auf Tiberius stürzte... Genügte die Wucht des Aufpralls, um sie beide aus dem künstlichen Gravitationsfeld und bis zum zweihundert Meter entfernten anderen Asteroiden zu tragen? Wenn er Tiberius beschäftigt hielt, gelang es Scott vielleicht, den Transferfokus auszurichten und sie an Bord der *Voyager* zu beamen.

Zehn Meter vor der Gruppe wurde Kirk langsamer und erweckte den Anschein, stehen bleiben zu wollen. In Wirklichkeit versuchte er noch immer, Geschwindigkeit und Distanz möglichst genau zu berechnen, um Tiberius nicht zu verfehlen.

Der zweite Asteroid glitt am Rand dieses flachen Bereichs vorbei, wodurch Kirk den Eindruck gewann, dass er direkt auf ihn zulief. Es war wie ein umgekehrter Sturz vom El Capitan.

Die anderen drei Gestalten steckten ihre Waffen weg.

Ganz offensichtlich hatten sie eine entsprechende Anweisung von Tiberius bekommen.

Wollte der Imperator ihm als Ebenbürtiger gegenübertreten?

Nun, in dem Fall erwartete ihn eine Überraschung.

Tiberius entdeckte Unschlüssigkeit in den Augen des anderen Kirk.

Dann wurde er plötzlich wieder schneller, und an seinem Ziel konnte kein Zweifel mehr bestehen.

»Aus dem Weg!«, rief er seinen Gefolgsleuten zu. Der

Regent und die beiden Kommandanten hielten jetzt keine schussbereiten Waffen mehr in den Händen.

Kirk hatte seinen letzten Sprint zeitlich perfekt abgestimmt. Es musste so aussehen, als wollte er sein Äquivalent angreifen, aber im letzten Moment warf er sich zur Seite, den drei Begleitern des Imperators entgegen.

LaForge wich rechtzeitig aus, aber Riker und Picard sprangen in die gleiche Richtung und stießen gegeneinander.

Eine halbe Sekunde später kollidierte Kirk mit ihnen.

Commander Riker fiel auf den Rand des Asteroiden, und sein Helm ragte darüber hinweg. Tiberius beobachtete überrascht und mit widerwilliger Bewunderung, wie sich Kirk das Lebenserhaltungsmodul von Rikers Kampfanzug vornahm und mit beiden Händen daran klopfte. Ein Ventil des Sauerstofftanks öffnete sich und Luft strömte ins Vakuum, übte dabei genug Druck aus, um Riker über den Rand hinweg und aus dem Wirkungsbereich des künstlichen Schwerkraftfelds zu tragen. Der Kommandant ruderte vergeblich mit Armen und Beinen, als er zum zweiten Asteroiden flog, dabei eine sich ausdehnende Gaswolke hinter sich zurückließ.

Kirk hielt nicht inne, um das Ergebnis seiner Aktion zu betrachten. Er blieb in Bewegung und rammte die Schulter an Picards Rücken, bevor der Regent Gelegenheit bekam, wieder aufzustehen. Tiberius sah, wie Picard den Kopf zur Seite neigte, um zu vermeiden, dass der Helm auf die metallene Oberfläche des Asteroiden prallte. Kirk nutzte die Verwirrung des Regenten und nahm ihm die einzige Waffe ab, die Tiberius Picard gestattet hatte: ein klingonisches *Mek'leth.*

So tollkühn und beeindruckend Kirks Aktion auch gewesen sein mochte – sie kam zu spät. Tiberius stand nun auf der einen Seite, weit genug entfernt, um den Disruptor zu ziehen und zu schießen, falls Kirk einen Angriff wagen sollte. Und Kommandant LaForge stand auf der anderen Seite, hielt seinen Strahler bereits in der Hand.

Damit befand sich der erschöpfte Kirk in einer hoffnungslosen Situation. Tiberius fragte sich neugierig, was sein anderes Selbst jetzt unternehmen würde. Er mochte ungeschickt sein, aber zweifellos war er einfallsreich. Er hielt die Waffe mit der kurzen Klinge wie ein Kind, indem er beide Hände ans Heft presste.

Konstruktionshandschuhe? dachte Tiberius. *Was hat das zu bedeuten?* Kirk versuchte nicht, die Finger um den Griff zu schließen. Plötzlich erinnerte sich der Imperator daran, was er auf dem Bildschirm gesehen hatte. Kirks Hände waren verbunden gewesen. *Er ist verletzt.*

LaForges Stimme drang aus dem Helmlautsprecher. »Es wird Zeit, Imperator. Soll ich ihn erledigen?«

Noch eine Minute, dachte Tiberius. In sechzig Sekunden ging der Countdown zu Ende. Er beobachtete, wie Kirk kurz zu LaForge sah, den Blick dann wieder auf ihn richtete. Regent Picard kroch zum Rand des Asteroiden. Weder Kirk noch Tiberius waren daran interessiert, ihn aufzuhalten.

»Stecken Sie die Waffe ein«, wies Tiberius LaForge an. »Treffen Sie Vorbereitungen für den Transfer.«

Sofort ließ LaForge den Disruptor im Gürtelhalfter verschwinden. Kirk schien mit einer solchen Anweisung gerechnet zu haben, wandte sich dem Imperator zu und hielt das *Mek'leth* in Angriffsposition.

Vielleicht ist das die Erklärung, dachte Tiberius. Der Grund, warum es der andere Kirk in seinem Universum zu nichts gebracht hatte: Er war verrückt.

Tiberius trat dem Phantom entgegen und beeilte sich nicht einmal.

Kirk stieß mit dem *Mek'leth* zu.

Jämmerlich, dachte Tiberius. *Der Schwächling hat es auf mein Bein abgesehen. Er will mich nicht töten.*

Es fiel ihm nicht weiter schwer, den Angriff abzuwehren, und als die Klinge auf den metallenen Boden des Asteroiden fiel, griff Tiberius nach den Händen seines Gegners.

Er zog Kirk so nahe zu sich heran, dass nur noch wenige Zentimeter ihre Helmscheiben voneinander trennten.

Das Gesicht des Phantoms war schweißnass. Tiberius experimentierte, indem er Druck auf die eine Hand ausübte.

Kirk kniff die Augen zusammen und erbleichte.

Tiberius drückte erneut zu und beobachtete fasziniert, wie das Gesicht seines Ebenbilds zu einer schmerzverzerrten Grimasse wurde.

Selbst durch den Schutzanzug spürte er, wie sehr Kirk zitterte.

Er neigte den Kopf nach vorn, bis sich ihre Helme berührten. Auf diese Weise konnten sich Vibrationen fortpflanzen, was eine Verständigung ermöglichte. »Du kennst meine Leistungen«, sagte Tiberius. »Du weißt, dass auch du dazu imstande gewesen wärst. Aber du hast dein Schicksal verraten, indem du es nicht zu meiner Größe brachtest. Wie kannst du es unter solchen Umständen überhaupt ertragen, noch am Leben zu sein?«

»Deine Leistungen.« Kirks Stimme war schwach und gedämpft, doch in ihr klang unüberhörbare Verachtung. »Ich habe eine Erde gesehen, die wegen dir zu einer öden, toten Welt wurde.«

»In einem Krieg lassen sich Verluste nicht vermeiden, James.« Mit diesem Phantom konnte man nicht vernünftig reden, fand Tiberius. Er beschloss, dem schwachen Abglanz seines Ruhms Menschlichkeit zu beweisen. »Du hingegen hast nur einen Albtraum für dich geschaffen. Davon befreie ich dich jetzt.«

Tiberius griff nach dem Nacken seines anderen Selbst, um das Helmsiegel zu lösen.

Kirks Blick versuchte, der Bewegung zu folgen, woraus der Imperator schloss: Sein Geist wusste, was ihn erwartete. Tiberius zögerte kurz, um herauszufinden, ob Kirk mit Erleichterung reagierte. Das war oft der Fall bei Leuten, die er tötete – wenn sie begriffen, dass ihr Leid ein Ende fand, dass sie gleich keine Schmerzen mehr ertragen mussten.

Ja, er scheint tatsächlich erleichtert zu sein, dachte Tiberius. Kirk ließ den Kopf nach hinten kippen und erweckte den Eindruck, sich mit dem Ende abzufinden.

Der Imperator griff nach dem Siegel.

Kirks Kopf kam ruckartig nach vorn, und mit unerwarteter Wucht stieß sein Helmvisier gegen das des Imperators. Das niederenergetische Integritätsfeld der Helme konnte der jäh frei werdenden kinetischen Energie nicht standhalten. Dünne Risse bildeten sich in den Helmscheiben, breiteten sich wie in zerbrechendem Eis aus.

Tiberius ließ Kirk verblüfft los und hob die Hände zum Visier, als die internen Sensoren einen Druckalarm auslösten. Fast schrilles Zischen wies auf entweichende Luft hin.

Tiberius wandte sich von Kirk ab und sprang zum Rand des Asteroiden.

Sein Stiefel stieß gegen ein Hindernis.

Kirk!

Der Imperator fiel und streckte beide Arme aus, um zu verhindern, dass sein Helm aufs massive Metall des Asteroiden prallte. Das Phantom hatte ihn mit einer seiner nutzlosen Hände zu Fall gebracht, obwohl das schier unerträgliche Pein für ihn bedeutete.

Der andere Kirk war verletzt, verfügte weder über Waffen noch über Soldaten. Trotzdem hatte er versucht, Tiberius zu töten, auch wenn es den Verlust seines eigenen wertlosen Lebens bedeutete. Es ergab einfach keinen Sinn.

Vielleicht war er *wirklich* verrückt. Nur so ließ sich seine Unberechenbarkeit erklären.

Tiberius rollte sich auf den Rücken und trat nach Kirk.

»Tötet ihn!«, rief er LaForge und Picard zu, während auch weiterhin Luft aus seinem Kampfanzug strömte. Das gleiche Gefühl hatte er vor einer Stunde gehabt, doch es war von dem Wissen begleitet worden, dass in der Luftschleuse des Kommandozentrums ein Druckausgleich hergestellt wurde. Jetzt wusste Tiberius nicht, ob auf der anderen Seite alles bereit war. »Tötet ihn!«

Kirk kroch auf ihn zu, und in seinem Helmvisier zeigten sich ebenfalls Risse. Nicht ein einziger Disruptorstrahl traf ihn.

Tiberius drehte kurz den Kopf, um festzustellen, warum LaForge und Picard nicht auf seinen Befehl reagierten.

Er sah, wie sich der Regent vom Rand des Asteroiden abstieß. Er glitt fort, der gewaltigen Masse des zweiten Asteroiden entgegen.

Kommandant LaForge stützte sich auf einem Knie ab und feuerte mit seinem Disruptor – aber nicht auf Kirk, sondern auf andere Gestalten, die sich rasch näherten.

Tiberius begriff, dass die Gefährten des Phantom-Kirks angriffen. Zwei von ihnen schossen mit Phasern.

»Nein!«, rief der Imperator. Er war nicht so weit gekommen, um sich jetzt von Phantomen besiegen zu lassen!

Das konnte unmöglich sein Schicksal sein.

Kirk hatte das Gefühl, dass sich seine Hände in Lava bewegten, aber er kroch trotzdem weiter. Er wollte auf keinen Fall zulassen, dass Tiberius entkam.

Phaserblitze und Disruptorstrahlen! T'Val, Teilani und Spock! Kirk wusste, dass sie mit den Soldaten des Imperators fertig werden konnten. Für Tiberius hingegen war er zuständig. Entweder würden sie sich zusammen zur *Voyager* beamen – oder sie starben hier. Eine dritte Möglichkeit existierte nicht.

»Die Lebenserhaltungssysteme versagen in dreißig Sekunden«, tönte die Warnung des Computers aus dem Helmlautsprecher.

Kirk wusste, dass er gleich in der Lage sein würde, Tiberius festzuhalten. Nur noch einige zusätzliche Sekunden, um Scotty Gelegenheit zu geben, den Transferfokus auszurichten…

Tiberius hob den Kopf und drehte ihn so, dass Kirk erneut das Gesicht seines anderen Selbst sehen konnte. Ihnen beiden war klar, dass der Tod drohte, aber tief in ihrem Innern gab es etwas, das sie unerbittlich antrieb und zwang, über die Grenzen des Möglichen hinweg vorzustoßen. Dieser unwiderstehliche Drang existierte in ihnen beiden, mit einem Unterschied: Ein Kirk hatte gelernt, ihn zu nutzen, während sich der andere davon benutzen ließ.

Sie starrten sich an, schnappten nach Luft und dachten nicht an den Tod, nur an ihren Kampf.

Sie stießen die gleichen Worte zur gleichen Zeit hervor.

»Gib auf!«

Beide antworteten mit dem gleichen Wort, in dem die gleiche Entschlossenheit erklang.

»Niemals!«

Kirk versuchte, ein magnetisches Schloss am Gürtel seines anderen Selbst zu befestigen. Tiberius hob den Arm und rammte den Ellenbogen ans Visier seines Gegners.

Kirk sah den Ellenbogen kommen und wusste, dass das strukturelle Integritätsfeld seines Schutzanzugs nicht mehr funktionierte. Er atmete zum letzten Mal tief ein – und spürte dann, wie die Luft schlagartig aus seinen Lungen entwich, als das Visier platzte und ihn dem Vakuum aussetzte.

Das Bild vor seinen Augen verschwamm, als Tiberius unter ihm hervorkroch. Die Kälte des Alls saugte ihm den Schweiß vom Gesicht.

Er streckte die Hand aus, um Tiberius erneut festzuhalten. Doch der Imperator erreichte den Rand des Asteroiden und stieß sich ab.

Kirk zog sich über die metallene Oberfläche, entschlossen dazu, seinem anderen Selbst zu folgen, ungeachtet der Dunkelheit, die sein Blickfeld immer mehr einschränkte.

Er beobachtete, wie drei Gestalten von ihm fort schwebten, dem zweiten Asteroiden entgegen.

Nein, das ist falsch, dachte Kirk. Hinter seiner Stirn herrschte uneingeschränkte geistige Klarheit.

Er sah zwei Gestalten. Dann eine. *Tiberius.*

Kirk nahm nichts anderes mehr wahr als jene eine Gestalt im dunkelroten Kampfanzug. Sie tastete nach ihrem Helm, als…

…ein Phaserstrahl gleißte…

Und Tiberius war verschwunden.

Er existierte nicht mehr.

Ebenso wenig wie die anderen Gestalten.

Das Leben löste sich auf.

Wenigstens ist er vor mir gestorben, dachte Kirk. Vor dem inneren Auge sah er Teilani und das Kind, das er nie kennen lernen würde.

Dann herrschte völlige Finsternis.

4

Dr. Andrea M'Benga wollte Antworten, und zwar *sofort.*

Aber der Pilot des Runabouts wollte ihr keine Auskunft geben, beschränkte sich auf einige vage und unaufrichtige Entschuldigungen.

»Ich bin Ärztin, keine Navigatorin«, sagte M'Benga und deutete durch die Bugkanzel nach draußen. »Aber ich weiß, wie Vulkan aussieht. Mein Urgroßvater lebte dort. Und bei dem Planeten dort handelt es sich gewiss nicht um *Vulkan.*«

Die Finger des jungen Piloten glitten über die Kontrollen, und er sah die verärgerte Starfleet-Ärztin nicht an. »Äh, nein, Ma'am – Doktor –, das ist nicht Vulkan. Tut mir Leid.«

M'Benga betrachtete ihr eigenes Spiegelbild und das des Piloten im schrägen Bugfenster, während sie darüber nachdachte, wie sie auf die seltsame Situation reagieren sollte. Mit der Antwort des jungen Mannes an den Kontrollen konnte sie nur wenig anfangen. Sie schätzte ihn auf Anfang zwanzig, und seine Akademie-Koteletten waren so gerade wie die Kanten von Trilliumfacetten – was bedeutete, dass er sie täglich schnitt, anstatt einmal pro Woche ein Enthaarungsmittel zu benutzen. Die Uniform mit den grauen Schultern wirkte replikatorfrisch.

M'Benga wusste, dass ihre eigene Uniform einen lässigeren Eindruck erweckte. Nach zehn Jahren bei Starfleet war ihr die Weichheit von repliziertem Stoff lieber, wenn er einige Ultraschallreinigungen hinter sich hatte.

Aufgrund von Vierundzwanzig-Stunden-Schichten in Kampfzonen wusste sie, dass eine bequeme Uniform kein Luxus war, sondern eine Notwendigkeit. Aus dem gleichen Grund trug sie ihr schwarzes Haar gern kurz. Es gab einen weiteren Unterschied zwischen M'Benga und dem Piloten, der sich offenbar streng an die Vorschriften hielt. Abgesehen von der Uniform trug sie auch noch etwas, das nicht dem üblichen Standard entsprach: ein schmales Stirnband mit grünen, gelben und roten Mustern. Bis vor einigen Monaten hatte sie es nur in ihrer Freizeit getragen. Aber als sie an Bord von *Deep Space 9* die bajoranischen Besatzungsmitglieder mit ihren großen Ohrringen sah, dachte sie: *Warum nicht?* Sie konnte das Band jederzeit abnehmen, wenn Vorgesetzte Einwände dagegen erhoben.

Als Captain Sisko es bemerkte, erkannte er sofort das Kente-Muster, was dazu führte, dass sie sich einmal pro Woche beim Essen trafen. M'Benga versuchte bei jenen Gelegenheiten, ihm ein wenig Kisuaheli beizubringen. In den peripheren Regionen der Föderation nahm man es mit dem Starfleet-Protokoll nicht so genau, und M'Benga hatte die daraus resultierende zusätzliche Freiheit immer zu schätzen gewusst. Dadurch vermisste sie ihr altes Schiff, die *Tobias,* und Captain Christine MacDonald umso mehr.

Doch Gedanken an die Vergangenheit halfen ihr nicht dabei, mit diesem obstruktiven Piloten fertig zu werden. Um ganz ehrlich zu sein: Am liebsten hätte sie ihm eine Watsche verpasst. Sie mochte diesen Ausdruck. Ihr Urgroßvater hatte ihn verwendet, damals, als sie zu ungestüm mit den *Sehlats* gewesen war, die er auf seiner kleinen *Plomeek*-Farm unweit des Voroth-Meers auf Vulkan gehalten hatte. *Pass auf, Mädchen, denn sonst bekommst du eine Watsche von mir,* erklang seine Stimme in ihrem Gedächtnis. Sie fragte sich, woher dieses seltsame Wort stammte…

Allerdings hatte Starfleet etwas dagegen, dass ältere Offiziere jüngere schlugen, und deshalb entschloss sich die Ärztin zu einer anderen Taktik.

Sie nahm im leeren Copilotensessel Platz. »Beginnen wir noch einmal von vorn, Fähnrich Adamski. Sie kamen nach *Deep Space 9*, um mich zu einem geheimen medizinischen Seminar zu bringen, bei dem es um die vom Dominion verwendeten biologischen Waffen geht. Stimmt das?«

Der Pilot wich ihrem Blick nicht länger aus. »Es tut mir sehr Leid, Doktor, aber ein solches medizinisches Seminar findet nicht statt. Und ich heiße nicht Adamski.«

M'Benga lehnte sich zurück. Der Pilot des Runabouts sah noch immer wie ein Grünschnabel aus, der gerade von der Akademie kam. Aber in seiner hartnäckigen Weigerung, ihr Informationen zu geben, kam etwas zum Ausdruck, das älter war und über mehr Erfahrung verfügte. Aus M'Bengas Ärger, der fast an Zorn grenzte, wurde Besorgnis. Ein Krieg fand statt. Und die Gründer waren Gestaltwandler. »Beantworten Sie mir folgende Frage: Ist dies ein Starfleet-Runabout oder nicht?«

Der Pilot nickte. »Ja, wir befinden uns an Bord eines Starfleet-Runabouts. Dies ist eine Starfleet-Mission.«

»Warum zum Teufel haben Sie mich dann schanghait?«

Der Pilot kaute kurz auf der Unterlippe. »Äh, den Ausdruck *schanghait* kenne ich leider nicht. Stammt er aus der... vulkanischen Sprache?«

»Lieber Himmel... Na schön, noch einmal von vorn. Wie auch immer Ihr Name lautet: Sie tragen die Rangabzeichen eines Fähnrichs. Ich bin Commander. Hiermit befehle ich Ihnen, mich nach *DS9* zurückzubringen.«

Der Pilot gab keine Antwort, berührte Schaltflächen und steuerte den Runabout in einen Standardorbit über dem Planeten. M'Benga wusste noch immer nicht, um welche Welt es sich handelte. In Hinsicht auf die Form der Kontinente und der Meere hätte es die Erde sein können. Aber die Farben stimmten nicht. Anzahl und Größe der Städte sowie des Transporternetzwerks, das sich auf der Nachtseite funkelnd und schimmernd M'Bengas Blicken darbot, deuteten nicht unbedingt auf einen Kolonialplaneten hin.

»Haben Sie mich gehört?«, fragte M'Benga scharf. »Ich habe Ihnen einen Befehl erteilt.«

»Äh, ich führe bereits einen Befehl aus, Commander. Er stammt von Admiral Jorge Santos.«

»Höre den Namen zum ersten Mal«, sagte M'Benga. Sie sah wieder durchs Bugfenster und bemerkte blinkende Lichter voraus. Offenbar näherten sie sich einer Orbitalstation.

»Ich schätze, das ist der Sinn der Sache«, erwiderte der Pilot.

M'Bengas Besorgnis wich neuerlichem Ärger. Sie verschränkte die Arme und musterte den jungen Mann aus zusammengekniffenen Augen. »Ich glaube, Sie wissen weitaus mehr, als Sie zugeben.«

»Ich bin wirklich nur als Pilot für den Admiral tätig. Commodore Twining wird Ihre Fragen beantworten.«

»Commodore Twining. Und wann begegne ich ihm?«

Der Pilot deutete nach vorn. Sie hatten die Orbitalstation fast erreicht. »In wenigen Minuten. Wir docken jetzt an.«

Von ihrem Sessel aus beobachtete M'Benga, wie die Station größer wurde. Sie schien dem typischen Starfleet-Konstruktionsmuster zu entsprechen: einige große, scheibenförmige Habitate, die sich übereinander an einer zentralen Achse erstreckten, kleinere Scheiben an radialen Auslegern.

Als der Pilot den Runabout geschickt zum Andockbereich steuerte, bemerkte M'Benga das Starfleet-Emblem auf der obersten Habitatscheibe. Das vertraute Symbol vertrieb zumindest einen Teil des Unbehagens aus ihr, aber sie hielt an ihrer Entschlossenheit fest, Antworten von Commodore Twining zu verlangen, wer auch immer er sein mochte. Unter dem Emblem zeigten sich Buchstaben, aber die Entfernung war noch zu groß, um Einzelheiten zu erkennen.

Der Pilot aktivierte den Kommunikator. »Hier ist Runabout *Ohio.* Erbitte Andock-Informationen.«

M'Benga hörte aufmerksam zu, als eine Starfleet-Computerstimme antwortete: »Runabout *Ohio,* Sie erhalten hiermit Landeerlaubnis für Hangar Fünf. Senken Sie die Schilde für eine Sensorsondierung.«

»Das war die Stimme eines Computers«, stellte M'Benga fest.

»Ja, Ma'am.« Der Pilot deaktivierte die Schilde, und M'Benga fühlte sich von neuer Beklommenheit erfasst. Jetzt trennten sie nur noch wenige Zentimeter Duranium von der Leere des Alls; es gab keine Kraftfelder mehr, die Schutz gewährten. Sie stellte sich vor, wie ein beim Bau der Orbitalstation verloren gegangener Bolzen mit einer Geschwindigkeit von dreißigtausend Kilometern pro Stunde eins der Fenster traf... Sie spürte, wie sich ihre Nackenhaare aufrichteten. Ein Transfer wäre ihr weitaus lieber gewesen.

»Ist dies eine automatische Station?«

»Nein, Ma'am.«

»Sensorsondierung beendet«, verkündete die Computerstimme. »Dr. M'Benga, bitte bestätigen Sie Ihre Identität mit Ihrem Verbalmuster.«

»Was? Jetzt hör mal, du armseliger Haufen isolinearer Schaltkreise, ich habe nicht die geringste Absicht...«

»M'Benga, Andrea Nyota, Identität bestätigt. Bereiten Sie sich darauf vor, von einem Traktorstrahl erfasst zu werden.«

M'Benga presste die Lippen zusammen, als der Ärger erneut in Zorn umzuschlagen drohte.

»Dies ist Ihre letzte Chance, Fähnrich. Entweder geben Sie mir die Möglichkeit, mit jemandem zu reden, der über Kommando-Autorität verfügt, oder Sie bringen mich fort von hier!«

Ein lavendelfarbener Strahl ging von der Orbitalstation aus und tastete nach dem kleinen Raumschiff. Die Station wurde noch größer, als der Runabout zum Hangar Fünf gezogen wurde.

Zwei Details sorgten dafür, dass M'Bengas Besorgnis fast das Ausmaß von Furcht gewann.

Die Buchstaben unter dem Starfleet-Emblem bildeten folgende Worte: AGRIKULTUR-FORSCHUNGSSTATION 51, ALPHA CENTAURI IV.

Und direkt über dem Hangarschott bemerkte die Ärztin Phaser-Emitter, nur schlecht als altmodische Subraum-Relaismodule getarnt. Sie waren groß genug für ein Raumschiff der Sovereign-Klasse.

M'Benga gab den halb ausgearbeiteten Plan auf, den Piloten mit einem Nervengriff außer Gefecht zu setzen und die Flucht zu ergreifen.

Sie wollte wissen, warum Starfleet solche Heimlichtuerei für notwendig gehalten hatte, um sie zur ältesten Kolonialwelt der Menschheit zu bringen. Und weshalb eine landwirtschaftliche Forschungsstation in einem der sichersten Raumsektoren weit und breit mit leistungsstarken Phaserkanonen ausgestattet worden war.

Vor allem aber wollte sie herausfinden, warum sie plötzlich das Gefühl hatte, schon einmal hier gewesen zu sein.

Das Schott der Luftschleuse öffnete sich mit einem leisen Zischen, und M'Benga zögerte, bevor sie hindurchtrat. Es war schon einige Zeit her, seit sie zum letzten Mal eine Luftschleuse in einem Hangar gesehen hatte – genügten Außenschott und Kraftfelder nicht als Schutz vor dem Vakuum?

Erst seit fünf Minuten befand sie sich an Bord der

Agrikultur-Forschungsstation 51, aber diese sah mehr nach einer Festung aus als nach einer wissenschaftlichen Einrichtung.

»Dr. M'Benga… Es ist mir ein Vergnügen.«

Ein Starfleet-Commodore schritt ihr entgegen. Er war kleiner als die Ärztin, zeichnete sich durch das gleiche überkorrekte Ganz-nach-den-Vorschriften-Erscheinungsbild aus wie der Pilot.

»Commodore Twining?«, fragte M'Benga.

»Nennen Sie mich Nate. Wir halten hier nicht viel von Förmlichkeiten.«

M'Benga schüttelte dem Mann die Hand, und zwar allein aus Angewohnheit – der Wunsch, höflich zu sein, steckte kaum dahinter. Auch der Commodore wirkte seltsam vertraut. »Sind wir uns schon einmal begegnet?«

Twining lächelte. »Oh, bestimmt haben wir uns im Lauf der Jahre bei der einen oder anderen medizinischen Konferenz gesehen. Sie wissen ja, wie das ist.«

»Ja, das weiß ich. Ich habe ein gutes Gedächtnis für Gesichter, aber Ihrs… kann ich nirgends unterbringen.«

Commodore Twining forderte die Ärztin mit einer knappen Geste auf, ihm durch den Korridor zu folgen. »Nach dem Treffen können wir unsere Terminkalender vergleichen. Bestimmt stellen wir dabei fest, dass wir oft die gleichen Konferenzen besucht haben.«

M'Benga schritt neben dem Commodore. Der Korridor erstreckte sich leer vor ihnen, obwohl eine Station von dieser Größe fast 500 Besatzungsmitglieder haben sollte. »Welches Treffen meinen Sie?«

»Es dürfte leichter sein, Ihnen einfach alles zu zeigen.«

Sie erreichten einen Turbolift, und erstaunlicherweise presste der Commodore dort die Hand auf einen Identitätsscanner. Dann trat er beiseite und bedeutet ihr, seinem Beispiel zu folgen.

»All das für einen Turbolift?«, fragte M'Benga.

»Wir befinden uns im Krieg, Commander«, sagte der Commodore schlicht.

Das hielt M'Benga kaum für eine Erklärung. »Alles deutet darauf hin, dass diese Station bereits existierte, als wir noch gar nichts vom Dominion wussten.«

Die Tür des Turbolifts öffnete sich. Der Commodore wartete, bis M'Benga die Transportkapsel betreten hatte, gesellte sich ihr dann hinzu. »Sie sind sehr aufmerksam, Doktor. Deshalb arbeiten wir so gern mit Ihnen zusammen.«

M'Benga spürte, wie sich in ihrer Magengrube etwas zusammenkrampfte. »Ich… *bin* also schon einmal hier gewesen?«

Der Commodore lächelte freundlich. »Was glauben Sie?«

»Ich muss gestehen, dass Sie Unbehagen in mir wecken, Commodore.«

»Ich weiß. Aber Sie überwinden es bald.«

Der Turbolift hielt an, und die Tür öffnete sich wieder. M'Benga zögerte überrascht. Sie hatte einen weiteren Korridor erwartet, doch stattdessen erstreckte sich eine Art Raumdock vor ihr. Das Innere der Orbitalstation schien hohl zu sein und Platz genug für ein großes Raumschiff zu bieten.

»Nach Ihnen, Doktor«, sagte Twining. Er wartete darauf, dass M'Benga die Transportkapsel verließ.

Sie trat aus dem Lift, näherte sich den großen Fenstern und blickte in einen riesenhaften, kugelförmigen Hohlraum, der zweifellos groß genug war, um sogar ein Raumschiff der Sovereign-Klasse aufzunehmen. Allerdings blieb es M'Benga ein Rätsel, wie ein solches Schiff aus dem All hierher gelangen sollte – von ihrem Blickwinkel aus waren keine Hangarschotten zu erkennen.

Der Hohlraum enthielt tatsächlich ein Schiff, aber es war nicht einmal halb so lang wie eine Warpgondel der Sovereign-Klasse.

M'Benga blickte von dem vollkommen isolierten kleinen Raumschiff an den großen Fenstern empor zur weißen Decke zwanzig Meter über ihr. Energieleitungen und Rohre zeigten sich dort, einer Terraforming-Basis würdig. Um sie herum gab es Kontrollkonsolen, Transferfelder und wissenschaftliche Stationen. M'Benga gewann den Eindruck, sich in einem enormen Labor zu befinden. Einige der installierten Geräte kannte sie nicht einmal.

»Dies alles…« Sie deutete erst auf die Konsolen und dann zu dem kleinen Schiff. »Dafür?«

Der Commodore stand neben ihr am Fenster und legte die Hände auf den Rücken. »Erscheint es Ihnen vertraut?«

M'Benga runzelte die Stirn. Eine weitere Frage, die mit einer Frage beantwortet wurde. Die induktive Erkenntnismethode konnte sehr zermürbend sein. »Habe ich auch das Schiff schon einmal gesehen?«

»Das bezweifle ich. Aber vielleicht etwas in der Art.«

M'Benga seufzte und erinnerte sich an die grässlichen Identifizierungslektionen an der Akademie. Ja, das Schiff *wirkte* vertraut. Und gleichzeitig bizarr. Jemand schien ein altes Unterseeboot genommen zu haben, um… Plötzlich fiel es ihr ein.

»Das ist ein DY-100! Ein Schläferschiff, vermutlich mehrere Jahrhunderte alt.«

Commodore Twining nickte. »Danach sieht es aus.«

Er hatte jetzt M'Bengas volle Aufmerksamkeit. »›Danach sieht es aus‹?«, wiederholte sie und erinnerte sich auch noch an etwas anderes. »Vor einigen Monaten habe ich einigen Technikern bei einem Gespräch in einer Bar zugehört. Es ging dabei um das Gerücht, man hätte eine weitere Gruppe genetisch manipulierter Supermenschen aus dem zwanzigsten Jahrhundert gefunden.« M'Benga bedachte den Commodore mit einem durchdringenden Blick. »Angeblich untersuchte man sie auf Alpha Centauri IV.«

Twining nickte erneut. »Ich kenne das Gerücht. Ich habe es selbst in die Welt gesetzt.«

M'Benga schnaubte. »Commodore, Sie sollten endlich damit beginnen, mir einige Antworten zu geben. Andernfalls bin ich nicht bereit, dieses Gespräch mit Ihnen fortzusetzen.«

Twining deutete zu einer nicht allzu weit entfernten wissenschaftlichen Station. »Das Schiff ist nur acht Jahre alt, und es wurde absichtlich so konstruiert, dass es älter aussieht.«

»Warum?«

»Das ist eins der Rätsel, bei deren Lösung Sie uns hoffentlich helfen können.«

»Wenn es sich nicht um ein Schläferschiff handelt – was ist es dann?«, fragte M'Benga und war noch immer mehr an Antworten interessiert als an Fragen.

»Oh, es *ist* ein Schläferschiff. An Bord gibt es zweiundzwanzig Hibernationskammern, und siebzehn sind belegt.«

Twining führte M'Benga zur wissenschaftlichen Station und gab dort einen Sicherheitscode ein. Ein Bildschirm erhellte sich und zeigte einen kleinen Frachtraum, mit horizontalen Türen zu beiden Seiten, jeweils zwei übereinander. Sie reflektierten das Licht und aus einem anderen Blickwinkel gesehen mochten sie durchsichtig sein.

»Wer liegt darin?«, fragte M'Benga. »Oder sollte es heißen: *Was* liegt darin?«

»Finden Sie es heraus.« Der Commodore aktivierte einen Kommunikator. »Sind Sie da, Doktor?«

»Wo sollte ich sonst sein?« In dem Frachtraum trat eine Gestalt in den Erfassungsbereich des visuellen Sensors. M'Benga erkannte sie sofort.

»Dr. Zimmerman?«

Der glatzköpfige Arzt auf dem Bildschirm runzelte die Stirn. »Würde sich Dr. Zimmerman ohne Schutzkleidung in einer biologischen Quarantänezone der Klasse elf aufhalten?«

»Oh«, sagte M'Benga. »Sie sind ein MHN.«

Der holographische Arzt rollte mit den Augen. »Tut mir Leid, Sie zu enttäuschen, Doktor…?«

»Doktor Andrea M'Benga.«

Daraufhin erhellte sich die Miene des Holo-Arztes. »Ah, die Autorin von *Medizinische Mentalverschmelzung: Ein Jahrtausend vulkanischer Heilkunst*. Und im *Journal der Föderationsmedizin* haben Sie einen ausgezeichneten Artikel über Cloningdrift und Quantenunschärfe veröffentlicht.«

»Danke«, sagte M'Benga. Inzwischen wusste sie, dass sie es mit der holographischen Nachbildung von Dr. Lewis Zimmerman zu tun hatte, und ihr war auch klar: Mit künstlichen Lebensformen kam man am besten zurecht, indem man sie einfach akzeptierte. In den mathematischen Algorithmen, die eine solche Simulation ermöglichten, war vielleicht irgendwo ein numerisches Äquivalent von Freude berechnet worden. Hatte ein organisches Wesen das Recht zu behaupten, dass Gleichungen des Glücks weniger wert waren als ihre emotionalen Gegenstücke?

»Bitte entschuldigen Sie die Störung, Doktor«, sagte Twining, und der holographische Arzt verzog das Gesicht so, als hätte er diese Worte schon tausendmal gehört. »Könnten Sie die Position des visuellen Sensors verändern, um Dr. M'Benga Gelegenheit zu geben, einen der… Patienten zu sehen?«

»Ich lebe, um zu dienen«, erwiderte das MHN und wandte sich dem Sensor zu. Einige Sekunden lang war nur die Hand des holographischen Arztes zu sehen.

»Befinden sich dort drin wirklich Organismen der Klasse elf?«, fragte M'Benga den Commodore.

»Bisher haben wir keine entdeckt, aber bis wir genau

wissen, womit wir es zu tun haben… Wir wollen kein Risiko eingehen.«

Das Bild auf dem Schirm wackelte mehrmals, als der Holo-Arzt den visuellen Sensor an einer anderen Stelle unterbrachte.

»Mir ist keine Krankheit bekannt, an der Organismen vor achtzig Jahren leiden konnten und die heute mehr wäre als nur eine Unannehmlichkeit«, sagte M'Benga. »Fremde Mikroben, ja. Neue Mutationen, vielleicht. Aber Keime aus der jüngeren Vergangenheit…?«

»Das Schläferschiff kommt nicht in dem Sinne aus der Vergangenheit, Commander.«

Bevor M'Benga fragen konnte, was der Commodore mit *nicht in dem Sinne* meinte, stabilisierte sich das Bild auf dem Schirm. Der Sensor gestattete es nun, direkt in eine Hibernationskammer zu sehen.

M'Bengas Interesse nahm abrupt zu. »Ist das…?«

»Ja«, bestätigte Commodore Twining. »Wenn Sie uns den Rest der Kammern zeigen könnten, Doktor…«

Die verdrießliche Stimme des Medizinischen Holo-Notprogramms kam aus dem Lautsprecher des Kommunikationssystems. »Es ist ja nicht so, dass ich irgendetwas Wichtiges zu tun hätte…«

Nacheinander strichen die einzelnen Hibernationskammern am visuellen Sensor vorbei.

»Das sind Kinder«, sagte M'Benga verwundert. »Menschliche Kinder. Gilt das für alle?«

»Ja.«

»Seit wann liegen sie in der Hibernation?«

»Seit etwa achtzig Jahren.«

»Aber Sie sagten doch, dass sie nicht aus der Vergangenheit kommen.«

»Nicht in dem Sinne.« Commodore Twining begegnete M'Bengas Blick. »Sie stammen aus einem anderen Universum. Und sie sind völlig anders als die uns vertrauten Menschen.«

M'Benga verschränkte die Arme und spürte bereits die Herausforderung, die sie hier erwartete. Ärger, Unbehagen und ähnliche Empfindungen lösten sich auf.

Vor ihr breitete sich ein Rätsel mit epischen Proportionen aus.

Und irgendwie wusste sie: Sie fand großen Gefallen daran, Rätsel für den Commodore zu lösen.

Aber wann war sie ihm schon einmal begegnet? Und welche anderen Rätsel hatte sie für ihn gelöst?

5

Kirk begriff, dass er tot sein musste. – Dann wurde ihm klar: Wenn er sich des eigenen Todes bewusst war, musste er noch leben. Aber er spürte den Körper nicht, hatte kein Gefühl für seine Position. Auch das Empfinden des gewichtslosen Schwebens fehlte.

Er versuchte sich daran zu erinnern, was ihn in eine solche Lage gebracht hatte. Er war über einen Asteroiden gelaufen, dem Rand eines künstlichen Schwerkraftfelds entgegen.

Das ist es, dachte er. *Ich bin über den Rand der Welt gefallen.*

Aus Gründen, die er nicht verstand, stellte er sich vor, zwischen zwei Asteroiden zu schweben, die in der Leere des Alls ganz dicht aneinander vorbeiglitten.

Aber sein Schutzanzug passte nicht in dieses Bild. Er zeichnete sich nicht durch das typische Starfleet-Weiß aus, das im dunklen All eine leichte Identifizierung ermöglichen sollte. Stattdessen war der Anzug dunkelrot, wirkte fast schwarz.

Nein, das bin ich nicht. Das ist…

Plötzlich fiel ihm ein, wen er verfolgt hatte. Der letzte Kampf… Mit zerbrochener Helmscheibe war er zum Rand des Asteroiden gekrochen, um von dort aus zu beobachten, wie er – *nein, Tiberius!* – durch die Leere flog, bis er von einem Phaserstrahl getroffen wurde und zusammen mit den anderen verschwand.

Aber ich *bin nicht verschwunden,* dachte Kirk. *Ich…*

Er öffnete die Augen.

Und schnappte verblüfft nach Luft, als er nur wenige Zentimeter über sich ein Gesicht sah: jung, schmal, darüber zerzaustes blondes Haar.

»Was ist denn *jetzt* los?«, fragte der holographische Arzt.

»Nichts…«, krächzte Kirk. Ihm brannte der Hals, und seine Stimme schien jemand anders zu gehören. »Ich war nur… überrascht.«

»Oh, natürlich. Ich meine, man stelle sich vor, in einer Krankenstation zu erwachen und einen *Arzt* zu sehen. Wie hoch mag die Wahrscheinlichkeit dafür sein?«

Kirk stellte fest, dass er auf einer Diagnoseliege ruhte. Er versuchte sich aufzusetzen, aber ein Operationsmodul wölbte sich über seiner Brust. Er konnte nur den Kopf heben.

Er fragte sich, wo er dieses spezielle Medizinische Holo-Notprogramm schon einmal gesehen hatte. Es handelte sich um die Version Mark II, bei deren Persönlichkeitsprogrammierung das eine oder andere Byte locker zu sitzen schien. »Bin ich… an Bord der *Sovereign?*« Dieses MHN war an Bord von Nechajews Schiff installiert gewesen und hatte sich recht mutig verhalten.

Der Holo-Arzt richtete einen mitleidigen Blick auf Kirk. »Die *Sovereign* ist das Modell vom letzten Jahr. Sieht *dies* wie die *Sovereign* aus?« Er vollführte eine Geste, die der ganzen Krankenstation galt. »Sehen wir hier irgendwelche Eimer mit Blutsaugern? Oder Aderlass-Behälter? Nein, ich glaube nicht.«

Kirk musste zugeben, dass er eine solche Krankenstation zum ersten Mal sah. Fast alle Oberflächen präsentierten ein glattes, seltsam matt wirkendes Weiß. Die Wände wiesen elegante Wölbungen auf und gingen fugenlos in die Decke über. Kirk ließ den Kopf wieder sinken. Unglaublich – schon diese geringe Bewegung erschöpfte ihn. »Nichts für ungut. Welches Schiff ist dies?«

Mit offensichtlicher Selbstgefälligkeit antwortete das MHN: »Sie sind an Bord des Stolzes von Starfleet, des wissenschaftlichen Schiffes der *Leviathan*-Klasse U.S.S. *Heisenberg.*«

Kirk konnte der Versuchung nicht widerstehen. »Sind Sie sicher?«

Der Holo-Arzt runzelte die Stirn. »Diese Frage höre ich zum ersten Mal. *Heute.*«

Kirk befeuchtete sich die trockenen Lippen und versuchte, seine Position auf der Diagnoseliege zu verändern. Dabei spürte er etwas Unangenehmes im Brustkasten. Er vermutete, dass er Benommenheit und Schwäche einem Betäubungsmittel verdankte – das hoffte er wenigstens.

»Bin ich operiert worden?«

Das MHN zuckte mit den Schultern. »Ja, es wurde tatsächlich ein kleiner chirurgischer Eingriff notwendig. Kaum der Rede wert. Weil das Vakuum *alle Alveolen* in Ihren Lungen platzen ließ. Nun, die Ersatzlungen scheinen zu funktionieren. Bisher.«

Kirk seufzte. Vielleicht war er doch tot. Vielleicht musste er die nächste Ewigkeit mit einem Computer verbringen, der auf schlechte Umgangsformen programmiert war.

Er versuchte es noch einmal. »Wo sind alle anderen?«

»Mal sehen«, erwiderte der Holo-Arzt nachdenklich. »Die menschliche Bevölkerung der Föderation beträgt derzeit etwa hundert Milliarden Individuen. Soll ich ihre derzeitigen Aufenthaltsorte *alphabetisch* auflisten?«

»Spock? Oder Dr. McCoy? Oder die anderen?«

»Sie meinen, sofern es sich nicht um künstliche Lebensformen handelt?«

Kirk richtete einen durchdringenden Blick auf das Hologramm und erinnerte sich an drei der besten

Worte, die er im vierundzwanzigsten Jahrhundert gelernt hatte. »Computer…«

»*Wagen* Sie es nicht«, warnte der holographische Arzt.

»…Programm beenden.«

Das MHN verschwand in einem kurzen Flimmern holographischer Statik.

Sofort fühlte sich Kirk besser. Er räusperte sich und fühlte, wie sich dadurch das Brennen im Hals verstärkte. »Kirk an Spock.«

Er musste weniger als zwei Sekunden auf eine Antwort warten.

»Hier Spock. Es freut mich, dass Sie wach sind.«

Kirk lächelte. Jetzt bekam er sicher Antworten auf seine Fragen. »*Ich* würde mich freuen, wenn mir jemand verraten könnte, *wo* ich bin, *wie lange* ich bewusstlos war und *was* ich verpasst habe.«

»Der holographische Arzt sollte Sie informieren, nachdem Sie erwacht sind.«

»Er… musste sich um andere Dinge kümmern.«

»Nun, ich bin auf dem Weg zu Ihnen. Bitte bleiben Sie in der Krankenstation.«

Kirk betrachtete das Operationsmodul, das ihn an die Liege fesselte. »Es klingt… logisch.«

»Tri-Ox«, sagte McCoy, als er einige Minuten später Kirks Kopfkissen zurechtrückte. »Das erhielt dich am Leben, nachdem du das Bewusstsein verloren hattest.«

»Aye«, bestätigte Scott. »Das und Captain Picard in seinem Shuttle.«

Kirk legte die verbundenen Hände auf die Armlehnen des Sessels, in dem er inzwischen saß, holte ganz langsam tief Luft und versuchte, irgendwelche Unterschiede zu erkennen. Doch eigentlich fühlten sich die neuen Lungen ebenso an wie diejenigen, mit denen er geboren war. Als er ausatmete, sah er sich noch einmal in der ungewöhnlichen Krankenstation um. Sie wirkte so überaus modern, dass er fast den Eindruck gewann, einen weiteren Zeitsprung von 78 Jahren in die Zukunft hinter sich zu haben. Er riskierte noch einen Atemzug und fühlte dabei nur eine gewisse Steifheit unter dem Brustbein.

»Erstaunlich«, sagte er.

»Was meinst du?«, fragte McCoy. »Den Umstand, dass du erneut einen Narren aus dir gemacht hast? Ich habe dir davon abgeraten, dich auf den Asteroiden zu beamen...«

Kirk sah McCoy an und kniff die Augen zusammen. »Programm beenden«, sagte er, aber es klappte nicht. Sein alter Freund behielt Substanz und war entschlossen, ihn immer wieder auf sein stark eingeschränktes körperliches Leistungsvermögen hinzuweisen.

»So leicht wirst du mich nicht los«, sagte McCoy.

Kirk nickte und sah zu seinen drei Begleitern durch die Zeit auf: Spock, McCoy und Scotty. »Das will ich auch gar nicht.« Er zögerte kurz und dachte an jene, die fehlten und ihm so oft geholfen hatten. Dann konzentrierte er seine Gedanken auf die Zukunft.

»Wo ist Teilani?«

»An Bord der *Pauli*«, sagte Spock. »Dort gehört eine Romulanerin zur Medo-Crew. Angesichts von Teilanis Schwangerschaft hielten wir die Untersuchung durch einen Spezialisten für angebracht.«

»Natürlich«, pflichtete Kirk dem Vulkanier bei und fand einen weiteren Punkt, den er nicht verstand. »Ist die *Pauli* ein romulanisches Schiff?«

»Es handelt sich um einen Starfleet-Raumer«, sagte Spock. »Derzeit habe ich keine weiteren Informationen über ihre ungewöhnliche Besatzung – es befinden sich viele Austauschoffiziere an Bord. Nun, offenbar sind die Schiffe Prototypen.«

»Wenn das stimmt, so habe ich nie zuvor seltsamere Prototypen gesehen«, warf Scott ein. »Das gilt für alle drei.«

Dutzende von Fragen lagen Kirk auf der Zunge, aber er fühlte sich zu schwach, sie alle zu stellen.

Spock legte die Hände auf den Rücken. »Um Ihnen einen Überblick zu verschaffen, Jim: Sechzig Sekunden nach dem Verschwinden von Tiberius …«

»Nach seinem ›Verschwinden‹? Ich habe gesehen, wie er von einem Phaserstrahl getroffen wurde, oder?«

»Es überrascht mich, dass Sie überhaupt etwas gesehen haben, denn immerhin waren Sie zu jenem Zeitpunkt dem Vakuum ausgesetzt. Nun, T'Val behauptet tatsächlich, Tiberius getroffen zu haben, unmittelbar bevor er entmaterialisierte.«

»Ein Transfer fand statt? Wie war das möglich?«

»Das wissen wir nicht«, erwiderte McCoy. »Tiberius und seine Männer – von einem Augenblick zum anderen waren sie einfach nicht mehr da. Deshalb sind die Schiffe hier: um Untersuchungen anzustellen. Es sind wissenschaftliche Raumer: die *Heisenberg*, die *Schrödinger* und die *Pauli*.«

»Benannt nach Physikern aus dem zwanzigsten Jahrhundert«, fügte Scott hinzu. »Nach Quantenphysikern, um ganz genau zu sein. Zumindest sprach man damals von Quantenphysik, obwohl noch nicht bekannt war, dass …«

»Bei einer anderen Gelegenheit, Mr. Scott«, unterbrach Spock. »Begnügen wir uns mit dem Hinweis, dass in Hinsicht auf das Schicksal von Tiberius noch immer ermittelt wird. Commander Riker und Data stabilisierten Ihren Zustand, und Dr. Crusher konnte in der Krankenstation der *Enterprise* genug Geräte aktivieren, um Sie künstlich zu beatmen. Sie wollte Sie zunächst in Medo-Stasis zu einer Starbase bringen lassen, aber wie sich herausstellte, verfügt die *Heisenberg* über ausgezeichnete medizinische Einrichtungen. Die Lungentransplantation fand hier statt.«

»Wie viel Zeit ist seit der … Entmaterialisierung von Tiberius vergangen?«, fragte Kirk.

»Sechs Stunden«, sagte McCoy. »Wie fühlt sich das Atmen mit den neuen Lungen an?«

»So wie immer.«

»Gut. Es wird noch einige Wochen dauern, bis die Blutversorgung auch auf dem kapillaren Niveau vollkommen wiederhergestellt ist. Du musst also damit rechnen, bei körperlichen Anstrengungen in Atemnot zu geraten. Nun, wir behandeln dich auch weiterhin mit Tri-Ox, und außerdem ist täglich eine routinemäßige Geweberegenerierung vorgesehen.« McCoy klopfte sich auf die Brust. »Ich habe schon vor Jahren… vor Jahrzehnten eine neue Lunge bekommen. Hatte nie ein Problem damit.«

»Das ist mir bereits aufgefallen«, meinte Kirk und lächelte schief. Er sah zu Spock auf. »Die *Enterprise* ist also intakt geblieben?« Er freute sich für Picard.

Er bemerkte, wie seine drei Freunde verstohlene Blicke wechselten. »Stimmt was nicht mit dem Schiff?«

Wieder zögerten die drei Männer, als hätten sie stillschweigend eine entsprechende Übereinkunft getroffen. Schließlich ergriff Scott das Wort. Er sprach zögernd, so als seien auch ihm nicht alle Einzelheiten bekannt. »Nun, es ist schwer zu beschreiben. Die Selbstzerstörungssequenz konnte ohne größere Probleme deaktiviert werden. Aber… an Bord scheint es zu ganz besonderen Schäden gekommen zu sein.«

»Wegen des fehlgeschlagenen Transfers?«, fragte Kirk verwirrt.

Die nächsten Worte Scotts verrieten Ärger. »Ich weiß es nicht, Jim. Weil sie mich nicht mit Geordi reden lässt.«

»Wer lässt Sie nicht mit ihm reden?«

»Hu-Lin Radisson«, sagte Spock. »Captain der *Heisenberg*.«

»Und Kommandantin des wissenschaftlichen Konvois«, fügte McCoy hinzu.

»Sie lässt uns mit niemandem von der *Enterprise* reden«, fuhr Scott fort. »Oder vom Rettungskonvoi. Oder…«

Kirk hob eine neu verbundene Hand, um Scott zu unterbrechen. Die neuen Verbände waren dünner als die alten, aber jetzt hörte das Gefühl schon kurz nach den Ellenbogen auf. *Vermutlich hat Pille die Schmerzen mit einem neuralen Blocker neutralisiert,* dachte Kirk.

»Einen Augenblick, Scotty. Es gibt hier *zwei* verschiedene Konvois?«

»Aye. Captain Radisson und die wissenschaftlichen Schiffe trafen eine Stunde nach der Flucht, dem Verschwinden, der Entmaterialisierung oder was auch immer von Tiberius ein. Noch einmal eine Stunde später kam der Rettungskonvoi.«

»Offenbar hat Captain Radisson dafür gesorgt, dass der Rettungskonvoi ein halbes Lichtjahr vom Asteroiden mit dem Arbeitslager entfernt wartet, während die *Schrödinger* Überlebende befördert.«

»›Offenbar‹?«, fragte Kirk. Es fiel ihm immer schwerer, all die neuen Details in Hinsicht auf die jüngsten Ereignisse zu verstehen.

»Abgesehen von den Einschränkungen, die auf Captain Radissons Anweisungen zurückgehen, scheint die Kommunikation Beeinträchtigungen durch eine lokale Störung im Subraum zu unterliegen«, erklärte Spock. »Als Tiberius verschwand, kam es bei unseren Helmkommunikatoren zu einer Überladung, hervorgerufen von einem starken Subraum-Impuls. Das scheint der Grund für die Störung zu sein.«

Kirk musterte seine drei Freunde nacheinander. »Ich bin wohl kaum der Einzige, der glaubt, dass hier etwas nicht mit rechten Dingen zugeht.«

Spock sprach auch für McCoy und Scott, als er erwiderte: »Zwar kenne ich die jüngsten Ereignisse von Anfang an, aber trotzdem habe ich den Verdacht, dass Captain Radisson mehr darüber weiß, als sie zugibt.«

»Ich würde gern mit Captain Radisson reden«, sagte Kirk.

»Das wäre gut für uns alle.«

Kirk sah fragend zu Spock auf.

»Die Kommandantin hat in aller Deutlichkeit auf Folgendes hingewiesen: Wenn Sie nicht zu einer Übereinkunft mit ihr bereit sind, stehen wir vier und auch Teilani unter Arrest.«

»Was haben wir diesmal angestellt?«, fragte Kirk.

»Es geht nicht darum, was wir angestellt haben«, sagte McCoy.

»Das Problem scheint vielmehr unser Wissen zu sein«, fügte Spock hinzu.

Aber soweit es Kirk betraf, wusste niemand von ihnen genug.

Zumindest wussten sie nicht über die Dinge Bescheid, die Kirk für wichtiger hielt als alles andere.

Wohin war Tiberius verschwunden?

Und wer half ihm jetzt?

6

Dr. M'Benga beobachtete, wie die genetischen Profile der Kinder über den Bildschirm der wissenschaftlichen Station glitten. Und es war *ihre* wissenschaftliche Station. Die Kontrollen waren auf der Grundlage ihrer persönlichen Vorlieben konfiguriert. Sie erkannte das Layout der Displays wieder – es handelte sich um ihr privates Organisationssystem.

Was bedeutete, dass es hier nicht mehr nur um ein vages Déjà-vu-Gefühl ging. Inzwischen gab es für M'Benga keinen Zweifel mehr daran, dass sie schon einmal an Bord der Orbitalstation 51 gewesen war, wahrscheinlich sogar mehr als nur einmal. Aus irgendeinem Grund hatte man die entsprechenden Erinnerungen aus ihrem Gedächtnis gelöscht.

So etwas ließ sich mit verschiedenen Mitteln bewerkstelligen, von bineuralen Neutralisatoren bis zu engrammatischen Agonisten. Während M'Benga nach Hinweisen in dem Datenstrom vor ihr suchte, arbeitete sie gleichzeitig an einem Plan, der sie an diesem Tag vor einem solchen Erinnerungsdiebstahl bewahren sollte.

Ein seltsames Muster weckte ihre Aufmerksamkeit. »Computer, stopp. Zwei Schritte zurück.«

Der Datenstrom kehrte sich um, und M'Benga merkte, dass Commodore Twining plötzlich an ihrer Seite stand. »Haben Sie etwas entdeckt?«

»Vielleicht.« M'Benga sah zu dem Commodore auf. Sein kurzes Haar, das mehr graue als schwarze Strähnen aufwies, war ebenso makellos und perfekt wie der

Rest. Die Uniform saß wie angegossen, und der phasergerade Jackensaum teilte Twining mit geometrischer Präzision in zwei Hälften. M'Benga bezweifelte, dass sich selbst mit einer gründlichen Sensorsondierung irgendwo ein loser Faden finden ließ.

Der Computer zeigte die verlangte Darstellung. Es handelte sich um die fraktale Grafik der Aminosäuren-Verteilung in der genetischen Struktur von Kind 7. M'Benga hatte diese Art der Darstellung selbst entwickelt, denn dadurch war das menschliche Auge imstande, den gesamten genetischen Code eines Individuums gewissermaßen auf einen Blick zu erfassen. Sie hielt es für weitaus effizienter, eine visuelle Repräsentation der Beziehungen zwischen den verschiedenen Aminosäuren zu betrachten, als Stunden damit zu verbringen, die vielen Basenpaare eines menschlichen Genotyps miteinander zu vergleichen. M'Benga wusste aus eigener Erfahrung, dass die Aufmerksamkeit schon nach kurzer Zeit nachließ, wenn man sich mit einem beständigen Strom aus Buchstabenkombinationen befasste.

Wegen seiner besonderen Entwicklung eignete sich das menschliche Bewusstsein besonders gut dazu, Bilder und Muster zu erkennen. Und M'Benga verstand das Muster, das sie nun sah.

Sie deutete auf den Schirm. Ein spitz zulaufender gelber Kringel ging dort von einem »Farn« aus, der sich wiederum in einer zentralen roten Spirale erstreckte. »Dort«, sagt M'Benga. »Das ist nicht menschlich.«

Der Commodore wich wie verblüfft von der wissenschaftlichen Station zurück und sah durch ein großes Fenster zum Schläferschiff, das im Zentrum des großen Hohlraums schwebte, von Traktorstrahlen festgehalten.

»Können Sie feststellen, was es ist?«, fragte er.

M'Bengas Hände sanken neben die Computerkontrollen. Sie brauchte mehr Informationen, und zwar sofort. »Commodore, wenn die Schläfer aus einem anderen

Universum stammen... Wieso weist ihre DNS dann so große Ähnlichkeit mit der unsrigen auf?«

»Nun, ›Universum‹ ist vielleicht nicht das richtige Wort. Sie kommen aus einer anderen Quantenrealität.«

Dieser Hinweis erstaunte M'Benga, und sie wandte sich dem Commodore zu. »Meinen Sie die ›Welt hinter dem Spiegel‹?«

Twining nickte, und M'Benga pfiff leise durch die Zähne. Als Bordärztin der *Tobias* hatte sie die geheimen Anweisungen gelesen, die Kontakte mit Geschöpfen aus dem Paralleluniversum betrafen – Geschöpfe, von denen man seit mehr als hundert Jahren wusste. Die Stufe ihrer Sicherheitsklassifikation hatte es M'Benga nicht erlaubt, alle Details in Bezug auf die Situation in der anderen Realität zu erfahren, aber die Warnungen wirkten sehr beunruhigend. Ein alternatives Universum, in dem Menschen und Vulkanier von einer Allianz aus Klingonen und Cardassianern unterjocht worden waren... Es lag M'Benga nichts daran, eine solche Existenz kennen zu lernen.

Noch ungewöhnlicher waren die Protokolle und Prozeduren, die es zu beachten galt, wenn ein Starfleet-Schiff mit *Duplikaten* seiner Offiziere und Besatzungsmitglieder in Kontakt geriet... Schon die *Möglichkeit* eines solchen Kontakts erschien M'Benga surreal.

»Das bedeutet, dass diese Menschen in genetischer Hinsicht *genauso* beschaffen sein sollten wie wir«, sagte sie und wartete auf eine Bestätigung.

»Ja.«

»In dem Fall müsste der Computer gewöhnliche Abweichungen vom normalen Muster identifizieren können. Haben Sie hier eine Online-Version des *Genetischen Atlasses der Föderation?*«

Ein nervöses Lächeln huschte über die Lippen des Commodore. »Das fragen Sie jedes Mal.«

»Wir hören also auf mit den Spielchen? Sie geben zu, dass ich schon einmal hier gewesen bin?«

»Na schön, Doktor. Seien wir offen. Sie sind viele Male an Bord dieser Station gewesen.«

»Wie… wie haben Sie mir die Erinnerung daran genommen?«

Der Commodore legte ihr die Hand auf die Schulter, als seien sie alte Freunde. M'Benga wollte sie zuerst beiseite stoßen, überlegte es sich dann aber anders. Sie hatte das von Unbehagen begleitete Gefühl, dass Twining und sie *tatsächlich* alte Freunde waren.

»Ich weiß, dass es schwer für Sie ist, Andrea«, sagte er, »aber Sie müssen mir bei zwei sehr wichtigen Punkten vertrauen.«

Es fiel M'Benga nicht schwer, die innere Hürde aus natürlichem Pragmatismus und ausgeprägter Rationalität zu überwinden. Während sie Twining zuhörte, gewann sie den sonderbaren Eindruck, sich an jedes Wort von ihm zu erinnern, immer einen Augenblick bevor er es aussprach.

»Erstens: Als wir Ihnen vor Jahren von unserer Arbeit berichteten, boten Sie aus freiem Willen Ihre Hilfe an, und wir verbargen nichts vor Ihnen. Sie wussten, dass wir Ihre Erinnerungen an das Projekt nach jedem Besuch unterdrücken würden, und Sie waren damit einverstanden.«

M'Benga bemerkte die besondere Wortwahl.

Twining schien ihre Gedanken zu lesen. »Sie haben richtig verstanden. Ihre Erinnerungen wurden nicht gelöscht, nur unterdrückt. Dies ist ein Starfleet-Unternehmen – wir praktizieren hier keine Bewusstseinskontrolle. Was wir mit Ihrem Gedächtnis angestellt haben, halten wir für eine Art vorübergehenden Kommunikations-Blackout.« Wieder deuteten die Lippen des Commodore ein Lächeln an, und für eine halbe Sekunde sah M'Benga vor ihrem inneren Auge einen Twining, in dessen Haar es nicht eine einzige graue Strähne gab. So lange kannten sie sich schon. »Die gleiche Art von Blackout, die während eines Kriegs jede Starfleet-Basis anordnen könnte, um zu verhindern, dass wichtige Informationen unbeabsichtigt verbreitet werden.«

»Sie sprechen von einem Krieg, und Sie haben erwähnt, dass ich Ihnen schon seit vielen Jahren helfe«, erwiderte M'Benga zögernd. »Sie meinen also nicht den Krieg gegen das Dominion, oder?«

Twining schüttelte den Kopf, und M'Benga sah Trauer in seinem Gesicht.

»Wenn meine Erinnerungen erneut unterdrückt werden – warum sagen Sie mir dann nicht mehr?«

»*Weil* wir Ihre Erinnerungen nicht löschen. Wenn das der Fall wäre, könnte ich Ihnen alles erklären. Aber wenn Sie das nächste Mal hierher kommen, müsste ich es noch einmal erläutern. Und noch einmal. Und noch einmal. Bei zu vielen Behandlungen besteht das Risiko, dass wir Ihr Gedächtnis – oder gar Ihr Bewusstsein – dauerhaft schädigen, Ihnen vielleicht für immer Erinnerungen nehmen, die nichts mit Ihrer Arbeit in dieser Station zu tun haben.« Die Hand auf M'Bengas Schulter drückte kurz zu und wich dann fort. »Ihnen dürfte nicht entgangen sein, dass Sie keine der anderen Personen gesehen haben, die hier arbeiten. Und Ihnen fällt das eine oder andere ein, wenn Sie über die Station nachdenken.«

»Manchmal«, sagte M'Benga langsam. Sie *wusste,* dass er Recht hatte, aber es *fühlte* sich noch nicht so an.

Der Commodore sah erneut zum Schläferschiff. »Uns ist es lieber, Ihnen gewisse Informationen vorzuenthalten, als zu riskieren, sie für immer zu löschen. Bitte nehmen Sie unsere Besorgnis um Ihr Wohlergehen als einen Beweis dafür, dass Sie freiwillig hier sind, auch wenn Sie sich nicht mehr an Ihre Entscheidung erinnern.«

»Bleibt mir eine Wahl?«

»Nein, jetzt nicht mehr. Nicht in diesem fortgeschrittenen Stadium.« Twining drehte sich zu ihr um, und plötzlich wusste M'Benga, dass sie sein ausdrucksstarkes Gesicht tausendmal gesehen hatte: besorgt, einfühlsam, aufgeregt, triumphierend. »Bitte, Andrea… Identifizieren Sie die nichtmenschliche genetische Komponente in dem Kind.«

M'Benga seufzte und war noch immer beunruhigt. Vielleicht fand ihr Unterbewusstsein eine Lösung für das Problem, während die Aufmerksamkeit des Bewusstseins anderen Dingen galt. »Ich bereite die Suche vor.«

Der Commodore ging fort. M'Benga wandte sich wieder der wissenschaftlichen Konsole zu und verband das Fraktal mit dem *Genetischen Atlas der Föderation.* Ein voller Vergleich mit allen bekannten genetischen Strukturen in der Galaxis hätte Tage gedauert, und deshalb schränkte M'Benga die Suche durch offensichtliche Kriterien ein. Die gelbe Spirale aus nichtmenschlicher DNS in dem Kind mochte darauf hindeuten, dass es einen fremden Vorfahren gab, vielleicht einen Vulkanier oder Betazoiden, vor vier oder fünf Generationen. M'Benga wählte HUMANOIDEN, POSTKONTAKT aus dem Menü und beauftragte den Computer, das DNS-Fragment von Kind 7 mit den vollständigen genetischen Sequenzen von 320 humanoiden Spezies zu vergleichen, die über Warppotential verfügten, also nicht von der Ersten Direktive betroffen waren. Vor allem sie kamen als Fremd-Partner für einen menschlichen Hybriden infrage.

M'Benga ging davon aus, dass der Vergleich einige Minuten in Anspruch nahm, und deshalb stand sie auf, um sich ein wenig die Beine zu vertreten.

Der Commodore kehrte zurück und bot ihr ein großes Glas an, das eine dunkelbraune, mit Kohlensäure versetzte Flüssigkeit enthielt. M'Benga lächelte, als sie den süßen Duft erkannte. Twining *war* ein Freund. »Cola!

Wissen Sie, an Bord von *Deep Space 9* gibt es eine Bar, die angeblich jedes Getränk im Universum anbietet, aber der Wirt konnte seinen Replikatoren nichts abgewinnen, das auch nur halbwegs so schmeckte wie das hier.« Sie trank einen Schluck. »Wundervoll.«

»Es wird unten auf Alpha Centauri IV hergestellt. In einer sehr alten Fabrik. Einer der ersten, die überhaupt auf dem Planeten gebaut wurde. Aber die Kohlensäure sorgt dafür, dass sich das Getränk nicht gut transportieren lässt. Wir haben hier immer einen Vorrat für Sie.«

»Kein Wunder, dass ich mich zu der Arbeit bereit erklärte.«

Twining trat neben M'Benga ans Fenster und sah ebenfalls zum Schläferschiff.

»Wie kam es hierher?«, fragte die Ärztin.

»In dieses Universum? Das wissen wir nicht. Ein Starfleet-Tanker fand es in einem Parkorbit unweit von Rigel VII. Der Kommandant erkannte die Art des Schiffes aufgrund des Geschichtsunterrichts an der Akademie.«

M'Benga nickte. Sie erinnerte sich ebenfalls an den Unterricht. »Captain Kirk und Khan Noonien Singh.«

Sie lächelte, als sie sich an ihren Einsatz auf Chal während der Virogen-Krise entsann. »Ich bin ihm begegnet. Captain Kirk.«

Der Commodore nickte. »Ich weiß.«

M'Benga warf Twining einen kurzen Blick zu und fragte sich, ob sie ihm die Geschichte ihres Lebens erzählt, vielleicht sogar alle ihre Geheimnisse preisgegeben hatte. »Seit wie vielen Jahren, sagten Sie, arbeiten wir schon zusammen?«

»Ich habe nichts gesagt. Aber es sind zehn. Wir rekrutierten Sie unmittelbar nach dem erfolgreichen Abschluss Ihres Studiums.«

Das ergibt doch überhaupt keinen Sinn, dachte M'Benga. »Gegen wen kämpfen wir seit zehn Jahren? Gegen die Borg?«

»Die Kinder sind keine Borg, Andrea. Sie haben ihre genetischen Profile gesehen. Es sind Menschen. Das MHN hat jeden Kubikzentimeter gescannt. Es gibt weder Nanosonden noch Symbionten.«

»Warum haben Sie – wir – dann solche Angst vor ihnen? Ich meine, sie in einer so extremen Bio-Isolation unterzubringen...«

»*Angst* ist nicht das richtige Wort.«

M'Benga konzentrierte sich und versuchte ganz bewusst, sich an weitere Einzelheiten ihrer Arbeit in dieser Orbitalstation zu erinnern, um eine Erklärung für die Furcht des Commodore zu finden. Doch ihr fielen keine relevanten Dinge ein, und daraufhin kehrte ihre Aufmerksamkeit zur aktuellen Situation zurück. »Haben Sie versucht, eins der Kinder zu wecken?«

Twining runzelte die Stirn. »Einige von ihnen erwachten aus der Hibernation.«

»Wann?«

»Irgendwann nachdem der Tankerkommandant den Fund des Schiffes meldete.«

Der Klang dieser Worte gefiel M'Benga nicht. Commodore Twining war ein Mann, der großen Wert auf Präzision legte, aber er hatte das Wort *irgendwann* benutzt. »Was geschah?«

»Die Besatzung des Tankers nahm eine erste Untersuchung des Schläferschiffes vor. Eine aus fünf Personen bestehende Einsatzgruppe wurde an Bord gebeamt, und irgendein automatisches System weckte eins der Kinder. Was anschließend passierte, wissen wir nicht. Wir kennen nur das Ergebnis: Alle fünf Mitglieder der Einsatzgruppe starben.«

»Wie?«

Der Commodore seufzte. »Es gab Prellungen, Schnitte, Knochenbrüche und so weiter. Bei jeder Person gab es eine andere Todesursache. In den meisten Fällen spielten Neurotoxine eine Rolle. Synapsen-Inhibitoren.

Adrenalinbeschleuniger. Bei einer Leiche konnten wir nicht einmal die Art des verwendeten Gifts feststellen.«

M'Benga musterte Twining. »Habe ich mich schon einmal mit den Kindern beschäftigt?«

»Nein«, erwiderte Twining. »Sie bekommen es jetzt zum ersten Mal mit dem Schiff und seinem Inhalt zu tun.«

Ein Piepen von der wissenschaftlichen Station wies auf das Ende der Suche hin. M'Benga verließ ihren Platz am Fenster, um sich die Ergebnisse anzusehen. Commodore Twining folgte ihr.

Grafische Darstellungen scrollten durch ein Display und betrafen den Prozentsatz der Korrelationen zwischen der fremden DNS in Kind 7 und den genetischen Strukturen der 320 humanoiden Spezies, die als Vergleichsgrundlage dienten. »Das Schiff…«, sagte M'Benga und sah erneut Twining an. »Haben Sie weitere gefunden?«

Der Commodore ignorierte diese Frage und blickte auf den Bildschirm. »Keine Übereinstimmungen.«

Überrascht wandte sich M'Benga an den Computer. »Anzeige der vollständigen Korrelationsresultate.«

Es gab eine 22-prozentige Korrelation mit Vulkaniern, aber das war die größte Kongruenz, und sie reichte nicht aus, um mit Gewissheit von einer vulkanischen Gen-Sequenz zu sprechen. Bei allen anderen Spezies erreichte die Korrelation maximale Werte von 10 bis 15 Prozent. M'Benga wusste, dass manche Wissenschaftler einen solchen Anteil für reinen Zufall hielten, während andere darin einen Hinweis darauf sahen, dass sich alle Völker in der Galaxis aus der »Saat« einer früheren Spezies von Sternenreisenden entwickelt hatten.

»Könnte es ein künstliches Gen sein?«, fragte der Commodore.

»Das bezweifle ich«, erwiderte M'Benga. Sie berührte Schaltflächen, und der Bildschirm zeigte wieder die fraktale Grafik des Genotyps von Kind 7. »Sehen Sie, wie chaotisch das Muster ist? Wenn es dort drin künstliche Gen-Sequenzen gäbe – irgendetwas, das auf Gen-Manipulation zurückgeht –, so wäre die fraktale Struktur gestört. Dann sähen wir gerade Linien, einzelne Farbblöcke und klare Anzeichen von Ordnung in einem Muster, das sonst den Eindruck erweckt, allein vom Zufall bestimmt zu sein.«

Der Commodore biss sich auf die Lippe und wirkte besorgt. »Aber der Begriff *Struktur* legt doch auch eine gewisse Ordnung nahe, oder?«

»Jetzt verlassen wir die Biologie und begeben uns auf das Gebiet der Philosophie.« M'Benga zögerte kurz und fragte sich, wie viel Twining wusste, ohne es ihr zu verraten. Aber der Commodore schien einfach nur darauf zu warten, dass sie fortfuhr.

»Wie auch immer unser Universum entstanden sein mag…«, begann M'Benga. »Es ist das Resultat der fundamentalen Naturkräfte. Damit meine ich den Elektromagnetismus, die Quantengravitation, die starke und die schwache Kernkraft sowie die Subraum-Nuklearkräfte. Alle wirken zusammen, auf der Grundlage der elementaren Prinzipien der Natur. Zu diesen Prinzipien gehören: Entropie, typische Ausdehnung, die gebrochene Symmetrie der Raum-Zeit und Selbstorganisation.

Das Prinzip der Selbstorganisation wirkt sich direkt auf die Entwicklung des Lebens aus. Gemeint ist schlicht die Tendenz von Materie und Energie in unserem Universum, Verbindungen einzugehen, die sich als stabil erweisen. Auf der einfachsten Ebene ist Leben eine Form von selbstorganisierter Materie und Energie, die nicht nur stabil, sondern auch zur Fortpflanzung fähig ist. In der Natur sind solche Lebensformen besonders erfolgreich, die es verstehen, ihre Umgebung neu zu gestalten – manche instinktiv, andere bewusst – und dafür zu sorgen, dass sie sich besser für den Fortbestand des Lebens eignet.«

M'Benga legte eine Pause ein, doch der Commodore schwieg auch weiterhin.

»Vor einigen Jahrhunderten diskutierte man darüber, ob das Leben nur auf der Erde oder überall im Universum existiert«, fuhr die Ärztin fort. »Heute kennen wir die Antwort. Das Leben ist überall. Einer der Gründe dafür, warum sich die Ursache des Lebens so schwer feststellen lässt, ist der Umstand, dass es so viele Ursachen gibt. Leben entsteht in Tonsubstraten, geothermischen Schloten, von der Sonne erwärmten Gezeitentümpeln, bei Blitzen in der Atmosphäre… Auf praktisch allen Planeten, Monden und Asteroiden im richtigen Temperaturbereich entsteht unvermeidlich Leben irgendeiner Art. Aber da es so viele Möglichkeiten für den Anfang des Lebens und anschließend seine Entwicklung gibt, ist das Endergebnis auf dem genetischen Niveau vom Zufall bestimmt.«

M'Benga wollte mit ihrem Vortrag fortfahren, als Twining endlich reagierte. »Aber es gibt so viele humanoide Spezies. Das kann wohl kaum ein Zufall sein.«

»Nein, dabei handelt es sich um konvergente Evolution, um einen natürlichen Vorgang, der das zwangsläufige Ergebnis des Prinzips der Selbstorganisation ist.« M'Benga sah, wie der Commodore die Stirn runzelte. »Ähnliche Umweltbedingungen führen zu ähnlichen Anpassungen. Auf der Erde sind Pinguine Vögel und Mörderwale Säugetiere, doch beide leben im gleichen Habitat und weisen die gleiche Schutzfärbung auf. Ein anderes Beispiel: das Auge. Dieses nützliche Organ für die Wahrnehmung der Umwelt hat sich auf der Erde mehr als vierzigmal unabhängig voneinander entwickelt. Es ist das Resultat der vielen Zufallsprozesse des Lebens, hervorgerufen von einem gemeinsamen Merkmal der Umgebung: dem sichtbaren Licht.«

M'Benga wandte ihre Argumente auf die aktuelle Situation an. »Die zweibeinige humanoide Gestalt eignet sich gut, um mit den ähnlichen ökologischen Gegebenheiten auf Planeten der Klasse M fertig zu werden. Wir wissen, dass die Evolution zufällige Mutationen hervorbringt, und jene Mutationen, die sich durchsetzen, erhöhen die Überlebenschancen eines Individuums oder einer Gruppe in einem bestimmten Ambiente.« Sie sah Twining an. »Deshalb spielt es kaum eine Rolle, ob das Leben in den eisenhaltigen Meeren der Erde oder in den kupferhaltigen von Vulkan entstanden ist. Weitaus mehr Bedeutung kommt der Tatsache zu, dass beide Welten ähnliche Umweltbedingungen bieten. Auf diese Weise entstanden Lebensformen mit unterschiedlicher Blutchemie, aber sehr ähnlichem Erscheinungsbild.«

Twining betrachtete noch immer das fraktale Muster auf dem Bildschirm. »Sie halten also alles für zufällig. Lassen wir die Kinder einmal beiseite… Wenn Sie von Ihren Untersuchungen der galaktischen Biologie ausgehen und dabei die Ähnlichkeiten vieler Spezies von verschiedenen Welten berücksichtigen – sehen Sie keine Hinweise auf direkte genetische Manipulationen beziehungsweise eine ›Ursaat‹ oder dergleichen?«

»Meinen Sie die so genannten Bewahrer?«, fragte M'Benga. »Irgendein mystisches Volk, das vor Urzeiten zwischen den Sternen unterwegs war und nichts Besseres zu tun hatte, als Lebenskeime auf Welten auszustreuen?« *Ein solches Gespräch habe ich bestimmt schon einmal mit Twining geführt,* dachte sie. Derartige Debatten fanden praktisch an Bord aller Starfleet-Schiffe statt. Während ihrer Zeit an Bord der *Tobias* hatte sie nächtelang mit Captain MacDonald und Chefingenieur Barc darüber diskutiert.

»Die Bewahrer«, sagte Twining. »Oder Dr. Galens Ahnenvolk.«

M'Benga hatte jene Argumente so oft gehört, dass sie

fast automatisch darauf reagierte. Während sie sprach, betätigte sie die Kontrollen der wissenschaftlichen Station und begann mit einer weiteren Suche. Anstatt nach einer anderen Spezies Ausschau zu halten, die als Erklärung für die nichtmenschliche DNS in Kind 7 infrage kam, sollte der Computer diesmal die genetische Sequenz des Kinds mit den bekannten Genotypen aller Lebensformen auf Vulkan vergleichen. Vielleicht war ein Vorfahr des Kinds schlicht und einfach an vulkanischer Grippe erkrankt – ein Gen des Krankheitserregers mochte dabei Eingang in den Genotyp des Wirtskörpers gefunden haben.

»Ich habe Captain Picards Artikel über Galens Ahnenvolk gelesen«, sagte M'Benga und gab die neuen Suchparameter ein. »Ich bestreite nicht, dass eine solche Spezies tatsächlich existierte.« Jenes Volk, das bisher noch keinen Namen hatte, entwickelte als erste Lebensform in der Galaxis die Raumfahrt, vor etwa vier Milliarden Jahren – damals war die Erde noch ein Glutball, hervorgegangen aus einem planetaren Nebel. Es erforschte die Galaxis und fand keine anderen Intelligenzen. In seiner Einsamkeit brachte es Lebenskeime in den Ozeanen vielversprechender Welten aus. Dr. Richard Galen und später auch Captain Jean-Luc Picard leisteten bemerkenswerte genetische Ermittlungsarbeit – es gelang ihnen, die Geschichte des Ahnenvolkes zu rekonstruieren. Die beiden Männer, Lehrer und Schüler, machten die erstaunliche Entdeckung, dass der genetische Code von vier humanoiden Spezies eine komplexe holographische Nachricht jenes Volkes enthielt: Menschen, Klingonen, Cardassianer und Vulkanier. Betroffen waren auch die Gene der Romulaner, aber sie galten in diesem Zusammenhang nicht als eigenständige Spezies, da sie von den Vulkaniern abstammten.

M'Benga hatte Aufzeichnungen der Botschaft gesehen, die sich aus Gen-Sequenzen zusammensetzte, die bei der normalen Funktion gesunder Zellen keine Rolle zu spielen schienen.

»Aber was ist mit den Bajoranern, Andorianern, Tellariten, Trill, Betazoiden, Orionern, Ferengi und so weiter?«, fragte sie den Commodore. »Sie alle sind humanoid und können gemeinsam Kinder zeugen, gewisse medizinische Hilfe vorausgesetzt. Und diese Art von genetischer Beziehung bei den älteren Spezies reicht weiter als vier Milliarden Jahre zurück.«

M'Benga lehnte sich zurück, während der Computer mit der neuen Serie genetischer Vergleiche begann. »Die Entstehung des Lebens auf einigen Planeten im uns bekannten All geht auf die Initiativen von Galens Ahnenvolk zurück, aber ich bin sicher, es ist nicht etwa die *Ursache,* sondern ein weiteres *Ergebnis* des gleichen Prozesses, der Leben in der Galaxis hervorbrachte.«

Der Commodore richtete nun seine volle Aufmerksamkeit auf M'Benga und erweckte den Eindruck, seit Jahren kein so faszinierendes Gespräch mehr geführt zu haben. »Unterstützen Sie die Bewahrer-Theorie?«

M'Benga schnaufte abfällig. »Die mir bekannten Untersuchungen deuten meiner Ansicht nach auf Folgendes hin: Das ganze Konzept eines Volkes wie der Bewahrer wurzelt in dem menschlichen Bedürfnis, ein Muster in archäologischen Daten zu erkennen, auch wenn ein solches Muster überhaupt nicht existiert. Wenn man genauer darüber nachdenkt, verhält sich jedes raumfahrende Volk in gewisser Weise wie die Bewahrer. Kolonialwelten dienen dazu, spezialisierte Kulturen und ihre Lebensweise zu erhalten. Die Föderation bildet da keine Ausnahme. Sie hat ein Programm für den Transport von Tieren und Pflanzen von einer Welt zur anderen entwickelt, um das Leben zu bewahren, falls es zu planetaren Katastrophen kommt.«

M'Benga sah auf den Bildschirm. Der Computer hatte noch nichts gefunden. »Wenn wir uns die archäologischen Daten von tausend ausgestorbenen Kulturen vornehmen und darin Anzeichen von Bewahrer-artiger Aktivität erkennen, so ist es viel wahrscheinlicher, dass wir es mit tausend unterschiedlichen ›Bewahrungsbemühungen‹ zu tun haben, zu denen es unabhängig voneinander kam. Denken Sie in diesem Zusammenhang an die mehr als vierzig verschiedenen Augenarten auf der Erde.

Alle Bewahrungsbemühungen im Lauf von Äonen einem einzigen fast allmächtigen Volk zuzuschreiben, das über Milliarden von Jahren hinweg tätig war… Eine solche Annahme erfordert vor allem die Bereitschaft, daran zu *glauben*. Ich halte so etwas nicht für wahrscheinlich, nicht einmal für möglich.«

»Was ist mit den Artefakten der Bewahrer?«, fragte der Commodore. »Ihr Captain Kirk fand eins der ersten.«

M'Benga verzog das Gesicht. »Zunächst einmal ist es nicht *mein* Captain Kirk. Und zweitens: Was soll schon mit den Artefakten der Bewahrer sein? Wie viele gibt es? Sechs?«

»Hundertachtzehn.«

Diese Zahl überraschte M'Benga. »Ach?« Sie runzelte die Stirn und fragte sich, wieso sie erst jetzt davon erfuhr. »Offenbar bin ich nicht mehr auf dem neuesten Stand.«

Erneut blickte sie auf den Bildschirm, aber der Computer war noch immer mit dem Vergleich beschäftigt. »Nun, wenn wir die Existenz eines Volkes postulieren, das über ungeheure Zeiträume hinweg eine stabile kulturelle, industrielle und ökonomische Struktur besaß und in der Lage war, jeden Planeten in der Galaxis zu besuchen, ganze Spezies-Populationen und sogar Kulturen wie Schachfiguren hin und her zu schieben… Dann sind hundertachtzehn Artefakte kein besonders großes Vermächtnis, oder?

Ich meine, wo sind die Ruinen der Kolonien? Wo befinden sich die Raumschiffwracks? Jede untergegangene Zivilisation hinterlässt *etwas*, und sei es nur ein Müllhaufen.«

Twining rieb sich das Kinn. »Vielleicht existieren die Bewahrer noch.«

Wenn er es nicht mit einem so ernsten Gesichtsausdruck gesagt hätte, wäre M'Benga bereit gewesen, ihn zu verspotten. »Sie haben gerade die Philosophie verlassen«, erwiderte sie. »Jetzt wandeln Sie auf dem unsicheren Terrain irrationaler Pseudowissenschaft. Im Ernst, Commodore: Wenn es die Bewahrer – oder wie auch immer man sie nennen soll – wirklich gäbe, allmächtige Wesen, die mitten unter uns weilen, ohne dass wir sie sehen oder mit unseren Sensoren orten können... Wie wollen Sie so etwas erklären?«

Commodore Twining hob und senkte die Schultern. »Mit hoch entwickelter fremder Technik.«

M'Benga kniff die Augen zusammen. »Arthur Clarke, einer der größten wissenschaftlichen Denker des zwanzigsten Jahrhunderts, sagte damals etwas, das noch heute gilt: ›Jede hinreichend entwickelte Technik unterscheidet sich nicht mehr von Magie.‹ Magie existiert nur in der Phantasie. Und das gilt auch für die Bewahrer.«

»Viele Leute glauben an sie.«

»Commodore«, sagte M'Benga und musterte Twining, »die Leute wollen immer an etwas glauben, das größer ist als sie selbst. Seit dem Beginn der Raumfahrt besteht ein Mythos der Menschheit darin, dass es irgendwo dort draußen zwischen den Sternen ein allmächtiges Volk gibt, das alle unsere Fragen beantwortet, alle unsere Probleme löst und uns von der Furcht befreit.«

M'Benga schürzte verwundert die Lippen. Commodore Twining schien ein recht vernünftiger Mann zu sein. Warum propagierte er derart unvernünftige Anschauungen? Der Widerspruch war es wert, untersucht zu werden. Sie beschloss, ihren Standpunkt mit einem anderen Beispiel zu verdeutlichen. »Wissen Sie noch, wie die Euphorie angesichts unseres Ersten Kontakts mit den Vulkaniern großer sozialer Enttäuschung wich? Die Erde hatte einen Atomkrieg hinter sich. Wir brauchten eine Zukunft, auf die wir uns freuen konnten, und plötzlich wurden unsere Gebete erhört – Kontakt mit hoch entwickelten Außerirdischen. Man vermutete, dass sich die Welt über Nacht verändern würde. Aber dazu kam es nicht, oder? Denn letztendlich unterschieden sich die Vulkanier kaum von uns. Ihre Raumschifftechnik war ausgereifter, doch Cochrane konnte sie verbessern. Und obwohl die Besucher aus dem Weltraum schon damals über ein gewaltiges medizinisches Wissen verfügten, dauerte es noch einmal hundert Jahre, bis eine Anwendung bei Menschen möglich wurde.

Unsere Gegenwart mag jemandem aus Cochranes Ära wunderbar erscheinen, Commodore, aber sie stellt nicht das Geschenk von Extraterrestriern dar. Wir haben sie uns selbst geschaffen, Tag für Tag. Und wir arbeiten noch immer daran. Die Bewahrer sind nichts weiter als ein… Hirngespinst. Und wenn noch so viele Leute daran glauben… Ich bin Wissenschaftlerin. Ich brauche einen Beweis. Wie ein anderer großer wissenschaftlicher Denker des zwanzigsten Jahrhunderts sagte: ›Außergewöhnliche Behauptungen erfordern außergewöhnliche Beweise.‹«

»Diese Worte stammen von dem Astronomen Carl Sagan«, sagte Twining und lächelte. »Wenn ich mich recht entsinne, formulierte er sie im Zusammenhang mit einer bitteren Debatte über die Frage, ob das Leben nur auf der Erde oder überall in der Galaxis existierte. Sagan richtete sie an Personen, die vor dem Ersten Kontakt behaupteten, fremde Raumschiffe auf der Erde gesehen zu haben und Außerirdischen begegnet zu sein.«

Das war neu für M'Benga. *Warum sollte vor dem Ersten Kontakt jemand so etwas behauptet haben?* fragte sie sich.

Nun, das zwanzigste Jahrhundert war eine der seltsamsten Epochen in der Geschichte der Menschheit gewesen. Sie zuckte mit den Schultern und gab die Antwort, auf die es ankam. »Ich nehme an, die Landung des vulkanischen Schiffes bei Cochranes Basis wäre genau der außergewöhnliche Beweis gewesen, den Sagan verlangte. Ähnliches gilt für die Bewahrer. Wenn sie vor mir landen, bin ich bereit, ihre Existenz zu akzeptieren.«

Interessanterweise setzte Twining zu einer Antwort an, überlegte es sich dann aber anders und schwieg. M'Benga bekam keine Gelegenheit, ihn darauf anzusprechen, denn in genau diesem Augenblick kam ein Piepen von der wissenschaftlichen Station.

»Eine Korrelation von hundert Prozent?«, entfuhr es Twining. »Womit?«

M'Bengas Finger flogen über die Kontrollen. Wie der Commodore konnte sie es kaum abwarten, eine Antwort auf diese Frage zu bekommen. Die jetzt auf dem Bildschirm sichtbare Grafik deutete darauf hin, dass die ungewöhnlichen genetischen Informationen in Kind 7 exakt der Gen-Sequenz einer Lebensform auf Vulkan entsprachen. Aber welcher?

Plötzlich heulten Alarmsirenen, und rote Indikatoren blinkten. M'Bengas Finger verharrten und übermittelten dem Computer keine Anweisungen mehr.

»Das Schiff!«, stieß der Commodore hervor. Sein Insignienkommunikator zirpte, und er klopfte darauf. »Hier Twining.«

Es ertönte eine Stimme, die Föderationsstandard sprach und keine automatische Übersetzung erforderte. Dennoch erkannte M'Benga einen deutlichen klingonischen Akzent. »Commodore, das MHN berichtet, die Kinder erwachen aus der Hibernation. Und zwar alle.«

M'Bengas Blick glitt an der wissenschaftlichen Station vorbei zum Schläferschiff jenseits der großen Fenster. Dort zeigten sich keine Veränderungen.

»Was hat das MHN angestellt?«, fragte Twining scharf.

Der holographische Arzt erschien auf einem Bildschirm der Konsole. »Nichts!« Für ein Hologramm wirkte er ziemlich empört. »Ich habe eine Staubpartikel-Analyse der Kabinenluft vorgenommen, um darin nach DNS-Spuren zu suchen, als… Nun, sehen Sie selbst.«

An Bord der Schläferschiffes trat der Holo-Arzt zur Seite, und daraufhin zeigte der visuelle Sensor die Hibernationskammern. Über jeder von ihnen pulsierte ein grünes Licht.

»Es muss eine Ursache dafür geben«, sagte Twining.

Ein junger Klingone erschien auf einem anderen Display. M'Benga wusste nicht, was sie von seiner Uniform halten sollte. Sie sah nach einer von Klingonen entwickelten Starfleet-Uniform aus. Die Jacke entsprach dem neuesten Starfleet-Schnitt, aber sie zeigte keine grauen Schulterstücke auf schwarzem Stoff, sondern lavendelfarbene auf einem fast metallisch wirkenden Silbergrau. Und der Insignienkommunikator des Klingonen war kein Starfleet-Delta, sondern ein gelbes, rotes und grünes klingonisches Dreiblatt.

»Commodore«, sagte der Klingone, »kurz bevor das Erwachen der Schläfer begann, meldete die Kommunikationsabteilung einen anomalen Subraum-Impuls. Er zeichnete sich durch ein sehr komplexes Muster aus, doch angesichts der enormen Intensität waren wir vielleicht nicht imstande, alles exakt aufzuzeichnen.«

»Glauben Sie, es könnte ein Signal gewesen sein?«, fragte Twining.

»Ich bezweifle, dass die zeitliche Übereinstimmung mit dem Erwachen der Schläfer ein Zufall ist.«

»Versuchen Sie alles, um das Signal zu entschlüsseln«,

sagte Twining. »Und stellen Sie den Ausgangspunkt fest. Ich möchte wissen, wer es gesendet hat.«

Der Klingone brummte so, als wollte er sich in den Kampf stürzen, unterbrach dann die Verbindung.

»Was für eine Uniform war das?«, fragte M'Benga.

Aber der Commodore antwortete nicht, sagte stattdessen: »Da kommen sie.«

Der Bildschirm zeigte, wie sich bei einer Hibernationskammer die Tür öffnete. Wenige Sekunden später schwangen zwei Beine aus der Öffnung, und ein Kind kam zum Vorschein.

Es war ein Mädchen, etwa zehn Jahre alt. Kurzes, ungekämmtes Haar stand vom Hinterkopf ab, und es wirkte verwirrt.

M'Bengas erster Gedanke lautete: *Was für ein hübsches Kind.*

Fasziniert beobachtete sie, wie das Mädchen mit der Durchführung eines rituellen vulkanischen *Kata* begann. Es handelte sich um einige langsame, bedächtige Bewegungen, die dazu dienten, das Bewusstsein auf die Verbindung mit dem Körper zu fokussieren. M'Bengas Urgroßvater hatte ihr einige davon gezeigt und gemeint, es könnte hundert Jahre dauern, um sie vollkommen zu beherrschen.

Aber dieses so menschlich wirkende Kind führte sie mit einer Präzision durch, die M'Benga nur bei Meistern des *Kolinahr* gesehen hatte.

»Das ist… unglaublich«, sagte sie.

»Meinen Sie die *Kata*-Bewegungen?«

M'Benga nickte. Der Commodore schien nicht nur vernünftig zu sein, sondern auch viel zu wissen. Umso absurder war es, dass er an Hirngespinste wie die Bewahrer glaubte.

»Doktor«, sagte Twining abrupt, »versuchen Sie, einen Kontakt herzustellen.«

Auf dem Bildschirm war zu sehen, wie sich der

holographische Arzt dem Kind näherte. Als es ihn anzusehen schien, sagte er: »Hallo, kleines Mädchen. Wie heißt du?«

Das Mädchen hob die Hand. Der Holo-Arzt bückte sich und griff danach.

Das Kind zog den Kopf des MHN zu sich herab, hielt ihn fest und *biss* in den Hals.

Der holographische Arzt sprang zurück, zusammen mit dem Mädchen, das ihm die Hände um den Hals geschlungen hatte. Für einen Sekundenbruchteil verschwamm seine Gestalt, und das Kind fiel durch ihn. Offenbar hatte das MHN seine Konsistenz verändert.

»Lieber Himmel«, sagte der Holo-Arzt. »Das war nun wirklich nicht nötig, junge Da…«

Das MHN unterbrach sich, als eine weitere kleine Gestalt im Erfassungsbereich des visuellen Sensors erschien und sich auf ihn stürzte, gefolgt von noch einer und dann noch einer – bis der Holo-Arzt in einem Durcheinander aus Kindern verschwand.

Als sich M'Benga noch fragte, ob sie wirklich ein *Knurren* aus dem Kom-Lautsprecher hörte, summte es neben ihr, und der holographische Arzt erschien. Er strich sich demonstrativ Hose und Jacke glatt. »Es sind kleine Wilde«, sagte er.

»Klein, ja«, entgegnete Twining. »Aber ich bezweifle, dass sie Wilde sind. Sie scheinen genau zu wissen, was sie tun.«

M'Benga sah, wie eine kleine, pummelige Hand nach dem visuellen Sensor griff, und dann verschwand das Bild.

Der Commodore aktivierte seinen Insignienkommunikator. »Twining an Beobachtung. Gibt es weitere visuelle Sensoren an Bord des Schiffes?«

Eine Standard-Computerstimme antwortete. »Alle visuellen Sensoren sind deaktiviert.«

»Schalten Sie auf die Ortungssensoren um und leiten Sie die Daten zur wissenschaftlichen Konsole von Dr. M'Benga weiter.«

Auf dem Bildschirm erschien eine Gittermuster-Darstellung des Schläferschiffes. Siebzehn gelbe Punkte bewegten sich darin, und viele von ihnen strebten dem Bug entgegen. M'Benga wandte sich an den Commodore.

»Es sind alle wach«, sagte er.

»Können sie das Schiff bewegen?«, fragte M'Benga besorgt.

Twinings Finger trommelten nervös auf der oberen Konsolenkante. »Nein. Wir haben das Triebwerk entfernt, und die vorhandene Energie reicht nur für die Lebenserhaltungssysteme.«

»Wenigstens können sie keinen anderen Ort aufsuchen.«

»Gut«, sagte der holographische Arzt. »Für meinen Geschmack sind sie viel zu aggressiv. Haben Sie gesehen, dass eins der kleinen Ungeheuer mich zu *beißen* versuchte?«

Sie schwiegen verblüfft, als sich das Außenschott der dorsalen Schleuse öffnete. Die Luft entwich, kondensierte zu einer Wolke aus winzigen Eiskristallen.

Der junge Klingone erschien wieder auf dem Bildschirm. »Sir! Sie haben die Luft aus dem ganzen Schiff entweichen lassen!«

»Selbstmord?«, fragte der Commodore ungläubig.

»Nein!«, erwiderte M'Benga. »Sehen Sie nur!«

Gestalten erschienen auf dem Schläferschiff. Die Kinder kamen aus der Schleuse.

Commodore Twining starrte auf den Bildschirm. »Aber es befanden sich keine Schutzanzüge an Bord.«

M'Benga spürte, wie es ihr kalt über den Rücken lief. Die Kinder trugen keine Anzüge.

Zehn, zwölf und dann siebzehn versammelten sich auf der Außenhülle des Schläferschiffes. Nach dem äußeren Erscheinungsbild zu urteilen, waren sie zwischen acht und fünfzehn Jahre alt. Sie konnten deshalb auf dem Schiff stehen, weil sich dort noch das künstliche Gravitationsfeld der Station auswirkte.

M'Benga glaubte, ihren Augen nicht trauen zu dürfen. Die Kinder befanden sich im Vakuum. Es war absolut unmöglich, dass sie dort länger als ein oder höchstens zwei Minuten überlebten.

»Was unternehmen sie jetzt?«, fragte Twining den Klingonen.

»Sie winken sich zu«, lautete die Antwort. »Ich weiß nicht, ob …«

Fassungslos beobachtete M'Benga, wie zwei Kinder sich von der Außenhülle des Schiffes abstießen und in Richtung einer Wartungsschleuse der Orbitalstation flogen.

Twining presste die Finger so fest auf die Kommunikationskontrollen, dass M'Benga befürchtete, sie könnten brechen. »*Wildfire! Wildfire!*«, rief er.

Der Klingone im Display sprang auf. »Vollständige Durchführung der Notfallmaßnahmen?«

»*Sofort!*«, befahl Twining.

M'Benga war ebenfalls auf den Beinen, als weitere Alarmsirenen schrillten. Durchs Fenster sah sie, wie noch mehr Kinder durch den Hohlraum schwebten, auf Ausrüstungsnischen und Luftschleusen zu. Sie überlebten im Vakuum – es schien ihnen überhaupt nichts auszumachen. Und ganz offensichtlich versuchten sie zu fliehen.

Sie beobachtete, wie sich Blenden an den gewölbten Wänden beiseite schoben. Hinter ihnen zeigte sich etwas, das M'Benga schon einmal gesehen hatte.

Phaserkanonen.

Wie an der Außenseite der Station 51, über dem Hangar.

Sie griff nach Twinings Arm. »Holen Sie die Kinder da raus!«

»Wir halten uns an eine festgelegte Prozedur«, sagte Twining und zog den Arm fort.

»Alle Phaser feuerbereit«, meldete der Klingone.

M'Benga zwang den Commodore, sie anzusehen. »Sie dürfen die Kinder nicht töten! *Sie sind ein Starfleet-Offizier!*«

Twining deutete auf etwas, das sich hinter ihr befand, schien damit ein Signal zu geben.

Eine kräftige Hand schloss sich um M'Bengas Schulter und zog sie vom Commodore fort. Sie versuchte, Widerstand zu leisten, sich aus dem Griff zu lösen, aber die Hand war zu stark.

»Ausführung der vollen Wildfire-Prozedur«, sagte Twining.

Die Emitterspulen an den Phaserkanonen begannen zu glühen, während die Kinder auch weiterhin durch die Leere flogen.

»Nein«, brachte M'Benga entsetzt hervor und drehte sich zu der Gestalt um, die sie festhielt.

Die kräftige Hand gehörte dem holographischen Arzt. Er hob einen Injektor.

»Hindern Sie ihn daran, die Kinder zu töten!«, verlangte M'Benga von dem MHN. »Sie sind Arzt! Ihre Aufgabe ist es, Schaden zu vermeiden!«

»Genau das versuchen wir«, erwiderte der Holo-Arzt.

M'Benga konnte nichts gegen die Kraftfelder ausrichten, die dem MHN Gestalt verliehen. Es hielt ihr den Injektor an den Hals, und sie hörte ein leises Zischen. Kühle erfasste sie, und eine Sekunde später schränkte Dunkelheit ihr Blickfeld ein, als das Betäubungsmittel zu wirken begann.

Sie sank zu Boden und sah noch, wie Phaserenergie durch den Hohlraum jenseits der großen Fenster gleißte.

Das Schiff und die Kinder verschwanden.

Und die Finsternis verschlang M'Bengas Selbst.

7

Kirk dachte an den Captain der *Enterprise* – Christopher Pike.

Er war ein hervorragender, dynamischer Starfleet-Offizier gewesen und hatte während der beiden ersten Fünf-Jahres-Missionen den Befehl über die *Enterprise* geführt. Kirk war zu Pikes Nachfolger geworden, hatte von ihm das Schiff und einen wissenschaftlichen Offizier geerbt, der ihn dazu inspirierte, zu einem guten Kommandanten zu werden.

Pike bot nach wie vor ein Beispiel für Kirk. Selbst heute noch fragte er sich in bestimmten Situationen, wie Chris vorgehen, auf welche Weise er ein bestimmtes Problem lösen würde.

Er erinnerte sich an den letzten Flug mit Chris Pike, nach Talos IV. Zu jenem Zeitpunkt war Chris kaum mehr gewesen als der Pilot eines Lebenserhaltungsstuhls. Delta-Strahlung hatte ihn so schwer verletzt, dass er für alles Hilfe brauchte. Geblieben waren ihm nur seine Träume.

Kirk hatte immer befürchtet, dass es ihm eines Tages ebenso ergehen mochte. Wie würde er mit einem solchen Schicksal fertig werden?

Er hatte immer ein sehr aktives Leben geführt und an physischen Herausforderungen großen Gefallen gefunden. Wenn McCoy darauf hinwies, dass er die Dinge ruhiger angehen sollte, leistete er immer mit allen Mitteln Widerstand. Ganz deutlich erinnerte er sich an die Warnungen vor dem Reiten oder vor Sprüngen aus der

Luftschleuse eines niedrig fliegenden Orbitalgleiters, um anschließend mit einem speziellen Gleitschirm die Erdoberfläche zu erreichen... Und so weiter und so fort. Kirk hatte immer gewusst: Wenn er McCoys Rat beherzigte und tatsächlich vorsichtiger wurde, so gab er irgendwann all jene Dinge auf, die er so sehr liebte.

Er fürchtete nicht den Tag, an dem sich der Tod nicht länger betrügen ließ, sondern vielmehr die kleinen Tode, die auf dem letzten Abschnitt seines Lebenswegs lauerten. Der Tag, an dem er nicht mehr reiten konnte. Der Tag, an dem selbst das Gehen zu einer Anstrengung wurde. Der Tag, an dem er nicht mehr imstande war, körperlich eine Frau zu lieben. So sehr er auch dagegen ankämpfte: Irgendwann würden seine Kräfte nachlassen, denn er war sterblich.

Als Kirk jetzt in einem von Spock programmierten medizinischen Antigravsessel saß und zum Bereitschaftsraum des Captains der *Heisenberg* glitt, sah er sich an der Schwelle des persönlichen Niedergangs. Mit den neuen Lungen konnte er noch nicht gut genug atmen, um auf eigenen Beinen zu stehen. Und angesichts der verletzten Hände war er nicht imstande, sich selbst anzuziehen oder andere manuelle Dinge zu erledigen. Eine sonderbare Ironie des Schicksals wollte es, dass er jetzt kurz davor stand, genau jenes Ziel zu erreichen, das er vor vielen Jahren angestrebt hatte.

Er war wie Chris Pike.

Kirks Sessel verharrte in dem schmalen Korridor vor der Tür des Bereitschaftsraums. Offenbar wurde ein Signal gesendet, denn wenige Sekunden später öffnete sich die Tür, und der Sessel setzte sich wieder in Bewegung.

Der Bereitschaftsraum der *Heisenberg* stellte eine Überraschung dar. Dieses Schiff unterschied sich völlig von allen anderen Starfleet-Raumern, die Kirk kannte. Der Turbolift, in dem er zuvor unterwegs gewesen war, hatte nicht das Gefühl vermittelt, sich nach rechts, links, oben oder unten zu bewegen. Und die Korridore wirkten nicht wie allein auf Nützlichkeit ausgerichtete Passagen, sondern fast wie Skulpturen.

Mitten in dieser glatten, futuristischen Pracht präsentierte sich der Bereitschaftsraum wie das Lesezimmer einer Bibliothek des achtzehnten Jahrhunderts. Holzvertäfelung an den Wänden, Bücherregale mit echten Büchern, sogar ein großer Schreibtisch aus Holz für den Captain, mit komplexen Schnitzereien geschmückt. Kirk glaubte, das Leder der Einbände zu riechen, den Duft von Holzschutzmittel und sogar den subtilen Geruch von jahrhundertealtem Papier wahrzunehmen.

»Captain Kirk, es freut mich sehr, Sie kennen zu lernen.«

Kirk drehte überrascht den Kopf, und der Antigravsessel veränderte automatisch die Position, wandte sich in die Richtung, in die er sah.

Captain Hu-Lin Radisson begoss gerade eine grüne Pflanze. Die überaus gesund und vital wirkende Pflanze, deren dunkelgrüne Blätter spiralförmige Muster aufwiesen, war genauso groß wie die Kommandantin, nicht mehr als anderthalb Meter.

Radisson stellte die kupferne Gießkanne auf einen hölzernen Beistelltisch, auf dem Kirk auch eine kleine Kelle und eine Harke bemerkte. Anschließend wischte sie sich die Hände an einem roten Gingan-Tuch ab, das neben dem Tisch hing.

»Captain…«, sagte Kirk. »Entschuldigen Sie bitte, dass ich nicht aufstehe.«

Radisson lachte leise. Sie sah wie 60 aus, was angesichts der Medizin des vierundzwanzigsten Jahrhunderts bedeutete, dass sie über hundert Jahre alt war. Unter der Uniform steckte eine drahtige Gestalt, die es im Nahkampf sogar mit ein oder zwei Klingonen aufnehmen konnte.

»Entschuldigen Sie bitte, dass ich Ihnen nicht die Hand reiche«, sagte sie.

Kirk blickte auf seine verbundenen Hände hinab. »Ein anderes Mal.«

Radisson nickte und lächelte. »Ihnen wachsen bald neue.«

»Wie bitte?«

»Ihre Hände. In unserem Biolabor sind bereits Kulturen für die Klonknospen angelegt. Wir implantieren sie noch heute, bevor Sie uns verlassen, und im Verlauf von etwa fünf Monaten wachsen neue Hände daraus.« Radisson sprach in einem so beiläufigen Tonfall, als ginge es um irgendeinen Einrichtungsgegenstand ihres Bereitschaftsraums.

Kirk hob das, was er bisher für seine verbundenen Hände gehalten hatte. Er starrte Captain Radisson an, und vermutlich war ihm seine schockierte Verblüffung deutlich anzusehen.

»Es tut mir Leid«, sagte die Kommandantin. »Hat man Sie nicht darauf hingewiesen?« Ihre Miene zeigte aufrichtige Anteilnahme. »Ihnen wurden die Hände amputiert. Sie waren so schwer verletzt, dass eine Heilung nicht infrage kam.«

Schwindel erfasste Kirk. Er schnappte nach Luft, doch die neuen Lungen konnten ihn nicht mit genug Sauerstoff versorgen. Sterne funkelten am Rand seines Blickfelds.

Radisson kam sofort näher, legte eine Hand auf die Rückenlehne des Sessels und beugte sich hinab. »Ist alles in Ordnung mit Ihnen, Captain Kirk?«

Kirk presste sich einen verbundenen – er konnte das Wort kaum denken, geschweige denn aussprechen – Armstumpf an die Brust. »Bekomme keine… Luft…«

Radisson sprach ruhig, aber mit Kommando-Autorität in der Stimme. »Doktor, Sie werden im Bereitschaftsraum gebraucht.«

Eine Sekunde später – für Kirk fühlte es sich wie eine Ewigkeit an – ertönte eine andere, vertraute Stimme. »Bitte nennen Sie die Art des… Oh, Sie sind's.«

Für den erstickenden Kirk verdunkelte sich die Welt immer mehr. Er spähte durch die Finsternis und erkannte den holographischen Arzt.

»Ich fürchte, er hat einen Schock erlitten«, sagte Radisson.

Kirks Blick folgte dem Holo-Arzt, als er zur holzvertäfelten Wand ging und einen verborgenen Schalter betätigte. Ein Ausgabefach erschien; es sah nach dem eines Nahrungsmittelreplikators aus. Doch in dem Fach erschien ein Injektor.

»Typisch«, sagte das Hologramm in einem verdrießlichen Tonfall, als es zurückkehrte. »Man gibt einem Patienten neue Lungen, aber liest er die Gebrauchsanweisung? Nein.« Er hielt den Injektor an Kirks Hals. Der Captain spürte die vorübergehende Kühle einer transdermalen Injektion, und sofort wich die Dunkelheit zurück.

Das MHN schüttelte missbilligend den Kopf. »Ich schätze, in den nächsten Wochen werden Sie weitere Behandlungen dieser Art benötigen. Ich habe Ihnen eine Tri-Ox-Mischung gegeben, und dabei liegt die Betonung auf *Ox*.« Der Holo-Arzt schob den Injektor zwischen Stuhl und Kissen. »Ich lasse das Ding einfach hier.«

Kirk fand die Sprache wieder. »Wie können Sie auch außerhalb der Krankenstation existieren?«, fragte er verblüfft.

»Vielleicht gibt es mich gar nicht«, erwiderte das MHN und wölbte eine Braue. »Vielleicht bin ich eine Halluzination Ihres an Sauerstoffmangel leidenden Gehirns.«

»Danke, das genügt«, sagte Radisson. »Sie können gehen.«

Der holographische Arzt rollte mit den Augen. »So

ist es richtig. Benutzen Sie mich. Missbrauchen Sie mich. Und schicken Sie mich anschließend fort.« Er verschwand in holographischer Statik, die sich schnell auflöste.

»Um Ihre Frage zu beantworten«, wandte sich Radisson an Kirk. »Das ganze Schiff ist mit Holo-Projektoren ausgestattet. Dadurch kann das Medizinische Holo-Notprogramm dort erscheinen, wo es gebraucht wird. Es handelt sich um eine neue Technik, mit der Starfleet experimentiert. Sie hat viele Vorzüge.« Das freundliche Lächeln der Kommandantin schien überhaupt nicht zu der Mitteilung zu passen, dass man Kirk verstümmelt hatte. »Ich möchte Ihnen ein Beispiel zeigen. Computer, bitte die neunte Konfiguration.«

Kirk verlor die Orientierung, als der Bereitschaftsraum um ihn herum zu rotieren schien. Plötzlich befand er sich auf einer großen, offenen Terrasse, über der sich ein heller, blauer Himmel wölbte. Auf der einen Seite sah er ein langes, niedriges und weißes Haus, gesäumt von Palmen. Auf der anderen erstreckte sich der Rand eines hundert Meter hohen Kliffs, das einen wundervollen Ausblick aufs etwa einen Kilometer entfernte Meer ermöglichte.

Kirk fasste sich wieder, atmete tief durch und nahm das salzige Aroma des Ozeans wahr. Nichts erinnerte mehr an die ein wenig muffig riechende Bibliothek der *Heisenberg*. Er hörte das Krächzen von Möwen, hob den Kopf und sah einige, die weiter oben Kreise zogen. Der Sonnenschein war so warm, dass sich Schweiß auf Kirks Stirn bildete.

»Ich finde, dass ein Raumschiff dadurch zu einem viel interessanteren Ort wird.« Radisson stützte die Hände an den Hüften ab, sah zum Himmel hoch und schien jeden einzelnen Atemzug zu genießen. »Jedes Besatzungsmitglied kann seine Kabine ganz nach Belieben gestalten.«

Kirk stellte erstaunt fest: Wo sich vorher der Schreibtisch befunden hatte, stand nun ein aus Stein und Keramik bestehender Tresen, auf dem einige Starfleet-Handcomputer lagen. Auch das Terminal der Kommandantin und ihre große Pflanze fehlten nicht.

»Malibu, Kalifornien, 26. April 2005«, sagte Radisson zufrieden. »So sah es dort einen Tag vor dem maritimen Beben aus, das den verheerenden Tsunami schuf. Ich nenne diesen Ort Camelot.«

Kirk spürte das Bedürfnis, in einen ruhigen, dunklen Raum zurückzukehren. »Sie wollten mich sprechen?«, fragte er und blinzelte im Sonnenschein.

»Oh, Sie haben es nicht bequem«, sagte Radisson besorgt.

»Es ist ein wenig zu hell und zu warm«, gestand Kirk.

»Computer, auf der Zeitskala zwölf Stunden nach vorn.«

Die Sonne wurde zu einem Streifen, der hinterm Horizont verschwand, und der blaue Himmel verwandelte sich in einen schwarzen, an dem Sterne erschienen. Ein voller Mond stieg empor und leuchtete hell genug, um Schatten zu projizieren. Brennende Fackeln umgaben die Terrasse; ihre roten und goldenen Flammen flackerten in der leichten, vom Meer her wehenden Brise. Hinter den Fenstern des Hauses zeigte sich sanftes, goldenes Licht. Kirk vermutete Elektrizität der alten Art.

»Besser?«, fragte Radisson.

Die Nachtluft war kühl. Kirk nahm einen süßlichen Duft war, der wahrscheinlich von einer nachts blühenden Blume stammte. »Ja«, sagte er. »Danke.«

Radisson schwieg, musterte ihn stumm und wartete.

Kirk verdrängte alle Gedanken an die Hände aus seinem bewussten Selbst. Es war geschehen. Er würde später damit fertig werden, auf seine eigene Art und Weise. Radisson hatte ihn mit dem Hinweis auf die Amputation überrascht, aber wenn er genauer darüber nachdachte… Vielleicht steckte Absicht dahinter. Möglicherweise hatte sie Spock, McCoy und Scotty angewiesen, ihm nichts zu verraten. Kirk sah keine andere Erklärung dafür, dass seine Freunde geschwiegen hatten.

In dem Fall muss ich ihr zugestehen, dass sie die erste Runde gewonnen hat, dachte Kirk. *Aber nur deswegen, weil ich nichts vom Beginn dieses Spiels wusste.*

Er beschloss, zum Angriff überzugehen, wobei er einen recht extremen, aber auch logischen Schluss zog. »Wie lange wissen Sie schon über Tiberius Bescheid?«

Radisson zuckte mit den Schultern und ging zu einem kleinen, runden Tisch, auf dem eine blau und weiß gestreifte Decke lag. Zwei Kerzen brannten in Glaszylindern. »Ihren ersten Bericht über die so genannte ›Welt hinter dem Spiegel‹ erstatteten Sie vor hundertacht Jahren. Dazu gehörten auch Mr. Spocks Schilderungen seiner Interaktionen mit Ihrem anderen Selbst. Haben Sie das vergessen?«

Kirks Antigravsessel folgte der Kommandantin. »Das meine ich nicht. Wie lange wissen Sie schon, dass Tiberius hier ist, in der Goldin-Diskontinuität?«

Radisson nahm auf einem gusseisernen, weiß lackierten Stuhl Platz, zog eine hellblaue Serviette vom Tisch und entfaltete sie in ihrem Schoß. Dann presste sie die Fingerspitzen aneinander.

»Übereilen Sie nichts«, sagte Kirk. »Ich habe die ganze Nacht Zeit.«

Radisson bediente sich aus einer Salatschüssel, die auf einem Dreifuß neben dem Tisch stand. »Da irren Sie sich. Zu dem Beben kommt es in etwa fünfzehn Minuten. Drei Minuten und fünfundfünfzig Sekunden später erreicht der Tsunami die Küste. Allein in diesem Küstenabschnitt starben zweitausendsiebenhundert Menschen. Zwei Tage später, als die San-Andreas-Verwerfung…«

»Captain Radisson, Sie haben meine Freunde und

mich unter Schiffsarrest gestellt. Soweit ich erfahren habe, bleiben wir unter Arrest, bis Sie und ich Gelegenheit hatten, ein Gespräch zu führen. Ich bin hier, aber Sie wollen offenbar nicht mit mir sprechen.«

Radisson klatschte einmal in die Hände und nahm dann eine geöffnete Flasche Wein aus dem silbernen Kübel auf der anderen Seite des Tisches. Jeder Tropfen Kondenswasser zeichnete sich ganz deutlich am grünen Glas ab, reflektierte das Licht der Kerzen und Fackeln. Nie zuvor hatte Kirk eine so detaillierte holographische Simulation gesehen. »Ich bin nicht hier, um zu reden, Captain Kirk. Im Gegensatz zu Ihnen. Seit wann wissen *Sie,* was Tiberius hier trieb?«

»Bis vor acht Stunden wusste ich nicht einmal, dass er noch lebt. Was ich über seine historischen Aktivitäten im Paralleluniversum weiß, habe ich während der letzten vier Wochen von Intendant Spock und der anderen Kathryn Janeway erfahren. Stehen sie ebenfalls unter Arrest?«

Radisson schenkte sich ein Glas Wein ein und richtete dann einen fragenden Blick auf Kirk, der jedoch den Kopf schüttelte.

»Sie befinden sich in Schutzhaft«, sagte die Kommandantin der *Heisenberg.* »Admiral Nechajew ist einer von etwa hundert Starfleet-Offizieren, die durch ihre Duplikate im anderen Universum ersetzt wurden. Wenn Intendant Spock, seine Tochter T'Val und Janeways anderes Selbst frei wären, müssten sie mit Mordanschlägen rechnen.«

Kirk beugte sich im Antigravsessel vor. »Aber es sind keine *exakten* Duplikate. Personen aus dem Paralleluniversum haben eine andere Quantensignatur. Mit jedem Tricorder lässt sich der Unterschied feststellen.«

»Das ist nur zu Anfang der Fall.« Radisson aß ein wenig vom Salat und genoss den Geschmack, bevor sie fortfuhr: »Angenommen, ich komme aus der Welt hinter dem Spiegel. Ich benutze einen Transporter, um diese Realität zu erreichen, und jedes einzelne Molekül in meinem Körper zeichnet sich durch die Quantensignatur des Universums aus, in dem ich geboren bin. Aber dann…« Sie trank einen Schluck Wein. »…lebe ich in diesem Universum. Ich atme die Luft dieses Universums, esse die hiesigen Nahrungsmittel, trinke diesen Wein. In meinem Körper findet der normale Stoffwechsel statt. Neues Gewebe bildet sich, und dabei sind Moleküle aus *diesem* Universum die Bausteine. Nach einem Jahr lässt sich mit einem Tricorder kein Unterschied mehr feststellen. Meine Haut besteht ausschließlich aus Molekülen dieser Realität. Wenn ich mir das Haar unmittelbar nach meiner Ankunft kurz schneiden ließ, so ist es nachgewachsen und besteht aus *lokaler* Materie. Die Organe im Innern meines Körpers bestehen aus Molekülen des Paralleluniversums und haben daher eine andere Quantensignatur, doch hier ist das Ortungspotential eines Tricorders überfordert.« Radisson trank noch einen Schluck Wein. »Sie sehen also, Captain Kirk: Mit der Zeit *werden* die Leute aus dem anderen Universum zu exakten Duplikaten.«

»Wie finden Sie dann heraus, welche Offiziere echt sind und welche falsch?«

»Die schlichte Antwort lautet: Derzeit können wir die einen nicht von den anderen unterscheiden.« Radisson betupfte sich die Lippen mit der blauen Serviette, legte sie dann auf den Tisch und seufzte. »Deshalb sind die Eindringlinge aus dem Allianz-Universum sogar eine größere Bedrohung für uns, als es die Borg waren. Wir arbeiten an der Entwicklung einer Identifizierungsmethode. Vielleicht lassen sich ID-Spuren des Transporters verwenden, um die Fremden als solche zu erkennen.«

Radisson ergriff das Weinglas am dünnen Stiel und schnupperte daran, während sie den Wein hin und her schwenkte. »Aber wenn es einem Duplikat gelingt, die ursprünglichen Transporter-IDs durch neue zu ersetzen, ohne dass wir etwas merken... Dann stehen wir erneut mit leeren Händen da.«

Kirk las zwischen den Zeilen. »Wen meinen Sie mit ›wir‹? Sie sprechen nicht von Starfleet, oder?«

Radisson hob wie beeindruckt die Brauen. »Gehen Sie einfach davon aus, dass wir zu Starfleet gehören.«

»Das genügt mir nicht.«

»Tatsächlich nicht?« Radisson schob ihren Stuhl zurück und stand auf, hielt dabei noch immer das Glas in der Hand.

»Ich bin hier, weil Sie Informationen von mir wollen«, fuhr Kirk fort. »Na schön. Ich bin bereit, sie Ihnen zu geben. Als Gegenleistung verlange ich ebenfalls Informationen.«

Radisson trank einen weiteren Schluck und blickte zu den fernen Wellen, die mit weißen Kämmen an den Strand rollten. Der Mondschein spiegelte sich glitzernd auf dem Meer wider. Abgesehen davon gab es kaum sichtbare Unterschiede zwischen Himmel und Ozean. Sowohl hier als auch dort leuchteten Sterne.

»Sie haben nur teilweise Recht, Captain. Ich möchte wirklich etwas von Ihnen, aber es sind keine Informationen. Und was eine Gegenleistung betrifft...« Sie drehte sich um, und der Fackelschein ließ ihre Augen glühen. »Nun gut.«

Kirk wartete und fragte sich, ob das Spiel bereits beendet war oder noch weiterging. In der Ferne hörte er das Donnern der Brandung an den Felsen tief unten.

»Dieser Konvoi aus wissenschaftlichen Schiffen gehört zu dem, was Starfleet ›Projekt Zeichen‹ nennt.«

»Hab nie davon gehört«, sagte Kirk.

»Das überrascht mich nicht. Es handelt sich um eine der geheimsten Operationen innerhalb der Flotte. Seltsamerweise gaben Sie den Anstoß für das Projekt.« Radisson lachte leise.

»Das verstehe ich nicht ganz…«

»Als Sie während Ihrer ersten Fünf-Jahres-Mission eine… sagen wir… Entdeckung machten. Das Ergebnis bestand aus ultrageheimen Nachforschungen Starfleets, um Klarheit in Hinsicht auf die möglichen Konsequenzen Ihrer Entdeckung zu gewinnen.«

Schließlich dämmerte es Kirk. »Sie meinen meinen Transfer in die Welt hinter dem Spiegel.«

Die Kommandantin der *Heisenberg* lächelte hintergründig. Kirk wusste nicht, ob sie damit seine Vermutung bestätigte oder eine weitere Überraschung für ihn auf Lager hatte.

»Bei den Nachforschungen gelangte man zu einigen erstaunlichen Erkenntnissen«, sagte Radisson. »Heute, ein Jahrhundert später, ist das Projekt Zeichen auch weiterhin eine Art Sonderkommando innerhalb von Starfleet, und es bleibt geheim. Die *Heisenberg* gehört zu den Schiffen, die im Rahmen des Projekts zum Einsatz gelangen. Eine unsere Aufgaben – und ich verrate kein Geheimnis, wenn ich Ihnen dies sage – besteht darin, nach Anzeichen von Aktivitäten Ausschau zu halten, die ihren Ursprung im anderen Universum haben und sich in unserem auswirken.«

Kirk wollte vor allem von den Dingen erfahren, die ihm Radisson verschwieg. »Benutzen Sie diese… bemerkenswerten Schiffe, um Vorstöße in die andere Realität zu unternehmen?«

Die Kommandantin zuckte mit den Schultern. »So ›bemerkenswert‹ sind die Schiffe gar nicht, Captain. Und außerdem: Für die meiste Zeit während der Dauer des Projekts fiel das Paralleluniversum unter den Schutz der Ersten Direktive.«

»Das ist doch absurd!« Kirk wusste, dass es noch etwas anderes gab, einen Punkt, der in Radissons Erklärungen fehlte.

»Ich muss zugeben, dass wir es mit einem sehr besonderen Fall zu tun hatten. Und die Entscheidung wurde vor meiner Geburt getroffen. Aber...« Die Kommandantin stellte das Weinglas auf den Tisch. »Sie haben erneut einen Unterschied bewirkt, Captain. Solange die Welt hinter dem Spiegel auf ihrer Seite der Quantenscheide blieb, behielten die besonderen Bestimmungen der Ersten Direktive ihre Gültigkeit. Es gibt Gerüchte über entsprechende Transfers im Bereich von *Deep Space 9*, aber das sind lokale Angelegenheiten. Nun, inzwischen haben wir eindeutige Beweise dafür, dass zumindest eine Gruppe innerhalb der Allianz feindliche Aktionen gegen die Föderation durchführt, und unter solchen Umständen gilt die Erste Direktive nicht mehr.«

In Kirks Hinterkopf läutete eine Alarmglocke. »Soll das heißen, dass ein Krieg gegen ein anderes *Universum* bevorsteht?«

»Nein, nein, nein. Aber wir können jetzt Einfluss auf die Entwicklung der Dinge nehmen. Sie haben uns den Kontakt mit Intendant Spock ermöglicht, und durch ihn können wir mit der vulkanischen Widerstandsbewegung zusammenarbeiten. Mit anderen Worten: Wir sind jetzt imstande, in der Welt hinter dem Spiegel einen Unterschied zu bewirken, und das verdanken wir Ihnen.«

Damit hatte Kirk nicht gerechnet. Wenn es Radisson und dem geheimnisvollen Projekt Zeichen wirklich »nur« darum ging, so bestand eigentlich kein Grund zu Besorgnis. Erleichterung durchströmte ihn, und gleichzeitig fühlte er sich geschmeichelt. »Ich... würde mich freuen, wenn ich Ihnen auch in Zukunft helfen könnte.«

Radisson musterte ihn ernst. »Womit wir bei der Frage wären, was ich, was das Projekt Zeichen von Ihnen erwartet.«

»Es sind keine Informationen. Das ist mir inzwischen klar.«

»Wir brauchen ein Versprechen.«

Schlagartig fühlte sich Kirk von Anspannung erfasst. »Fahren Sie fort.«

»Es ist unbedingt erforderlich, dass Sie sich nicht an unseren Kontakten mit der Widerstandsbewegung im Paralleluniversum beteiligen.«

Plötzlich klirrten die Gläser auf dem Tisch. Die Weinflasche rutschte im Kübel hin und her. Eine der Fackeln fiel und erlosch auf den Fliesen der Terrasse.

In den fernen Schluchten hinter ihnen hörte Kirk das Bellen von Hunden. Nach wenigen Sekunden erklang auch das Heulen von Kojoten.

»Das Beben«, sagte Radisson. »Sechs Komma zwei auf der alten Richter-Skala, als man noch tektonische Aktivität mit ihr maß und nicht die kulturelle Entwicklung. Es war kein sonderlich starkes Beben, aber es genügte, um eine vierzig Meter hohe Welle zu schaffen – sie entsteht jetzt zwanzig Kilometer weit draußen auf dem Meer.« Sie lachte humorlos. »Das Ende einer Ära.«

»Ich verstehe nicht, warum Sie wollen, dass ich mich aus der ganzen Sache heraushalte«, sagte Kirk und ließ sich nicht von der Aufregung in Hinsicht auf eine historische Katastrophe anstecken.

»Weil man Sie beobachtet, Captain Kirk. Und weil wir nicht wissen, wer Sie im Auge behält. Bei einer Zusammenarbeit mit Ihnen würde es keine Rolle spielen, wie vorsichtig wir bei der Kommunikation und der Planung Ihrer Reisen sind. Sie stellen eine so offensichtliche Verbindungen zu unseren Bemühungen dar, uns vor der Welt hinter dem Spiegel zu schützen, dass es nur eine Frage der Zeit wäre, wann Spione der Allianz Ihre Aktivitäten bis zu uns zurückverfolgen.«

Es klang nach einer Ausrede, fand Kirk und beschloss, eine weitere Frage zu stellen. »Woher wollen Sie wissen, dass die Allianz nicht längst über Sie Bescheid weiß?«

»Wir haben das Arbeitslager auf dem Asteroiden ein Jahr lang beobachtet, und dabei kam es bei der täglichen Routine zu keinen Veränderungen. Nichts deutete darauf hin, dass der Gegner von unserer Präsenz wusste.«

Jäher Zorn erfüllte Kirk und war so überwältigend, dass er aufzustehen versuchte, um Radisson gegenüberzutreten. »Dutzende von Personen sind auf dem Asteroiden *gestorben!* Besatzungsmitglieder der *Enterprise* kamen ums Leben! Ich hätte fast Teilani verloren! Und Sie haben die ganze Zeit über tatenlos zugesehen?« Er blieb sitzen. Die Anstrengung war zu groß, und das Atmen fiel ihm zu schwer. Außerdem konnte er sich mit den Armstümpfen kaum abstützen.

Kirk sank im Antigravsessel zur Seite und fühlte sich hilfloser als jemals zuvor, denn er konnte sich nicht aus eigener Kraft aufsetzen. Hatte damals auch Chris Pike auf diese Weise empfunden?

Radisson machte keine Anstalten, ihm zu helfen, ein deutlicher Hinweis auf ihre Autorität.

»Hören Sie mir gut zu, Captain. *Wir* hatten die Situation unter Kontrolle. *Wir* waren imstande, alle Gefangenen im Arbeitslager zu retten, *ohne* das Kraftfeld zusammenbrechen zu lassen. Aber dann mischten *Sie* sich in unsere Mission ein und ruinierten alle unsere Pläne. Glauben Sie mir, wenn ich Ihnen sage: Ihr Versprechen, sich in keiner Weise an unseren Aktivitäten zu beteiligen, ist eine von *zwei* Möglichkeiten, die ich Ihnen vorschlagen darf. Von der zweiten möchten Sie sicher nichts erfahren.«

Kirks Oberkörper war noch immer zur Seite geneigt, und er versuchte, sich mit den Ellenbogen in eine aufrechte Position zu bringen. Doch sein Körper erwies sich als erschreckend schwach. Es hatte auch keinen Sinn, mit den Füßen zu stoßen – dadurch glitt der Antigravsessel nur weiter nach hinten.

»Wie weit wollen Sie bei dieser Sache gehen?«, brachte Kirk voller Verdruss hervor.

»Wir haben Ihnen neue Lungen gegeben, Captain Kirk. Das ist nicht so leicht, wie es klingt, insbesondere nach dem von Ihnen erlittenen Vakuumtrauma. Ohne die medizinischen Einrichtungen der *Heisenberg* wäre es beim Transport zu einer Starbase mit den notwendigen Medo-Installationen zu weiteren Gewebeschäden gekommen. Ich nehme an, Sie hätten sechs Monate mit künstlicher Beatmung verbringen müssen – so lange dauert es, um geklonte Lungen heranwachsen zu lassen. Anschließend wären noch einmal sechs Monate Rekonvaleszenz in Schwerelosigkeit erforderlich gewesen. Ganz zu schweigen von dem *Jahr,* das Sie gebraucht hätten, um sich wieder an normale Gravitation zu gewöhnen. Vor Ablauf von *zwei Jahren* wären Sie wohl kaum in der Lage gewesen, zu Braut und Kind auf Chal zurückzukehren.«

Radisson griff nach der Rückenlehne und stabilisierte den Antigravsessel. »Und was Ihren Wunsch betrifft, Braut und Kind zu berühren…«

Kirk atmete schneller, als er begriff, was die Worte der Kommandantin bedeuteten. *Niemand* durfte ihn von Teilani und ihrem gemeinsamen Kind fern halten. »Ich kann mich in jeder beliebigen Medo-Station mit biosynthetischen Händen ausstatten lassen!«

»Soweit ich weiß, zeichnen sich biosynthetische Hände durch achtzig Prozent des normalen physischen und durch fünfundzwanzig Prozent des taktilen Funktionspotentials aus«, sagte Radisson. »Sie könnten Teilanis Hand halten, wären aber nicht imstande, ihr Haar oder die weiche Haut Ihres Kinds zu fühlen.«

Die unverschämten persönlichen Hinweise der Kommandantin erfüllten Kirk mit einem fast mörderischen Zorn. Er versuchte, sich zu beherrschen. »Dann bitte ich jemand anders, mir Klonknospen zu implantieren.«

Radisson nickte kühl. »Klonknospen funktionieren nur, wenn Gewebe und Nervenstränge während der kontrollierten Amputation entsprechend vorbereitet wurden. Und beide Operationen sollten vom gleichen Arzt durchgeführt werden, um das bestmögliche Resultat zu erzielen.«

»Pille ist der beste Arzt in Starfleet.«

»Mag sein. Aber er hat Ihre Hände nicht amputiert.«

Das war neu für Kirk. »Dr. Crusher…?«

Radisson schüttelte den Kopf. »Sie sind dem Arzt mehrmals begegnet.«

»Meinen Sie etwa das Hologramm?«

»Nun, seine Umgangsformen lassen ein wenig zu wünschen übrig, aber er vereint in sich einige der größten medizinischen Genies. In ihm steckt auch ein wenig von Ihrem Dr. McCoy.«

Radisson hob die Hand. »Hören Sie das?«

In der Ferne zischte etwas. Kirk spürte plötzlich, dass aus der sanften Brise ein kalter, ablandiger Wind geworden war.

»Sehen Sie sich das Meer an«, sagte Radisson und drehte den Antigravsessel.

Er beobachtete, wie der Glanz des Mondes verblasste und dann verschwand.

Mit großer Ehrfurcht beschrieb Captain Radisson die aktuellen Ereignisse und sprach so, als hätten sie überhaupt keine wichtigen Dinge erörtert. Kirk wusste, dass sie diese Worte nicht zum ersten Mal formulierte. »Das Wasser weicht zurück. Der gewaltige Tsunami saugt es von der Küste fort.« Sie sah sich um, und der Schatten eines Lächelns umspielte ihre Lippen. »Fühlen Sie es?«

Kirk fühlte nichts. Sein Antigravsessel schwebte über den Fliesen der Terrasse; die Vibrationen des Bodens erreichten ihn nicht.

»Ich frage mich, wie es damals gewesen sein mag«, sagte Radisson. »Dort unten zu sein, in einem der Häuser am Strand, auf der Veranda zu stehen und zu beobachten, wie der Ozean zurückweicht... um kurze Zeit später in Form einer gewaltigen Welle zurückzukehren, die alles zerschmettert, was sich ihr in den Weg stellt...«

»Vielleicht sollten Sie Ihren nächsten Bereitschaftsraum dort simulieren«, erwiderte Kirk ungeduldig. »Direkt am Strand.« Es gelang ihm, sich ein wenig zur Seite und nach oben zu stemmen.

»Genau darum geht es«, sagte Radisson. »Es ist nur eine Simulation. Ich kann nie erfahren, wie es *wirklich* gewesen ist. Oh – dort! Sehen Sie, Captain!«

Eine Linie aus weißem Schaum reichte von Horizont zu Horizont. Das Licht des Mondes zeigte sich nun wieder und strahlte auf die Woge hinab. Sie kam so schnell näher, dass sie wie künstlich wirkte.

Der Tsunami erreichte die Küste, und Schaum gischtete empor, als die Welle noch schneller und höher wurde.

Dann geriet sie hinter dem Rand der Terrasse am Kliff außer Sicht. Jetzt spürte selbst Kirk etwas – der Tsunami ließ nicht nur den Boden vibrieren, sondern auch die Luft.

»Gleich ist die Welle da«, sagte Radisson, und ihre Stimme klang dabei fast begeistert. Die simulierte Katastrophe schien sie zu erregen. »Gleich... gleich...«

Es ist nur eine Simulation, dachte Kirk, als er in die schwarze Leere jenseits des Kliffs starrte und dem lauter werdenden Donnern lauschte. Etwas Gewaltiges und Tödliches näherte sich und blieb bis zur letzten Sekunde verborgen...

»Programm beenden«, sagte Radisson.

Kirk blinzelte, als helles Licht blitzte. Das Malibu-Kliff verwandelte sich in den Bereitschaftsraum eines Captains, der diesmal weiße Wände aufwies.

Erst jetzt merkte er, wie sehr die Anspannung beim Warten auf die Welle in ihm gewachsen war. Er sank noch etwas tiefer in den Antigravsessel, fühlte sich völlig ausgelaugt. Er richtete einen zornigen Blick auf Radisson, die zu ihrem Schreibtisch ging, der wie eine aus dem grauen Teppich gewachsene weiße Skulptur wirkte. Die einzige andere Farbe in dem Raum stammte – abgesehen von Handcomputern und Terminal – von der grünen Pflanze.

»Jenes Programm gefällt mir sehr«, verkündete Radisson. »Ich lasse die Welle jedes Mal etwas näher kommen.«

Kirk nahm seine ganze Kraft zusammen und stemmte sich weit genug hoch, um wieder aufrecht zu sitzen. »Warum lassen sie den Tsunami nicht übers Haus hinwegrollen?«, fragte er. Das kalte Salzwasser mochte ihr gut tun.

»Unmöglich«, entgegnete Radisson. Sie sah Kirk an und lächelte fast verlegen. »Ich habe alle Sicherheitsprotokolle deaktiviert.«

Die Luft entwich so aus seinen neuen Lungen, als hätte ihm jemand einen Schlag auf die Brust versetzt. Ohne Sicherheitsprotokolle konnte man in einer simulierten Umgebung sterben. So etwas war bereits geschehen. »Wenn uns die Welle erreicht hätte…«

»Sie hat uns *nicht* erreicht, Captain.« Radisson nahm hinter ihrem Schreibtisch Platz. »Um auf unser Gespräch zurückzukommen… Versprechen Sie mir, sich nicht in die Angelegenheiten des Projekts Zeichen einzumischen?«

»Was geschieht, wenn ich mich an die Öffentlichkeit wende?«, fragte Kirk und staunte einmal mehr über die Kühle der Kommandantin. »Ich könnte mich an den Föderationsrat wenden und darauf hinweisen, dass mir das Projekt Zeichen die Hände abschnitt und mir keine neuen geben will, wenn ich mich weigere, sein Geheimnis zu wahren. Wie lange, glauben Sie, können Sie dann durchhalten?«

Radisson faltete die Hände. »Ihr letzter Kontakt mit dem Rat liegt eine Weile zurück, Captain Kirk, und deshalb lautet die Frage: Wie lange würden *Sie* durchhalten?«

So unerträglich die Situation auch sein mochte: Kirk wusste, dass Radisson Recht hatte. Eigentlich konnte er gegen niemanden Vorwürfe erheben, abgesehen von der eigenen Person. Bis vor vier Wochen hatte er praktisch als Eremit auf Chal gelebt, nur Umgang mit Teilani und einigen nahen Freunden gepflegt. Teilani machte sich Sorgen um sein Wohlergehen und schlug deshalb vor, dass er die Einladung zu einer Konferenz auf der Erde annehmen sollte. Er entschloss sich tatsächlich dazu, und es war *seine* Entscheidung. Seit dem Start der *Enterprise*-B kehrte er zum ersten Mal zur Erde zurück, und nur wenige Stunden nach seiner Ankunft geriet er in eine jener Situationen, mit denen er nichts mehr zu tun haben wollte.

Diese halb verrückte Kommandantin, die sein Leben und ihr eigenes bei einer Holo-Simulation riskiert hatte, verlangte nun von ihm, wieder so zu leben wie vor einem Monat. Er sollte sich um seine eigenen Angelegenheiten kümmern, die Dinge des vierundzwanzigsten Jahrhunderts den Leuten überlassen, denen dieses Jahrhundert gehörte. Eigentlich war die Situation gar nicht unerträglich, sondern eher lächerlich.

Kirk prüfte sich selbst und begriff: Seine Empörung und der Wunsch, sich Radisson gegenüber durchzusetzen, basierten auf einer Sturheit, die er überwunden geglaubt hatte.

Er war davon überzeugt gewesen, dass er nicht mehr allein um des Sieges willen siegen wollte und endlich begriffen hatte: Manchmal mochte es auch für ihn selbst besser sein, zurückzutreten und den Dingen ihren Lauf zu lassen.

Ich habe Teilani und werde bald Vater, dachte er. *Ich habe ein Zuhause, mit eigenen Händen auf einer Lichtung auf Chal gebaut. Was brauche ich mehr? Was könnte ich mir sonst noch wünschen?*

Aber es gab da noch eine Sache.

»Was ist mit Tiberius?«, fragte er.

»Gilt Ihre Besorgnis allein ihm?«

»Beunruhigt er Sie nicht?«

Radisson musterte ihn und schien zu versuchen, eine schwierige Entscheidung zu treffen. »Alles, was ich Ihnen gesagt habe und noch sagen werde, ist streng geheim – darüber sind Sie sich doch klar, oder? Wenn Sie ein Wort davon wiederholen oder auch nur damit drohen, Ihr Wissen weiterzugeben... In dem Fall haben Sie die Wahl, den Rest Ihres Lebens in Einzelhaft auf einem Gefängnisasteroiden zu verbringen oder einen Teil Ihres Gedächtnisses dauerhaft löschen zu lassen. Und die memoriale Neutralisierung ist keine exakte Wissenschaft.«

Kirk traf eine schwere Entscheidung. »Ich verstehe.«

Radisson berührte eine Schaltfläche ihres Terminals, und Kirk hörte, wie seine eigene Stimme aus einem Deckenlautsprecher drang. »Ich verstehe.«

»Damit es ganz offiziell ist«, sagte Radisson und betätigte ein anderes Schaltelement. »Schicken Sie sie herein.«

Eine zweite Tür öffnete sich, nicht die, durch die Kirk hereingekommen war. Dahinter erstreckte sich die Brücke der *Heisenberg*, und sie bot einen verblüffenden Anblick. Die Brückencrew schien aus zwanzig Personen zu bestehen, und holographische Bilder schwebten vor jeder einzelnen Station. Bevor Kirk mehr erkennen konnte, kamen Spock und Scott in den Bereitschaftsraum, begleitet von einem sehr ernsten Commander, der mindestens einen Kopf größer war als Spock. Ein mattschwarzer Phaser zeigte sich an seinem Gürtel, und in den Händen hielt er einen biologischen Isolationsbehälter.

McCoy eilte sofort zu Kirk und half ihm dabei, sich in die richtige Sitzposition zu bringen. Dabei entdeckte er den Injektor.

»Ich brauchte eine Dosis Tri-Ox«, erklärte Kirk.

McCoy runzelte die Stirn, blickte kurz zu Radisson und richtete seine Aufmerksamkeit dann wieder auf den Mann im Antigravsessel. »Ich habe dich ausdrücklich aufgefordert, Anstrengungen zu vermeiden.«

»Pille, ich... Schon gut.« Kirk sah zur Kommandantin. »Die Sache betrifft also uns alle?«

»Ja«, bestätigte Radisson. »Wenn einer von Ihnen über das Projekt Zeichen spricht, bezahlen Sie alle den Preis.«

Spock wandte sich an Kirk. »Sind Sie bereit, auf Captain Radissons Forderungen einzugehen, Captain?«

»Er ist bereit«, erwiderte Radisson, bevor Kirk antworten konnte. »Unter einer Bedingung.«

»Oh, das wär's dann wohl«, brummte McCoy. »Gefängnisasteroid, wir kommen.«

»Ganz im Gegenteil«, sagte die Kommandantin der *Heisenberg*. »Es ist eine Bedingung, die ich akzeptieren kann.« Sie bedeutete dem hoch gewachsenen Commander, den Behälter auf den Schreibtisch zu stellen. Er kam der stummen Aufforderung nach.

»Sie können sich jetzt deaktivieren«, sagte Radisson.

Der Commander verschwand in holographischer Statik.

»Sind alle Personen an Bord dieses Schiffes Hologramme?«, fragte Kirk.

»Nicht alle«, erwiderte Radisson sofort, verzichtete jedoch darauf, Einzelheiten zu nennen. »Dr. McCoy, bitte öffnen Sie den Behälter. Captain Kirk, kommen Sie etwas näher.«

Kirk neigte den Kopf so nach vorn, wie McCoy es ihm in der Krankenstation gezeigt hatte. Sofort setzte sich der Antigravsessel in Bewegung und schwebte zum weißen Schreibtisch der Kommandantin.

Der biologische Isolationsbehälter war offen.

Kirk erkannte den Inhalt.

Teile eines Schutzhelms, in einem dunklen, fast schwarz wirkenden Rot.

Kirk stellte sich vor, wie die einzelnen Teile zusammenpassten, gelangte dabei zu dem Schluss, dass etwa zwei Drittel des Helms vorhanden waren.

Radisson reichte McCoy einen medizinischen Kraftfeld-Manipulator. »Benutzen Sie das, um eine Kontamination zu verhindern.«

McCoy schaltete das kleine, zylinderförmige Gerät ein und ein roter Strahl richtete sich auf ein größeres Bruchstück des Helms.

Mithilfe des Strahls hob der Arzt das Fragment aus dem Behälter.

Etwas tropfte davon herab.

Kirk beobachtete, wie das Etwas auf einem Teil des Visiers landete.

Blut.

»Haben Sie Ihren Tricorder dabei?«, fragte Radisson.

McCoy holte ihn aus der Medo-Tasche, die er praktisch immer bei sich trug, und nahm eine Sondierung damit vor.

»Diagnose?«, erkundigte sich die Kommandantin.

»Die DNS stimmt exakt überein. Es ist Jims Blut.« McCoy seufzte und drehte das Fragment so, dass Kirk auch die Innenfläche sehen konnte. Dort zeigte sich mehr Blut, außerdem auch kleine Ansammlungen von gelbem Gewebe und weiße Flecken. »Es handelt sich auch um Jims Hirnmasse, um seine Knochensplitter…«

»Überprüfen Sie die Quantensignatur«, sagte Radisson.

Spock scannte das Fragment und reichte seinen Tricorder dann Scott.

»Aye«, sagte Scotty. »Es ist die Quantensignatur des Paralleluniversums.«

Radisson sah Kirk an. »T'Val schoss auf Tiberius, als

er zu entkommen versuchte. Der Phaser war auf Desintegration justiert, aber offenbar traf der Strahl eine Energiezelle des Kampfanzugs. Dadurch kam es zu einer Explosion, bevor sich der desintegrierende Effekt auswirkte.«

»Sie behaupten also, dass Tiberius… tot ist?«, kam es langsam über Kirks Lippen.

»*Ich* behaupte das nicht«, erwiderte Radisson. »Warum sollten Sie mir glauben? Ihre drei Freunde behaupten es. Sie können die Einrichtungen des Schiffes benutzen, um die Daten zu verifizieren.«

Kirk fühlte sich so müde wie noch nie zuvor in seinem Leben. »Das ist nicht nötig. Ich…« Er schüttelte den Kopf. Dies war nicht der geeignete Zeitpunkt für Reden und Erklärungen. »Es ist vorbei.«

»Sind Sie sicher?«, fragte Radisson.

»Wenn er nicht mehr lebt, lebt er nicht mehr«, sagte Kirk. »Es gibt nichts mehr für mich zu tun. Der Kampf ist zu Ende. Es wird Zeit für mich, nach Hause zurückzukehren.«

Radisson nickte so, als hätte sie gerade eine lange, schwierige Mission beendet. »Ich lasse Vorbereitungen dafür treffen, dass die *Schrödinger* Sie beim nächsten Flug zum Rettungskonvoi mitnimmt. Dort wartet ein Clipper, der Sie nach Chal, zur Erde oder nach Vulkan bringen kann – nennen Sie das Ziel.«

»Was ist mit Teilani?«, fragte Kirk.

»Sie wird Ihnen an Bord der *Schrödinger* Gesellschaft leisten. Es geht ihr gut. Und das gilt auch fürs ungeborene Kind.«

»Und T'Val?«, warf Spock ein. »Was wird aus ihr, Intendant Spock und Kate Janeway?«

»Sie werden uns zu einer… sicheren Starbase begleiten«, sagte Radisson. »Wir haben uns bereits mit dem Vulkanischen Heilinstitut in Verbindung gesetzt. Ihr anderes Selbst, das an vorzeitigem Bendii-Syndrom leidet, wird die beste mögliche Behandlung bekommen. Da wir gerade dabei sind: Wir wären Ihnen dankbar, wenn Sie uns Gewebe und Blut für Transplantationen zur Verfügung stellen könnten.«

»Selbstverständlich«, erwiderte Spock. »Was auch immer die Umstände verlangen.«

»Sie hören von uns«, sagte Radisson und sah die anderen an. »Ich glaube, das wär's. Diese Angelegenheit ist erledigt.«

Kirk schloss die Augen und ließ den Kopf so zur Seite kippen, als wären die Anstrengungen der vergangenen Tage schließlich doch zu viel für ihn geworden. Nur auf diese Weise konnte er den Bereitschaftsraum verlassen, ohne noch einmal dem Blick von Captain Radisson begegnen zu müssen.

Diesem Punkt kam besondere Bedeutung zu.

Denn wenn Radisson Personen zu beurteilen verstand – und daran zweifelte Kirk nicht –, würde ihr ein Blick genügen, um seine wahren Empfindungen zu erkennen und zu begreifen: Er war fest davon überzeugt, dass sie gerade gelogen hatte.

Ganz gleich, woher die angeblichen Beweise stammten, die Spock, McCoy und Scotty überzeugt hatten – es fehlte ein winziges Detail, das Radissons Aufmerksamkeit entgangen war, nicht aber der Kirks.

Nicht eine einzige Sekunde lang zweifelte er daran, dass Tiberius noch lebte.

Diese Angelegenheit war noch nicht erledigt.

INTERLUDIUM

Die Entwicklung des Universums ging weiter. Die Galaxis drehte sich, und das Chaos des Lebens in ihr brodelte und schäumte wie der Kamm einer sich brechenden Welle, die ständig drohte, alle Sterne fortzuspülen.

Doch dazu kam es nie.

Zufällige Ereignisse folgten zufälligen Ereignissen.

Hier *trat eine blauhäutige, zweibeinige Humanoide aus einem der Föderation unbekannten Volk vor ihre Ältesten und meinte, die Sonne drehe sich nicht um ihre Welt. Sie wies darauf hin, dass es sich genau umgekehrt verhielt, dass sich die Welt um die Sonne drehte. Sie wurde sofort hingerichtet, aber eine Revolution hatte begonnen. Während der nächsten hundert Jahre kam es in allen regionalen Regierungssystemen auf der betreffenden Welt zu gewaltsamen Umwälzungen, nur weil eine Frau die Lichter am Himmel beobachtet und überlegt hatte, warum sich manche von ihnen so leicht vorhersagbar bewegten.*

Dort *unterlief einem pelzbedeckten Laborassistenten ein Fehler. Er half einem mit vielen Tentakeln ausgestatteten Genie, das dem Planeten gerade elektrisches Licht und eine Methode zur Aufzeichnung von Geräuschen beschert hatte. Die beiden intelligenten Spezies, Säugetier und Nanovor, bildeten eins von fünf Beispielen in der Galaxis für die Entwicklung eines Systems, das auf Kooperation und nicht auf erbittertem Wettbewerb basierte. Sie hatten eine gemeinsame Zivilisation geschaffen.*

Das Tentakelgenie hatte den Laborassistenten gebeten, in

dem Apparat auf der Werkbank einige Quarzkristalle zu installieren. Aber der Assistent – er schwang an einem von der Decke herabhängenden Seil hin und her, und seine genetische Struktur enthielt einen Teil der holographischen Botschaft von Dr. Galens Ahnenvolk – verwendete stattdessen Rubindiumkristalle.

Das Genie hatte die Ausbreitung von Radiowellen untersuchen wollen, und der Fehler des Assistenten führte dazu, dass er Subraumsignale empfing, zweihundert Jahre bevor die wissenschaftliche Entwicklung der Welt so etwas ermöglichen sollte. Zuerst wollte er den Apparat demontieren und den Assistenten fressen. Aber dann traf ein starker Subraum-Impuls ein, vor einigen Monaten von einem Asteroiden in der Goldin-Diskontinuität gesendet. Als er das Geräusch hörte, entschloss sich das Genie zu genaueren Untersuchungen, und schob bald konnte sein Volk die Kommunikation viel höher entwickelter Wesen belauschen.

Nur fünfzehn Jahre später gelang es der Welt des Genies und des unaufmerksamen Laborassistenten, das Geheimnis des Warpantriebs zu lüften, während andere Zivilisationen auf einer vergleichbaren Evolutionsstufe noch damit beschäftigt waren, die ersten primitiven Flugzeuge zu bauen. Doch die Bewohner jener Welt konnten nicht richtig mit einer Technik umgehen, die sie nicht selbst entwickelt hatten: Nach nur zwanzig Jahren verwandelte sich der Planet in eine leblose radioaktive Wüste. Und das alles nur, weil Imperator Tiberius eine für andere bestimmte Nachricht gesendet hatte – und weil Tausende von Lichtjahren entfernt einem Laborassistenten ein kleiner Fehler unterlief.

Überall in der Galaxis setzte sich der normale Zyklus fort. Intelligente Wesen wurden geboren. Intelligente Wesen starben. Eine Spezies intelligenter Geschöpfe hatte Wirte, die starben, aber sie konnten in neuen Wirten weiterleben.

Chaos und noch mehr Chaos. Ereignisse lösten andere Ereignisse aus, wie die sich kreuzenden Wellen eines Teichs im Regen.

Bei einer genügend großen Anzahl zufälliger Ereignisse ließen sich Muster erkennen.

Im Delta-Quadranten kam ein kleines Raumschiff der Heimat um fünfundzwanzig Jahre näher.

Im Alpha- und Gamma-Quadranten fand ein Krieg statt, der durch ein Wurmloch möglich wurde. Bei der Auseinandersetzung kam es zu einem Auf und Ab, abhängig von den militärischen Kräften der Kontrahenten und der Launenhaftigkeit von Wesen, die außerhalb der linearen Zeit lebten.

Im Briar Patch fand Jean-Luc Picard, Captain der Enterprise, *eine Welt der ewigen Jugend mit einem ausgeprägten Generationenkonflikt. Dort verliebte er sich in eine Frau, so wie ein anderer Captain der* Enterprise *viele Jahre zuvor auf Chal.*

Auf einer Welt im Beta-Quadranten ging es einem Stamm von Reptilienwesen ein Jahr lang sehr gut, weil ein Mitglied der Gruppe gelernt hatte, Feuer zu machen. Doch dann stürzte ein großer Asteroid vom Himmel und löste einen Feuersturm aus, der ein ganzes Volk umbrachte. Wenn ein Beobachter zugegen gewesen wäre, so hätte er auf einer der Ebenen aus schwarzer Asche silbernen Glanz sehen können. Ein Obelisk mit erhöhten Piktogrammen stand dort, wo er eine Milliarde Jahre zuvor platziert worden war.

Auf der Grundlage eines Musters.

Eines Musters im Chaos.

Sieben Monate verstrichen. Während dieser Zeit wechselte in einem kleinen Teil der Galaxis ein willkürliches Zeitmessungssystem von 51999,9 zu 52000,0. Der Dominion-Krieg neigte sich dem unvermeidlichen Ende entgegen, aber noch ging er weiter. Und auf einem kleinen, abgelegenen Planeten bereiteten sich zwei Personen, die überhaupt nichts bedeuteten, wenn man die Maßstäbe des Universums anlegte, auf ihre Heirat vor.

Die Entwicklung des Universums ging weiter. Die Galaxis drehte sich, das Chaos des Lebens in ihr nur eine Illusion – wenn jemand in der Lage gewesen wäre, das Muster zu erkennen.

8

Sehe ich dick aus?«, fragte Teilani. – Sie suchte in Spocks Gesicht nach Anzeichen von Ausflüchten, als sie das rote Leder des Hochzeitskleids über dem angeschwollenen Bauch glättete.

»Sie sehen… schwanger aus«, erwiderte Spock.

»Sie *ist* schwanger, Sie diplomatischer Androide«, schnappte McCoy.

»Meine Herren, dies ist wohl kaum der geeignete Zeitpunkt für einen Streit«, meinte Montgomery Scott. »Heute ist ein besonderer Tag für Teilani und Jim und…« Er bedachte die Braut mit einem strahlenden Lächeln, und sein Gesicht war fast so rot wie ihr traditionelles klingonisches Hochzeitsgewand. »Und Sie sehen absolut wundervoll aus, Teuerste. Sie sind eine Supernova unter den Sternen der Galaxis, jawohl.«

Scott sah sich erstaunt um, als es um ihn herum plötzlich still wurde. Dann zuckte er mit den Schultern und trank noch einen Schluck romulanisches Bier. »Wenn dies kein Tag zum Feiern ist…«

McCoy klopfte ihm auf den Rücken. »Da haben Sie absolut Recht, Mr. Scott.« Und flüsternd fügte er hinzu: »Aber ich fahre, wenn wir zur Stadt zurückkehren.«

Teilani betrachtete sich noch einmal im großen Spiegel, den Scott im kleinen Versammlungsraum des halb fertigen Hauses aufgestellt hatte. Erneut zupfte sie am Leder und fragte sich, ob es nicht besser gewesen wäre, noch einen Monat bis zur Geburt des Babys zu warten – dann hätte sie einigermaßen normal ausgesehen. Wenn sie schon mit einem Stern verglichen werden konnte, dann nicht mit einer Supernova, sondern wohl eher mit einem alten roten Riesen.

»Ich hätte viel mehr Lust zum Feiern, wenn James hier wäre.«

»Er kommt bald, keine Sorge«, sagte Scott.

Teilani schritt zum Aussichtsfenster und zog eine Ecke des hauchzarten finnellianischen Stoffs davor zur Seite. Draußen auf der Lichtung, im Licht der Sterne und einiger schwebender Fusionskugeln, hatten sich bereits die Gäste eingefunden. Sie hörte Stimmen und auch die Klänge des Streichquartetts, das die ungewöhnliche, aber harmonische Musik von James' Heimatwelt spielte. Etwas von Brahms – darauf hatte er mit solchem Nachdruck bestanden, als sei ihm der Komponist persönlich bekannt.

»Alle anderen sind da«, sagte Teilani.

McCoy trat ebenfalls zum Fenster. »Er wird bald hier sein.«

Teilani drehte sich zu den besten Freunden ihres zukünftigen Ehemannes um. Sie wurden auch immer mehr zu ihren besten Freunden. Spock hatte sie während der vergangenen Monate nicht oft gesehen, aber McCoy und Scott waren oft nach Chal gekommen, um sie zu besuchen.

Inzwischen kannte Teilani sie gut genug, um zu wissen, dass sie etwas vor ihr verbargen.

»James hat Sie geschickt, um mich abzulenken, nicht wahr?«

»Gesellschaft«, sagte Spock. »Wir sollen Ihnen Gesellschaft leisten.«

»Ja, genau«, bekräftigte McCoy ein wenig zu schnell.

»Er wollte vermeiden, dass Sie sich Sorgen machen.«

Danke, Scotty, dachte Teilani. »Sorgen worüber?«

Scott blinzelte, als ihm klar wurde, dass er zu viel gesagt hatte. »Über…« Er richtete einen verzweifelten Blick auf Spock und McCoy.

Teilani musterte sie. Spock versuchte ohne großen Erfolg, unschuldig zu wirken, und dem Arzt gelang es nicht, seinen Ärger auf Scott zu verbergen.

»Über nichts, Teuerste«, brachte der Ingenieur mit den roten Wangen hervor. »Es besteht kein Anlass, sich über irgendetwas Sorgen zu machen.«

Teilani hob die Hand und berührte Scott an einer glühenden Wange. Sie war durchaus bereit, von ihren romulanischen Pheromonen Gebrauch zu machen, um den Ingenieur dazu zu bringen, ihre Fragen zu beantworten. In der frühen Geschichte der Romulaner hatte es so viel Gewalt gegeben, dass schwangere Frauen mit speziellen Pheromonen Männer veranlassten, sie zu schützen. Im Verlauf der Schwangerschaft ließ die Produktion der Pheromone allmählich nach, aber Teilani wusste: Sie war noch immer imstande, erheblichen Einfluss auf Scott auszuüben.

»Scotty«, gurrte sie, »wo *ist* James?«

Der Ingenieur schluckte und wollte Antwort geben, als Spocks kühle Stimme erklang.

»Er möchte Sie überraschen.«

Teilani richtete einen skeptischen Blick auf Spock. Der alte Vulkanier war zweifellos ein sehr beeindruckender Gast, denn er trug seinen offiziellen diplomatischen Umhang. Auch McCoy und Scott hatten sich herausgeputzt und präsentierten Starfleet-Paradeuniformen.

»Spock«, sagte Teilani in einem verführerischen Tonfall, »ich heirate heute. Ich möchte nicht überrascht werden. Ich möchte mit meinem Ehemann zusammen sein. Wo ist er?«

Die drei Freunde sahen sich an. Diesmal griff McCoy ein, bevor Spock antworten konnte. »Er ist nicht weit entfernt«, sagte er munter. Ein dünner Schweißfilm an der Stirn wies darauf hin, wie schwer es ihm fiel, Teilanis Zauber zu widerstehen.

Verärgert zupfte sie an ihrer ebenfalls aus rotem Leder bestehenden Kopfbedeckung. »Wenn Sie mir Gesellschaft leisten sollen, um Aufregung zu vermeiden... Nun, es klappt nicht. Wenn Ihr vier zusammenkommt, weiß ich nie, ob Ihr die Nacht damit verbringen wollt, an einem Lagerfeuer zu sitzen und in Erinnerungen an die *Enterprise* zu schwelgen – oder ob irgendeine geheime Mission beginnt. Es ist mir gleich, worum James Euch *gebeten* hat. Ich möchte wissen, *warum* ich mir keine Sorgen zu machen brauche.« Teilani hasste sich dafür, so bockig zu sein. Und schlimmer noch: Sie spürte heiße Tränen in den Augen.

McCoy nahm ihre Hand. »Es ist alles in Ordnung. Diesmal gibt es keine geheimen Missionen. Er macht nur einen kleinen Abstecher zu Memlons Farm, um sich dort etwas zu borgen.«

Teilanis Erleichterung war so groß, dass sie kein Wort hervorbrachte. Sie hatte befürchtet, dass sich James aus irgendeinem Grund nicht mehr auf Chal befand. McCoy schien zu ahnen, wie sie empfand, denn er breitete die Arme aus.

Teilani ließ den Kopf an seine Brust sinken und sich von ihm trösten. »Es ist nur... Als er das letzte Mal ging...« Sie konnte die Tränen nicht länger zurückhalten und schluchzte. »Ich hätte ihn fast verloren...«

McCoy klopfte ihr sanft auf den Rücken. »Na, na. Es war tatsächlich eine knappe Sache, aber wir haben ihn *nicht* verloren, oder?«

Teilani merkte, dass Spock auf der einen Seite stand und Scott auf der anderen, und da begriff sie, dass sie vor allem Übel geschützt war. Welches Band auch immer sich im Lauf der Jahre zwischen diesen drei Männern und James entwickelt hatte – es war stärker als jede auf Blut basierende Verbindung. Sie wusste, dass sie heute James nicht nur heiratete. Sie und ihr Kind wurden Teil seiner Familie, *dieser* Familie.

Sie versuchte, sich die Tränen von den Wangen zu wischen. Spock bot ihr ein kleines Tuch an, und damit betupfte sie sich die Augen. Dann atmete sie tief durch und brachte ihre von der Schwangerschaft stimulierten stürmischen Emotionen unter Kontrolle.

Teilani straffte die Schultern und wandte sich an die drei Männer. »Versprechen Sie mir, dass James nie wieder fortgehen wird. Dass keine weiteren Missionen stattfinden und Starfleet keine Anfragen mehr an ihn richtet.«

»So etwas steht uns nicht zu.« Scott wirkte kummervoll. McCoy und Spock schwiegen.

Teilani schüttelte den Kopf. »Wenn *James* beschließt fortzugehen, so ist das eine Sache, die nur ihn und mich betrifft. Aber bitte versprechen Sie mir, dass Sie nie versuchen werden, ihn von mir fortzulocken.«

McCoys Lächeln wies darauf hin, dass ihre Furcht völlig unbegründet war. »Warum sollten wir?«

Teilani fragte sich, ob dies nach all den Monaten der richtige Zeitpunkt war. Sie beschloss, einen Versuch zu wagen. »Was geschah mit James an Bord der *Heisenberg?*«

McCoy und Scott wirkten erst betroffen und dann erleichtert, als Spock ganz offen erklärte: »Er bekam neue Lungen. Außerdem wurden ihm die Hände amputiert und Klonknospen implantiert.«

Teilani wusste, dass Spock ihr auszuweichen versuchte. »Das meine ich nicht. Abgesehen von den körperlichen Dingen geschah noch etwas anderes mit ihm. Es betrifft etwas, das er erfuhr, das man ihm mitteilte…«

»Was hat er Ihnen gesagt?«, fragte McCoy argwöhnisch.

»Nichts. Aber ich danke Ihnen, Pille. Ihre Frage beweist mir, dass es etwas zu berichten gibt.«

»Einen Augenblick...«, begann McCoy.

»Nein!«, erwiderte Teilani scharf. Ihre Emotionen gerieten erneut außer Kontrolle, und sie scherte sich nicht um den Grund dafür – die Anspannungen dieses besonderen Tages oder ihre Schwangerschaft, vielleicht beides zusammen. »James hat sich noch immer nicht ganz von den Ereignissen in der Goldin-Diskontinuität erholt. Damit meine ich nicht, dass er manchmal an Atemnot leidet oder dass seine Hände anders sind. In seinem... Bewusstsein fehlt etwas. Als Tiberius starb, scheint auch ein Teil von James gestorben zu sein. Das ist unlogisch, ich weiß. Aber was auch immer geschah, was auch immer er an Bord der *Heisenberg* erfuhr... Es ist so, als sei nichts zu Ende.«

»Könnten Sie sich etwas genauer ausdrücken?«, fragte Scott.

»Sehen Sie dort drüben.« Teilani deutete in eine Ecke des Zimmers, zu James' Schreibtisch – einer der ersten aus Holz bestehenden Einrichtungsgegenstände, die er für das Haus angefertigt hatte. Einfach und solide. »James hat ein Computerterminal. In diesem Haus. Ich meine, er hat dieses Haus mit eigenen Händen gebaut und dabei nur die Materialien verwendet, die er auf Chal finden konnte. Er hat das Feld gerodet und das Holz für den Bau des Hauses selbst geschnitten. Nur einmal nahm er die Hilfe der Nachbarn in Anspruch, beim Dach. Nie benutzte er Antigravgeräte oder irgendwelche Konstruktionsdrohnen oder... Scotty, er hat sogar die Pläne selbst gezeichnet. Eigenhändig! Dabei benutzte er einen... Wie nennt man ein Schreibgerät, das keine beweglichen Teile aufweist?«

»Meinen Sie einen Bleistift?«, fragte Spock.

»Ja, genau«, bestätigte Teilani. »Damit zeichnete James

die Pläne. Auf Papier. Er begann hier ein neues Leben, das nicht nur zu meiner Welt – zu seiner – passte, sondern ihm auch den Frieden gab, den er Zeit seines Lebens gesucht hat.

Aber als er von der *Heisenberg* kam, als wir hierher nach Chal zurückkehrten… Da ließ er sofort ein Computerterminal installieren. Obwohl er mehrmals geschworen hat, auf solche Dinge verzichten zu wollen. Behaupten Sie also nicht, alles sei unverändert geblieben. *Etwas* hat James verändert. Aber was?«

Teilani wartete ungeduldig und besorgt, als Spock, McCoy und Scott erneut Blicke wechselten.

»Es tut uns sehr Leid«, sagte Spock schließlich. »Aber leider können wir Ihnen keine Auskunft geben.«

»Das glaube ich Ihnen nicht.«

»Er hat Recht«, ließ sich Scott traurig vernehmen. »Und außerdem: Was an jenem Tag an Bord des Schiffes geschah… Wir vier haben nie darüber gesprochen.«

»Wichtige Dinge, die Sie drei und James *nicht* besprechen? Das ist doch absurd!«

Spock räusperte sich. »Mr. Scott meint Folgendes: Die Starfleet-Vorschriften verbieten uns, darüber zu sprechen.«

»Seit wann lassen Sie Ihre Freundschaft von irgendwelchen Vorschriften behindern? Spock, James entführte ein Raumschiff, um Sie zum Mount Seleya zurückzubringen. Das ist Teil des Bands zwischen Ihnen, begreifen Sie denn nicht?« Teilani sah die Verwirrung in den Augen der drei Männer. Konnte es tatsächlich sein, dass sie nicht über diese Dinge Bescheid wussten? »Spock, Sie starben an Bord der *Enterprise.* Scotty, Sie wurden von der Raumsonde *Nomad* umgebracht. Pille, Sie kamen auf dem Vergnügungspark-Planeten ums Leben. Und mein James fand auf Veridian III den Tod. Aber trotzdem sind Sie hier. Es ist fast so, als gäbe es etwas, das größer als Sie ist, etwas, das Sie zusammenhält und noch nicht mit Ihnen fertig ist.«

Einige Sekunden lang herrschte Stille, und dann erwiderte McCoy: »Um ganz ehrlich zu sein, ich weiß nicht, ob ich mich geschmeichelt fühlen oder aber besorgt sein soll.«

»Die Geschichten, die James mir erzählt hat«, fuhr Teilani fort, »die vielen Berichte, die ich gelesen habe… Sie unterscheiden sich vor allem deshalb von allen anderen, weil Sie immer eine Möglichkeit gefunden haben, Ihrer Freundschaft den Vorrang zu geben, ohne die Pflicht zu vernachlässigen oder Ihre Prinzipien zu verletzen. Ihr ganzes Leben lang haben Sie sich auf diese Weise verhalten, und ich kann mir kaum vorstellen, dass Sie jetzt nicht mehr dazu bereit sind.«

Bevor einer der drei Männer antworten konnte, erklangen draußen jubelnde Stimmen.

Teilanis Herz schlug schneller, und das ungeborene Kind gab ihr einen Tritt, der sie nach Luft schnappen ließ. Sie wandte sich wieder dem Fenster zu und zog die Gardine ein Stück beiseite…

James war zu ihr zurückgekehrt.

Er erreichte die Lichtung, auf dem Rücken von Iowa Dream, dem Pferd, das Jean-Luc Picard ihm geschenkt hatte.

Die Gäste wichen beiseite, als er langsam zur Mitte der Lichtung ritt. Das prächtige Ross bewegte sich seitwärts, hob die Hufe in einem perfekten Rhythmus.

Auf dem Pferd saß nicht nur James Kirk, wie Teilani in rotes Leder gekleidet, sondern auch der sechs Jahre alte Memlon, der von der Nachbarfarm stammte und zu Teilanis Lesegruppe gehörte. Der Knabe war gewissermaßen zu James' Schatten geworden; er war ihm überallhin gefolgt und hatte unablässig Fragen gestellt, während Kirk rodete und das Haus baute. Manchmal gab sich James verzweifelt, aber in Wirklichkeit hatte er den Jungen sehr lieb gewonnen und wurde nie müde, seine Fragen zu beantworten.

Das Pferd blieb stehen, und James stieg ab, hob dann den kleinen Memlon von Iowas Rücken und stellte ihn auf den Boden.

Teilani beobachtete, wie sich ihr zukünftiger Mann erwartungsvoll umsah und damit begann, den näher kommenden Gästen die Hand zu schütteln. Zwar lächelte er die ganze Zeit über und sprach freundliche Worte, aber sein Blick verharrte nie lange auf einem Gesicht, glitt auch weiterhin umher und suchte…

Bis er Teilani am Fenster sah.

Von einer Sekunde zur anderen bildeten sie wieder eine Einheit und empfanden so, als wären sie nie voneinander getrennt gewesen. Teilani beobachtete, wie sich ihr eigenes Empfinden in James' Augen widerspiegelte.

Sie warf ihm einen Kuss zu, ließ dann wieder die Gardine vors Fenster sinken. Sollte *er* jetzt ein wenig warten.

Sie drehte sich zu den drei Männern um. James' Freunde. Seine Familie, die jetzt auch zu ihrer Familie wurde. Sie alle wirkten nachdenklich.

»Sie sind eine sehr kluge Frau, Teilani«, sagte Spock ernst.

In ihrer Freude streckte Teilani McCoy und Scott jeweils eine Hand entgegen. Aus Respekt verzichtete sie darauf, den Vulkanier zu berühren, der zwischen Arzt und Ingenieur stand.

»Sie haben etwas vergessen«, teilte sie ihrer neuen Familie mit. »Als sich das Virogen auf Chal ausbreitete, war ich nicht immun. Im Pflegeheim erfuhr ich, dass meine Krankheit bereits das letzte Stadium erreicht hatte – weniger als ein Tag trennte mich vom Tod. Doch dann brachte mir James das *Trannin,* das mich ins Leben zurückkehren ließ.«

Teilani zog ihre Hände zurück und strich damit über den Bauch, der ihr und James' Kind enthielt.

»Was auch immer uns *sechs* zusammengebracht hat«, kam es langsam von ihren Lippen. »Vielleicht ist es noch nicht mit uns fertig.«

9

Die Erhabenheit des Augenblicks ließ Kirk den Atem anhalten.

Sie stand vor ihm.

Seine Geliebte, seine Braut, sein Universum.

Teilani.

Ihre Schönheit kam aus Herz und Seele, aus einem Selbst, das sich für immer mit ihm verbunden hatte. Sie machte die Virogen-Narbe, die sich von den kleinen klingonischen Stirnhöckern über eine Wange erstreckte, völlig bedeutungslos. Zwar war Teilani genauso alt wie Kirk, aber in ihrer immensen Liebe wurden sie zu zeitlosen Geschöpfen. Sie existierten in einem perfekten Moment, ohne Reue in Hinsicht auf die Vergangenheit, ohne Furcht vor der Zukunft.

Kirk fühlte sich wie überwältigt von einer Liebe, die Teilani und ihrem ungeborenen Kind galt. Nach einigen Sekunden bemerkte er Sorge im Gesicht seiner Braut. Sie nickte, versuchte offenbar, ihn an irgendetwas zu erinnern…

Er merkte plötzlich, dass die vielen Gäste links von ihm schwiegen.

Rechts von ihm stand ein großer Friedensrichter von Chal, mehr Klingone als Romulaner. Er flüsterte etwas, das Kirk nicht ganz verstand…

»Oh!« Plötzlich fiel ihm ein, was die Leute von ihm erwarteten. »Ja, ja, ich will!«

Nicht zu fassen – er hatte vergessen, die wichtigste Frage in seinem Leben zu beantworten.

Gutmütiges Gelächter erklang im Publikum. Teilani schüttelte den Kopf, ihr Gesicht voller Liebe. Spocks Miene blieb betont neutral. McCoy rollte mit den Augen. Scotty grinste vom einen Ohr bis zum anderen.

Teilani nickte ihm zu, und im gleichen Augenblick spürte Kirk, wie jemand an seinem Ärmel zupfte. Er sah nach unten – Memlon streckte ihm ein zusammengefaltetes Stück *Targ*-Leder entgegen, auf dem zwei Ringe ruhten.

Mit einer Mischung aus Freude und Kummer nahm Kirk den kleineren Ring. Wie der andere bestand er aus drei verschiedenen Metallsträngen: in Gold gepresstes Latinum für ihre Liebe; silbriges Diargonit – eine Legierung, die es nur auf Chal gab – für ihr Zuhause und glänzendes weißes Duranium – eine der wichtigsten Substanzen, aus denen die Außenhüllen von Raumschiffen bestanden –, weil Teilani darauf bestanden hatte.

Er freute sich deshalb, weil die Frau, die er liebte, jetzt zu seiner Gemahlin wurde. Und es regte sich Kummer in ihm, weil er den Ring nicht zwischen den Fingern fühlte. Die Sehnen und Muskeln der geklonten Hände funktionierten inzwischen mit halbwegs zuverlässiger Präzision, aber die taktilen Nervenfunktionen mussten erst noch wiederhergestellt werden. Dies war sein Hochzeitstag, und er konnte seine Braut weder liebkosen noch ihre Hand auf seiner spüren.

Trotzdem wollte er diesen Augenblick genießen.

Kirk setzte eine uralte Familientradition fort, indem er den Ring auf Teilanis rechten Zeigefinger schob. *»jiH Saw SoH, be'nal«*, sagte er auf Klingonisch.

Teilani nahm den größeren Ring und schob ihn auf Kirks rechten Zeigefinger. *»jiH nay SoH, loDnal«*, erwiderte sie.

Und auf Romulanisch sagten sie beide zusammen: *»Jolu seela, true nusee.«* Sie hielten ihre rechten Hände verschränkt, damit der Friedensrichter rote Asche aus den Feuerfällen von Gal Gath'thong auf Romulus auf ihren ewigen Händedruck streuen konnte.

Schließlich nahm Kirk ein glitzerndes, kristallenes Weinglas von dem kleinen Tisch vor ihnen und hielt es so, dass Teilani daraus trinken konnte. Sie wiederholte die Geste bei ihm. Es hatte viel Übung erfordert, aber inzwischen konnte Kirk klingonischen Blutwein trinken, ohne zu würgen.

Der Friedensrichter kannte diese Tradition aus Kirks kulturellem Erbe nicht, griff nach dem Glas, umhüllte es mit einem weißen Tuch und legte es dann vor Teilanis und Kirks Füße.

Beide traten sie darauf, bis das Glas splitterte, besiegelten ihren Liebesschwur mit Erinnerungen an die Vergangenheit und Hoffnung auf die Zukunft.

Dann räusperte sich der Friedensrichter laut und sprach mit klingonischer Direktheit die letzten Worte der Zeremonie, für die sich Teilani und Kirk entschieden hatten. »Das Volk von Chal hat mir Autorität verliehen, und diese Autorität übe ich nun bei Teilani und James aus. Gemeinsam haben wir das Geburtsrecht der *drei* Welten geehrt, die hier betroffen sind: *Qo'noS, romuluS* und *tera'*. Gemeinsam sind wir Zeugen des Schwurs geworden. Damit ist allen Erfordernissen Genüge getan. Teilani und James sind *loDnal je be'nal.*«

Dann legte ihnen der Friedensrichter große Hände auf die Schultern, lachte herzhaft und verkündete den traditionellen klingonischen Hochzeitssegen: »Jetzt könnt ihr euch haben.«

Und dann lag Kirk in Teilanis Armen und sie in seinen; er küsste sie, während wieder Musik erklang und das Publikum klatschte, und James T. Kirk war verheiratet.

Die Gäste tanzten, als die letzten Gänge des Festmahls aufgetragen wurden, das mehrere Tage lang vorbereitet worden war. Man holte den gerösteten *Targ* aus der Grube, in der er seit achtundvierzig Stunden unter heißen Steinen lag, und ein köstlicher Duft wehte über die Lichtung. Teilanis Kolleginnen von der Schule ließen zehn Feuerkobolde frei: Die funkelnden Insekten stiegen auf, und jedes von ihnen zog einen kometenartigen Schweif hinter sich her, eine *Chuppah* aus winzigen Sternen. Chal schien tatsächlich zu einem Paradies geworden zu sein.

Kirk tanzte zu den fremden Rhythmen romulanischer Hochzeitspolkas. Er gesellte sich den Gästen, Freunden und fernen Verwandten hinzu, die von seinem Neffen Peter abstammten, ließ zusammen mit ihnen die Füße stampfen, im Takt eines klingonischen Jagdlieds. Anschließend hörte er wie alle anderen erstaunt zu, als Montgomery Scott eine Vorstellung mit seinem Dudelsack gab.

Später saß er auf einem Kissen an einem niedrigen Tisch und fütterte Teilani, während sie ihm ihrerseits Leckerbissen reichte. Während die Gäste Grüße von Personen ausrichteten, die nicht an dem Fest teilnehmen konnten, floss terranischer Wein in Strömen. Er stammte von Jean-Luc Picards Weinbergen. Auf Kirks Tisch stand eine ganz besondere Flasche – Jahrgang 2293, das Jahr, in dem sich Kirk und Teilani zum ersten Mal begegnet waren. Sie symbolisierte das Ende von Kirks altem Leben und den Beginn seines neuen.

Spock stand auf und sprach von der ersten Fünf-Jahres-Mission, als niemand von ihnen gewusst hatte, was die Zukunft bringen mochte. Auch McCoy erzählte eine Geschichte aus jener Zeit und fügte ihr Anekdoten in Bezug auf einen Trill-Turner hinzu, den er während seines Studiums kennen gelernt hatte. Als sich Kirk schon fragte, ob er Memlon die Ohren zuhalten sollte, beendete der wortgewandte Arzt seinen Vortrag mit einem alten schottischen Trinkspruch.

Scotts Schilderungen betrafen etwas, das Kirk fast vergessen hatte. Es ging dabei um einen kurzen Landurlaub während der zweiten Fünf-Jahres-Mission. Zusammen mit dem Chefingenieur der *Enterprise* hatte sich Kirk zu den falschen Koordinaten gebeamt und die Büßer eines deltanischen Klosters verwirrt, die in den Neuankömmlingen keine Besucher von einem Raumschiff sahen, sondern... An dieser Stelle hielt Kirk es tatsächlich für besser, Memlon die Ohren zuzuhalten. Glücklicherweise verzichtete Scott darauf, Details zu nennen. Er beendete seine Geschichte mit einer Beschreibung von Kirk, der Spock zu erklären versuchte, warum ihm die Deltaner eine *illustrierte* Gebets-Schriftrolle gegeben hatten.

Andere Gäste erwiesen sich als ebenso unterhaltsam. Die gebrechlich wirkende Admiralin Demora Sulu war mit Urenkelinnen gekommen, Nachfahren von Hikaru Sulu. Die echte Flottenadmiralin Alynna Nechajew hatte die U.S.S. *Sovereign* zur Verfügung gestellt, um Demora Sulu und einige andere Starfleet-Offiziere nach Chal zu bringen. Nechajew war so weit gegangen, ihr Flaggschiff zu schicken, um die Gäste, Picards Weinkisten, holografische Botschaften von Kirks Freunden an Bord der *Enterprise*-E und jede Menge Geschenke zu transportieren.

Ein Objekt, das Kirks besonderes Interesse fand, war ein von Commander Data stammendes Gemälde. Es zeigte den früheren Captain der *Enterprise* – Kirk vermutete zumindest, dass das Porträt ihn darstellen sollte – in der traditionellen Kleidung eines Cowboys, der eine Projektilwaffe namens Revolver abfeuerte, während er auf einem hochbeinigen beigefarbenen Pferd saß, das sich dramatisch aufbäumte. In einer kurzen Holo-Nachricht wies Data darauf hin, dass die Idee für das Gemälde von Spock stammte. Kirk hatte noch keine Gelegenheit gefunden, seinen vulkanischen

Freund danach zu fragen. Bestimmt erwartete ihn eine... faszinierende Erklärung.

Die Hochzeitsfeier war genau das, was sich Kirk von ihr erhofft hatte: ein rauschendes Fest für alle Beteiligten. Während er tanzte, sang und für Holo-Bilder posierte, vergaß er manchmal, dass die *Sovereign* nicht nur Gäste und Geschenke gebracht hatte.

Flottenadmiral Nechajew hatte auch Sicherheitsgruppen geschickt und sie im Wald stationiert, der die Lichtung und das Haus umgab. Spock hatte ihre Präsenz vor einigen Stunden bestätigt, ohne darauf einzugehen, warum Nechajew solche Maßnahmen für notwendig hielt. Der geleistete Eid hinderte sie daran, über gewisse Dinge zu reden, aber Kirk wusste auch so Bescheid.

Weit oben flogen in regelmäßigen Abständen Shuttles über die Lichtung hinweg. Kirk sah die grünen und rosaroten Positionslichter, aber die Shuttles flogen zu langsam, um allein von ihren Tragflächen in der Luft gehalten zu werden. Bei dem Besuch auf Memlons Farm hatte Kirk vor der untergehenden Sonne ganz deutlich die Starfleet-Silhouette eines solchen Shuttles gesehen.

Memlon! dachte Kirk während eines sehr komplizierten klingonischen Reels. Vermutlich schlief der Junge auf einem Kissen im halb fertigen Haus, zusammen mit einigen anderen Kindern, deren Eltern noch immer feierten. Doch es war nicht der Junge, der Kirk zögern ließ, sondern die Erinnerung daran, warum er Memlons Farm vor dem Fest einen Besuch abgestattet hatte.

Im Kontrollraum der duplizierten *Voyager* hatte Kirk Teilani etwas versprochen, kurz bevor sie seinen Heiratsantrag annahm. Um dieses Versprechen zu halten, musste er sich einen Phaser von Memlons Mutter ausleihen.

Die Musik verklang nun, und Kirk verharrte, um wieder zu Atem zu kommen – der Reel hatte seine neuen Lungen einer ersten harten Belastungsprobe ausgesetzt.

Neue Melodien erklangen, als die Kapelle von Spock vorbereitete Musik spielte. Rhythm and Blues, hatte es der Vulkanier genannt, aber es hörte sich nicht nach andorianischer Musik an. Kirk nahm sich vor, Spock später nach ihrem Ursprung zu fragen.

Er ließ sich von seiner Tanzpartnerin umarmen, einer Urgroßnichte vom dritten Sohn seines Neffen Peter – glaubte er jedenfalls. Er seufzte. Es war schwer, in dieser Hinsicht den Überblick zu behalten.

Kirk beschloss, eine Pause einzulegen und seine Ehefrau aufzusuchen.

Sie saß auf der Veranda des Hauses, in Gesellschaft ihrer eigenen engsten Freunde: die Lehrer, mit denen sie zusammenarbeitete, und zwei ältere Politiker, die sie bei dem Bemühen unterstützt hatte, für Chal die volle Mitgliedschaft in der Föderation zu erringen.

Inzwischen hatten sich Kirk und seine Frau umgezogen. Teilani trug nun ein weites Gewand aus weißer Chal-Baumwolle, dazu eine hauchzarte, ebenfalls weiße und mit Goldfäden durchsetzte Stola – ein Geschenk von Christine MacDonald und ihrer Crew. Kirk wusste, dass er das Rätsel der Virogen-Krise ohne MacDonalds Hilfe nicht hätte lüften können. Der Verlust des wissenschaftlichen Schiffes *Tobias* war von einem Kriegsgericht untersucht worden, und es kam zu dem Schluss, dass Captain MacDonald keine Schuld traf. Mit großer Genugtuung hatte Kirk zur Kenntnis genommen, dass das Verfahren wegen Fahrlässigkeit und Pflichtversäumnis eingestellt worden war. Nach dem Verlust der ersten *Enterprise* hatte sich auch Kirk vor Gericht verantworten müssen und MacDonald deshalb eine Nachricht geschickt, um ihr zumindest moralische Unterstützung zu gewähren.

Er zögerte kurz, bevor er die letzten zwanzig oder dreißig Meter zum Haus zurücklegte. In der lässigen Freizeitkleidung, die er jetzt trug, fühlte er sich viel wohler. McCoy hatte nicht auf den Hinweis verzichtet, dass solche Hosen auf der Erde seit mindestens fünfzig Jahren aus der Mode waren, doch sie befanden sich auf Chal. Hier galten Jeans als fremdartiges, exotisches Kleidungsstück.

Hinzu kam ein von der Erde stammendes T-Shirt mit der Aufschrift: 75. JÄHRLICHER WETTBEWERB IM ORBITALEN SKYDIVING, IN GEDENKEN AN JAMES T. KIRK. Vor einigen Jahren war den Organisatoren nichts anderes übrig geblieben, als die letzten Worte zu streichen, aber McCoy hatte irgendwo eins der alten T-Shirts aufgetrieben und es Kirk geschenkt.

Eine Gruppe von Gästen drängte sich bei Teilani zusammen, um ihr die Hand zu schütteln oder sie auf die Wange zu küssen. Einige klopften ihr sanft auf den Bauch, als sei sie eine Art glücklicher Buddha. Kleine Kinder aus der Lesegruppe umarmten sie. Es freute Kirk zu beobachten, dass sie einen festen Platz in ihrer kleinen Gemeinschaft gefunden hatte. In seinem langen Leben hatte er Tausende von Lichtjahren zurückgelegt, doch allmählich wurde ihm klar, was es bedeutete, ein Zuhause an einem bestimmten Ort zu haben, insbesondere zusammen mit Teilani.

Sie sah an den Gästen vorbei und bemerkte ihn dort, wo er bald einen von Steinen gesäumten Pfad anlegen wollte, der von der Lichtung zum Haus führte.

Teilani winkte, und er erwiderte ihren Gruß. Sie bedeutete ihm, zu ihr zu kommen, aber er schüttelte den Kopf und zeigte auf etwas, das sich zwei Meter entfernt befand.

Der Baumstumpf.

Vor fast genau acht Monaten hatte die letzte Runde in Kirks Kampf mit dem Feld begonnen. Im Jahr zuvor hatte er sich zwei *Ordover* geliehen, um einen selbst geschmiedeten Pflug über die Lichtung zu ziehen, Mulden zu füllen und große Steine zu entfernen. Doch was die

Baumstümpfe betraf... Er hatte geschworen, sie allein mit seinen Händen zu entfernen, und das war ihm auch gelungen.

Bis auf diesen.

Beim letzten Versuch, ihn aus dem Boden zu ziehen, hatte er sich den Rücken ruiniert.

Memlon fand ihn bei jener Gelegenheit hilflos auf dem Boden, unfähig dazu, sich zu bewegen. Der verwirrte Junge fragte ihn, warum er keinen Phaser verwendete, um den widerspenstigen Baumstumpf zu desintegrieren, erfuhr dann, dass der »verrückte Captain Kirk« überhaupt keine modernen Geräte besaß. Daraufhin zeigte Memlon Mitgefühl und meinte, Kirk könnte den Phaser seiner Mutter benutzen.

Glücklicherweise kam Teilani, half ihm auf die Beine und schickte Memlon nach Hause. An jenem Tag überredete sie Kirk dazu, Chal noch ein letztes Mal zu verlassen. Sie wusste klugerweise, dass seine Reise noch nicht zu Ende war, dass er sie beenden musste, um dann für immer bei ihr zu bleiben. Sie hielt es für besser, ihn fortzuschicken, anstatt ihn später zu verlieren.

Doch bevor er ins All zurückkehrte, liebten sie sich noch einmal auf der Lichtung, im warmen Schein der beiden Sonnen Chals, und dabei empfing Teilani das Kind, ein perfektes Symbol für ihre Zukunft.

Als sie sich später an Bord der anderen *Voyager* wiedersahen, neckte sie ihn wegen des Baumstumpfs und seiner Sturheit. Und er versprach ihr, sich den Phaser von Memlons Mutter auszuleihen und den Stumpf zu zerstrahlen.

Kirk betrachtete ihn nun im Licht einiger in der Nähe schwebender Fusionskugeln. Als er den Kopf hob, bemerkte er Teilanis Blick. Sie schnitt eine Grimasse und tastete nach ihrem Rücken, um ihn daran zu erinnern, in welche Schwierigkeiten er bei seinem letzten Versuch geraten war.

Er griff in die Tasche und holte den kleinen Phaser hervor, der von Memlons Mutter stammte.

Teilani lachte laut, als Kirk die Waffe hob und demonstrativ auf den Baumstumpf zielte.

Und dann wurde ein gutturaler Schrei aus Teilanis Lachen. Ihre Freunde schrieen erschrocken, als sie sich beide Hände an den Bauch presste und sich zusammenkrümmte. Krämpfe schüttelten ihren Leib.

Kirk eilte sofort zu ihr und schloss sie in die Arme, starrte entsetzt in ein bleiches Gesicht. Teilanis Augen waren geschlossen, und grünes Blut schäumte auf ihren Lippen. Er spürte die Agonie in ihr.

Innerhalb weniger Sekunden war aus Ordnung Chaos entstanden.

Doch das Muster hatte sich nicht verändert.

Kirk rief aus vollem Halse nach McCoy.

Teilanis Krämpfe hörten auf, und sie erschlaffte, ruhte leblos in seinen Armen.

10

Es gibt nichts Besseres als eine gute Verschwörung, um das Herz schneller schlagen zu lassen und die Phantasie in Schwung zu bringen«, sagte Garak.

Es funkelte in den Augen des Cardassianers, und ein breites Lächeln schien das graue Gesicht heller werden zu lassen. Aufregung ließ die beiden Wirbelsäulen vibrieren, die sich in dem breiten, an eine Kobra erinnernden Hals abzeichneten.

Dr. M'Benga teilte weder den Enthusiasmus noch die Schlussfolgerungen des Schneiders.

»Es ist keine Verschwörung«, sagte sie.

Garak sah nach links und rechts, schien auf der Promenade an Bord der Raumstation *Deep Space 9* nach Lauschern Ausschau zu halten. Dann beugte er sich über den runden Tisch im klingonischen Café vor und bedeutete M'Benga und Dr. Julian Bashir mit einem Wink, seinem Beispiel zu folgen.

»Genau das sollen Sie glauben, Doktor«, sagte Garak leise. Er lächelte ein wenig zu lange, lud M'Benga damit ein, sich an seinem kleinen Paranoia-Spiel zu beteiligen.

Glücklicherweise kam ihr Julian zu Hilfe. »Ich bitte Sie, Garak – jetzt gehen selbst Sie zu weit.«

»Nun, Dr. Bashir, ich wusste nicht, dass Sie so emotional auf die Probleme Ihrer Kollegin reagieren.« Noch etwas leiser fügte Garak hinzu: »Man könnte fast meinen, dass Sie zu den dunklen Kräften gehören, die sich gegen sie verschworen haben.«

M'Benga konnte sich nicht länger beherrschen. Von einem Augenblick zum anderen lachte sie los, und dadurch spritzte heißer Pfefferminztee auf den Tisch.

Garak bekam es häufig mit unfreundlichen Besatzungsmitgliedern oder Reisenden zu tun, und er konnte eine ganze Menge einstecken. Aber ausgelacht zu werden… Das war die schlimmste Beleidigung für ihn. Er lehnte sich zurück, neigte den Kopf ein wenig zur Seite und schien bereit zu sein, den Tisch zu verlassen.

»Durch Ihre Weigerung, an sie zu glauben, geben Sie ihnen nur mehr Macht«, sagte Garak streng. »Glauben Sie mir. Ich kenne mich mit solchen Dingen aus.«

»Moment mal«, warf Julian ein und versuchte ganz offensichtlich, die entstandende Spannung zu lindern. »Wen meinen Sie mit ›sie‹, Garak?«

Der Cardassianer hob die Hände. »Ich interpretiere nur Dr. M'Bengas Schilderungen.« Wieder kam es bei Garak zu einem jähen Stimmungswandel, und einmal mehr beugte er sich über den Tisch. Vorsichtig schob er seine Tasse beiseite. »Erstens: Gestern Abend schläft Dr. M'Benga während ihrer Nachtschicht ein.«

Julian schüttelte den Kopf und war schon jetzt skeptisch. »Das ist gewissermaßen ein Berufsrisiko, Garak. Alle Angehörigen der medizinischen Abteilung müssen sich in Bereitschaft halten, für den Fall, dass Verwundete eintreffen. Wir haben einige anstrengende Wochen hinter uns.«

»Aber Ihre verehrte Kollegin wies darauf hin, dass sie *nie*…«

»Nur selten«, korrigierte M'Benga.

Garak sprach so weiter, als sei er überhaupt nicht unterbrochen worden. »…nur *selten* schläft, während sie im Dienst ist. Und was passiert bei dieser seltenen Gelegenheit? Damit wären wir beim zweiten Punkt: Jemand schleicht sich heimlich in die Krankenstation und… kramt dort herum. Zufall? Wohl kaum.«

Julian musterte den Cardassianer mit gerunzelter Stirn, aber M'Benga wusste, dass die beiden Männer gute Freunde waren – auch wenn Garaks Miene jetzt hochmütige Empörung zeigte und Bashirs Gesicht Ärger.

»›Schleicht sich heimlich in die Krankenstation‹?«, wiederholte Bashir. »Da haben wir die Verschwörung.« Er wandte sich mit einem Lächeln an M'Benga. »So etwas passt gut zu ihm.«

Garak hob die Hand zum Herz. »Sie verletzen mich, Dr. Bashir. Welchen Grund sollte jemand wie ich haben…« Er sah zu M'Benga. »Was wurde gestohlen?«

M'Benga seufzte und spürte die Müdigkeit wie eine schwere Last. »Mein *Genetischer Atlas der Föderation*, unter anderem.«

»Warum sollte ihn jemand stehlen?«, fragte Garak. »Die medizinische Datenbank enthält doch entsprechende Dateien, oder?«

»Ich spreche von meinem *persönlichen* Exemplar«, erklärte M'Benga. »In einem isolinearen Chip gespeichert. Mit allen meinen Anmerkungen seit dem Abschluss des Studiums. Hinzu kommen die Aufzeichnungen, die ich an Bord der *Tobias* und auch hier anfertigte.«

Garak wollte noch eine weitere Frage stellen, zögerte dann aber und sah Julian an. »Ja, Doktor? Haben Sie etwas zu sagen?«

Verwunderung zeigte sich in Bashirs Zügen. »Äh, Andrea, Sie sind Starfleet-Ärztin, und ich weiß Ihre Versetzung hierher sehr zu schätzen. Aber mir ist auch klar, dass Sie uns wieder verlassen, wenn Captain MacDonald ein neues Schiff bekommt.«

»Das stimmt«, bestätigte M'Benga und fragte sich, worauf Julian hinauswollte.

»Nun, ich habe ebenfalls eine Ausgabe des GAF, und um ganz ehrlich zu sein: Während der letzten sechseinhalb Jahre an Bord von *DS9* habe ich sie nicht mehr als zweimal benutzt.«

M'Benga verstand den Hinweis nicht ganz. »Die *Tobias* war ein wissenschaftliches Schiff, Julian. Wir bekamen es immer wieder mit neuen Lebensformen und Krankheiten zu tun. Die medizinische und die exobiologische Abteilung der *Tobias* arbeiteten täglich zusammen. Die Informationen des GAF spielten eine sehr wichtige Rolle für uns.«

»Daran zweifle ich nicht«, sagte Julian. »Aber haben Sie den Atlas hier benutzt? Befassen Sie sich vielleicht mit einem privaten Forschungsprojekt?«

»Nein, ich...« M'Benga unterbrach sich – der Teil ihres Gehirns, der das Sprechvermögen steuerte, schien plötzlich nicht mehr zu funktionieren. Sie glaubte genau zu wissen, was sie sagen wollte. Die Worte lagen ihr auf der Zunge, aber sie hatte keine Ahnung, wie sie lauteten. »Ist das nicht seltsam?« Sie hob die Hand zur Schläfe. »Genau das meinte ich, Julian. Es ist eins der Symptome, die ich an mir selbst beobachtet habe. Aphasie.«

Garak lächelte ermutigend. »Wenn Sie *Aphasie* sagen können, leiden Sie nicht daran.« Er reagierte so auf Julians durchdringenden Blick, als hätte ihm der Arzt auf die Hand geklopft. »Nach *meiner* Erfahrung«, fügte er rasch hinzu.

Julian schenkte ihm ganz bewusst keine Beachtung und sah M'Benga an. »Sie kennen die Ergebnisse des vollständigen neurologischen Scans, den ich bei Ihnen vorgenommen habe. Mit Ihrem Gehirn ist alles in bester Ordnung. Nichts deutet auf eine Erkrankung oder irgendwelche Gewebeschäden hin.«

»Darum habe ich von einem ›Rückfall‹ gesprochen.«

»Sie glauben wirklich, es handelt sich um einen weiteren Fall von Rudellianischem Hirnfieber?«, fragte Julian skeptisch.

M'Benga wusste, dass ihr Lächeln gezwungen wirkte. »Das ist meine Diagnose.«

Julian schmunzelte. »Damals waren Sie bewusstlos.«

Garak musterte die beiden Ärzte. »Ich bitte um Entschuldigung... *Wann* waren Sie bewusstlos, Dr. M'Benga?«

Julian winkte ab. »Sie wissen schon, Garak. Vor sieben oder acht Monaten. Kurz bevor O'Brien seine Tochter fast in der temporalen Anomalie verloren hätte.«

»Ja, ich erinnere mich daran«, entgegnete der Cardassianer nachdenklich. »Zu jenem Zeitpunkt befanden sich viele Ferengi an Bord der Station. Ferengi-Frauen, die gleiche Rechte forderten. Was in der Art. Es war ein ziemliches Durcheinander.«

»Genau«, sagte Julian. »Andrea wurde nach Vulkan eingeladen, zu irgendeiner langweiligen medizinischen Konferenz... Worum ging es dabei?«

»Um ›fraktionierte molekulare Zerfallsstatistik in Bezug auf eine neue, transportergestützte Paketierungstechnik für die langfristige Lagerung medizinischer Ausrüstungsgüter‹.« M'Benga gähnte fast beim Gedanken daran, tatsächlich eine Konferenz zu besuchen, die ein solches Thema betraf. Sie hatte sich zwingen müssen, den langen Bericht zu lesen – eine trockene, eintönige Lektüre. Es erstaunte sie, dass nicht nur Vulkanier an der Konferenz teilgenommen hatten.

»Aber sie traf nie bei der Konferenz ein«, sagte Julian.

»Ach?«, ließ sich Garak vernehmen.

M'Benga hielt es für notwendig, ihre Bereitschaft zu erklären, die Einladung anzunehmen. »Ich hatte auf eine Gelegenheit gehofft, etwas Zeit mit einigen alten Freunden der Familie zu verbringen.«

»Auf Vulkan?«, fragte Garak erstaunt.

»Bevor ich aufbrach, musste ich einige zusätzliche Schichten arbeiten, war deshalb ziemlich erschöpft und...«

»Und auf dem Weg zur Konferenz erlitt sie einen Zusammenbruch«, sagte Bashir.

M'Benga nickte. »Mit Symptomen, die auf...«

»…Rudellianisches Hirnfieber hindeuten.« Garak nickte. »Faszinierend.«

Julian schien nicht bereit zu sein, dieser Diagnose zuzustimmen. »Ich glaube nach wie vor, dass es sich um schwere Erschöpfung handelte, verursacht durch Überarbeitung.«

»Ich weiß, wie ich mich fühle, wenn ich überarbeitet bin«, sagte M'Benga.

»Ich habe mir Ihre medizinischen Daten von der Starfleet-Klinik auf Vulkan besorgt und einige Untersuchungen durchgeführt«, meinte Julian. »In Ihrem Körper gibt es keine Spuren des rudellianischen Retrovirus.«

»Was ist mit der Trianosyn-Spitze bei den Blutwerten? Das ist ein Anzeichen für Rudellianisches Hirnfieber.«

»Aber sie hat sich nur einmal gezeigt«, stellte Julian fest. »Ein deutlicher Hinweis darauf, dass es nicht zu einer Infektion kam.«

»Und woher stammte die Spitze?«

Julian zuckte mit den Schultern. »Fehlerhafte Geräte. Auf Vulkan fand man sie nicht. Ich entdeckte sie hier. Und als ich erneut danach suchte, gab es sie nicht mehr. Typischer Fall von Laborkontamination.«

»Kontamination in *Ihrem* Labor?«, kam es spöttisch von Garaks Lippen.

Julian verzog kurz das Gesicht. »So was kommt vor, Garak. Deshalb wiederholen wir Untersuchungen. Um ganz sicher zu sein.«

M'Benga fragte sich, warum sie sich erneut auf ein solches Gespräch eingelassen hatte. Es endete immer damit, dass Julian und sie an ihren unterschiedlichen Diagnosen festhielten.

»Wie dem auch sei…«, sagte sie, um die Diskussion zu beenden. »Ich fürchte, der Zwischenfall gestern Nacht war eine Wiederholung dessen, was mir letztes Jahr zugestoßen ist.«

»Und *deshalb* haben wir hier die Basis einer Verschwörung«, verkündete Garak gebieterisch.

»Wie bitte?«, fragten M'Benga und Julian wie aus einem Mund.

Garak richtete einen ernsten Blick auf Julian. »Doktor Bashir, wann haben Sie zum letzten Mal erlebt, dass jemand Dinge aus Ihrer Krankenstation stahl oder dort ›herumkramte‹?«

Die Antwort fiel Julian offenbar nicht leicht. »Ich… ich weiß nicht. Die Krankenstation wurde von den Cardassianern geplündert, als sie die Raumstation kontrollierten…«

»Von einer Plünderung kann wohl kaum die Rede sein. Immerhin *gehörte* ihnen die Station.«

»Ich müsste bei Odo nachfragen«, sagte Julian.

»Mit anderen Worten: In der Krankenstation kommt es nur sehr selten zu einem Diebstahl.«

»Ja.«

Daraufhin wandte sich Garak an M'Benga. »Und Sie, Doktor… Als Sie *DS9* verlassen, um das Wochenende bei Freunden der Familie auf Vulkan zu verbringen, macht sich bei Ihnen plötzlich eine bajoranische Krankheit bemerkbar, die zwar gefährlich sein kann, sich jedoch leicht behandeln lässt. Eine Krankheit, die irgendwo in Ihrem Blut lauert… Nein, das nehme ich zurück. Die irgendwo in Ihrem Körper lauert, ohne von Dr. Bashirs besten Diagnosebemühungen entdeckt werden zu können. Nach vielen Monaten der Remission wird sie erneut aktiv, und zwar genau zu dem Zeitpunkt, als es in der Krankenstation zu einem seltenen Diebstahl kommt.« Garak faltete die Hände auf dem Tisch. »Je unwahrscheinlicher ein Zufall ist, desto wahrscheinlicher wird es, dass es sich gar nicht um einen Zufall handelt. Möchte noch jemand Tee?«

M'Benga sah durchs Café zu einem Chronometer an der Wand. Sie musste in ihr Quartier zurückkehren, um einige Berichte zu lesen. »Ausufernde Phantasie allein genügt nicht, um mich in das Opfer einer Verschwörung zu verwandeln.«

Garak lächelte warm. »Was bedeutet, dass die Verschwörung perfekt funktioniert.«

M'Benga stand auf, und der galante Cardassianer erhob sich ebenfalls. Eine Sekunde später folgte Bashir seinem Beispiel.

»Danke für dieses sehr interessante Gespräch«, sagte Garak.

»Das Vergnügen liegt ganz bei Ihnen«, erwiderte Julian.

Garak musterte ihn ernst. »Ich weiß, dass Sie mich für zu dramatisch halten, dass Sie glauben, ich sähe überall Verschwörungen. Aber wie heißt es so schön? Nur weil Sie nicht an Paranoia leiden, bedeutet das noch lange nicht…«

Ein großer Klingone trat an Garak vorbei, mit einem Tablett voll übel riechender klingonischer Spezialitäten. Der Cardassianer schwieg so abrupt, als hielte ihm jemand einen Phaser an den Kopf. Erneut sah er nach rechts und links, trat dann näher an Julian heran.

»Darf ich etwas vorschlagen?«, fragte er.

»Sie haben dauernd irgendwelche Vorschläge«, erwiderte Julian trocken.

»Gibt es in Ihrem großen Vorrat an Medikamenten und Arzneien irgendeine Substanz, die eine feststellbare Trianosyn-Spitze bei den Blutwerten bewirkt, wenn man sie einnimmt oder injiziert?«

Julian wirkte ebenso verwirrt wie M'Benga. »Ja«, antwortete er.

»Gut. Hier mein Vorschlag: Verwenden Sie die Substanz, um eine Trianosyn-Spitze hervorzurufen, und untersuchen Sie anschließend Ihr Blut. Ich wette eine volle Mahlzeit für uns drei in diesem entzückenden Etablissement, dass Sie keine Spitze finden werden.«

»Das ist doch lächerlich«, sagte Julian.

»Dann können Sie während der Mahlzeit über mich lachen, und ich verspreche, angemessen reuig zu sein.«

M'Benga wusste nicht, ob Garak und Julian nur scherzten oder ob die Sache viel ernster war. Sie selbst fühlte sich zutiefst beunruhigt, obgleich sie keinen eindeutigen Grund dafür erkennen konnte.

»Garak«, sagte sie, »warum sollte Julian nicht in der Lage sein, Trianosyn zu entdecken?«

Der Cardassianer zögerte und wählte jedes Wort mit großer Sorgfalt, als er erwiderte: »Von… Leuten, die sich mit solchen Dingen auskennen, habe ich gehört, dass Trianosyn-Nebenprodukte im Blut auf viel mehr hinweisen können als nur auf einen Ausbruch des Rudellianischen Fiebers.«

»Zum Beispiel?«, fragte Julian.

Garak winkte. »Dies und das. Vielleicht erzähle ich es Ihnen während der Mahlzeit, die ich Ihnen hier spendieren werde. Allerdings… Es könnte auch sein, dass Sie die Zeche bezahlen müssen.« Er nickte ihnen beiden zu. »Bis zum nächsten Mal, liebe Doktoren.«

Garak wartete keine Antwort ab, verließ das klingonische Café und ging mit langen Schritten fort.

M'Benga beobachtete, wie er mühelos durch die Menge schlüpfte – trotz der Nähe zu den anderen Personen verstand er es ausgezeichnet, Kontakte zu vermeiden. Eine nützliche Fähigkeit für einen Schneider, fand M'Benga.

Sie spürte Julians Blick auf sich ruhen.

»Wie fühlen Sie sich jetzt?«, fragte er.

M'Benga hielt nichts davon, Symptome zu verbergen. »Ich bin beunruhigt.«

»So wirkt Garak auf die Leute.«

Doch M'Benga meinte etwas anderes. »Worauf deutet die Präsenz von Trianosyn sonst noch hin, Julian?«

»Das lässt sich leicht herausfinden«, sagte er. »Begleiten Sie mich zur Krankenstation?«

M'Benga öffnete den Mund, um eine bestätigende Antwort zu geben. Aber sie überraschte sich selbst, indem sie sagte: »Nein, ich muss mich noch um einige Berichte kümmern.«

Sie gab Julian keine Gelegenheit, Einwände zu erheben, wandte sich von ihm ab und ging durch die Promenade, auf der reger Betrieb herrschte. In dem Gedränge kam sie nicht annähernd so mühelos und elegant voran wie der cardassianische Schneider.

Als M'Benga ihr Quartier erreichte, war die Unruhe aus ihr gewichen.

Ich sollte mit niemandem über Trianosyn reden, dachte sie. Eine seltsame mentale Stimme: Sie klang fast so, als flüsterte ihr eine andere Person die Worte ins Ohr. Sofort fühlte sie sich besser und vergeudete keinen weiteren Gedanken daran.

Wie Garak gesagt hatte: Die Verschwörung funktionierte perfekt.

11

Die U.S.S. *Sovereign* raste durchs Gefüge der Raum-Zeit und hinterließ dabei einen Schweif aus superluminalen Photonen. Mit dem Zweitausendfachen der Lichtgeschwindigkeit flog sie von Chal nach *Qo'noS*.

Trotzdem war sie nicht schnell genug.

Im Maschinenraum bemühten sich doppelt so viele Techniker wie sonst darum, den Warpkern zu stabilisieren und die Materie-Antimaterie-Mischung zu verbessern. Sie arbeiteten unter der Aufsicht des Mannes, der bei der Entwicklung und Konstruktion der *Sovereign* mitgewirkt hatte. Captain Montgomery Scott war entschlossen, seiner bemerkenswerten beruflichen Laufbahn ein weiteres Wunder hinzuzufügen, indem er das Schiff bis an die Grenze seines Leistungsvermögens und dann darüber hinaus brachte. Weniger kam für James T. Kirk nicht infrage. Er bedauerte, nicht noch mehr leisten zu können.

Auf der Brücke war das Brummen der Cochrane-Generatoren fünfzehn Decks tiefer so deutlich zu hören wie nie zuvor. Eine ruhige Stimme formulierte Worte in der Sprache der vulkanischen Diplomatie. Der Sprecher setzte sich über die strikte Logik der planetaren Verwaltung hinweg, um die Navigationskorridore zum Klingonischen Imperium von Vulkans Starfleet-Schiffen räumen zu lassen und ein Kampfgeschwader in den Einsatz zu schicken, das als Eskorte für die *Sovereign* dienen sollte. Spock von Vulkan fühlte sich verpflichtet,

James T. Kirk auf diese Weise zu helfen. Und nicht nur er war dazu verpflichtet, auch sein Heimatplanet und Starfleet.

Doch in der Krankenstation wies ein hartnäckiger Landarzt James T. Kirk darauf hin, dass er ihm nicht mehr helfen konnte.

Kirk verstand den Blick von McCoys müden Augen. Er wusste, was er bedeutete – der Tod hatte den Sieg errungen.

»Es tut mir Leid, Jim… Ich…«

Vor ihrem Ehemann lag Teilani von Chal reglos in der medizinischen Stasiskammer. Ihr Herz schlug nicht mehr, ebenso wenig das ihres Kinds.

Seines Kinds.

Kirk presste die Hände ans Beobachtungsfenster im grauen Metall der Kammer, die einem Sarkophag des vierundzwanzigsten Jahrhunderts glich, bereit dazu, die Königin zu den Sphären jenseits des Nils zu bringen. Die kühle Glätte des Fensters konnte Kirk nicht spüren, aber dafür fühlte er die schreckliche Leere in seinem Innern. Die Taubheit seiner Hände schien sich im ganzen Körper ausgebreitet zu haben.

Das MHN der Krankenstation – ein weniger eigensinniges Mark-Zwei-Modell als die Version an Bord der *Heisenberg* – beobachtete das Drama, das sich in der begrenzten Welt des Hologramms entfaltete. Kirk war sich der Aufmerksamkeit des holographischen Arztes bewusst und hatte das seltsame Gefühl, schwerelos einige Meter über dem Boden der Krankenstation zu schweben. Er hörte, wie das MHN hüstelte, und er wusste auch, dass McCoy daraufhin den Kopf drehte, den Holo-Arzt ansah und sich fragte, warum ein Hologramm husten sollte.

»Sie ist nicht in dem Sinne tot«, sagte das MHN.

Kirk wandte den Blick von Teilani ab.

»Sie befindet sich in der Stasis«, fuhr der holografische Arzt fort. »Sie kann monatelang in diesem Zustand bleiben, während eine Behandlungsmethode entwickelt wird.«

Kirk klammerte sich an die Worte des MHN wie ein Ertrinkender an einen Rettungsring. Er hatte Fragen. Er brauchte Informationen.

Doch McCoy trat zwischen ihn und das Hologramm.

»Da irren Sie sich«, sagte er schroff. »Teilani stammt von Chal. Ihre genetische Struktur ist eine künstliche Mischung aus romulanischen und klingonischen Genen. Die gleiche genetische Kraft, die ihr ein langes Leben ermöglichte, sorgt dafür, dass ihr Körper gegen medizinische Prozeduren ebenso ankämpft wie gegen Krankheiten und Verletzungen. Vielleicht überlebt Teilani sechs oder sogar *sieben* Tage im Stasisfeld, aber dann wird ihr Körper gelernt haben, Widerstand zu leisten, und…« McCoy sprach den Satz nicht zu Ende.

Das MHN klopfte sich mit dem Zeigefinger ans Kinn. »Ich greife auf die Dateien der zentralen medizinischen Datenbank zu…« Die Miene des Holo-Arztes erhellte sich. »Chal! Ja, jetzt weiß ich Bescheid… Nun, Dr. McCoy, Teilani wurde schon einmal gerettet, mithilfe von *Trannin*-Blättern. Die Basis des von Ihnen entdeckten Antivirogen.«

McCoy sah Kirk an und schenkte dem MHN überhaupt keine Beachtung. »Jim, die medizinische Abteilung von Starfleet hat zwei Jahre lang das biotische Material katalogisiert und untersucht, das du von der Recyclingwelt der Borg mitgebracht hast. Ich weiß, was darin enthalten ist. Ich weiß, was sich mit den Proben bewerkstelligen lässt und was nicht. Keine einzige von ihnen kann das rückgängig machen, was mit Teilani geschehen ist.«

Kirk suchte verzweifelt nach einer Möglichkeit, seine Frau zu retten. »Es muss doch *irgendetwas* geben, das sie am Leben erhalten kann.«

»Jim, dies ist weder eine Krankheit noch ein körperliches Gebrechen. Ihr ganzes Nervensystem ist betroffen. Und leider auch das des ungeborenen Kindes.«

Kirk versuchte, die Fäuste zu ballen, aber seine neuen Hände ließen sich noch nicht fest genug schließen. »Du weist immer wieder darauf hin, aber du erklärst mir nicht, wie so etwas *möglich* ist! Ich habe sie beobachtet, Pille. Sie stand auf der Veranda. Sie... sie lächelte. Und lachte. Und dann...«

»Auf Chal gibt es keine Umweltkontrollen, Jim. Es kommen viele auslösende Faktoren infrage. Der Stich eines Insekts...«

»Ich lebe seit fast zwei Jahren auf Chal. Die Stiche der dortigen Insekten wirken sich nicht auf diese Weise aus.«

»Vielleicht nicht für sich genommen. Aber zusammen mit anderen Faktoren, mit einer Substanz im Essen, dem in ihr heranwachsenden Kind, das einen menschlichen Vater hat... Denkbar wäre eine ganze Menge.«

Kirk kehrte der grauen Kammer den Rücken zu und sträubte sich gegen die Vorstellung, dass seine Liebe Teilani getötet haben könnte. »Auf Chal gibt es *nichts,* das imstande wäre, eine solche Wirkung zu entfalten! Wenn es so etwas gäbe, hätte ich während der letzten beiden Jahre davon erfahren. Jemand auf dem Fest wäre in der Lage gewesen, die Anzeichen zu deuten, die Symptome zu erkennen.«

Das MHN räusperte sich. »So wie ich das sehe, stellen die Symptome ein klassisches Beispiel für neurale Disruption dar.«

Kirk wirbelte um die eigene Achse. Das MHN hatte gerade die Regeln verändert, und dadurch wurde es möglich, die Dinge aus einem ganz neuen Blickwinkel zu betrachten. »Meinen Sie eine Waffe? Einen Disruptor?«

»Nein, keine Waffe in dem Sinne.« Kirks heftige Reaktion schien den holographischen Arzt zu erstaunen. Er sah McCoy an, so als erwartete er Unterstützung von einem Kollegen. »Dr. McCoy wies darauf hin, dass die eine Hälfte von Teilanis genetischer Struktur klingonischen Ursprungs ist, und wir fliegen nach *Qo'noS*. Deshalb habe ich eine Untersuchung vorgenommen…«

»Kommen Sie zur Sache«, knurrte McCoy.

Das MHN gestikulierte nervös. »Äh, in der klingonischen Literatur gibt es viele Beschreibungen, die die Wirkung von Giften einheimischer Lebensformen betreffen. Die Krämpfe, der blutige Schaum auf den Lippen und schließlich das Koma… Klingonen sahen diese Anzeichen als Symptome dafür, dass jemand von einem Tier gebissen wurde.«

»Nicht von einem Insekt?«, fragte McCoy. Sein berufliches Interesse erwachte.

Der holographische Arzt entspannte sich ein wenig, als McCoys Feindseligkeit ihm gegenüber nachließ. »Der größte Teil des lokalen Insektengifts, das bei erwachsenen Klingonen fatal wirken kann, ruft die beobachteten Symptome nicht so schnell hervor. Außerdem kommt es bei entsprechender Intoxikation zu charakteristischen Hautflecken, die… in diesem Fall fehlen.«

»Welche Tierspezies käme infrage?«, fragte Kirk und spürte, wie sein Puls schneller wurde. Endlich gab es etwas, mit dem er arbeiten konnte, eine Möglichkeit, das Problem in Angriff zu nehmen, vielleicht zu ändern, was sich nicht akzeptieren ließ.

Das MHN antwortete sofort. »Es gibt dreiundzwanzig Spezies im Audubon-Katalog für klingonisches Leben auf dem Land und in der Luft. Hinzu kommen acht maritime Gattungen.«

»Überprüfen Sie noch einmal die Computer«, sagte Kirk. »Sind solche Geschöpfe nach Chal gebracht worden?«

Der Holo-Arzt blickte ins Leere, als er sich erneut mit

der zentralen medizinischen Datenbank verband, schüttelte dann den Kopf. »Nicht offiziell.« Er runzelte die Stirn. »Außerdem sind sie so unangenehm, dass wohl kaum jemand auf die Idee käme, sie als Haustiere mitzubringen.«

»Offenbar kennen Sie sich nicht gut mit Klingonen aus«, kommentierte Kirk.

»Können Sie die toxikologischen Daten der Tiergifte in meinen Handcomputer übertragen?«, fragte McCoy.

»Natürlich.«

»Und lässt sich ein Vergleich mit Teilanis Blut- und Gewebeanalysen durchführen?«

Das MHN nickte erfreut. »Dafür wurde ich geschaffen. Für einen echten medizinischen Notfall. Ich setze alle meine Fähigkeiten als künstliche Intelligenz ein, um auf eine vertraute Weise mit den Menschen zu interagieren, die meine Dienste in Anspruch nehmen.«

»Wir brauchen keinen diagnostischen Bericht«, erwiderte McCoy trocken. »Ihr medizinischer Sachverstand genügt.«

Der Holo-Arzt sah sich um und nahm einen Handcomputer vom nahen Tresen. »Alles, was Sie brauchen …« Kirk beobachtete, wie Text im Display erschien. »… befindet sich hier.«

Das Hologramm reichte den kleinen Computer McCoy und legte dann die Hände auf den Rücken. Für einen Augenblick erkannte Kirk den Ausdruck von Selbstzufriedenheit im Gesicht des MHN – eine ähnliche Miene trug auch McCoy gelegentlich zur Schau. Aber jedes Medizinische Holo-Notprogramm enthielt einen Teil von Pille, auch die Version Mark I.

Eine andere Frage fiel Kirk ein. »Wie groß sind die Tiere, um die es hier geht?«

»Am einen Ende der Skala befinden sich die weiblichen Exemplare des auf Bäumen lebenden Feuerspuckers – sie werden bis zu vier Metern lang und zweihundertzwanzig Kilogramm schwer. Am anderen Ende haben wir den in Erdlöchern lebenden Haubenbestätiger: Er wird nicht länger als vierzig Zentimeter und wiegt höchstens sechs Kilo.«

Kirk runzelte die Stirn. »Sind Sie sicher?«

»Ich versichere Ihnen, dass in meinem Hintergrund ständig ein Diagnoseprogramm der Stufe zwei läuft.«

»Was ist los, Jim?«

»Der Bestätiger ist etwa so groß wie eine Katze oder ein kleiner Hund, Pille. Eine solches Geschöpf wäre uns bestimmt aufgefallen. Und Teilani hätte zweifellos reagiert, wenn Sie davon gebissen worden wäre.«

»Immer mit der Ruhe«, sagte McCoy. »Noch haben wir keinen Beweis für den Biss eines Tiers, und deshalb ziehe ich nach wie vor die Möglichkeit eines Insekts in Betracht. Es ist durchaus möglich, dass ich beim physischen Scan einen winzigen Stachel oder einen kleinen Stich übersehen habe. Ich programmiere die Sensoren auf eine mikroskopische Sondierung der Haut.«

Kirk zuckte innerlich zusammen, als er sich vorstellte, wie der Körper seiner Frau zum Untersuchungsobjekt von Starfleet-Maschinen wurde.

»Ich weiß«, sagte McCoy, der Kirks Gedanken erriet. »Es kann sehr unpersönlich erscheinen. Deshalb bleibe ich bei Starfleet und versuche, den vielen Dickschädeln und spitzen Ohren begreiflich zu machen, dass Medizin mehr ist als nur Chemie und Technik. Aber manchmal muss selbst ich Geräten vertrauen.«

Kirk nickte. Wie lange hatte er gebraucht, um sich zu dieser Erkenntnis durchzuringen? Alles erforderte eine gewisse Balance.

Einst war er selbst ein Technikgläubiger gewesen, zutiefst beeindruckt von seinem Raumschiff und Maschinen, die Geschwindigkeit und Macht bedeuteten. Später besann er sich allein auf das, was er mit seinen eigenen Händen schaffen konnte, wobei er nur jene

Dinge verwendete, die sich in der freien Natur finden ließen.

Teilani hatte ihm schließlich den Weg in die richtige Richtung gewiesen und ihn dazu ermutigt, das richtige Gleichgewicht anzustreben. Ihre Weisheit hatte es ihm erlaubt, selbst die richtige Antwort zu finden.

Wie konnte sie ihn jetzt verlassen, obwohl es noch so viel gemeinsam zu entdecken gab?

Wie sollte er die Reise durchs Leben allein fortsetzen, ohne Teilanis Weisheit und Liebe?

»Ich vertraue der Technik, Pille«, sagte Kirk. »Es ist nur… Ich muss irgendetwas *unternehmen.* Du ahnst nicht, wie es ist, wenn man dem Schicksal einer geliebten Person so hilflos gegenübersteht.«

Sofort bedauerte Kirk seine Worte und beobachtete, wie ein Schatten von Schmerz über McCoys Gesicht huschte. »Bitte entschuldige, Pille.« In seinem eigenen Kummer hatte er den seines Freunds vergessen. McCoys Vater hatte sich mit einer schrecklichen Krankheit infiziert, als Leonard ein sehr junger Arzt gewesen war. Der Sohn hatte seinem Vater nicht helfen können und beobachten müssen, wie die grässliche Krankheit immer mehr Leid brachte. Schließlich, auf das flehentliche Drängen seines Vaters hin, hatte er die Geräte abgeschaltet, die ihn am Leben erhielten.

Das allein war schon schlimm genug gewesen, doch welche persönliche Hölle hatte er erfahren, als es nur kurze Zeit später gelang, ein Heilmittel für die Krankheit zu entwickeln?

»Du weißt natürlich Bescheid«, fügte Kirk hinzu. »Manchmal spreche ich, ohne mir vorher zu überlegen, was ich sage.«

McCoy nickte. »Das von dir zu hören… Dadurch sind die vergangenen 149 Jahre die Mühe wert gewesen. Fast.«

»Ich muss ihr helfen, Pille.«

Der Arzt hob und senkte die Schultern. »Derzeit kannst du kaum etwas tun. Sieh dir Bilder von den klingonischen Tieren an. Vielleicht…«

»Bilder!«, entfuhr es Kirk. »Beim Hochzeitsfest haben alle Gäste Aufnahmen gemacht. Es gab Holo-Kameras, visuelle Sensoren, Bildergläser…«

»Gute Idee«, sagte McCoy. Seine eigene Verzweiflung löste sich ebenso wie die Kirks auf, als sie beide einen neuen Ansatzpunkt sahen. Kirk wusste, dass sie sich in dieser Hinsicht immer geähnelt hatten.

In McCoys Stimme erklang neue Kraft, neue Entschlossenheit. »Wir brauchen alle Bilder, um sie gründlich zu analysieren. Jede Aufnahme muss detailliert gescannt werden.«

Kirk wandte sich wieder ans MHN. »Ich glaube, es gibt eine bessere Möglichkeit. Ich habe da eine Idee.«

Der holographische Arzt sah McCoy an. »So wie er das sagt… Sollte ich besorgt sein?«, fragte er.

McCoy nickte. »Ich bin es für gewöhnlich«, erwiderte er.

12

Kirk öffnete die Augen und sah Teilani vor sich. Sie wirkte prächtig in ihrem Hochzeitsgewand aus rotem Leder.

Die über der Lichtung schwebenden Fusionskugeln hüllten sie in einen matten Schein. Hinter ihr bildete die Wolke aus Feuerkobolden einen erstarrten Schleier.

Kirk wollte nach Teilanis Hand greifen, mit der Fingerkuppe über ihre Narbe streichen. Aber er wusste, dass seine Hände nichts fühlen konnten. Und dass es überhaupt nichts zu fühlen gab.

»Sie ist wirklich sehr schön«, sagte der holographische Arzt.

Als es Zeit wurde, sich auf dem Holodeck zu versammeln, hatte der holographische Arzt aus irgendeinem Grund beschlossen, in einer Paradeuniform zu erscheinen. Er wirkte jetzt wie einer der Hochzeitsgäste. Kirk fragte sich, ob der Kleidungswechsel bedeutete, dass das MHN – eine künstliche Intelligenz – sich anzupassen versuchte.

»Was wissen Sie von Schönheit?«, fragte Kirk das Hologramm.

»Nicht viel, fürchte ich. Aber ich weiß, wie viel Teilani Ihnen bedeutet. Während Sie sich zusammen mit Dr. McCoy in der Krankenstation aufhielten, habe ich bei Ihnen alle Veränderungen in Hinsicht auf Puls, Atmung und Blutdruck festgestellt. Und ich weiß, dass Schönheit eine starke emotionale Wirkung auf organische Geschöpfe haben kann. Bei Ihnen zeigten sich alle

Symptome einer erheblichen emotionalen Stimulation, und das ist auch jetzt der Fall. Daraus schließe ich, dass Schönheit einer jener Gründe ist, warum Teilani einen solchen Effekt auf sie hat. Und da es sich um einen sehr intensiven Effekt handelt«, schloss das MHN, »glaube ich, dass sie wirklich sehr schön ist. Stimmt das?«

»Ja«, sagte Kirk. Es erstaunte und besorgte ihn, dass eine aus komplexen Computerprogrammen bestehende künstliche Intelligenz so gut dazu imstande war, abstrakte Konzepte zu diskutieren und zu verstehen. Es gab viele Aspekte dieses Fortschritts, über die er gern gründlicher nachgedacht hätte, aber das MHN und er befanden sich auf dem Holodeck, um Untersuchungen anzustellen mit dem Ziel, Teilani das Leben zu retten. Alles andere spielte eine untergeordnete Rolle.

Ein Teil des dunklen Waldes, der die Lichtung umgab, wurde plötzlich hell, als sich der Eingang des Holodecks zeigte.

»Gehört das zum Wald?«, fragte der holografische Arzt verwundert.

Kirk näherte sich dem hellen Bereich. »Es ist der Zugang zum Holodeck.«

Spock kam herein. Wie Kirk trug er jetzt eine Starfleet-Uniform. Nach den Ereignissen in der Goldin-Diskontinuität hatten sie beide beschlossen, ihren jeweiligen Status in der Flotte beizubehalten.

Das MHN eilte an Kirk vorbei zum Rand des hellen Bogens. »Ist das … das *Schiff?*«, fragte es und blickte an Spock vorbei.

Zwei Besatzungsmitglieder gingen draußen im Korridor am Eingang zum Holodeck vorbei. Das MHN winkte ihnen aufgeregt zu. »Lieutenant Strieber! Fähnrich Hopkins! Ich bin's, Ihr Medizinisches Holo-Notprogramm!«

Kirk beobachtete, wie Strieber und Hopkins den Gruß zögernd erwiderten. Offenbar waren sie nicht daran gewöhnt, den Holo-Arzt außerhalb der Krankenstation zu sehen.

»Computer, Programm fortsetzen«, sagte Spock.

Das MHN wankte zurück und schien Mühe zu haben, das Gleichgewicht zu wahren, als der helle Bogen verschwand und dem dunklen Wald auf Chal wich.

»Das war eine faszinierende Erfahrung«, brachte der holografische Arzt atemlos hervor. »Bisher kannte ich nur den Korridor außerhalb der Krankenstation. Dieser war anders. Breiter. Der Teppich ein wenig dunkler. Haben Sie das bemerkt?«

»Können wir diese Sache nicht allein erledigen, Spock?« Kirk wollte so wenig Zeit wie möglich mit dem Holo-Arzt vergeuden.

»Durch seine Präsenz hier verfügen wir über ein wesentlich besseres Interface für das erforderliche Bildverarbeitungssystem«, erwiderte Spock. Er sah sich auf der Lichtung um. Die simulierte Teilani war während eines Schrittes erstarrt.

Auf der einen Seite bemerkte Kirk sein holographisches Ebenbild zusammen mit Scotty am Bankettisch. Fast alle anderen Gäste waren ebenfalls zugegen, doch manche von ihnen hatten verschwommene Gesichter und undeutliche Kleidung – sie wirkten wie halb geschmolzen.

»Die Rekonstruktion ist noch nicht abgeschlossen«, erklärte Spock. »Die Behörden von Chal haben ausgezeichnete Arbeit bei der Lokalisierung jener Gäste geleistet, die bei Zeremonie und Feier Aufnahmen anfertigten. Alle betreffenden Bilder befinden sich inzwischen im Hauptcomputer des Holodecks. Bei der Mehrheit der Bilder handelt es sich um dreidimensionale Einzelaufnahmen, was bedeutet, dass die dargestellten Bewegungen nicht immer kontinuierlich sind.

Wir brauchen ein intuitives Interface, um Füllsequenzen zu schaffen.«

Das MHN gab sich beleidigt und schniefte. »Ich möchte Sie darauf hinweisen, dass ich viel mehr bin als nur ein intuitives Interface.«

»Das ist das Problem«, erwiderte Kirk ungeduldig. »Ich schlage vor, Sie halten den Mund, bis wir Sie etwas fragen.«

Der holographische Arzt wollte protestieren, aber Kirk hob einen warnenden Zeigefinger.

Daraufhin begnügte sich das Hologramm mit einem empörten Räuspern.

»Schon besser«, sagte Kirk. »Also gut, Spock. Wie gehen wir vor?«

Er folgte dem Vulkanier über die Lichtung, in Richtung der kleinen Plattform mit dem Streichquartett. Die Entfernung betrug etwa zehn Meter – eine holografische Illusion. Kirk wusste, dass er auf einem Kraftfeld ging, das bei jedem Schritt einem Laufband gleich nach hinten glitt, während Holo-Projektoren die Szenerie veränderten, um den Eindruck zu erwecken, dass er sich tatsächlich vorwärts bewegte.

Als er zusammen mit dem jetzt stummen Holo-Doc Spock über die Lichtung folgte, fühlte er, wie sich der Boden veränderte. Das glatte Metall des Decks verwandelte sich in eine rauere Oberfläche, und als sie an der Plattform stehen blieben, spürte Kirk weiches Gras unter den Stiefeln.

»Offenbar bekommen wir jetzt die letzten Details«, sagte Kirk.

»Doktor«, wandte sich Spock förmlich ans MHN, »bitte nennen Sie den Status der Bildverarbeitung.«

Die Stimme des holographischen Arztes klang verdrießlich, als er antwortete: »Hundert Prozent von 627 unabhängigen Aufnahmen und 810 917 aus Filmen stammenden Einzelbildern sind für eine 360-Grad-Darstellung vorbeireitet. Die Prozessoren extrapolieren derzeit Bewegungen auf der festgelegten Zeitskala, um ein komplettes Modell der Lichtung zu ermöglichen. Es wird alle Elemente enthalten, die im Verlauf des dokumentierten Zeitraums von vier Stunden und zweiundzwanzig Minuten unverändert geblieben sind.« Das Hologramm presste die Lippen zusammen. Es schien noch etwas sagen zu wollen, wartete aber demonstrativ auf Sprecherlaubnis.

»Möchten Sie etwas hinzufügen?«, fragte Spock ruhig.

»Die Computer brauchen Informationen darüber, welche Musik gespielt wurde.«

»Musik ist nicht notwendig«, sagte Kirk.

»Damit die Bewegungen der Musiker und Tänzer besser dargestellt werden können«, betonte das MHN.

»Nicht erforderlich«, erwiderte Kirk knapp. »Ich möchte nur eine Rekonstruktion von Teilanis Bewegungen im Verlauf des Abends sehen.«

Plötzlich schwebten die Fusionskugeln über der Lichtung langsam hin und her, und Kirk fühlte eine sanfte Brise im Gesicht. An den Bäumen bewegten sich einzelne Blätter, während Licht über sie hinwegstrich.

»Das Modell der Lichtung ist vollständig«, verkündete der Holo-Arzt.

Der Himmel über Kirk wurde dunkelblau. Es war kurz nach Sonnenuntergang. Nur drei Fusionskugeln schwebten umher, und von den Feuerkobolden fehlte jede Spur – sie wurden erst nach der Zeremonie freigelassen.

Es waren noch keine Gäste zugegen. Kirk blickte sich um und beobachtete, wie die Bankettische vorbereitet wurden. Dort, wo der Hauptpfad die Lichtung erreichte, sah er den Friedensrichter auf seinem *Ordover,* im Handgalopp erstarrt. Vermutlich stammten die betreffenden Aufnahmen von Teilanis Tante Elanea. Sie war früh eingetroffen, zusammen mit einigen Freundinnen von Teilani, um der Braut beim Ankleiden zu helfen und sich um die Details der Zeremonie zu kümmern.

Kirk drehte sich zur anderen Seite der Lichtung um. Bei der Ankunft des Friedensrichters hatten sich Teilani und er im halb fertigen Haus aufgehalten und dort über einige besonders ausgefallene Hochzeitsgeschenke gelacht.

»Jim…?«, sagte Spock sanft. »Wir sollten fortfahren.«

Kirk wusste, dass der Vulkanier Recht hatte. »Wie lang ist die volle Sequenz?«, fragte er das Hologramm.

Das MHN nannte die Statistiken des letzten Tages von Teilanis Leben. »Der dokumentierte Zeitraum hat, wie bereits erwähnt, eine Länge von insgesamt vier Stunden und zweiundzwanzig Minuten. Die Bildverarbeitung ermöglicht eine voll bewegte Darstellung für insgesamt eine Stunde und achtzehn Minuten, mit einer Genauigkeit von neunzig Prozent und mehr. Aus Einzelbildern angefertigte Sequenzen beanspruchen weitere siebzehn Minuten, mit einer Detailgenauigkeit von achtzig Prozent oder mehr und einer Bewegungspräzision von weniger als fünfundzwanzig Prozent.«

Eine Stunde und fünfunddreißig Minuten, dachte Kirk. Er fragte sich, ob er es ertragen konnte, noch einmal alles zu sehen. Immerhin wusste er, wie es ausging.

Spock kam ihm zu Hilfe.

»Doktor«, sagte der Vulkanier, »wie lange würden *Sie* brauchen, um die Rekonstruktion der Ereignisse mit maximalem sensorischen Input zu überprüfen?«

Das MHN zögerte kurz. »Zwölf Komma drei zwei Sekunden.«

»Dann nehmen Sie bitte eine entsprechende Untersuchung mit maximaler Geschwindigkeit vor«, sagte Spock. »Achten Sie dabei insbesondere auf Tiere oder Insekten…«

»…oder Personen«, fügte Kirk ohne nachzudenken hinzu. Es war nur sinnvoll, alle Möglichkeiten zu berücksichtigen, so unwahrscheinlich sie auch sein mochten.

»…oder Personen, die einen physischen Kontakt mit Teilani herstellen«, fügte Spock hinzu.

»Das ist alles?«, fragte der holografische Arzt.

»Bitte führen Sie die Anweisung aus«, ließ sich Spock vernehmen.

Das MHN schnitt eine Grimasse. »Wenn Sie darauf bestehen.«

Die Lichtung erschimmerte um Kirk und Spock herum, als sich das Mark-II-Hologramm in einen bunten Schemen verwandelte. Unmittelbar darauf beschleunigten sich abrupt die holografischen Darstellungen in der Projektionskammer. Die Sterne glitten deutlich sichtbar über den Himmel, und eine sonderbare Mischung aus Lichtblitzen und Schatten zuckte an den beiden Männern vorbei.

Exakt zwölf Komma drei zwei Sekunden später hörten die schnellen Bewegungen auf, und das MHN erschien wieder neben Kirk und Spock.

Das Ende des Abends. Ein Shuttle schwebte über der Lichtung, und seine Scheinwerfer tauchten die Lichtung in helles Licht. Eine Starfleet-Sicherheitsgruppe untersuchte die Veranda mit Tricordern. Andere Starfleet-Offiziere, die sich von der *Sovereign* auf den Planeten gebeamt hatten, sprachen mit Gästen an der Feuerstelle. Es überraschte Kirk nicht, dass er selbst, Teilani, Spock, McCoy und Scotty fehlten. Zwei Minuten nach Teilanis Zusammenbruch hatte er sich zusammen mit seinen Freunden zur *Sovereign* transferiert.

Als das letzte Bild des Abends aufgezeichnet wurde – fünfzehn Minuten nach dem Transfer –, hatte McCoy eine erste Diagnose erstellt; das MHN bereitete die Staseskammer vor; und die *Sovereign* war sechzehn Lichtjahre von Chal entfernt. Mit Warpfaktor 9 – und die Beschleunigung dauerte an – raste das Raumschiff in Richtung der klingonischen Heimatwelt.

Erstaunt nahm Kirk die große Anzahl von Starfleet-Angehörigen zur Kenntnis, die sich auf der Lichtung befanden. Als er nach McCoy gerufen hatte, waren nur einige wenige aus dem nahen Wald gekommen. Wie hatten die anderen so schnell eintreffen können? Und warum wirkte alles so gut organisiert?

Das MHN berichtete von der Überprüfung der vollständigen Rekonstruktion. »Es kam zu recht vielen Umarmungen und Küssen. Insekten sind mir nicht aufgefallen. Es kam zu Kontakten mit acht Tieren.«

»Von welcher Art?«, fragte Kirk scharf.

»Der *Ordover* des Friedensrichters. Ihr Pferd. Ihre beiden Hunde. Und vier Hunde, die Gästen gehörten. Der zottelige leckte Ihrer Frau recht gründlich das Gesicht. Als Medizinisches Holo-Notprogramm muss ich feststellen, dass so etwas sehr unhygienisch ist.«

»Aber es handelt sich nicht um einen Angriff«, sagte Spock.

Kirk verlor das Interesse daran, nach wilden Tieren Ausschau zu halten. Seine Aufmerksamkeit galt nun dem Starfleet-Personal.

»Sehen Sie sich nur die Größe der Starfleet-Gruppe an, Spock. Innerhalb von zwanzig Minuten kamen *zweiundvierzig* Personen zum Einsatz.«

Der Vulkanier wölbte eine Braue und verstand. »Ein interessanter Hinweis.«

»Wie meinen Sie das?«, fragte der Holo-Arzt.

»Starfleet rechnete mit Problemen«, sagte Kirk und spürte, wie Ärger in ihm zu brennen begann. Bisher war Teilanis Schicksal ein schrecklicher Unfall gewesen, aber die Anzahl von Starfleet-Angehörigen, die auf der Lichtung aufgetaucht waren, deutete darauf hin, dass mehr dahinter steckte. Je genauer Kirk darüber nachdachte, desto mehr wuchs sein Zorn. Warum hatte ihn niemand darauf hingewiesen, dass es Admiral Nechajew um viel mehr gegangen war als nur darum, einige Starfleet-Wächter als eine Geste der Höflichkeit zu schicken?

»Sie wussten Bescheid, Spock. Die verdammten Mistkerle bei Starfleet Command *wussten,* dass etwas passieren konnte.«

»Das ist eine logische Schlussfolgerung«, sagte der Vulkanier. »Aber noch fehlt ein Beweis.«

»Zweiundvierzig Angehörige der Starfleet-Sicherheitsabteilung – das ist Beweis genug. Wir suchen nicht nach einem Tier.« Er richtete einen anklagenden Zeigefinger auf das MHN. »Verfügen Sie über eine Gästeliste?«

Der Holo-Arzt nickte besorgt. »Ja.«

»Können Sie die Namen mit den Personen vergleichen, die bei Zeremonie und Feier zugegen waren?«

Wieder nickte das Hologramm.

»Gut. Haben Sie Bilder von den Personen, deren Namen auf der Gästeliste fehlen?«

Das MHN deutete zur Seite. »Fast das gesamte Starfleet-Personal.«

»Nein, lassen Sie alle Personen unberücksichtigt, von denen nach Teilanis Zusammenbruch Bilder aufgezeichnet wurden. Ich interessiere mich nur für diejenigen, die zuvor anwesend waren und auf der Gästeliste fehlen.«

»Es sind insgesamt sechsundzwanzig Personen«, antwortete das MHN sofort.

Kirk trat zurück und deutete auf den Boden. »Ich möchte sie sehen. Alle sechsundzwanzig. Hier, direkt vor mir.«

»Extrapolation läuft«, sagte das MHN. Wenige Sekunden später formten sich sechsundzwanzig holographische Gestalten und bildeten eine Reihe vor Kirk.

Er musterte sie nacheinander. »Lassen Sie die verschwinden, auf die ich zeige.« Als Ersten wählte er Memlon – der Junge gehörte zur Familie. Seine Eltern und er hatten keine Einladung erhalten, weil Teilani und Kirk wie selbstverständlich davon ausgegangen waren, dass sie an der Feier teilnehmen würden. Anschließend deutete Kirk auf den Friedensrichter, die drei Frauen, die am Bankettisch gearbeitet hatten, und die vier Musiker des Streichquartetts. Vierzehn weitere Gestalten verschwanden, als Kirk die beiden für die Fusionskugeln zuständigen Techniker identifizierte, außerdem vier Kellner und acht gastronomische Assistenten.

Übrig blieben drei nicht eingeladene Gäste.

»Bemerkenswert«, sagte Spock.

Kirk nickte.

Es handelte sich um drei Kinder. Zwei Jungen und ein Mädchen, etwas älter als Memlon, vielleicht zehn Jahre alt.

»Schüler von Teilani?«, fragte Spock.

»Nein. Ich kenne die meisten von ihnen.« Kirk musterte die Kinder aufmerksam und war sicher, sie noch nie zuvor gesehen zu haben. Dennoch wirkten sie seltsam vertraut. »Hatte eins dieser drei Kinder physischen Kontakt mit Teilani, Doktor?«, fragte er.

»Der kleinere Junge. Die anderen beiden kamen ihr nicht nahe genug.«

Kirk trat um die Simulationen herum. Alle drei Kinder trugen Kleidung, wie sie für Chal und die Jahreszeit typisch waren: weite weiße Hosen und Hemden. Aber an den Füßen zeigten sich keine Sandalen, sondern Stiefel. Das war sehr ungewöhnlich.

»Ich möchte sehen, zu welchem Kontakt es zwischen dem Jungen und Teilani kam.«

Das MHN deutete zum Haus. »Es geschah auf der Veranda. Zeitcode vier Stunden und zwei Minuten.«

Nur wenige Minuten vor Teilanis Zusammenbruch.

Kirk und Spock schritten dem Haus entgegen.

»Beginnen Sie mit der Darstellung«, sagte er.

Unmittelbar darauf wich er beiseite, um nicht mit seinem eigenen Hologramm zusammenzustoßen.

In Jeans und T-Shirt ging der andere Kirk über den Pfad, der am Baumstumpf vorbeiführte.

Und dort war Teilani. Sie saß auf der Veranda, von ihren Freunden umgeben

Und die Kinder.

Kirk beobachtete, wie sich die drei kleinen, in Weiß gekleideten Gestalten ruckartig bewegten – offenbar reichten die visuellen Daten nicht aus, um ihre exakten Bewegungen zu rekonstruieren.

Der kleinere Junge stand plötzlich auf der Treppe und blickte nach oben, als hätte er gerade etwas gesagt. Zwei Freundinnen von Teilani wichen beiseite, damit der Junge die restlichen Stufen hinter sich bringen konnte.

Er verharrte vor Teilani, sie öffnete die Arme, er schob sich noch etwas näher und…

»Programm anhalten«, sagte Kirk grimmig.

Er schritt an seinem Hologramm vorbei zur Veranda, auf der Teilani den Jungen umarmte. Dort hielten zwei andere Frauen Holo-Kameras in den Händen, was in diesem Fall die Vollständigkeit der visuellen Daten erklärte. Eine von ihnen schien Teilani bei der Begegnung mit dem Jungen zu filmen.

Kirk und Spock traten an den beiden Frauen vorbei, blieben neben Teilani und dem Holzstuhl stehen, auf dem sie saß. Kirk hatte ihn angefertigt. Er war nicht gerade ein Meisterwerk, denn seine neuen Hände mussten sich erst noch an Detailarbeit gewöhnen. Aber Teilani hatte ihn für perfekt erklärt.

»Dort«, sagte Spock und deutete auf Teilanis Nacken, dicht über dem Haaransatz. Die Hand des Jungen befand sich an jener Stelle, zur Faust geballt, der Zeigefinger gestreckt. »Fünf Sekunden zurück«, wies Spock das MHN an.

Die Hand des Jungen wich fort, und Teilani lehnte sich zurück. Dann erstarrten die holografischen Gestalten wieder.

»Computer, Darstellung fortsetzen, mit einem Viertel der üblichen Geschwindigkeit«, sagte Spock.

Der holografische Arzt kam die Verandatreppe hoch, als wollte er selbst sehen, was Kirk und Spock so interessant fanden.

Die projizierten Gestalten gerieten wieder in Bewegung. Teilani beugte sich vor, um den Jungen zu umarmen. Er ballte hinter ihrem Kopf die Faust, streckte den Zeigefinger…

»Achten Sie auf den Fingernagel«, sagte Spock. Der Nagel des Zeigefingers war ein wenig verschwommen.

Und dann sah Kirk, wie Teilani ganz leicht zusammenzuckte. Aus einem Reflex heraus neigte sie die Schultern ein wenig nach vorn, als der Zeigefinger des Jungen ihre Haut berührte.

»Verdammt…«, flüsterte Kirk. Er klopfte auf seinen Insignienkommunikator. »Kirk an McCoy.«

McCoy meldete sich sofort aus der Krankenstation.

»Überprüfe die Sensorsondierungen von Teilanis Haut«, sagte Kirk. »Und zwar am Nacken über der Wirbelsäule, etwa zwei Zentimeter oberhalb des Haaransatzes.«

»Wonach soll ich suchen?«

»Das weißt du sofort, wenn du etwas findest.«

»Gib mir eine Minute Zeit«, sagte McCoy.

Kirk streckte die Hand aus, um die Schulter der holografischen Teilani zu berühren, aber wenige Zentimeter davor zögerte er, unfähig dazu, die Bewegung zu vollenden. Er musste plötzlich daran denken, dass ihm Teilani vielleicht nur noch so erscheinen konnte, als Simulation. Als eine Erinnerung, die irgendwann verblasste.

McCoys Stimme unterbrach seine düsteren Gedankengänge. Der Arzt klang nicht begeistert. »Ich habe einen winzigen Riss in der Haut entdeckt, Jim, so als hätte sie sich dort mit einer Nadel gestochen. Hast du das gemeint?«

»Es ist ein Kratzer, Pille. Und er wurde mit Absicht verursacht.«

»Von wem?«

»Von einem zehnjährigen Jungen. Vermutlich befand sich ein Nervengift am Fingernagel. Ich wette, du findest Spuren davon an der Wunde.«

»Spock?«, fragte McCoy.

»Ich bin hier, Doktor«, antwortete der Vulkanier. »Es handelt sich um eine logische Schlussfolgerung, die auf visuellem Beweismaterial basiert.«

»Bist du ganz sicher, dass ich die Wunde untersuchen soll, Jim?«, erkundigte sich McCoy. »Dazu muss ich Teilani aus der Stasis holen, und derzeit verkürzt jede einzelne Minute außerhalb der Stasis die Zeit, die sie darin überleben könnte, um zwei Stunden.«

Kirk sah Spock an.

»Wir sind noch vier Tage von *Qo'noS* entfernt«, sagte der Vulkanier. »Wenn wir dort eintreffen, bleiben den klingonischen Spezialisten weniger als fünfzig Stunden für die Behandlung. Eine Unterbrechung der Stasis verringert diese Zeit.«

»Aber wenn wir das Gift identifizieren, haben die klingonischen Ärzte vier Tage, um ein Gegenmittel zu entwickeln«, sagte Kirk.

»Wenn es wirklich ein Gift ist«, wandte McCoy in einem mahnenden Tonfall ein.

Spock legte die Hände auf den Rücken. »Diese Entscheidung können nur Sie treffen.«

Kirks Blick kehrte zur simulierten Teilani zurück. Er wusste, dass er sich auf Spock verlassen konnte, sofern es die Logik der Situation betraf, und an McCoys korrekter Einschätzung der medizinischen Realität bestand kein Zweifel. Aber der Instinkt ließ Kirk keine Wahl.

»Hol sie aus der Stasis, Pille. Vergeude keine Zeit und finde das Toxin.«

»Wenn das MHN bei euch ist... Ich könnte hier Hilfe gebrauchen.«

»Endlich jemand, der mich zu schätzen weiß«, sagte der holografische Arzt und verschwand.

Kirk drehte sich um. »Gehen wir, Spock«, sagte er und eilte die Verandatreppe hinunter.

Der Vulkanier folgte ihm. »Wohin wollen Sie?«

»Zur Brücke.«

»Und warum?«

Erneut trat Kirk an seinem Hologramm vorbei, ohne ihm Beachtung zu schenken. »Programm beenden«, wies er den Computer an.

Die Darstellung der Lichtung mit den Gästen flackerte kurz und verschwand dann. Kirk und Spock sahen die nackte Holokammer, einen großen Raum mit gelben Gittermustern auf schwarzen Projektionsflächen.

»Wenden Sie Ihre Logik bei dieser Sache an«, sagte Kirk, als er zum Ausgang des Holodecks eilte. »Wir haben nur zwei Fakten. Erstens: Starfleet rechnete damit, dass jemand einen solchen Anschlag verüben konnte. Zweitens: Es bedeutet, Starfleet kennt das Ungeheuer, das ein Kind schickte, um Teilani zu töten.«

Spock folgte Kirk in den Korridor und zum nächsten Turbolift.

»Das sind nicht genug Informationen, um zu einer logischen, verlässlichen Schlussfolgerung zu gelangen«, meinte der Vulkanier.

»Vergessen Sie die Logik«, brachte Kirk mit Nachdruck hervor. »Ich kenne den Schluss bereits.« Sie standen vor der Turbolift-Nische und warteten darauf, dass sich die Tür öffnete. »Und Sie ebenfalls. Wenn nicht durch Logik, so doch in Ihrem Herzen.«

Die beiden seit vielen Jahrzehnten miteinander befreundeten Männer sahen sich an. Schließlich nickte Spock und gestand widerstrebend ein, dass es nur eine Antwort geben konnte.

»Tiberius«, sagte Spock.

Die Tür öffnete sich.

Es gab nur einen Ort, den sie jetzt aufsuchen konnten.

13

Der Captain der *Sovereign* wandte sich halb von der zentralen Kommunikationskonsole ab, sah Kirk an und lächelte entschuldigend. »Tut mir Leid, aber sehen Sie selbst. Es gibt keine Daten über einen Captain Hu-Lin Radisson, weder bei Starfleet noch in anderen Flotten, auf deren Dateien wir Zugriff haben.«

Kirk hätte am liebsten die Faust in die Konsole gerammt und die benötigten Informationen auf diese Weise aus ihr herausgeholt. Aber noch wichtiger war ihm die Kooperationsbereitschaft des Captains, obgleich er wie ein Teenager wirkte. Nahm Starfleet Kadetten jetzt schon nach der Grundschule auf?

»Captain Randle«, sagte Kirk so ruhig wie möglich, »ich war an Bord von Radissons' Schiff. Ich habe dort mit ihr gesprochen, ebenso wie Spock, McCoy und Captain Scott.«

»Was das Schiff betrifft... den ganzen wissenschaftlichen Konvoi...«

Spock wartete nicht ab, bis Randle den Satz beendete. »Es fehlen auch Aufzeichnungen in Hinsicht auf die Schiffe.«

Es schien den jungen Captain zu erleichtern, dass er den distinguierten Passagieren diese Mitteilung nicht selbst machen musste.

»Was soll das heißen, keine Aufzeichnungen?«, wandte sich Kirk an Spock.

»Die *Heisenberg*, die *Schrödinger* und die *Pauli*. Wenn

Captain Radisson nicht in den Starfleet-Datenbanken existiert, so ist es logisch anzunehmen, dass auch in Hinsicht auf die wissenschaftlichen Schiffe keine Daten zur Verfügung stehen.«

»Wenn Ihnen das etwas nützt…«, ließ sich Randle zaghaft vernehmen. »Die U.S.S. *Venture* hat ein Shuttle namens *Pauli*.«

»Bitte entschuldigen Sie«, sagte Kirk zu Captain Randle. »Kommen Sie, Spock.«

Er führte den Vulkanier zu einem Alkoven beim Turbolift. »Was verrät Ihnen Ihre Logik sonst noch?«, fragte er leise.

Manchmal beneidete Kirk Spock um seine unerschütterliche Gelassenheit. Der Vulkanier zeigte keines jener Gefühle, die in Kirk zitterten. Nach seinem Gesichtsausdruck zu urteilen, hätten sie auch über das Wetter der Erde oder ein ähnlich langweiliges Thema sprechen können.

»Alles deutet darauf hin, dass sich Captain Radissons Projekt Zeichen tatsächlich durch eine sehr hohe Geheimhaltungsstufe auszeichnet«, erwiderte Spock. »Wir wissen beide, dass es immer Starfleet-Schiffe gab, die offiziell gar nicht existierten. Aber abgesehen von wenigen Ausnahmen handelte es sich dabei um experimentelle Schiffe, die dazu dienten, innovative Technik oder neue Designkonzepte zu testen. In keinem Fall befand sich eine vollständige Besatzung an Bord, und es stand auch nicht das volle Funktionspotential zur Verfügung, so wie bei der *Heisenberg*.«

Kirk nickte und blickte an Spock vorbei über die Brücke der *Sovereign*. Sie war fast identisch mit Picards Brücke der *Enterprise*-E. Allerdings dominierten hier keine kupfer- und bronzefarbenen Töne, sondern ein sanftes Silberblau. Außerdem fehlte ein Befehlsstand. Stattdessen gab es wie an Bord der *Voyager* eine Kommandobank für den Captain und seine Führungsoffiziere. *Noch ein Schiff, das von einem Komitee geflogen wird,* dachte Kirk kummervoll.

»Sie hielten die *Heisenberg* zu jenem Zeitpunkt für einen Prototypen«, sagte er.

»Sie wies viele hoch entwickelte Merkmale auf. Man denke nur an die holografischen Brückendisplays.«

»Und an die holografischen Besatzungsmitglieder«, fügte Kirk hinzu und erinnerte sich an Radissons Sicherheitsoffizier. »Nicht nur ein MHN. Außerdem war das Schiff voll einsatzbereit.«

Spock runzelte plötzlich die Stirn. Die Falten blieben sehr dünn, aber für Spock war es eine so heftige Reaktion, als hätte er mit den Fingern geschnippt und »Heureka!« gerufen.

»Was ist los?«, fragte Kirk.

»Jim, es wäre durchaus denkbar, dass *nichts* von dem, was wir ein Bord der *Heisenberg* sahen, wirklich existierte.«

»Wie bitte?«

»Angesichts Ihrer Beschreibungen der holografischen Eigenschaften von Captain Radissons Bereitschaftsraum und der Präsenz von mindestens zwei holografischen Besatzungsmitgliedern müssen wir die Möglichkeit in Erwägung ziehen, dass alles andere ebenfalls nur Illusion war.«

»Aber warum, Spock?«

Der Vulkanier hob beide Brauen, als schickte er sich an, auf etwas Offensichtliches hinzuweisen. »Um die Wahrheit zu verbergen.«

»Die Wahrheit über was?«

»Über das Projekt Zeichen. Über den wahren Grund, warum Captain Radisson Sie von Tiberius' Tod zu überzeugen versuchte. Und wie es dem wissenschaftlichen Konvoi gelang…«

»Augenblick. *Sie* haben ebenfalls gewusst, dass Captain Radisson log?«

Auf seine zurückhaltende vulkanische Art schien Spock mit Überraschung auf diese Frage zu reagieren. »Soll das heißen, auch *Sie* gelangten zu dem Schluss, dass uns Captain Radisson falsches Beweismaterial zeigte?«

Kirk konnte kaum fassen, dass sie es während der vergangenen acht Monate nicht gewagt hatten, darüber zu reden. »Der Helm. Ich *wusste,* dass es sich um eine Fälschung handelte. Das Visier war in zu wenige Splitter zerbrochen.«

»Sehr aufmerksam«, sagte Spock, und sein vorsichtiger Tonfall deutete darauf hin, dass er Radissons Täuschungsversuch aus einem anderen Grund bemerkt hatte.

»Wie kamen *Sie* dahinter?«

Spock schob ein wenig das Kinn vor. »Ich schöpfte zunächst keinen Verdacht. Dr. McCoy wies mich später darauf hin.«

Kirks Kinnlade klappte nach unten. »*Pille* wusste Bescheid?«

»Das Blut, die Knochenfragmente und Gewebespuren… Alles wies Ihr genetisches Muster auf. Aber an Bord des Schiffes gab es spezielle medizinische Abteilungen, zu denen auch ein komplett ausgestattetes Kloninglabor gehörte. McCoy nahm dies zum Anlass, nach Nährlösungen zu scannen, wie man sie verwendet, um geklonte Organe *in vitro* heranwachsen zu lassen. Er entdeckte entsprechende Rückstände und schloss daraus, dass das angebliche ›Beweismaterial‹ an Bord der *Heisenberg* hergestellt worden war.«

»Ich dachte, man hätte seinen Tricorder so programmiert, dass er falsche Ergebnisse liefert«, sagte Kirk. »Wie hätte Pille sonst davon überzeugt sein können, dass sich das Gewebe durch die Quantensignatur des anderen Universums auszeichnete?«

Spock antwortete sofort, was Kirk darauf hinwies, dass

der Vulkanier lange über diesen Punkt nachgedacht hatte. »Offenbar wurde das ganze Arbeitslager auf dem Asteroiden mit Materialien aus dem Paralleluniversum erbaut und versorgt. Einige dieser Komponenten haben den Replikatoren der *Heisenberg* vermutlich als Rohstoff gedient, um die Nährlösung und das Gewebe mit der richtigen Quantensignatur auszustatten.« Spock richtete einen durchdringenden Blick auf Kirk. »Warum wiesen Sie nicht darauf hin, dass Sie Captain Radissons Täuschungsversuch durchschaut haben?«

Kirk wollte sich nicht in die Defensive drängen lassen. »Warum haben *Sie* nichts gesagt? Warum hat Pille geschwiegen?«

»Und auch Captain Scott.«

Kirk hob verärgert die Hände und ließ sie wieder sinken. »Na schön. Sie drei. Warum haben Sie mich nicht darauf angesprochen?«

Spock wirkte fast zerknirscht. »Da sich Starfleet so große Mühe machte, Sie dazu zu bringen, Tiberius nicht weiter zu verfolgen… Wir glaubten, dass Starfleet Command gute Gründe dafür haben müsste. Wir hielten es für besser, wenn Sie nach Chal zurückkehren und dort ein glückliches Leben mit Teilani führen.«

»*Sie* glaubten, das sei besser für *mich?*«

Spock ging nicht auf die Frage ein. »Warum haben Sie darauf verzichtet, uns von Ihrem Verdacht zu erzählen?«

Kirk holte empört Luft, zögerte dann und begriff, dass er im gleichen Shuttle saß wie seine Freunde. »Ich… hielt es für besser, dass Sie Ihr Leben fortsetzen, ohne in etwas verwickelt zu werden, das…«

»Ich glaube, Dr. McCoy spricht in diesem Zusammenhang von ›verrückten Plänen‹.«

Kirk schnitt eine Grimasse, während er versuchte, das Verhalten seiner Freunde zu verstehen. »Sprecht ihr drei über mich, wenn ihr zusammen seid?«

Spock nickte. »Ja.«

Kirk seufzte. »Gibt es sonst noch etwas, das ihr mir vorenthalten habt?«

Kirk bemerkte, dass Captain Randle zu ihnen sah, während sie im Alkoven flüsterten. Er beugte sich näher zu Spock und sprach noch leiser.

»Projekt Zeichen besteht aus viel mehr als nur drei nicht existierenden Schiffen und einem ungewöhnlichen Captain.«

»Glauben Sie?«

»Nach den Ereignissen und meiner Rückkehr nach Chal…«, begann Kirk. »Während der ersten Wochen konnte ich mit meinen neuen Lungen und hiermit…« Er hob die Hände. »…nicht viel anfangen. Deshalb habe ich mir ein Starfleet-Computerterminal installieren lassen. Dem Quartiermeister gegenüber habe ich behauptet, ich wollte meine Memoiren schreiben.«

Spock hob eine Braue.

»In Wirklichkeit habe ich versucht herauszufinden, ob Radisson die Wahrheit sagte. Insbesondere in Bezug auf Duplikate aus dem Paralleluniversum, die den Platz von etwa hundert Starfleet-Offizieren einnahmen.«

»Und?«

Es bereitete Kirk Unbehagen, über so seltsame Dinge zu reden. »Ich habe Hinweise auf dreiundzwanzig Angehörige des Kommandostabs gefunden, die Schreibtischjobs im Hauptquartier hatten und plötzlich ihre Versetzung zur Front im Krieg gegen das Dominion beantragten. Anschließend starben sie alle bei der Zerstörung von nur vier Schiffen. Leichen wurden nicht gefunden.«

»Die Verluste sind recht hoch gewesen, und für gewöhnlich machen die Jem'Hadar keine Gefangenen.«

»Spock«, flüsterte Kirk, »warum sollten sich zwei

Admiräle, ein Flottenadmiral und ein Fleet Captain an Bord *eines* Shuttles befinden? Alles deutet darauf hin, dass Starfleet gewisse Leute verschwinden lassen musste. Man wählte bereits zerstörte Schiffe, manipulierte die Crewlisten und fügte ihnen die Namen der betreffenden Offiziere hinzu.«

Erneut wölbte Spock eine Braue, und jetzt zeigten sich auch Hinweise auf Besorgnis in seinem Gesicht. »Wollen Sie damit andeuten, dass Starfleet Duplikate aus dem Paralleluniversum ermordet, Jim?«

»Natürlich nicht. Aber ich vermute, dass Starfleet solche Duplikate identifizierte – zum Beispiel die von mir genannten dreiundzwanzig Offiziere – und sie an einem sicheren Ort unterbrachte. Um ihre plötzliche Abwesenheit zu erklären, wurden die Aufzeichnungen manipuliert und ihre Namen denen der Gefallenen hinzugefügt.«

Spock presste die Fingerspitzen aneinander und überlegte. »Die echte Admiralin Nechajew befand sich im Arbeitslager – in ihrem Fall waren also keine Erklärungen für ihr Fehlen notwendig. Nach der Rettung kehrte sie einfach an ihren Platz zurück; nur wenige Personen wissen, was geschehen ist.«

»Einige andere Offiziere hatten nicht so viel Glück«, sagte Kirk düster.

»Wenn Projekt Zeichen solchen Einfluss entfalten kann, um Aufzeichnungen zu manipulieren, Schiffe zu verbergen…«

»Und uns zu bedrohen. Es ist mir noch immer ein Rätsel, weshalb wir uns so einfach fügten.«

Spock nickte. »Vor der Hochzeitszeremonie richtete Teilani ähnliche Worte an uns.«

Kirks Herzschlag setzte kurz aus, als er an die Frau dachte, die er liebte. »*Sie* wusste davon?«

»Nein«, erwiderte Spock. »Zumindest kannte sie keine Details. Aber sie war Ihnen gegenüber sensibel genug, um Ihre emotionale Veränderung nach der Rückkehr aus der Diskontinuität zu spüren. Der Umstand, dass Sie ein Computerterminal installieren ließen, beunruhigte sie.«

Kirk sehnte sich nach Teilanis Wärme und Weisheit. »Sie… hat mir nie etwas gesagt.«

»Ihr ging es wie uns«, entgegnete Spock. »Sie wollte Ihnen kein zusätzliches Leid bescheren.«

»Und wohin brachte sie das?«, fragte Kirk. »Oder uns? Wir hatten Geheimnisse voreinander. Wir haben so getan, als sei alles in Ordnung. Und letzten Endes…« Seine Stimme versagte plötzlich. »Vielleicht hat es Teilani das Leben gekostet.«

»Noch nicht«, wandte Spock ein. »Noch haben wir Zeit, etwas zu unternehmen.«

Kirk schüttelte den Kopf, als er sich in Verzweiflung zu verlieren drohte. »An Bord eines Raumschiffs auf dem Weg nach *Qo'noS?* Ohne eine Möglichkeit, mit Captain Radisson oder irgendeinem Verantwortlichen des Projekts Zeichen Kontakt aufzunehmen?«

»Unter uns gesagt, Jim: Ich glaube, wir haben genug Einfluss, um mit jedem in der Föderation Kontakt aufzunehmen.« Spock sah sich auf der Brücke um. »Starfleet hat dieses Schiff allein für den Transport eines Patienten zur Verfügung gestellt. Das ist ein Zeichen dafür, was wir im Verlauf der nächsten vier Tage erreichen können.«

Kirk nickte, und die Verzweiflung wich aus ihm, als er begriff: Sie konnten *tatsächlich* etwas unternehmen. »Sie haben Recht. Wir kennen genug Leute im Hauptquartier. Wenn wir die richtigen Fragen stellen, und zwar laut genug, wenn wir das Projekt Zeichen und Captain Radisson bei nicht abgeschirmten Kom-Verbindungen erwähnen… Das sollte bei den zuständigen Personen Aufmerksamkeit erregen.«

»Vielleicht sehen wir uns dadurch bald auf einem Gefängnisasteroiden wieder.«

Trotz der Situation spürte Kirk, wie seine Lippen ein Lächeln formten. »Dann überlassen Sie das Reden mir. Sie, Pille und Scotty können mich später befreien.«

Spock erwiderte das Lächeln, auf seine eigene Art und Weise. »Wenn wir aus diesen Ereignissen etwas lernen sollten, so Folgendes: Gemeinsam sind wir stärker als jeder allein.«

Kirk nickte. Zusammen mit seinen Freunden konnte er alles erreichen. Vorausgesetzt sie hielten zusammen.

Auf eine sehr subtile Weise war es Hu-Lin Radisson fast gelungen, sie zu entzweien.

Fast.

»Fragen wir Captain Randle, ob wir uns seine Kommunikationskonsole ausleihen können«, sagte Kirk. Er verließ den Alkoven, gefolgt von Spock, um mit dem geradezu absurd jungen Captain zu reden, der jetzt auf der Kommandobank saß.

Erstaunlicherweise stand Randle sofort auf und schien noch nervöser zu sein als vor fünf Minuten. »Äh, Dr. McCoy hat sich aus der Krankenstation gemeldet, während Sie miteinander sprachen. Er lässt Ihnen mitteilen, dass sich Ihre Frau wieder in der Stasis befindet. Er führt jetzt Spektralanalysen durch und müsste die Ergebnisse in etwa zehn Minuten haben.«

»Gut«, sagte Kirk. »Danke. Wir würden jetzt gern einige persönliche Gespräche mit Starfleet Command führen. Es wäre sehr nett von Ihnen, wenn Sie Ihren Kommunikationsoffizier anweisen könnten, eine entsprechende Kom-Station für uns vorzubereiten.«

»Ich würde Ihnen gern einen solchen Gefallen erweisen, Captain Kirk und Botschafter Spock. Aber leider wurde für uns Kom-Stille angeordnet.«

»Wann?«, fragte Kirk überrascht.

»Vor rund fünf Minuten. Direkter Befehl von Starfleet Command.« Randle streckte die Hand aus und drehte die Kommandokonsole. Auf dem Display sah Kirk die Insignien des Starfleet-Hauptquartiers.

»Na schön«, sagte Spock ruhig. »Hiermit verweise ich auf meinen diplomatischen Status und ersuche Sie um die Möglichkeit, mich mit der vulkanischen Botschaft auf der Erde in Verbindung zu setzen.«

Randle schluckte. »Es tut mir sehr Leid, Botschafter, aber… es handelt sich um eine Kommunikationssperre der Klasse Vier. Ausnahmen sind nicht zulässig.«

Es fiel Kirk immer schwerer, sich zu beherrschen. »Klasse Vier ist eine Kriegszonen-Klassifizierung. Wir befinden uns nicht einmal in der Nähe der cardassianischen Grenze.«

»Captain Kirk, meine Befehle sind eindeutig. Wir dürfen mit niemandem Kontakt aufnehmen. Und es ist uns verboten, Kom-Signale zu beantworten – es sei denn, der richtige Klasse-Vier-Code wird übermittelt.«

Tief in seinem Innern wusste Kirk, dass es nicht Randles Schuld war. Gleichzeitig fragte er sich, ob die von Scotty installierten Fernsteuerungskomponenten noch an Bord waren. Wenn er die *Sovereign* lange genug unter seine Kontrolle brachte, um einen Kontakt mit den richtigen Leuten im Starfleet-Hauptquartier herzustellen…

»Captain Randle!«, rief der bolianische Sicherheitsoffizier der *Sovereign* laut genug, um die Aufmerksamkeit aller Brückenoffiziere zu erregen. »Wir empfangen eine Klasse-Vier-Mitteilung.«

Randle wandte sich an Kirk. »Wenn es Starfleet Command ist, bitte ich um eine Ausnahme in Ihrem Fall.«

»Wenn es Starfleet Command ist, bitte ich selbst darum«, erwiderte Kirk.

Randle sah zu dem blauhäutigen Sicherheitsoffizier

und wandte sich dann erneut an Kirk. »Äh, die Vorschriften verbieten, dass sich Passagiere während des Empfangs von Klasse-Vier-Mitteilungen auf der Brücke befinden.«

Kirk antwortete nicht. Er sah Randle an und gab dem jungen Captain zu verstehen, dass es nur eine Möglichkeit gab, ihn von der Brücke zu verbannen: Man musste ihn vorher mit einem Phaser betäuben.

Randle richtete einen fast flehentlichen Blick auf Spock.

»Angesichts der ungewöhnlichen Umstände Ihrer derzeitigen Mission«, sagte der Vulkanier, »ist es logisch anzunehmen, dass die Mitteilung in irgendeiner Weise Captain Kirk betrifft.«

Randle nickte erleichtert. »Nun, es liegt mir fern, den logischen Schlussfolgerungen eines Vulkaniers zu widersprechen.«

»Lobenswert«, kommentierte Spock.

»Auf den Schirm«, sagte Randle.

Kirk drehte den Kopf rechtzeitig, um zu sehen, wie die während des Transits mit Warp 9,3 vorbeiziehenden Sterne aus dem Projektionsfeld verschwanden. Ersetzt wurden sie durch...

»Hier spricht Captain Picard von der U.S.S. *Enterprise.* Ich habe eine dringende Nachricht für... Ah, Captain Kirk, ich habe nicht damit gerechnet, Sie auf der Brücke zu sehen.«

Randle trat nervös einen Schritt vor. »Wenn es den Captain nicht betrifft... Er und Botschafter Spock wollten gerade...«

»Oh, es geht um ihn. Captain Kirk, Botschafter Spock – ich bringe eine Nachricht von einem gemeinsamen Freund.«

»Hu-Lin Radisson«, sagte Kirk.

Picard nickte, und selbst Kirk konnte sein Unbehagen erkennen.

»In fünf Minuten ist die *Enterprise* bis auf Transporterreichweite heran. Bitte halten Sie sich für den Transfer in Bereitschaft.«

»Tut mir Leid, Jean-Luc«, erwiderte Kirk. »Ich habe nicht die Absicht, Teilani allein zu lassen.«

»Nicht einmal dann, wenn Sie ihr das Leben retten könnten?«

»Ich bin in fünf Minuten bei Ihnen«, sagte Kirk.

14

Picard sah, wie Kirk im Beobachtungsraum zum großen Bildschirm blickte. Es erstaunte ihn, dass Kirk nicht überrascht war.

»Wann wurde das aufgezeichnet?«, fragte Kirk.

»Vor drei Monaten.«

Als die Aufzeichnung zum Beginn zurückkehrte, wandte sich Kirk vom Schirm ab und sah über den Konferenztisch hinweg zu den *Enterprise*-Modellen. Picard musterte ihn, aber seine Gedanken blieben ihm ebenso verborgen wie die von Spock, der neben Kirk saß.

»Zu jenem Zeitpunkt befand ich mich auf Chal«, sagte Kirk.

»O ja, das wissen wir.«

»Wir?«, wiederholte Kirk. Sein Lächeln wirkte ein wenig zu spröde auf Picard.

»Starfleet«, erklärte der Captain der *Enterprise.*

»Nicht das Projekt Zeichen?«

Picard zögerte. Kirk war während seiner ganzen beruflichen Laufbahn ein Rebell gewesen. Außerhalb der Reichweite von Starfleet Command hatte er Befehle infrage gestellt oder sie so ausgelegt, wie es ihm passte. Jetzt stand für ihn persönlich mehr auf dem Spiel als jemals zuvor, was bedeutete: Die Bedeutung irgendwelcher Starfleet-Direktiven schrumpfte für Kirk auf Null.

»Ich muss ganz offiziell darauf hinweisen, dass wir den ausdrücklichen Befehl erhielten, nicht über diese Angelegenheiten zu sprechen.«

»Ganz offiziell? Zeichnen Sie diese Besprechung auf?«, fragte Kirk.

»So ist es üblich«, sagte Picard.

Kirk sah sich im Beobachtungsraum um und schien nach verborgenen visuellen Sensoren Ausschau zu halten. »Projekt Zeichen, Projekt Zeichen, Projekt Zeichen.«

Picard rieb sich den Nacken. *Er hat also beschlossen, auf stur zu schalten.*

»Wussten Sie, dass Captain Radisson gar nicht existiert?«, fragte Kirk in einem herausfordernden Tonfall. »Und ihr Schiff mit all den holografischen Wundern... Es gibt keine Aufzeichnungen. Es wurde nie gebaut. Ebenso wenig wie die anderen Schiffe des wissenschaftlichen Konvois.«

»Captain... *Jim*... Dies ist eine ernste Sache.«

Kirks Faust knallte laut genug auf den Tisch, um Picard zusammenzucken zu lassen. »Glauben Sie vielleicht, das wüsste ich nicht?«, erwiderte er gefährlich ruhig und deutete dann zum Schirm. »Sollte ich davon überrascht sein?«

»Ich wäre überrascht gewesen«, sagte Picard, und das entsprach durchaus der Wahrheit.

Der Bildschirm zeigte erneut den Beginn der Aufzeichnung. Die Bilder stammten von einem Sicherheitsscanner beim Starfleet-Archivannex auf Pluto. Der kleine Planet war im Sol-System vielleicht einer der sichersten Orte für die langfristige Lagerung historischer Daten. Pluto hatte einen gefrorenen Kern, was bedeutete, dass keine geologische Aktivität existierte. Und wenn sich die Sonne in Äonen zu einem roten Riesen aufblähte, so dehnte sich der sterbende Stern nur bis zur Marsbahn aus.

In jener fernen Zukunft würde solares Feuer alles Leben und alle Spuren der menschlichen Existenz von den inneren Planeten und ihren Monden tilgen. Doch tief in den Höhlen von Pluto würden Aufzeichnungen das Chaos überdauern. Vielleicht teilten die Daten den Nachfahren der Menschheit mit, woher ihre Vorfahren vor Milliarden von Jahren gekommen waren. Aber möglicherweise beschränkte sich ihre Bedeutung auch nur auf die von amüsanten Artefakten für ein jüngeres Volk von raumfahrenden Archäologen, für die die Menschen ein Mythos waren.

Hier und heute stellte sich nur eine Frage: Wie hatte James T. Kirk die scharfen genetischen Identifizierungskontrollen auf Pluto passieren können, um Zugang zu seinen persönlichen Logbüchern zu bekommen, während James T. Kirk hunderte von Lichtjahren entfernt ein Holzhaus auf Chal baute?

»Es handelt sich natürlich um Tiberius«, sagte Kirk mit Nachdruck. »Radisson log, als sie behauptete, er sei ums Leben gekommen. Sie zeigte uns falsche Beweise.«

Es erstaunte Picard, dass Kirk die Wahrheit herausgefunden hatte. Während seiner eigenen geheimen Besprechung mit Radisson hatte Picard den Eindruck gewonnen, dass ihre Geschichte zu glatt war und dass man ihm wichtige Informationen über Tiberius' Schicksal vorenthielt. Allerdings hatte sich ihm dabei der Vorteil geboten, dass er das Gespräch gründlich analysieren und anschließend mit seinen Offizieren diskutieren konnte. Dazu war Kirk nicht in der Lage gewesen.

Doch dann erinnerte sich Picard, dass seine eigene Präsenz an diesem Ort mit einer Starfleet-Mission in Zusammenhang stand, an der Kirk nicht beteiligt werden durfte. Seine Mitwirkung wäre zu persönlich gewesen und viel zu unberechenbar.

»Zwar kann ich Captain Radissons Methoden nicht unbedingt gutheißen«, sagte Picard mit fester Stimme, »aber ich verstehe, warum sie es für erforderlich hielt, zu solchen Maßnahmen zu greifen.«

»Erklären Sie es mir«, sagte Kirk.

»Die Untersuchungen in Hinsicht auf die Welt hinter

dem Spiegel gehören zu den wichtigsten und kritischsten Starfleet-Operationen. Überall könnte es Duplikate geben. Alle Informationen müssen streng geheim bleiben. Andernfalls...«

»Andernfalls könnten Unschuldige sterben?«, fragte Kirk.

Die Bitterkeit in Kirks Stimme blieb nicht ohne Wirkung auf Picard. »Jim, bitte. Ich kann Ihnen gar nicht sagen, wie Leid mir tut, was mit Teilani geschehen ist. Es stimmt, das Projekt Zeichen befürchtete, Tiberius könnte nach Chal kommen, aber um ganz ehrlich zu sein: Die größte Sorge des Projekts bestand darin, dass er es irgendwie fertig brächte, *Ihren* Platz einzunehmen. Deshalb waren bei Ihrer Hochzeit so viele Sicherheitswächter zugegen. Um Ihrem Verschwinden vorzubeugen. Nicht um einen Anschlag auf Ihre Frau zu verhindern.«

»Das ist unlogisch«, sagte Spock.

Die Direktheit des Vulkaniers verblüffte Picard. »Bei allem Respekt, Botschafter Spock – ich bin anderer Ansicht. Captain Kirk hat praktisch unbegrenzten Zugang zu allen Ebenen von Starfleet Command. Vermutlich wäre jeder Führungsoffizier – *jeder* Offizier – bereit, ihm einen Gefallen zu erweisen und Informationen zu geben. Wenn es Tiberius gelänge, an Jims Stelle zu treten, so könnten sich katastrophale Folgen daraus ergeben.«

»Alle Ihre Worte entsprechen der Wahrheit«, stellte Spock fest.

Picards Verwirrung wuchs. »Dann verstehe ich nicht, warum Sie Einwände erheben.«

»Wenn Tiberius Jims Platz einnähme, so müsste ge-rade seine Frau den Unterschied bemerken. Wenn etwas in meiner Absicht läge, würde ich zunächst [illegible] Risiko eliminieren und Teilani aus dem Weg scha[illegible]

Picard zögerte, als er sah, wie Schmerz dur[illegible]

Miene huschte. Spock hatte Recht. Er fragte sich, warum Starfleet diesen Punkt nicht berücksichtigt hatte. »Ich kann nur das wiederholen, was mir Radisson während unseres Gesprächs mitgeteilt hat«, sagte er langsam.

Kirk schob seinen Sessel zurück, stand auf und begann mit einer unruhigen Wanderung durch den Beobachtungsraum. Er hatte es nie lange ausgehalten, tatenlos zu bleiben, wusste Picard.

»Ich bin nicht hierher gekommen, um mit Ihnen zu streiten, Jean-Luc«, sagte Kirk. »Sie haben angedeutet, ich könnte dabei helfen, Teilani zu retten. Was wissen Sie?«

Picard deutete zum Bildschirm. Der sich als Kirk ausgebende Tiberius passierte gerade erneut die Identifizierungsstation. »Tiberius hat es auf etwas in unserem Universum abgesehen.«

»Auf die *Enterprise*, soweit ich weiß.« Kirk blieb vor der Vitrine mit den Modellen stehen.

Picard schüttelte den Kopf. »Captain Scott hat in dieser Hinsicht einen ziemlich deutlichen Standpunkt vertreten. Im Hauptquartier glaubt man inzwischen, dass ein so großer Transporter nicht gebaut werden kann. Der Zweck des angeblichen Transferapparats ist nach wie vor unbekannt.«

Die nächsten Worte Spocks veranlassten Picard zu einer Entscheidung, die nicht unbedingt den Vorschriften entsprach.

»Vor der Neutralisierung des Apparats habe ich einen Transportereffekt festgestellt«, sagte Spock.

»Computer, Aufzeichnung unterbrechen. Autorisierung Picard.«

»Aufzeichnung unterbrochen«, erklang die Stimme des Computers.

»Jim, ich glaube, Sie haben schlechten Einfluss auf mich«, sagte Picard nicht ganz ernst. »Ich glaube, ich sollte Ihnen etwas mitteilen.«

»Geht es dabei um etwas, das Sie mir eigentlich nicht mitteilen sollten?«

Picard trommelte mit den Fingern auf den Tisch. »Es besteht ein allgemeines Verbot, über das Projekt Zeichen und den letzten Einsatz der *Enterprise* zu sprechen. Aber dies… Wissen Sie, dass die *Enterprise* in dem Apparat erheblich beschädigt wurde?«

Kirk nickte und wandte sich von der Vitrine ab. »Scotty hat etwas davon gehört, konnte jedoch keine Einzelheiten in Erfahrung bringen.«

Picard dachte nicht gern daran, was er an jenem Tag gesehen hatte. Die schrecklichen Löcher in seinem Schiff, die Schmach, es von Schleppern aus der Goldin-Diskontinuität ziehen zu lassen, bis zur San Francisco-Raumwerft… »Leistungsstarke Transporter wurden verwendet, um wichtige Komponenten aus dem Schiff zu entfernen. Die zentralen Computerverbindungen, einer der primären Speicherkerne, medizinische Ausrüstung, die gesamte Warptechnik aus zwei Shuttles, Quantentorpedos… Auch mein Sessel.«

»Das erklärt die von mir ermittelten Sensordaten«, sagte Spock.

Kirk trat zu einem Fenster, blickte ins All und beobachtete vorbeiziehende Sterne. »Klingt ganz so, als hätte Tiberius auf der anderen Seite ein Schiff gebaut, das es auszurüsten galt.«

Picard erhob sich ebenfalls. »So lautet die wahrscheinliche Erklärung«, sagte er und strich seine Uniformjacke glatt. »Wir wissen, dass die technische Entwicklung des Paralleluniversums in den meisten Bereichen hinter der unsrigen zurückliegt. Ein Ergebnis der vielen Kriege. Die aus der *Enterprise* entfernten Komponenten zeichneten sich durch besonders hoch entwickelte Technik aus.« Picard fühlte sich noch im persönlich verletzt durch das, was mit seinem S geschehen war. Doch Kirks Tonfall wies dara dass er sich kaum für Maschinen und dergleichen interessierte.

»Haben Sie eine Ahnung, worauf es Tiberius jetzt abgesehen haben könnte?«, fragte Kirk.

Picard schritt um den Tisch herum und blieb neben dem anderen Captain am Fenster stehen. »Er sucht nach Informationen. Über Sie.«

Kirk drehte sich abrupt um. Die letzten Worte *hatten* sein Interesse geweckt.

»Und zwar im Zusammenhang mit der frühen Phase Ihrer beruflichen Laufbahn«, fügte Picard hinzu. »Auf Pluto sah er sich Ihre persönlichen Logbücher der ersten Fünf-Jahres-Mission an.«

Kirk runzelte die Stirn und dachte nach. »Ich… habe keine Ahnung, warum sie eine Rolle für ihn spielen sollten. Technische Hinweise befinden sich vor allem in Spocks wissenschaftlichen Logbüchern oder Scottys Aufzeichnungen. Außerdem: Vor hundert Jahren gab es noch weitaus mehr Ähnlichkeiten zwischen den beiden Universen. Die wissenschaftlichen und technischen Entwicklungsniveaus waren praktisch gleich. Ich bezweifle also, ob es damals irgendeine wichtige Komponente gab, die nicht auch in der Welt hinter dem Spiegel existierte.«

Kirk und Picard standen nebeneinander am Fenster. »Zu diesem Schluss ist auch Captain Radisson gelangt«, sagte Picard. »Und deshalb brauchen wir Ihre Hilfe.«

»Daran hätte Captain Radisson vor acht Monaten denken sollen, als ich ihr Hilfe anbot.«

»Sie bedauert jene Entscheidung ebenso wie ich«, erwiderte Picard. »Jetzt haben Sie beide die Chance, den Fehler zu korrigieren.«

»Was erwartet Captain Radisson von mir?«, fragte Kirk. »Und wie soll es Teilani helfen?«

Picard hatte gehofft, dass Kirk mit der zweiten Frage bis zum Schluss wartete. Er machte so weiter, wie Radisson es ihm nahe gelegt hatte.

»Das Projekt Zeichen hat während der letzten sechs Monate Tiberius' Bewegungen in unserem Universum verfolgt, allerdings immer mit einer gewissen zeitlichen Verzögerung. In seinen Aktivitäten lässt sich leider kein Muster erkennen.«

»Welche Aktivitäten meinen Sie?«

»Genau in dieser Hinsicht brauchen wir Ihre Hilfe. Bei allem, was er unternimmt, scheint es einen Zusammenhang mit Ihnen zu geben. Wir brauchen Sie, um seine Aktionen zu analysieren – vielleicht sind Sie imstande, ein Muster zu erkennen. Und wenn das der Fall ist… Dann können Sie vielleicht vorhersehen, wo er als nächstes erscheinen wird. Was uns in die Lage versetzt, ihn zu schnappen.«

Kirks Gesicht blieb so ausdruckslos wie das eines Vulkaniers und verriet Picard nicht, was er von diesem Plan hielt. »Und Teilani?«

»Nun, sobald wir Tiberius haben, können wir herausfinden, was er mit ihr angestellt hat. Das gibt uns einen guten Ansatzpunkt, um sie ins Leben zurückzuholen.« Picard richtete einen hoffnungsvollen Blick auf Kirk. »Es ist eine gute Gelegenheit.«

Kirk wandte sich wieder den Sternen zu. »Es bleiben Teilani noch fünf Tage, höchstens sechs. Anschließend würde es nicht einmal helfen, wenn uns Tiberius das Gegenmittel mit einer Gebrauchsanweisung gäbe.«

»Aber… sie befindet sich doch in medizinischer Stasis, oder? Das sollte ihren Zustand monatelang stabilisieren.«

Kirk schüttelte nur stumm den Kopf; er schien seiner Stimme nicht zu trauen.

Spock stand auf. »Teilani hat eine einzigartige Physiologie«, erklärte er. »Sie widersetzt sich der Stasis.«

»Das… wusste ich nicht«, erwiderte Picard entsetzt. »Und ich bin sicher, auch Captain Radisson wusste nicht darüber Bescheid.«

»Das bezweifle ich.« Kirk klopfte mit den Fingerknöcheln ans Fenster. »Jean-Luc, wie bringt Tiberius es fertig, ständig unterwegs zu sein, ohne dass ihn die Leute überall für mich halten?«

Picard kannte die Antwort und erinnerte sich daran, dass die Aufzeichnung noch immer unterbrochen war. »Ganz unter uns…«, sagte er und beobachtete, wie Kirk dem Vulkanier einen Blick zuwarf.

»Wem sollte ich etwas verraten?«, fragte Kirk dann.

Picard sah in diesen Worten das Versprechen, alles vertraulich zu behandeln. »Aufgrund der Transfer-Ereignisse bei *Deep Space 9* wissen wir, dass die Allianz einen multidimensionalen Transporter entwickelt hat. Mit entsprechenden Zusatzgeräten lässt sich ein gewöhnlicher Föderationstransporter so umrüsten, dass sich der Effekt ergibt, den Sie damals auf Halkan entdeckt haben. Wir glauben, dass Tiberius im Paralleluniversum einen bestimmten Ort aufsucht, sich von dort aus in unsere Realität beamt, seine Angelegenheiten erledigt und anschließend auf dem gleichen Weg zurückkehrt.«

Kirk nickte und wirkte noch immer seltsam unbeteiligt. »Auf diese Weise brachten mich Intendant Spock und Kate Janeway auf die andere Seite des Mondes, als uns Soldaten der Allianz verfolgten. Allerdings führten sie keine multidimensionalen Gerätekomponenten bei sich.«

»Leider verfügen wir noch nicht darüber. Aber inzwischen haben wir eine ziemliche genaue Vorstellung davon, wie so etwas funktioniert, und deshalb sollten wir in der Lage sein, bald einen solchen Apparat zu konstruieren.«

Picard begegnete Kirks fragendem Blick.

»Sie sprechen dauernd von ›wir‹…«, sagte Kirk. »Gehören Sie dazu? Zum Projekt Zeichen?«

Picard schüttelte den Kopf. »Ich bin nur ein Kurier.«

»Eigentlich wissen Sie also gar nicht, was vor sich geht?«

Picard spürte Kirks Ärger. Er ahnte seinen Schmerz angesichts der Gefahr, Teilani zu verlieren, und er versuchte, diesen Umstand zu berücksichtigen. Andererseits musste er sich an seine Anweisungen halten. »Jim, mit meinen nächsten Worten betrete ich keine Grauzone in Bezug auf mögliche Interpretationen meiner Order. Ich verstoße direkt gegen die Befehle, die ich erhalten habe. Aber meiner Ansicht nach lässt sich das nicht umgehen.« Picard straffte die Schultern, strich erneut seine Jacke glatt und fuhr in einem förmlicheren Tonfall fort: »Wenn Sie nicht zur Kooperation mit dem Projekt bereit sind, nimmt man Sie in Schutzhaft, bis Tiberius gefangen oder tot ist.«

Aber er hatte vergessen, dass Spock immer in der Lage gewesen war, ihn an Förmlichkeit zu übertreffen. »Das ist eine eklatante Verletzung des Föderationsprinzips der persönlichen Freiheit. Eine derartige Maßnahme kann unmöglich den rechtlichen Schritten standhalten, die ich dagegen einleiten werde.«

»Darauf habe ich Captain Radisson hingewiesen«, entgegnete Picard. »Sie gab mir folgende Antwort: Indem Jim frei bleibt und durch Tiberius ersetzt werden kann, stellt er eine beträchtliche Gefahr für die Sicherheit der Föderation dar. Das rechtfertigt die Schutzhaft.«

Damit war der Augenblick gekommen, den Picard gefürchtet hatte. Er wandte sich an Kirk. »Ich brauche eine Antwort von Ihnen, Captain. Ja oder nein?«

Kirk musterte ihn so, als wartete er noch auf etwas. »Das sind nicht die einzigen Alternativen.«

Warum überrascht es mich nicht, dass er so etwas sagt? dachte Picard. Doch diesmal gab es keinen Ausweg für Kirk. »Unglücklicherweise sind es die Einzigen, soweit es Starfleet betrifft.«

Kirk schien nicht zu begreifen, welche Konsequenzen er herausforderte. Verblüfft hörte Picard, wie dieser Mann selbst eine Art Ultimatum stellte.

»Teilen Sie den Verantwortlichen des Projekts Zeichen mit, dass ich Tiberius unschädlich machen *kann.* Ich bin in der Lage, die Sicherheit der Föderation zu gewährleisten. Aber dazu muss das Projekt *meine* Bedingungen akzeptieren. Weisen Sie darauf hin, dass es keinen Sinn hat, mir mit irgendetwas zu drohen, denn das Schlimmste ist bereits geschehen.

Wenn Teilani wegen der Untätigkeit des Projekts oder Starfleets stirbt, so werde ich mich Tiberius anschließen und alles tun, um die Föderation in den Ruin zu treiben.

Sagen Sie den Verantwortlichen, dass *ich ihre* Antwort erwarte. Ja. Oder nein.«

15

Dr. M'Benga, nehme ich an?« – M'Benga sah von ihrem Schreibtisch in der Krankenstation auf, um die abgedroschenen Worte mit einem müden Lächeln zu beantworten.

Eine Sekunde später blinzelte sie überrascht, und das Lächeln wurde aufrichtig. »Captain Kirk?«

James T. Kirk hob den Zeigefinger an die Lippen. »Ich bin inkognito unterwegs«, sagte er leise. Wie um seine Worte zu unterstreichen, öffnete er eine Seite des vulkanischen Kapuzenmantels und zeigte die zivile Kleidung darunter.

M'Benga wusste nicht, was sie von Kirks Erscheinen und seiner Aufmachung halten sollte, aber sie freute sich über das Wiedersehen. Zum letzten Mal waren sie sich vor zwei Jahren auf Chal begegnet.

»Müssen Sie sich in der Krankenstation verstecken?«, flüsterte sie verschwörerisch.

»Ich glaube, hier bin ich sicher.« Kirk sah sich so in der Krankenstation um, als hielte er nach einer bestimmten Sache Ausschau. »Es überraschte mich festzustellen, dass Sie nach *DS9* versetzt worden sind.«

M'Benga rückte die Handcomputer auf ihrem Schreibtisch zurecht und hatte die Verwirrung angesichts des unerwarteten Besuchs noch immer nicht ganz überwunden. »Nun, die ganze Crew, Barc, Pini und die anderen… Wir waren sicher, dass Christine keine Verurteilung durch das Kriegsgericht zu befürchten brauchte. Also entschieden wir uns gegen den Dienst an Bord von

Raumschiffen – um bereit zu sein, wenn sie ihr neues Kommando erhält.«

Kirk hatte die visuelle Überprüfung der Krankenstation beendet und sah M'Benga wie eine vor langer Zeit verlorene Tochter an. »Sie ließ die *Tobias* explodieren. Und ich weiß, wie sehr sie jenes Schiff liebte.«

M'Benga nickte. »Die Jem'Hadar haben uns nur deshalb nicht vernichtet, weil sie glaubten, wir hätten ein Borg-Artefakt an Bord. Darauf hatten sie es abgesehen. Sie brachten uns in arge Bedrängnis. Wir verloren unsere Schilde und mussten den Warpkern ausschleusen.«

»Sie sind den *Jem'Hadar* entwischt?« Kirk klang wirklich beeindruckt. Er nahm auf der Schreibtischkante Platz, als wollte er längere Zeit mit M'Benga plaudern.

»Captain MacDonald brachte uns in Sicherheit. Sie verhandelte mit dem Gegner. Vermutlich befand sich ein Vorta an Bord eines der Jem'Hadar-Schiffe. Andernfalls wären Verhandlungen wohl kaum möglich gewesen.«

M'Benga legte eine Pause ein, aber Kirk wirkte so interessiert, dass sie fortfuhr: »Nun, Christine brachte die Jem'Hadar dazu, ihr zu erlauben, die Crew mit den Shuttles starten zu lassen. Wahrscheinlich dachten die Soldaten des Dominion, sie später erwischen zu können. Und dann...« M'Benga lächelte, als sie sich an Christines Unverfrorenheit erinnerte. »Dann senkte sie die letzten Schilde, brachte das Schiff in Andock-Reichweite, damit die Frachtshuttles der Jem'Hadar unseren Hangar erreichen konnten...« M'Benga lachte leise. Es erschien ihr absurd, diese Geschichte ausgerechnet James T. Kirk zu erzählen. »Als das Enterkommando eintraf, fand es niemanden an Bord. Christine hatte sich von der Brücke gebeamt, und es fehlten nur noch wenige Sekunden bis zum Ende der Selbstzerstörungssequenz.«

»Knappe Sache«, sagte Kirk, und M'Benga hörte Bewunderung in seiner Stimme. »Was geschah dann?«

»Die Explosion der *Tobias* vernichtete fünf Angriffsschiffe der Jem'Hadar und einen Zerstörer.« M'Benga schwieg einige Sekunden lang. Es fiel ihr schwer zu glauben, dass seit jenem Tag fast ein Jahr vergangen war. Damals hatten sie und die übrigen Besatzungsmitglieder dem Tod ins Auge gesehen, doch Captain MacDonald war es gelungen, einen Ausweg zu finden und ihnen das Leben zu retten, wie es der Pflicht eines guten Raumschiff-Kommandanten entsprach. Aber so etwas gelang nicht immer. »Ich habe gehört, dass Starfleet Christine einen Orden verleihen will.«

»Ein Raumschiff wäre ihr lieber.«

»Oh, sie bekommt eins, früher oder später.« M'Benga musterte Kirk in seiner seltsamen Kleidung. »Ich möchte nicht unhöflich sein oder Ihre... geheime Mission gefährden, aber... *Warum* sind Sie hier?«

Kirk verließ seinen Platz auf der Ecke des Schreibtischs und wurde ernst. »Es handelt sich tatsächlich um eine Mission, Doktor. Und ich brauche... medizinische Hilfe.«

Wie ein Computerprogramm schaltete M'Benga in den professionellen Modus um. »Wie kann ich Ihnen zu Diensten sein? Soll ich Dr. Bashir Bescheid geben?«

»Nein. Bashir befindet sich nicht an Bord der Raumstation.«

Dieser Hinweis erstaunte M'Benga. Sie wusste, dass sich Julian einen Tag freigenommen und zusammen mit Major Kira und den O'Briens eine Holosuite gebucht hatte. »Ich glaube, er ist drüben bei Quark.«

»Nein«, widersprach Kirk, und sein Tonfall ließ keinen Platz für Zweifel. »Er erfuhr von einem medizinischen Notfall, zu dem es auf Bajor kam. Es ist besser, dass er nichts von meiner Anwesenheit erfährt.«

Dieser Hinweis erfüllte M'Benga mit Unbehagen. »Bei allem Respekt, Captain – er ist mein vorgesetzter Offizier, und ich muss alle medizinischen Aktivitäten in der

Krankenstation melden. Und Sie sind doch aus medizinischen Gründen hier, nicht wahr?«

»Ja. Es geht mir um einen vollständigen somatischen Scan auf molekularer Ebene, codiert auf eine temporalsensitive Transporter-ID-Spur.«

M'Benga fragte sich einige Sekunden lang, zu welchem Zweck ein derartiger Scan dienen mochte.

»Es ist ein ungewöhnliches Anliegen, nicht wahr?«, meinte Kirk.

»Darf ich mich nach dem Grund dafür erkundigen?«

»Identifizierung«, erklang eine neue Stimme.

Drei weitere Zivilisten hatten gerade die Krankenstation betreten: zwei Männer und eine Frau, alle in vulkanische Kapuzenmäntel gekleidet.

Der Mann, von dem das eine Wort stammte, schlug seine Kapuze zurück, und erneut blinzelte M'Benga überrascht. »Captain *Picard?*«

Picard hob wie zuvor Kirk den Zeigefinger an die Lippen.

»Ich habe sie bereits darauf hingewiesen«, sagte Kirk.

M'Benga starrte die vier Besucher an. »Sie sind *alle* inkognito?«

»Ja«, bestätigte Picard. »Ich muss zugeben, dass es ungewöhnlich ist. Aber Captain Kirk schätzt Sie sehr, und deshalb möchten wir Sie an unserem kleinen Unternehmen beteiligen.«

M'Benga spürte, wie sich Besorgnis in ihr regte. »Es handelt sich um ein Starfleet-Unternehmen, nicht wahr?«

»Natürlich«, erwiderte Picard in einem überzeugenden Tonfall. »Wir haben die richtigen Kommando-Protokolle, damit Sie unsere Autorität verifizieren können.«

M'Benga wusste, dass sie jetzt eigentlich sagen sollte: *Nein, schon gut. Ich vertraue den beiden berühmtesten Raumschiff-Kommandanten in der Geschichte von Starfleet.* Aber etwas hinderte sie daran, solche Worte zu formulieren. Das Mantra des Lebens in der Nähe von Bajor flüsterte in ihr: *Wir sind im Krieg. Die Gründer sind Gestaltwandler. Vertraue niemandem.*

»Danke«, sagte sie. »Unter den gegenwärtigen Umständen ist das notwendig.«

M'Benga sah, wie Picard und Kirk einen kurzen Blick wechselten, den sie nicht zu deuten vermochte.

Dann lächelte Picard und sagte: »Captain Kirk beschrieb Sie mir als jemanden, auf den man zählen kann. Es freut mich festzustellen, dass sein Vertrauen gerechtfertigt ist.«

Eine jähe Erkenntnis formte sich in M'Benga: Selbst wenn sie die Kommando-Protokolle überprüft, den vollständigen somatischen Scan durchgeführt und alle anderen Dinge erledigt hatte, die Picard und Kirk von ihr verlangen mochten – sie würde nicht erfahren, worum es bei ihrer Mission ging.

Der Mann und die Frau, die Picard begleiteten, schlugen ebenfalls ihre Kapuzen zurück. M'Benga kannte die Counselor der *Enterprise,* Deanna Troi, aber nicht den gertenschlanken Commander an Trois Seite.

Picard übernahm die Vorstellung. »Dr. Andrea M'Benga, ich glaube, Sie kennen Counselor Troi. Ich möchte Sie Commander Sloane vorstellen, dem Sicherheitsoffizier der *Enterprise.*«

M'Benga stand auf und schüttelte ihnen beiden die Hand. »Die Sloanes von Alpha Centauri?«, fragte sie den Commander mit einer gewissen Ehrfurcht. Er nickte so, als müsste er diese Frage jeden Tag mindestens ein Dutzend Mal beantworten. Nun, immerhin handelte es sich um einen der berühmtesten Namen in der Geschichte des Warp-Antriebs.

M'Benga räusperte sich. »Geben Sie mir die Protokolle. Und erklären Sie mir dann, was vor sich geht.«

Picard holte einen isolinearen Chip hervor und reichte ihn der Ärztin. Als M'Benga damit zur Kommunikationskonsole ging, fiel ihr auf, dass Commander Sloane die Krankenstation mit einem Tricorder scannte, der doppelt so groß wirkte wie normale Geräte dieser Art. Eine ganze Seite glühte in einem warmen bronzefarbenen Ton.

Picard bemerkte ihren Blick. »Eine routinemäßige Sicherheitssondierung, Doktor«, erklärte er rasch. »Keine Sorge.«

»Oh«, erwiderte M'Benga und fühlte, wie ihre Unruhe wuchs. Sie schob den isolinearen Chip ins Lesegerät und gab ihren persönlichen Verschlüsselungscode ein. Das genügte, um ihr Zugang zur ersten Sicherheitsstufe des Chips zu gewähren, was ihr zumindest seinen Starfleet-Ursprung bestätigte.

Unterdessen zeigte Sloane Interesse an der Operationshaube in der Diagnosenische.

»Stimmt was nicht, Commander?«, fragte M'Benga.

»Haben Sie hier Probleme mit Diebstählen?« Sloane stellte die Frage wie beiläufig, aber M'Benga spürte sofort, dass mehr dahinter steckte.

»Nicht in dem Sinne. Vor einigen Tagen kam es zu einem Einbruch, aber es war keine sehr ernste Sache. Warum fragen Sie?«

»Aus keinem speziellen Grund.« Sloane wandte sich von der Ärztin ab und trat zu Picard. M'Benga stand an der Kom-Konsole und hörte, wie er Picard auf seine Absicht hinwies, mit dem Sicherheitsoffizier der Raumstation zu sprechen.

»Das ist Constable Odo«, sagte M'Benga, ohne gefragt zu werden.

»Ja, ich weiß«, erwiderte Sloane und verließ die Krankenstation.

Über fünf Minuten sprach M'Benga via Subraum-Kommunikation mit Starbase 210, und dabei stellte sich heraus, dass Picard gemäß dem ausdrücklichen Befehl von Admiral Phillip Tenn handelte. Der Admiral hatte Picards Anweisungen spezielle Order für M'Benga hinzugefügt, die das Verbot enthielten, irgendjemand an Bord der Raumstation auf ihre Zusammenarbeit mit Picard und seiner Gruppe hinzuweisen. Sie durfte weder Dr. Bashir noch Sisko oder sonst jemandem etwas verraten – es sei denn, die Sicherheit der Station oder ihrer Crew stand auf dem Spiel.

M'Benga schloss den codierten Kom-Kanal und wandte sich dann Kirk und Picard zu. »Was auch immer Sie vorhaben... Offenbar handelt es sich um etwas Ernstes.«

»Um etwas sehr Ernstes«, erwiderte Kirk, ohne Einzelheiten zu nennen.

M'Benga musterte die beiden Männer. »Ich habe wohl nicht viele Informationen von Ihnen zu erwarten, oder?«

Kirk und Picard schüttelten den Kopf.

M'Benga verschränkte die Arme und gab zu erkennen, dass sie ebenfalls wusste, wie man ein solches Spiel spielte. »Ein vollständiger somatischer Scan dauert bis zu zwei Stunden«, sagte sie. »Und er *kann* sehr invasiv sein, wenn Sie verstehen, was ich meine.« Sie legte eine Pause ein, um Kirk Gelegenheit zu geben, über die volle Bedeutung dieser unangenehmen Möglichkeit nachzudenken.

M'Benga beobachtete, wie Counselor Troi ein Lächeln zu verbergen versuchte. Offenbar hatte sie gerade amüsante emotionale Emanationen von Captain Kirk empfangen.

»Aber wenn ich den Zweck des Scans kenne...«, sagte M'Benga. »Dann bin ich vielleicht imstande, einige... Modifikationen an dem Verfahren vorzunehmen, damit es für alle Beteiligten angenehmer wird.«

Kirk reagierte auf die Herausforderung. »Mir steht eine Reise bevor.«

»Vorsichtig, Jim«, warnte Picard.

»Schon gut«, sagte Kirk. Und zu M'Benga: »Wenn ich

zurückkehre, möchte Captain Picard sicher sein können, dass ich noch immer… ich selbst bin.«

»Ich verstehe.« Kirks Situation wurde der Ärztin plötzlich klar. »Aber es gibt einfachere Methoden, um einen Gestaltwandler zu erkennen. Man nehme eine Blutprobe. Oder man justiere einen Phaser auf Stufe drei Komma fünf.«

Die stummen Blicke von Kirk, Picard und Troi wiesen M'Benga darauf hin, dass sie daneben getippt hatte. »Gestaltwandler haben mit dieser Sache nichts zu tun?«

Kirk schüttelte den Kopf. »Bitte stellen Sie keine weiteren Fragen.«

»Wie Sie meinen.« M'Benga schritt zur Diagnosenische. »Auf die Liege.«

Kirk zögerte verlegen. »Muss ich mich ganz ausziehen?«

»Das hängt davon ab, wie viel Kooperationsbereitschaft Sie als Patient zeigen.«

Kirk verstand die Drohung und eilte zur Nische.

»Wenn Sie etwas zu essen möchten – dort drüben steht ein Replikator«, teilte M'Benga Picard und Troi mit. »Es ist ein cardassianisches Gerät; erwarten Sie also nicht zu viel.«

»Schon gut«, erwiderte Picard. »Äh, wir können die Krankenstation nicht schließen, oder?«

Für M'Benga gab es klare Grenzen, die nicht überschritten werden durften. Sie war Ärztin, und es befanden sich mehr als tausend potentielle Patienten an Bord der Station. »Ausgeschlossen. Aber wenn Sie nicht gesehen werden möchten… Warten Sie im Operationsraum. Ich ziehe den Wandschirm vor die Diagnoseliege.«

»Das ist akzeptabel«, sagte Picard.

M'Benga ging in Richtung Nische, drehte sich dann noch einmal um. »Captain, Counselor… Weiß außer mir jemand, dass Sie hier sind?«

»Nein«, erwiderte Picard. »Aber nicht aus den Gründen, die Sie vermuten. Dies hat nichts mit dem Dominion zu tun. Und… Mehr darf ich Ihnen nicht anvertrauen.«

M'Benga ahnte, dass ihr die Besucher bereits mehr gesagt hatten, als sie eigentlich sollten, und deshalb begnügte sie sich mit Picards knapper Erklärung. »In einigen Minute kehre ich zurück, um Ihnen mitzuteilen, wie lange der Scan dauert.«

Picard dankte ihr, betrat dann zusammen mit Troi den Operationsraum.

M'Benga drehte den Kopf und sah, wie James T. Kirk auf der Liege saß und sie aufmerksam beobachtete.

Ich sollte den Patienten nicht warten lassen, dachte M'Benga.

Als sie zum Schrank ging, um die für den somatischen Scan notwendigen Instrumente zu holen, überlegte sie, vor wem sich Kirk und Picard versteckten. Wenn ihre Sorge nicht eventuellen Dominion-Spionen an Bord von *DS9* galt – wem dann?

Und warum gebe ich mich so bereitwillig mit sehr lückenhaften Erklärungen zufrieden? fragte sie sich.

Man hätte fast meinen können, dass sie daran gewöhnt war, Befehle zu befolgen, ohne über sie nachzudenken. Und M'Benga wusste, dass ein solches Verhalten für sie ganz und gar nicht typisch war.

Wenigstens hatte sie das bisher geglaubt.

»Befand sich ein Borg-Artefakt an Bord?«, fragte Kirk.

M'Benga sah erst nach einigen Sekunden von ihrem medizinischen Tricorder auf. »Hmm? Wie bitte?«

Kirk versuchte, sich nicht zu bewegen. Sprechen durfte er, hatte ihm M'Benga mitgeteilt; das störte den Scan nicht. »Das Etwas, auf das es die Jem'Hadar an Bord der *Tobias* abgesehen hatten. Angeblich glaubten sie an ein Borg-Artefakt. War es wirklich eins?«

»Oh, nein. Das Ding stammte nicht von den Borg. Wir

schickten die Sensor-Logbücher zur Starbase 324. Wie sich herausstellte, war es ein Pakled-Apparat, zusammengepfuschter Schrott. Schade, dass die Jem'Hadar den Kram nicht bekommen haben.«

Kirk beobachtete, wie M'Benga zur Konsole schritt, Schaltflächen berührte, erneut auf die Anzeigen des medizinischen Tricorders sah und wie bei einem ungezogenen Kind die Stirn runzelte.

»Sie erinnern mich an Ihren Urgroßvater«, sagte Kirk. »Er konnte sich ebenso wie Sie ein- und ausschalten. Totale Konzentration. Ich dachte immer, es hätte etwas mit seiner vulkanischen Ausbildung zu tun. Aber vermutlich lag es an ihm selbst.«

M'Benga sah auf. »Hmm?«

Kirk seufzte und schüttelte den Kopf. »Später.«

»Sie dürfen sprechen, aber nicht den Kopf bewegen«, mahnte die Ärztin.

»Wie Sie meinen, Pille.«

Das erregte ihre Aufmerksamkeit. M'Benga lächelte. »Hier nennt mich niemand so. Dr. Bashir... Er ist sehr ernst und korrekt.«

»Und auch sehr langweilig?«

M'Benga suchte nach den richtigen Worten. »Er ist aufrichtig. So lautet der richtige Ausdruck. Und er ist ein bemerkenswerter Heiler.«

Kirk erinnerte sich gerade noch rechtzeitig daran, nicht den Kopf zu bewegen. »Vor drei Jahren hat er mir das Leben gerettet.«

»Soweit ich weiß, hat ihm Admiral McCoy dabei geholfen.«

»Ein bisschen.«

»Wie geht es ihm?«

»Ich glaube, Dr. McCoy hat das maximale Alter für Menschen vor zehn Jahren erreicht. Seitdem wird er mit jedem Jahr jünger. Entweder das, oder in seinem Körper sind keine Originalteile mehr vorhanden.«

M'Benga lachte anerkennend. »Er ist ein Beispiel für uns alle. Und da wir gerade bei Originalteilen sind… Wann wurden Ihre Lungen ersetzt?«

»Sie können den Unterschied feststellen?«, fragte Kirk kummervoll. Er selbst spürte nur noch dann etwas, wenn er es mit körperlichen Anstrengungen übertrieb.

»Sie bestehen aus künstlichem Gewebe, was sich bei einem solchen Scan natürlich zeigt. Ich schätze, sie sind ein oder anderthalb Jahre alt.«

»Fast acht Monate.«

M'Benga pfiff leise durch die Zähne, griff nach oben und veränderte die Justierung der Operationshaube. Kirk wusste nicht, was sie anstellte. Die Vielzahl von cardassianischen Kontrollen und Displays war verwirrend. Ein oder zwei wusste er zu deuten. Aber bei dieser Fülle verlor er den Überblick.

»Sie integrieren sich erstaunlich schnell«, sagte die Ärztin. »Wo fand die Transplantation statt?«

Kirk dachte an die wahre Antwort auf diese Frage und begriff, dass er sie nicht geben konnte. »In einer experimentellen Klinik. Dort bekam ich auch neue Hände.«

M'Benga ließ den Tricorder sinken und starrte ihn groß an. »Ihre *Hände* wurden ersetzt?«

Kirk achtete auch diesmal das Bewegungsverbot und verzichtete darauf, die Hände zu heben. »Beide, ja. Ich… hatte einen Unfall. Erlitt schwere Verbrennungen. So schwere, dass die Hände nicht geheilt werden konnten.« Er unterbrach sich, als M'Benga auf die Hand hinabblickte, die ihr am nächsten war. Sie nahm eine Untersuchung mit dem Tricorder vor. »Na so was…«, staunte sie. »Ich habe überhaupt nichts bemerkt.« Sie sah ihn an. »Darf ich?«

»Bitte.« Kirk beobachtete, wie M'Benga vorsichtig seine Hand hob und die Finger bewegte. Sie wirkte sehr beeindruckt.

»Beide Operationen fanden am gleichen Tag statt, soweit ich weiß.«

»In welcher Klinik? Es wurde außergewöhnlich gute Arbeit geleistet.«

Kirk lächelte entschuldigend. »Ich bedauere sehr, aber das darf ich Ihnen leider nicht sagen.«

M'Benga richtete einen so durchdringenden Blick auf ihn, als hätte er ihre medizinische Autorität herausgefordert. »Hat es etwas mit der Sache zu tun, auf die Sie sich heute einlassen?«

»Ja.« Kirk dachte daran, wie sehr er M'Benga mochte. Als Mensch und als Ärztin. Sie verkörperte eine Rückkehr zur Zeit von Dr. McCoy und einer anderen, *persönlichen* medizinischen Fürsorge. Er hätte ihr gern von der *Heisenberg*, ihren überaus modernen medizinischen Einrichtungen und dem eigenwilligen MHN berichtet. Dass sein Schweigen sie ärgerte, konnte er gut verstehen.

Aber M'Benga war nicht nur eine gute Ärztin, sondern auch eine ausgezeichnete Starfleet-Offizierin, und deshalb fand sie sich – wenn auch widerstrebend – mit den Gegebenheiten ab. »Nun, wechseln wir das Thema. Wir geht's Teilani? Haben Sie inzwischen geheiratet?«

Kirk schloss die Augen.

»Lieber Himmel!«, entfuhr es M'Benga. »Ihr Blutdruck… Captain Kirk, es tut mir Leid. Was ist passiert? Geht es ihr gut?«

Verzweiflung erfasste Kirk, die gleiche Verzweiflung, gegen die er seit zwei Tagen ankämpfte, seit er das Ultimatum an Captain Picard und die Verantwortlichen des Projekts Zeichen gerichtet hatte. Ein Ultimatum, das erstaunlicherweise akzeptiert worden war.

Nach Auskunft von Picard hatte Captain Hu-Lin Radisson – die angeblich gar nicht existierte – Kirks »Antrag« genehmigt, sich selbst um Tiberius zu kümmern. Allerdings waren damit einige Bedingungen verknüpft, die Kirk entweder annehmen oder aber ablehnen konnte. Aber wenn er sich für eine Ablehnung entschied, so musste er mit einer längeren Haft rechnen.

»Sie stirbt«, sagte Kirk leise und öffnete die Augen.

Auf den ersten Blick sah er, dass M'Bengas Bestürzung nicht gespielt war. Den Kummer mit jemandem zu teilen, der Anteil nahm... Dadurch wurde er unerträglich.

»Darf ich fragen, was... passiert ist?«

Kirk glaubte nicht, dass die allgemeinen Details unter die von Radisson angeordnete Geheimhaltung fielen. Die anderen Dinge musste er verschweigen, aber wenigstens konnte er M'Benga von Teilani erzählen.

»Ein Mordversuch«, sagte Kirk angespannt. »Sie geriet mit einem Nervengift in Kontakt.«

Die Ärztin in M'Benga war nie weit entfernt. »Welche Art von Nervengift?«

»Das steht nicht genau fest. Es gibt einen Zusammenhang mit natürlichen Giften auf *Qo'noS*. Dorthin ist Teilani unterwegs. Um in einer speziellen Klinik auf der klingonischen Heimatwelt behandelt zu werden.«

»Befindet sie sich in Stasis?«

»Ja, aber ihr Körper widersetzt sich der Stasis. Dr. McCoy ist bei ihr und glaubt, dass ihr nur noch wenige Tage bleiben.«

M'Benga berührte Kirks Hand. »Das tut mir Leid. Sie war... sie *ist* eine wundervolle Person. Sie hat so viel für ihre Welt getan... und auch für Sie.«

Kirk nickte und wollte nicht noch mehr sagen.

»Das, was Sie und Captain Picard hierher führte... Hat es etwas mit Teilani zu tun? Mit Ihrem Unfall...?«

Kirk nickte, eine kurze Bewegung, die den Scan nicht störte.

»Versuchen Sie, die Verantwortlichen zu finden?«

Wieder ein knappes Nicken.

»Wenn ich Ihnen irgendwie helfen kann, wenn es

möglich ist, darüber zu reden, ohne Ihre geheime Mission zu gefährden…« M'Bengas Finger drückten kurz, und Kirk fühlte es, wenn auch nur schwach. »Der Scan dauert noch etwa neunzig Minuten. Wir haben genug Zeit, um miteinander zu sprechen.«

Kirk verdrängte zumindest einen Teil des Kummers und dachte über M'Bengas Angebot nach. Vielleicht gab es einen Weg. »Kennen Sie sich mit Nervengiften aus?«, fragte er.

»Mit den Nervengiften von Tieren? Ja. An Bord der *Tobias* habe ich viele von ihnen untersucht.«

Kirk holte tief Luft, bevor er die nächste Frage stellte. »Haben Sie jemals von einem Gift gehört, das mit einem Kratzer übertragen werden kann?«

M'Benga ließ den Tricorder sinken. »Viele Gifte können auf diese Weise übertragen werden. Infrage kommen Giftbeutel im Mund, Stachel, Drüsen unter dem Maul eines Tiers…«

»Nein, das meine ich nicht«, warf Kirk ein. »In diesem Fall befand sich das Gift auf dem Fingernagel eines Kinds. Ein zehnjähriger Junge umarmte Teilani und… kratzte sie am Nacken.« Kirk atmete noch einmal tief durch, um sich zu beruhigen. Er sah alles noch einmal vor dem inneren Auge. Während er beim Baumstumpf stand, ging der Junge die Verandatreppe hoch und…

Wenn er bei Teilani gewesen wäre, anstatt dem verdammten Baumstumpf Beachtung zu schenken, so hätte es für den Jungen keine Möglichkeit gegeben, ihr das Gift zu verabreichen. *Nein. Er hätte einen anderen Weg gefunden. Wenn nicht bei jener Gelegenheit, so bei einer anderen.*

Kirk durfte sich nicht in sinnlosen Selbstvorwürfen ergehen. Besser und einfacher war die Vorstellung, dass Tiberius die Verantwortung trug und dafür büßen würde, früher oder später.

Nach einigen Sekunden merkte er, dass Dr. M'Benga schwieg.

»Doktor?«, fragte er.

»Hmm? Wie bitte?«

»Das Gift«, drängte Kirk. M'Bengas plötzliches Desinteresse erstaunte ihn. »Es befand sich auf dem Fingernagel eines Kinds. Und es wurde Teilani durch einen Kratzer verabreicht. Haben Sie jemals von einem solchen Toxin gehört?«

»Ein... Kind...?«, brachte M'Benga mit zittriger Stimme hervor.

Kirk musterte sie und fragte sich, was mit ihr nicht stimmte. »Ein zehnjähriger Junge. McCoy fand Spuren von... Doktor!«

Er stemmte sich hoch und verließ die Diagnoseliege. M'Benga war zusammengebrochen und lag auf dem Boden.

Kirk kniete neben ihr und vergewisserte sich, dass die Ärztin noch atmete. Dann eilte er am Wandschirm vorbei zum Operationsraum, um Picard und Troi Bescheid zu geben, kehrte mit ihnen zusammen zu M'Benga zurück.

Kirk und Picard legten die Bewusstlose auf die Diagnoseliege. Troi nahm eine Untersuchung mit dem medizinischen Tricorder vor und stellte fest, dass M'Benga keine inneren Verletzungen erlitten hatte. »Sie scheint einfach nur in Ohnmacht gefallen zu sein«, sagte die Counselor.

»Irgendeine Ahnung, was der Grund dafür sein könnte?«, fragte Picard.

»Nein, wir haben uns nur unterhalten«, erwiderte Kirk. »Sie justierte die Geräte während des Scans.«

»Ich muss Beverly bitten, den Scan zu vervollständigen«, sagte Picard.

Kirk begriff, dass sich der Zeitdruck, unter dem sie standen, auch bei Picard bemerkbar machte. »Sie meinten doch, Radisson hätte ausdrücklich darauf hingewiesen, dass der Scan mit Starfleet-Geräten nicht durchgeführt werden kann. Wegen der Möglichkeit, dass ein verborgenes Programm die Ergebnisse später mit einem neuen Datensatz überschreibt.«

»Ich sorge dafür, dass Dr. Crusher den Scan mit diesen Geräten vornimmt«, sagte Picard. »Mit einem Shuttle kann sie in einer Stunde hier sein.«

Unter den gegenwärtigen Umständen kam eine Stunde für Kirk einer Ewigkeit gleich. Die *Enterprise* wartete in der Oort-Wolke des bajoranischen Sonnensystems, Dutzende von Millionen Kilometern entfernt, um nicht geortet zu werden. »Wäre Dr. Bashir nicht die bessere Wahl? Er dürfte Bajor noch nicht erreicht haben.«

»Nein, ausgeschlossen«, sagte Picard. »Dr. Bashir hat ein Äquivalent im anderen Universum, wie auch viele andere Besatzungsmitglieder der Raumstation. Außerdem deuten Captain Siskos Berichte darauf hin, dass Transfers von einem Universum zum anderen hier praktisch an der Tagesordnung sind. Radisson hat uns ausdrücklich angewiesen, jeden Kontakt mit Personen in beiden Universen zu vermeiden, die an solchen Transfers beteiligt sind. Wenn irgendetwas zu Tiberius durchsickert…«

»Sie kommt wieder zu sich«, sagte Troi und wies die beiden Männer darauf hin, dass weitere Diskussionen übers Paralleluniversum auf einen späteren Zeitpunkt verschoben werden mussten.

»Dr. M'Benga«, sagte Kirk, »wissen Sie, wo Sie sind?«

Die Ärztin rieb sich das Gesicht und ließ einen verwirrten Blick durch die Krankenstation schweifen. »War der Commodore hier?«

»Ein Commodore ließ sich hier nicht blicken«, erwiderte Picard. »Aber dafür sind zwei Captains zugegen.«

M'Benga erkannte erst Kirk, dann auch Picard und Troi. »Was mache *ich* auf der Diagnoseliege?«

»Sie sind in Ohnmacht gefallen«, sagte Troi.

M'Benga setzte sich auf. »Ich falle nicht einfach so in Ohnmacht.« Sie tastete am Tisch entlang und schien etwas zu suchen. Troi gab ihr den medizinischen Tricorder, und damit untersuchte sich die Ärztin selbst. Nach einigen Sekunden ächzte sie leise.

»Diagnose?«, fragte Picard.

»Ich bin tatsächlich in Ohnmacht gefallen«, sagte M'Benga, sah Picard an und lächelte schief. »Ich habe Sie ja vor den Speisen der cardassianischen Replikatoren gewarnt.« Sie schwang die Beine über den Rand der Liege und stand vorsichtig auf.

»Erinnern Sie sich an unser Gespräch, Dr. M'Benga?«, fragte Kirk.

Die Ärztin stützte sich an der Diagnoseliege ab. »Wir haben über Christine gesprochen. Und auch über den Pakled-Apparat.«

Kirk beschloss, M'Bengas Gedächtnis nicht sofort aufzufrischen, sondern damit zu warten, bis er mit ihr allein war. Er hielt es für falsch, Picard unnötigerweise zu provozieren. »Sollen wir noch einmal von vorn anfangen?«, fragte er stattdessen.

»Oder brauchen Sie vielleicht eine Pause, um sich zu erholen?«, fügte Picard hinzu.

»Es geht mir gut«, sagte M'Benga. »Während des Scans kann ich einige Untersuchungen an mir selbst vornehmen, aber ich bin sicher…«

Picard und Troi drehten sich um. Kirk folgte ihrem Beispiel, um festzustellen, was M'Benga so sehr verblüfft hatte, dass es ihr die Sprache verschlug.

Zwei Personen hatten die Krankenstation betreten.

Es handelte sich um zwei von Radissons »Bedingungen«.

Kirk fragte sich, wie Picard diese Sache erklären wollte, ohne gegen die Anweisungen von Captain Radisson zu verstoßen.

»Ich grüße Sie, Dr. M'Benga«, sagte Spock und zog die Kapuze seines Mantels zurück. »Es freut mich, Sie wiederzusehen.«

M'Benga gab keine Antwort und starrte den zweiten Besucher an.

Auch der zweite Spock strich die Kapuze zurück. »Dr. M'Benga, es ist mir eine Ehre, Ihnen zum ersten Mal zu begegnen.«

»Botschafter Spock in doppelter Ausführung?«, brachte M'Benga fassungslos hervor.

»Eigentlich bin nur ich Botschafter«, sagte der eine Spock.

»Und ich bin Intendant«, ließ sich der zweite Spock vernehmen.

M'Benga wandte sich Kirk zu, und er bemerkte den besonderen Glanz in ihren Augen, als sie zu verstehen begann. »Die Reise, die Sie vorhaben… Sie wollen in die Welt hinter dem Spiegel…«

16

Captain Picard wusste nicht, was er mit Captain Kirk anfangen sollte. Als Kommandant eines Raumschiffs hatte er praktisch seine eigenen Regeln geschaffen und jetzt war er entschlossen, sie erneut seinen Bedürfnissen anzupassen. So etwas ließ Starfleet im vierundzwanzigsten Jahrhundert nicht mehr zu.

»Wir erreichen die angegebenen Koordinaten«, meldete Data, der die Navigationskontrollen bediente.

»Relativgeschwindigkeit null«, sagte Picard und rutschte im neuen Kommandosessel hin und her. Er war vor acht Monaten ersetzt worden, nachdem die *Enterprise* in der Goldin-Diskontinuität einige ihrer wichtigsten Installationen verloren hatte. Die meisten Reparaturarbeiten hatten nicht nur den vorherigen Status wiederhergestellt, sondern waren eindeutige Verbesserungen. Das galt allerdings nicht für den Kommandosessel, der sich noch immer nicht vertraut anfühlte. Allerdings widerstrebte es Picard, sich an die technische Abteilung zu wenden und LaForge zu bitten, erneut einen solchen Sessel zu replizieren.

»Wir sind bei Relativgeschwindigkeit null«, bestätigte Data.

Der große Wandschirm zeigte wogende Plasmastürme, ein buntes Wabern, das sich über viele Millionen von Kilometern erstreckte. Zwar befand sich die *Enterprise* in den Badlands, aber für Picard sah dieser Raumbereich fast genauso aus wie die Goldin-Diskontinuität.

Nun, genau deshalb waren sie hier.

»Irgendwelche Anzeichen von den Leuten, die wir hier treffen sollen?«, fragte Picard.

Zefram Sloane sah von der Sicherheitsstation an der einen Brückenseite auf. »Nein, Sir. Die Sensoren registrieren keine anderen Raumschiffe in Ortungsreichweite.«

»Das überrascht mich«, sagte Riker. Er lehnte sich im Sessel neben Picard vor und benutzte sein kleines taktisches Display, um die aktuellen Sensordaten abzurufen. Die Emissionen der Plasmastürme schränkten das Ortungspotential stark ein, aber die fraglichen Schiffe sollten Signale auf den Grußfrequenzen senden. »Wenn sie noch nicht in Reichweite sind, dauert es mindestens weitere zwei Stunden, bis sie hier eintreffen.«

Picard tastete nach einer ärgerlichen Wölbung in der Rückenlehne des Sessels, die ihn immer wieder störte. »Unser Gast dürfte bereits Spuren im Teppich hinterlassen haben – er geht die ganze Zeit über auf und ab.«

»Welchen Gast meinen Sie?«, erwiderte Riker.

Die Frage des Ersten Offiziers ergab durchaus einen Sinn. Die *Enterprise* – ob D oder E – hatte nie zuvor so viele illustre Passagiere befördert.

Bis zu einem gewissen Grad konnte Picard Kirks Unruhe verstehen. Seiner Frau und seinem ungeborenen Kind drohte der Tod. In dem verzweifelten Versuch, ein Heilmittel zu finden, hatte er Teilani verlassen. Auch Picard war mit dem Verlust von Familienangehörigen konfrontiert gewesen, und ganz deutlich erinnerte er sich an den damit einhergehenden Schmerz. Nur aus diesem Grund hatte er sich trotz des leichtfertigen Verhaltens Kirks an Bord der Raumstation *DS9* dagegen entschieden, ihn seinem Schicksal zu überlassen.

»Soll ich bei ihnen nach dem Rechten sehen?«, fragte Riker.

Zwar zog Picard die Ruhe im Kontrollraum und die

stille Tüchtigkeit der Brückencrew vor, aber er nickte. »Bitten Sie sie in den Beobachtungsraum.« Es war besser, eine solche Einladung an Kirk und die anderen zu richten, anstatt abzuwarten, bis ihre Anspannung ein kritisches Maß erreichte – dann begannen sie vielleicht wieder damit, Forderungen zu stellen.

»Bevor sie an Türen treten und Einlass verlangen?«, erkundigte sich Riker.

»Genau.«

»Riker an… Botschafter Spock.«

Picard fragte sich erstaunt, warum sich der Erste Offizier nicht an Kirk wandte.

»Hier Spock.«

»Captain Picard lädt Sie und Ihre Gruppe in den Beobachtungsraum ein. Dort bietet sich ein prächtiger Anblick.«

»Ist der Konvoi eingetroffen?«

»Noch nicht«, sagte Riker. »Aber angesichts der Plasmastürme sind keine genauen Ortungen möglich.«

»Verstanden, Commander. Wir sind unterwegs. Spock Ende.«

Auf dem Wandschirm flackerte es immer wieder, wenn es in den Badlands zu heftigen energetischen Entladungen kam. Das Licht von Blitzen schien durch den Kontrollraum der *Enterprise* zu gleißen.

Riker bemerkte den Blick des Kommandanten. »Keine Gefahr für uns, Sir«, sagte er in einem beruhigenden Tonfall.

»Es sind nicht die Plasmastürme, die mir Sorgen machen, Nummer Eins.«

Riker senkte die Stimme, damit nur der Captain ihn hörte. »Offenbar verbinden Sie keine großen Hoffnungen mit dieser Mission.«

Picard hielt es für sinnlos, seine Zweifel vor Riker zu verbergen. Er war ein guter Offizier, und oft fand er neue Möglichkeiten, um mit Herausforderungen fertig zu werden. »Um ganz ehrlich zu sein, Will: Ich weiß nicht, was ich hoffen soll. Ich bin mir klar darüber, dass Captain Radisson bei unserer Unterredung nicht alle Ziele und Absichten des Projekts Zeichen genannt hat. Und Captain Kirk weigert sich, mich in *seine* Pläne einzuweihen.«

»Deshalb können Sie ihm kaum Vorwürfe machen. An Bord der Raumstation haben Sie ihm ziemlich hart zugesetzt.«

Picard versteifte sich. Es war eine Sache, einen Rat anzubieten. Doch die Entscheidungen des Captains infrage zu stellen... So etwas wollte Picard nicht zulassen. Ihm lag nichts an einem Riker, der ebenso aufsässig wurde wie Kirk.

»Captain Kirk gefährdete die Mission, indem er Dr. M'Benga zu viel verriet. Es handelte sich um einen klaren Verstoß gegen seine Anweisungen, Commander Riker.«

»Ich möchte nicht des Teufels Advokat sein«, sagte Riker unverbindlich. »Aber in Gefahr geriet die Mission erst, als die beiden Spocks erschienen. Sie waren dem Zeitplan erheblich voraus, und dafür trägt Kirk keine Verantwortung.«

»Trotzdem hat er zu viel verraten«, beharrte Picard. »Befehle kann man nicht nach Belieben beachten oder ignorieren, wie Kirk zu glauben scheint.«

»Ich habe immer gedacht, das sei einer der Gründe dafür, warum wir hier draußen sind«, sagte Riker. »Ich meine, *wir* und nicht etwa automatisierte Schiffe, deren Besatzungen wie Radissons Crew zum größten Teil aus Hologrammen und künstlichen Intelligenzen bestehen.«

Picard wusste nicht genau, worauf Riker hinauswollte, aber er schätzte seinen Plauderton. Dem Ersten Offizier lag ganz offensichtlich nichts an einer Konfrontation.

»Um so vorzugehen, wie wir es für richtig halten«,

fuhr Riker fort. »Regeln sind Regeln, und Befehle sind Befehle. Aber hier draußen, wo es so viel Neues gibt... Hier muss man flexibel sein.«

»Es gibt einen Unterschied zwischen Flexibilität und Insubordination«, sagte Picard.

»Da bin ich ganz Ihrer Meinung, Sir. Aber mir ist Folgendes aufgefallen: Wenn Sie Kirk begegnen, scheinen Sie plötzlich zu vergessen, wie flexibel Sie selbst sind. Auf einmal sind Sie wie ein strenger Vater, der versucht, seinem eigenwilligen Sohn ein gutes Beispiel zu geben.« Riker lächelte, um seinen Worten die Schärfe zu nehmen.

Picard rutschte im Kommandosessel hin und her. »Eigentlich sollte es umgekehrt sein. Immerhin ist Captain Kirk hundert Jahre älter als ich.«

Riker richtete einen erwartungsvollen Blick auf seinen Vorgesetzten und schwieg.

Picard lächelte unwillkürlich. »Möchten Sie noch etwas hinzufügen, bevor ich Sie wegen allgemeiner Frechheit in Ketten legen lasse?«

Riker lachte. »Wissen Sie, Jean-Luc... Nach den Ereignissen im Briar Patch glaube ich, dass Sie sich in Kirks Ära durchaus wohl gefühlt hätten. Wenn Sie so oft wie er von Starfleet Command abgeschnitten gewesen wären... Unter solchen Umständen hätten Sie bestimmt gezeigt, wie flexibel Sie in Hinsicht auf Befehle und die Erste Direktive sein können. Und sicher hätten Sie Gefallen daran gefunden.«

Rikers Beschreibung schmeichelte Picard, aber er gab sich empört. »Wollen Sie etwa andeuten, ich sei *neidisch* auf Captain Kirk?«

Erstaunlicherweise ging Riker nicht auf den Versuch ein, dem Gespräch einen scherzhaften Ton zu geben. »Sie sind nicht auf Kirk neidisch, aber auf seine Zeit«, sagte der Erste Offizier ernst. »Damals war alles anders. Einem Captain fiel es leichter, in die Geschichte einzugehen. Heute gibt es viel mehr Raumschiffe. Die Konkurrenz ist größer.«

Picard widersprach nicht und gestand sich ein, dass Riker Recht hatte, bis zu einem gewissen Maße.

»Und es würde mich nicht wundern, wenn auch Kirk neidisch wäre«, fuhr der Erste Offizier fort. »Nicht auf Sie, aber auf Ihre Zeit. Wenn Sie sich heute Kirks berufliche Laufbahn ansehen... Er musste dauernd kämpfen, um den Kommandosessel zu behalten.«

Riker beugte sich vor, von den eigenen Überlegungen fasziniert. »Eine Fünf-Jahres-Mission, und Kirk wurde zum Admiral befördert. Er hätte auf Dauer hinter irgendeinem Schreibtisch sitzen können. Aber dann, während des V'Ger-Zwischenfalls, bekam er das Kommando zurück. Er wurde mit einer zweiten Fünf-Jahres-Mission beauftragt, und anschließend blieb ihm nichts anderes übrig, als eine Lehrtätigkeit an der Akademie zu akzeptieren. Er bekam die *Enterprise* zurück, er verlor sie wieder. Er bekam sie zurück und er verlor sie. Kirk wusste nie, ob er noch einmal das Kommando über ein Raumschiff erhalten würde. Und daran lag ihm ganz offensichtlich am meisten: Er wollte vor allem Captain sein.«

Riker maß Picard mit einem aufmerksamen Blick. »Wenn es um Ihre Einstellung dem Kommando gegenüber geht, so sind Sie beide das Produkt unterschiedlicher Epochen. Keiner von Ihnen hält sich zurück, wenn Sie glauben, dass von Starfleet eingeleitete Maßnahmen falsch sind. Sie möchten sich mit den Dingen beschäftigen, die Sie interessieren, und Sie bemühen sich, Ihre Arbeit besser zu erledigen als sonst jemand.« Der Erste Offizier zuckte mit den Schultern und lehnte sich wieder zurück. Es schien ihm fast peinlich zu sein, einen so langen philosophischen Vortrag gehalten zu haben.

»Ich wusste gar nicht, dass Sie sich so gut mit Captain

Kirks beruflicher Laufbahn auskennen«, sagte Picard und erinnerte sich: Als sich ihre Wege zum letzten Mal gekreuzt hatten, war es zwischen Kirk und ihm zu einem fast identischen Gespräch gekommen.

Riker lächelte. »Wer auf der Brücke dieses Schiffes arbeitet, *muss* sich damit auskennen.«

Picard hörte, wie sich hinter ihnen die Tür des Turbolifts öffnete. Er blickte über die Schulter und sah, dass Kirk, beide Spocks und die zwei anderen Personen, die Captain Radisson der Gruppe zugewiesen hatte – Kate Janeway und T'Val –, die Brücke betraten.

Er stand auf und verzog das Gesicht, als er den Rücken straffte. »Danke, Commander. Unsere Diskussion war sehr interessant. Sie haben das Kommando. Sie wissen ja, wo ich bin.«

Als Picard die Passagiere zum Beobachtungsraum führte, gelangte er zu dem Schluss, dass sich Kirk und er in einem wichtigen Punkt unterschieden.

Kirk hatte beide Epochen Starfleets kennen gelernt, doch er, Picard, kannte nur die aktuelle, reifere Ära. Einige Sekunden lang fragte er sich, wie er damals zurechtgekommen wäre, in der Pionierzeit, als alles noch neu gewesen war.

Er konnte nicht leugnen, dass er die Zeit vermisste, als seine Crew und er Forscher und Abenteurer gewesen waren, und nicht – wie es seit einer Weile immer häufiger der Fall zu sein schien – Diplomaten und Gesandte, die bessere Möglichkeiten für den interstellaren Handel schaffen sollten. Er hoffte, dass jene Zeit bald zurückkehrte.

Vielleicht veranlasst Kirks Beispiel die Missionsplaner zum Umdenken, dachte Picard. Doch zuerst einmal ging es darum, das nächste Treffen mit Kirk zu überstehen.

»Was soll das heißen, die Schiffe sind nicht hier?«, fragte Kirk, während er an den Fenstern auf und ab ging. Alle anderen saßen am Tisch des Beobachtungsraums, doch er weigerte sich hartnäckig, ebenfalls Platz zu nehmen. »Wir sind drei Stunden hinter dem Zeitplan.«

Picard saß am oberen Ende des Tisches, der Rücken kerzengerade, die Hände gefaltet. »Wie ich schon sagte, Captain: Wir stehen nicht in direkter Kommunikationsverbindung mit Captain Radisson. Sie gab uns diese Koordinaten und nannte einen Rendezvous-Zeitpunkt. Wir haben den angegebenen Ort erreicht. Jetzt können wir nur noch warten.«

»Ich weiß überhaupt nicht, wozu wir die anderen Schiffe brauchen«, erwiderte Kirk ungeduldig. Seiner Ansicht nach versuchte Radisson alles, um ihm Steine in den Weg zu legen. Vielleicht sorgte sie absichtlich dafür, dass er Zeit verlor. »Ich meine, wie schwer kann es sein, eine multidimensionale Transportererweiterung zu konstruieren?«

Es überraschte ihn, dass Intendant Spock antwortete. »Es handelt sich um eine ziemlich komplexe Angelegenheit«, sagte Spocks gebrechliches Äquivalent. »Als die Allianz in meinem Universum die Möglichkeit von wiederholten Transfers aus Ihrem Universum erkannte, wurde unsere Transportertechnik geändert, um Zwischenfällen wie auf Halkan vorzubeugen.«

Der Intendant bezog sich auf seine erste Begegnung mit Kirk, vor mehr als hundert Jahren in der Welt hinter dem Spiegel. Kirk fürchtete noch immer, dass jene Begegnung die Entwicklung in Gang gesetzt hatte, die später zur Versklavung von Menschen und Vulkaniern und der brutalen Tyrannei der Allianz führte.

»In gewisser Weise ermöglichten es die notwendigen Modifizierungen, dass sich unsere Transportertechnik über das Niveau der Ihren hinaus entwickelte. Ich glaube, es handelt sich um einen der wenigen Bereiche, in denen wir weiter sind als Sie.«

Eine so schwache Stimme von Spock zu hören... Es schien die Stimmung im Zimmer zu dämpfen. Aber Kirk wusste: Intendant Spock, Oberhaupt der vulkanischen Widerstandsbewegung im Paralleluniversum, sah nicht nur gesünder aus als vor acht Monaten – es ging ihm *tatsächlich* besser.

Das Wiedersehen mit Spocks Äquivalent nach fast einem Jahrhundert war wie ein Schock für Kirk gewesen. Der andere Spock trug das Haar ebenfalls im traditionellen Stil, aber es war schneeweiß, ebenso der Spitzbart. Die Augen lagen tief in den Höhlen, und die Lippen wirkten spröde. In der dünnen, fast transparenten Haut zeigte sich ein grünes Netzwerk aus geplatzten Kapillargefäßen, und an den Wangen wies sie ein komplexes Faltenmuster auf.

Und damit noch nicht genug. Kirk erinnerte sich an mühevoll wirkende Bewegungen und eine zitternde linke Hand. Schlechte Ernährung, Stress und zahlreiche Verletzungen bei vielen Kämpfen hatten ein vorzeitiges Bendii-Syndrom bewirkt – eine Krankheit, die bei den Vulkaniern in Kirks Universum seit Generationen nicht mehr existierte. Intendant Spock hatte mindestens hundert Jahre älter ausgesehen als der 146 Jahre alte Spock – ein Alter, das bei Vulkaniern den »mittleren Jahren« entsprach.

Nach einigen Monaten der Erholung und Behandlung durch vulkanische Spezialisten hatte der Intendant zugenommen, und seine Schritte wirkten sicherer. Die linke Hand zitterte nur noch selten. Er blieb langsamer als der Spock, den Kirk kannte, und Haar und Bart waren noch immer weiß, aber es steckte neue Kraft in ihm.

Dennoch widerstrebte es Kirk, sich auf eine verbale Auseinandersetzung mit ihm einzulassen. Stattdessen richtete er Ärger und Verdruss auf Picard. »Warum haben wir dann nicht einen Multidimensionsapparat gestohlen?«, fragte er. »Wir könnten ihn später zurückgeben, um weder gegen die Starfleet-Etikette noch gegen die Erste Direktive zu verstoßen.«

Nicht Picard beantwortete die Frage, sondern der Spock dieses Universums. »Captain, wenn wir uns im Besitz einer solchen Vorrichtung befänden, könnten wir in den Badlands keinen Gebrauch von ihr machen. Um richtig zu funktionieren, erfordert der Apparat offenbar einen äquivalent-lokalisierten Transporter. Damit meine ich eine Transfereinrichtung an einem vergleichbaren Ort im anderen Universum.«

Kirk hatte genug von Ausflüchten und Rechtfertigungen, selbst wenn sie von Spock kamen. »Mir reicht's jetzt.«

»Nein«, widersprach Picard.

Das ging Kirk ganz entschieden gegen den Strich. Gerade jetzt brauchte er niemanden, der ihm mitteilte, wie seine Gefühle beschaffen waren. »Sie sind der Captain dieses Schiffes und seiner Crew«, sagte er. »Aber *ich* nehme von Ihnen *keine* Befehle entgegen.«

»Captain Kirk, solange Sie an Bord der *Enterprise* sind, haben Sie sich an meine Regeln und meine Anweisungen zu halten. *Mir* reichen Ihre ständigen Einmischungen und Klagen.«

Spock stand auf. »Ich glaube, dieses Gespräch hat keinen Sinn. Sie sind beide ...«

»Setzen Sie sich«, sagten Kirk und Picard gleichzeitig.

Dann musterten sie sich gegenseitig.

»Sie behindern die ganze Angelegenheit«, sagte Kirk.

Picard erhob sich. Kirk begrüßte die Herausforderung. *Alles* war besser als von irgendwelchen Vorschriften erzwungene Apathie. »Ganz im Gegenteil«, erwiderte Picard. »Sie haben Captain Radisson etwas versprochen und halten sich nicht daran.«

»Aber es *geschieht* nichts, Jean-Luc! Begreifen Sie das denn nicht? Radisson wollte mich aus dem Weg haben.

Sie drohte mir. Ich ließ mich davon nicht einschüchtern und bestand auf einer aktiven Rolle. Sie erklärte sich damit einverstanden. Doch dann kam es immer wieder zu Verzögerungen, *und jetzt befinden wir uns hier mitten im Nichts an Bord Ihres elenden Schiffes und drehen Däumchen!*«

»Jim, Captain Picard...«, warf Spock ein. »Die besondere Anspannung der aktuellen Situation...«

Unter den gegenwärtigen Umständen lehnte es Kirk ab, sich von dem Vulkanier helfen zu lassen. »Halten Sie sich da raus, Spock. Diese Sache betrifft nur Picard und mich.« Er trat einen Schritt vor.

Picard blieb am oberen Ende des Tisches stehen. »Nein, Kirk. Diese Sache betrifft Sie und Starfleet. Ich verstehe den Konflikt. Ich habe mich selbst gegen die Flotte gestellt, wenn ich das für richtig hielt. Aber es wurde nie eine persönliche Vendetta daraus wie in Ihrem Fall. Sie hören nicht mehr auf die Stimme der Vernunft, sondern nur noch auf die des Zorns.«

»*Ihretwegen* habe ich darauf vertraut, dass Starfleet die Verpflichtungen mir gegenüber einhält! Man hat mir eine Möglichkeit versprochen, Tiberius zu verfolgen und zumindest zu *versuchen,* Teilanis Leben zu retten – woran Sie offenbar kein Interesse haben!«

Kirk stellte fest, dass er seine neuen Hände zu Fäusten ballen konnte – allem Anschein nach hatte es bisher nur an der richtigen Motivation gemangelt. Derzeit drängte alles in ihm danach, Picard niederzuschlagen. Um endlich wieder das Gefühl zu haben, die Situation zu kontrollieren.

Er trat noch einen Schritt näher und zweifelte nicht daran, dass Picard seine Absicht erkannte.

Das war tatsächlich der Fall.

»Picard an Sicherheitsabteilung. Captain Kirk benötigt eine Eskorte, die ihn zu seinem Quartier bringt.«

»Sie tun es schon wieder«, sagte Picard. »Sie verhalten sich genau so, wie Radisson es von Ihnen erwartet. Sie sorgen dafür, dass ich nichts unternehmen kann.«

»Sie haben sich selbst in eine Ecke manövriert, Kirk, schon vor langer Zeit.«

Das war der berühmte Tropfen, der das Fass zum Überlaufen brachte.

Kirk sprang vor und holte aus…

T'Val fing ihn ab. In seiner Wut hatte er ganz vergessen, dass auch Kate Janeway und T'Val zugegen waren.

Kirk prallte auf den Boden, als Commander Sloane hereinkam.

Er versuchte, wieder auf die Beine zu kommen, aber T'Val hockte auf ihm, die biomechanische Hand unter seinem Kinn, die andere Hand an der Schulter, dicht über den *Katra*-Punkten des vulkanischen Nervengriffs.

»Geben Sie mir einen Vorwand«, zischte die Vulkanerin. »Vor Ablauf einer Woche werden Sie nicht erwachen.«

Kirk ballte erneut die Fäuste, leistete aber keinen Widerstand mehr. Es gab einen Unterschied zwischen Mut und Dummheit. Während seines langen Lebens hatte er die dünne Trennlinie dazwischen oft genug überschritten, um beides genau zu kennen.

T'Val ließ ihn los und stand auf.

Kirk erhob sich langsam und sah zu Commander Sloane, der in der Tür des Beobachtungsraums stand, die rechte Hand am Phaser.

»Ich akzeptiere eine Entschuldigung«, sagte Picard.

»Ich ebenfalls«, erwiderte Kirk.

»Ich bin nicht Ihr Feind, Captain.«

»Dann hören Sie auf, sich wie einer zu benehmen. Geben Sie wenigstens zu, dass Radisson mich manipuliert und Sie zu diesem Zweck benutzt.«

»Commander Sloane, begleiten Sie Captain Kirk zu seinem Quartier. Er wird dort für den Rest unserer Mission bleiben.«

»Bis Teilani tot ist, meinen Sie wohl«, sagte Kirk bitter.

Picard begegnete seinem Blick. Kirk wusste nicht, was den Captain der *Enterprise* mehr bewegte, Ärger oder Kummer. Aber es spielte auch gar keine Rolle für ihn. Wichtig war nur, dass sich Picard von seinen Emotionen dazu verleiten ließ, gegen ihn zu agieren.

Kirk riss sich den Insignienkommunikator von der Jacke. Das kleine Gerät war ein Symbol dafür gewesen, dass er zur *Enterprise* gehörte, doch jetzt versinnbildlichte es Starfleet und damit Verrat. »Ich habe Sie gewarnt, Picard. Wenn Teilani stirbt, helfe ich Tiberius dabei, die Föderation zu vernichten.«

Kirk warf den Kommunikator vor Picard auf den Konferenztisch. »Jetzt *sind* Sie der Feind. Wie alle anderen, die so etwas tragen. Richten Sie Radisson das aus.«

Im Anschluss an diese Worte trat er an Sloane vorbei und verließ den Beobachtungsraum. In seiner Kabine wollte er die Flucht von Bord der *Enterprise* planen, die zu einem Gefängnis für ihn geworden war.

Er hatte den Kontrollraum halb durchquert, als eine Stimme seinen Namen nannte.

»Captain Kirk, es freut mich, dass Sie da sind.«

Kirk blieb stehen und blickte zum großen Wandschirm, der ihm einen unbekannten Mann in Starfleet-Uniform zeigte. »Ich bin Captain Mantell von der U.S.S. *Schrödinger*. Der Konvoi ist eingetroffen, und wir sind bereit. Sind Sie es ebenfalls?«

17

Picard fühlte sich noch immer beunruhigt von der Konfrontation im Beobachtungsraum. Angesichts der Drohungen Kirks fragte er sich, ob er eine Fortsetzung der Mission zulassen durfte.

Während Data und Riker ihre Vorbereitungen mit Captain Mantell trafen, bat Picard Spock zu sich in den Bereitschaftsraum.

Er kam sofort zur Sache. »Um ganz offen zu sein, Botschafter: Ich glaube nicht, dass Captain Kirk dieser Mission gewachsen ist.«

»Ich verstehe Ihre Besorgnis«, erwiderte der Vulkanier ruhig. »Aber ich kenne den Captain besser als sonst jemand, und daher schlage ich vor, die Mission wie geplant – und wie versprochen – durchzuführen.«

Mit einer solchen Antwort hatte Picard gerechnet – Spock und Kirk waren sehr gute Freunde. Doch er wollte feststellen, ob Loyalität oder Logik hinter den Worten des Vulkaniers steckte.

»Sie haben seine Drohungen gehört«, sagte Picard und setzte sich auf die Schreibtischkante. »Ich *muss* sie in Betracht ziehen. Angesichts der besonderen Anspannungen, denen er ausgesetzt ist, könnte es sich um ein Anzeichen von Labilität handeln.«

»Captain Picard«, entgegnete Spock, »wenn Sie wissen möchten, ob Captain Kirk imstande ist, die von Captain Radisson vorbereitete Mission fortzusetzen... Meiner Ansicht nach ist er tatsächlich dazu in der Lage. Wenn Sie genauer darüber nachdenken, werden Sie feststellen: Zorn und seine persönliche Tragödie waren es, die ihn zu den Drohungen veranlassten. Er leidet vor allem deshalb, weil man ihn daran hindert, eine aktive Rolle bei Teilanis Rettung zu spielen. Wenn Sie ihm eine entsprechende Möglichkeit geben, wird er seine Gefühle wieder unter Kontrolle bringen und die Drohungen vergessen.«

»Es geht nicht darum, ob ich Kirks Emotionen verstehe oder nicht. Ich bin für das Leben aller Personen verantwortlich, die an Radissons Mission teilnehmen. Um ihrer Sicherheit willen muss ich jene Worte ernst nehmen.«

»Wenn Sie Captain Kirk erlauben, die Mission fortzusetzen, so garantiere ich für sein Verhalten. Wenn Sie ihm eine solche Erlaubnis verweigern, wird er Ihnen weitere Gründe geben, seine Worte ernst zu nehmen.«

Picard stieß sich vom Schreibtisch ab, straffte die Schultern und sah Spock an. Das Gespräch mit dem Vulkanier gewann einen unangenehmen Aspekt.

»Das klingt fast nach einer Drohung. Und so etwas wäre bestimmt sehr unlogisch.«

»Jim Kirk ist mein Freund, Captain. Logik hat damit kaum etwas zu tun, auch nicht mit den Dingen, zu denen er fähig wäre, wenn er die wichtigste Person in seinem Leben aufgrund der Passivität von Starfleet verliert. Schicken Sie ihn in den Einsatz.«

Einige Sekunden lang musterten sich die beiden Männer wie zwei Krieger bei einem Duell. Jeder wartete darauf, dass der andere den ersten Schritt unternahm, den ersten Fehler machte.

»Spock… Es hört sich fast so an, als wollten Sie ein ›Oder‹ beziehungsweise ›Andernfalls‹ hinzufügen.«

Der Vulkanier schwieg, und sein Gesichtsausdruck blieb unverändert. Dennoch glaubte Picard, subtile Anzeichen einer Warnung zu erkennen.

»Das sind Ihre Worte, Captain, nicht meine. Wenn Sie mich jetzt entschuldigen würden... Ich glaube, es ist alles gesagt.«

Picard beobachtete, wie sich Spock umdrehte und den Bereitschaftsraum verließ.

Dann blickte er auf den Schreibtisch hinab und strich mit den Fingerkuppen über den aus Keramik bestehenden kurlanischen *Naiskos*, der am dafür reservierten Ehrenplatz stand.

Picard hatte ihn von seinem Archäologieprofessor Richard Galen bekommen, kurz vor Galens wichtigster Entdeckung: der holografischen Botschaft des Ahnenvolkes, verborgen in der genetischen Struktur verschiedener Spezies.

Picard hob den oberen Teil der Figur und betrachtete die vielen kleinen Figuren im Innern. Ein Künstler hatte sie vor zwölftausend Jahren geschaffen.

Darin bestand der Zweck des *Naiskos:* Er erinnerte daran, dass jede Person aus einer Vielzahl von Individuen bestand.

Picard wusste, dass das auch für ihn galt. Ein Individuum war der Offizier, der Starfleet bei allen Angelegenheiten vorbehaltlos unterstützte. Aber es gab auch noch einen anderen Offizier, der bereit gewesen war, auf seine Karriere zu verzichten, als er sich gegen Admiral Dougherty stellte und die Ba'Ku verteidigte.

Und dann der Liebhaber, der trauernde Onkel, der aufsässige Sohn... All diese Selbstsphären bildeten gewissermaßen seine Außenhülle. Gelegentlich geschah es, dass mehr als nur ein Ich in den Vordergrund rückte, aber meistens herrschte ein Gleichgewicht zwischen den Myriaden Hoffnungen, Wünschen, Dämonen und Engeln in seinem Innern.

Picard blickte zur geschlossenen Tür des Bereitschaftsraums und dachte über Spocks Worte nach.

Er zweifelte nicht daran, dass Kirks »Außenhülle« im

Beobachtungsraum zerbrochen war, wodurch sich die Dämonen in ihm zeigten.

Gab es jemanden, in dem keine derartige Leidenschaft auf der Lauer lag?

Und wer konnte sie unter den besonderen Umständen kontrollieren, mit denen es Kirk zu tun hatte?

Picard setzte den oberen Teil des *Naiskos* wieder auf die untere Hälfte, vervollständigte damit die Einheit im Innern der Figur und stellte ihr inneres Gleichgewicht wieder her.

Spock hatte Recht.

Er musste Kirk die Chance geben, wieder zu sich zu finden.

Andernfalls bestand die Gefahr, dass er für den Rest seines Lebens von den Dämonen beherrscht wurde.

Kirk blieb auf der Brücke und beobachtete, wie Vorbereitungen für die Mission getroffen wurden.

Er hatte gesehen, wie Spock den Bereitschaftsraum betrat und ihn einige Minuten später wieder verließ. Doch er fragte nicht, worum es bei dem Gespräch der beiden Männer gegangen war. Er fragte überhaupt nichts mehr und dachte nur noch daran, die *Enterprise* so schnell wie möglich zu verlassen. Es sollte eigentlich nicht weiter schwer sein, ein Shuttle unter seine Kontrolle zu bringen und damit zu starten. Die Emissionen der Plasmastürme beeinträchtigten das Ortungspotential der *Enterprise,* was bedeutete: Ein Vorsprung von fünf Minuten genügte, um ihm Gelegenheit zu geben, in den Badlands zu verschwinden.

Schließlich kehrte Picard auf die Brücke zurück.

Er näherte sich Kirk. »Ich glaube nach wie vor, dass Sie sich im Beobachtungsraum falsch verhalten haben«, sagte er.

Es ist mir gleich, was Sie glauben, dachte Kirk.

»Aber ich verstehe die Gründe dafür.«

Niemand kann sie verstehen.

»Wenn Sie noch bereit sind…«, fuhr Picard fort. »Ich werde die Mission und Ihre Teilnahme daran voll unterstützen.«

Was auch immer Spock gesagt hatte – seine Worte waren ganz offensichtlich nicht ohne Wirkung geblieben. Doch es genügte nicht. Jetzt nicht mehr. »Bevor ich mich einverstanden erkläre…«, sagte Kirk. »Was passiert, wenn sich herausstellt, dass es zwei Missionen gibt?«

»Wie meinen Sie das?«, fragte Picard.

»Die Mission, die Radisson angeblich für mich vorbereitet hat. Und die andere, um die es ihr wirklich geht.«

»Die Absicht, Sie zu isolieren?«

»Ja.«

»Ich verspreche Ihnen dies«, sagte Picard. »Wenn Radisson Sie tatsächlich belogen hat, so belügt sie auch mich. So etwas wäre für mich ebenso wenig akzeptabel wie für Sie.«

»Und wenn es eine Konfrontation mit Starfleet bedeuten würde?«

Picards Lippen formten plötzlich ein sonderbares Lächeln, das Kirk nicht verstand. »Erinnern Sie mich daran, dass ich Ihnen einmal erzähle, was vor einigen Monaten im Briar Patch passierte.« Er legte Kirk die Hand auf die Schulter. »Jim, ich glaube, ich vertraue Starfleets Weisheit mehr als Sie. Aber ich werde nicht zulassen, dass man dieses Vertrauen missbraucht. Wenn ich zwischen Starfleet und etwas wählen muss, das *richtig* ist, so kämpfen wir beide auf der gleichen Seite.«

Kirk hörte Aufrichtigkeit in Picards Stimme, sah sie auch in seinen Augen. *Vielleicht versteht er tatsächlich,* dachte er. »Danke. Vor allem für Teilani.«

Er bemerkte, wie Picard auf Kirks Uniformjacke sah, und er kannte die nächsten Worte, bevor sie ausgesprochen wurden. »Soll ich Ihnen einen neuen Insignienkommunikator besorgen?«

»Ich suche bald einen Ort auf, wo ich ihn nicht gebrauchen kann«, erwiderte Kirk und sah zum Wandschirm. Dort zeigte sich der wissenschaftliche Offizier der *Schrödinger,* ein junger vulkanischer Commander, der Data und LaForge Warp-Kalibrierungsdaten übermittelte. »Bestimmt dauert es nicht mehr lange.«

»Finden wir es heraus«, sagte Picard. »Nach Ihnen, Captain.«

Kirk schüttelte den Kopf. »Nein, nach Ihnen.«

Während der nächsten zehn Minuten blieb Kirk nichts anderes übrig, als abzuwarten. Picard beaufsichtigte die letzten Vorbereitungen – es stand etwas bevor, das in diesem Universum noch nie versucht worden war.

Schließlich meldete LaForge, dass er den Warpkern für neue Output-Modulationen rekonfiguriert hatte. Jetzt gab es nichts mehr zu tun. Kirk fand den Augenblick seltsam enttäuschend, denn er bedeutete, dass nicht nur er selbst warten musste, sondern das ganze Schiff.

»Die *Enterprise* ist bereit«, teilte Picard dem wissenschaftlichen Offizier mit. »Die Mission kann beginnen, sobald Sie die vorgesehenen Koordinaten erreicht haben.«

Kirk beobachtete, wie das Gesicht des Vulkaniers für den Hauch eines Augenblicks fast so etwas wie Erheiterung zeigte. »Captain Picard, seit dem ersten Kontakt mit Ihnen befinden wir uns an den betreffenden Koordinaten.«

»Mr. Data?«, fragte Picard.

»Es sind keine Schiffe in Sensorreichweite«, berichtete der Androide.

»Bitte schalten Sie auf Bugsicht um«, sagte der wissenschaftliche Offizier. Er verschwand vom großen Wandschirm, wich einer Darstellung der wogenden Plasmastürme.

»Justieren Sie Ihre Sensoren auf den Theta-Bereich«, ertönte die Stimme des Vulkaniers aus den Lautsprechern der externen Kommunikation.

»Sondierungsbereich wird verändert«, bestätigte Data.

»Sehen Sie auf den Schirm«, sagte der wissenschaftliche Offizier.

Subraum-Statik waberte durchs große Projektionsfeld, und dann sah Kirk plötzlich drei Raumschiffe. Er nahm zumindest an, dass es sich um Raumschiffe handelte, denn die gegenwärtige Auflösung zeigte sie nur als weiße, in die Länge gezogene Flecken.

Picard stand ruckartig auf, und Kirk wusste, was er jetzt empfand. Die Vorstellung, dass drei Raumschiffe so nahe an die *Enterprise* herankommen konnten, ohne entdeckt zu werden, beunruhigte Picard.

»Haben Sie einen Tachyonen-Impuls festgestellt, Mr. Data?«, fragte der Captain der *Enterprise*.

»Nein, Sir. Ich weiß nicht, wie sich die Schiffe vor uns verbergen konnten, aber sie haben keine Tarnvorrichtungen benutzt, da bin ich ganz sicher.«

»Volle Vergrößerung«, sagte Picard. »Commander T'thul, ich bin von Ihren Fähigkeiten sehr beeindruckt.«

Das Bild auf dem Wandschirm wechselte, als Data die höchste Vergrößerungsstufe aktivierte. Kirk betrachtete die drei Raumschiffe. Es handelte sich eindeutig um Starfleet-Raumer mit primärem und sekundärem Rumpf sowie zwei Warpgondeln. Aber die Schiff wirkten seltsam... geschmolzen. Kirk stellte sich vor, wie man die *Enterprise* in ein großes Tuch hüllte, wodurch die Übergänge zwischen ihren einzelnen Bestandteilen glatter und fließender wurden.

»Solche Raumschiffe habe ich nie zuvor gesehen«, sagte Commander Riker und trat neben Picard.

Data wandte sich von seiner Konsole ab. »Captain, die von unseren Sensoren ermittelten Ortungsdaten lassen sich nicht mehr aufzeichnen.«

»Auf die Ersatzsysteme umschalten«, wies Picard den Androiden an.

»Sir, *alle* Aufzeichnungsgeräte sind offline. Wir können die Schiffe sehen, sind aber nicht in der Lage, Sondierungsdaten zu speichern.«

Das Bild auf dem Wandschirm wechselte erneut. Captain Mantell von der *Schrödinger* erschien im Projektionsfeld. »Bitte entschuldigen Sie, Captain. Wir sind dafür verantwortlich. Selbst das Konstruktionsmuster unserer Schiffe ist geheim.«

»Ich verstehe«, erwiderte Picard. »Aber Sie hätten uns auffordern können, die Sensoren zu deaktivieren. Verbergen Sie sich auf diese Weise? Indem Sie ein falsches Bild direkt auf unseren Schirm projizieren?«

Mantell hob und senkte die Schultern. »Ich bin nicht befugt, Ihnen darüber Auskunft zu geben, Captain.«

»Ist Captain Radisson zu sprechen?«, fragte Picard.

»Derzeit nicht. Sie lässt Ihnen Grüße ausrichten. Sind Sie bereit?«

Kirk sah den Ärger in Picards Gesicht. *Gut,* dachte er. *Jetzt weiß er, wie es sich anfühlt, wenn man mit diesen Leuten zu tun hat.*

»Die *Enterprise* meldet Bereitschaft«, sagte Picard knapp und kehrte zum Kommandosessel zurück. Riker nahm neben ihm Platz.

Die Tür des Turbolifts öffnete sich, und Counselor Troi betrat die Brücke. Sie setzte sich in den Sessel links von Picard.

Kirk sah zu Spock, der im rückwärtigen Bereich des Kontrollraums stand, unweit der Konsole, von der aus die Lebenserhaltungssysteme kontrolliert wurden. Intendant Spock, T'Val und Kate Janeway befanden sich nach wie vor im Beobachtungsraum. Kirk vermutete, dass sie ihn derzeit ganz bewusst mieden.

»Glauben Sie, dass es wirklich klappen könnte?«, erkundigte sich Kirk.

»Diese Frage ist inzwischen sinnlos geworden«, erwiderte Spock. »Nun, so sehr sich Captain Radisson auch wünschen mag, Sie loszuwerden – ich bezweifle, dass sie bereit ist, zu diesem Zweck ein Raumschiff der Sovereign-Klasse zu opfern.«

»Hoffen wir, dass sie eine ebenso geringe Meinung von mir hat wie Sie.«

»In der Tat.«

Captain Mantell wandte sich mit letzten Anweisungen an Picard. »Beschleunigen Sie auf zehn Prozent Impulskraft, sobald ich Ihnen das Signal gebe. Kurs null null null Komma null.«

»Genau geradeaus«, bestätigte Data.

»Die Feldstörung dauert fünfundfünfzig Stunden an«, sagte Mantell. »Wenn Sie bis dahin nicht zurück sind...«

»Wir kennen die Ausweichpläne«, ließ sich Picard vernehmen. »Die Crew wird versuchen, Terok Nor zu erreichen, und wir steuern die *Enterprise* in eine Sonne, um zu verhindern, dass die Allianz ihre moderne Technik bekommt.«

»Viel Glück, Captain Picard, Captain Kirk. Weidmannsheil.« Mantell verschwand vom Wandschirm, der daraufhin erneut die drei Raumschiffe zeigte. Ihre Formation bildete ein gleichseitiges Dreieck.

Mantells Stimme ertönte aus den Kom-Lautsprechern. »Jetzt!«

»Zehn Prozent Impulskraft«, sagte Data.

Das Bild auf dem Wandschirm schwoll allmählich an, als sich die *Enterprise* der Mitte des Dreiecks näherte.

Kirk behielt die Darstellungen des großen Bildschirms aufmerksam im Auge und suchte dabei nach Anzeichen für einen Transfer. Doch er sah nur die Plasmastürme und energetischen Entladungen der Badlands.

Die drei Raumschiffe glitten aus dem Projektionsfeld. *Jetzt ist es gleich soweit*, dachte Kirk. Er streckte die Hand nach einer nahen Konsole aus, um sich festzuhalten, falls es zu Erschütterungen kam…

Das Bild flackerte kurz, und die farbigen Schlieren der Plasmastürme bildeten plötzlich ein neues Muster. Zwei visuelle Aufzeichnungen schienen aneinander gefügt worden zu sein, ohne dass man dabei auf Kontinuität geachtet hatte.

Mehr geschah nicht.

»Mr. Data?«, fragte Picard.

Kirk wartete auf die Antwort. Der Übergang konnte doch nicht so einfach und unspektakulär sein, oder?

Aber genau das war der Fall.

»Die Quantensignatur der das Schiff umgebenden Plasmapartikel deutet darauf hin, dass wir uns in der Welt hinter dem Spiegel befinden«, sagte der Androide.

Kirk schauderte unwillkürlich, als die Anspannung von ihm wich. Er sah zu Spock.

»Sie haben Ihr Ziel erreicht, Captain«, sagte der Vulkanier.

Kirk verstand. Jetzt hing alles von ihm ab.

18

Es tut mir sehr Leid, dass Dr. Bashir fort musste«, sagte Garak, als er sein Tablett auf den Tisch im klingonischen Café stellte. »Aber dadurch bekommen wir Gelegenheit, uns besser kennen zu lernen, nicht wahr, Doktor?«

Andrea M'Benga sah von ihrem Handcomputer und einer Tasse Pfefferminztee auf, als Garak ihr gegenüber Platz nahm.

»Vorausgesetzt natürlich, dass ich Sie nicht störe«, fügte Garak hinzu.

»Oh, nein, ganz und gar nicht«, erwiderte M'Benga um der Höflichkeit willen. Sie fühlte sich tatsächlich gestört.

»Sind Sie sicher?«, fragte Garak besorgt. »Sie sehen wie jemand aus, der lieber schlafen würde.«

M'Benga lachte. Irgendein Wesensaspekt des cardassianischen Schneiders hinderte sie daran, den Gerüchten zu glauben, die ihn wie Gewitterwolken umgaben. Sie hielt es durchaus für möglich, dass er einmal Gärtner in der cardassianischen Botschaft auf Romulus gewesen war. Immerhin hatte er etwas Sanftes und Fürsorgliches. Aber er sollte auch ein Assassine in den Diensten des Obsidian-Kommandos gewesen sein, und das konnte sich M'Benga kaum vorstellen.

»Ich *würde* lieber schlafen«, gestand sie. »Aber da ich wach bin, weiß ich Ihre Gesellschaft zu schätzen.«

Garak lächelte freundlich. »Ihre Offenheit ist erfrischend. Ich werde mich bemühen, das Gespräch mit Ihnen so interessant wie möglich zu gestalten.«

»Was macht die Schneiderei?«

»Oh, mal gehen die Geschäfte besser, mal schlechter.«

M'Benga lachte. »Smalltalk liegt Ihnen nicht sonderlich, oder?«

»Worte sind so kostbar«, erwiderte Garak. »Es ist eine Schande, sie ans Banale zu vergeuden. Haben Sie etwas von Dr. Bashir gehört?«

»Er kehrt morgen zurück. In einer landwirtschaftlichen Station kam es zu einem ziemlichen Durcheinander. Einige Wirkstoffe gegen Viren bekamen das falsche Etikett. Die Leute glaubten, es mit einer Epidemie zu tun zu haben, aber in Wirklichkeit handelte es sich nur um allergische Reaktionen.«

»Nun, das freut mich für die Bewohner von Bajor. Armer Dr. Bashir... Er hat all die Aufregung verpasst.«

M'Benga winkte dem Kellner zu. »Welche Aufregung?«

Garak beugte sich näher, und seine Augen blieben in Bewegung, als er die übrigen Gäste im Café beobachtete. M'Benga vermutete, dass er ständig nach potentiellen Kunden Ausschau hielt, nach Personen, die neue Kleidung brauchten.

»Sie haben doch sicher das Gerücht von den geheimnisvollen Besuchern gehört, oder? Leute, die vulkanische Kapuzenmäntel tragen, jedoch keine Vulkanier sind. Man munkelt auch von einem Starfleet-Schiff, das sich im Schweif des Kometen verbirgt.«

M'Benga versuchte, sich nichts anmerken zu lassen. Aber es war sehr schwer, ihre Reaktion vor dem sehr aufmerksamen Garak zu verbergen.

Er hob mahnend den Zeigefinger. »Ich bitte Sie, Doktor – wo bleibt jetzt Ihre Aufrichtigkeit? Sie haben davon gehört, nicht wahr?«

Ein großer Klingone erschien am Tisch, und M'Benga bestellte eine Kanne Rg'h-Tee. Sie nutzte die Ablenkung, um sich eine Antwort für Garak zurechtzulegen. Kirks Geheimnis blieb gewahrt, solange Garak glaubte, dass sie wirklich nur ein Gerücht gehört und keinen direkten Kontakt mit den »geheimnisvollen Besuchern« gehabt hatte.

»Ich habe davon gehört, ja«, sagte sie.

Garak lehnte sich zurück und nickte anerkennend. »Ah, und Sie wollten das Gerücht nicht weiter verbreiten. Sehr lobenswert. Eine interessante Konversation wird dadurch leider nicht möglich, aber ich verstehe Sie.«

Ein Schatten fiel auf den Tisch. »Hallo… Garak.«

M'Benga sah auf und blickte in das seltsam unfertig wirkende Gesicht Odos.

»Doktor…«, sagte der Gestaltwandler brüsk.

»Welch ein unerwartetes Vergnügen«, meinte Garak. »Möchten Sie sich zu uns setzen?«

Einmal mehr stellte M'Benga fest, dass Garak allen Personen mit dem gleichen Respekt begegnete.

»Ich bin wegen einer Sache hier, die nur wenig Zeit in Anspruch nimmt«, erwiderte Odo. »Es geht um einen fehlenden Gegenstand.«

Garak lächelte zuvorkommend. »Wem fehlt ein Gegenstand?«

»Ihnen«, sagte Odo.

Garak lächelte auch weiterhin. »Ich entsinne mich nicht daran, das Verschwinden irgendeines Objekts gemeldet zu haben.«

»Vielleicht wissen Sie noch gar nicht, dass der Gegenstand fehlt.«

Odo legte ein glänzendes schwarzes Sensorrelais auf den Tisch. Die Ausmaße entsprachen etwa denen eines großen Ohrrings.

»Ich fürchte, ich verstehe nicht.«

»Das ist ein cardassianischer optischer Spion.«

Odo sah auf M'Benga herab. »Ich habe ihn in der Krankenstation gefunden.«

Jähe Besorgnis erfasste die Ärztin. »Wo? Wann?«

»Über der Diagnoseliege. Gestern.«

M'Bengas Herzschlag setzte aus.

Odo musterte sie. »Ist alles in Ordnung mit Ihnen, Doktor?«

»Oh, ja, natürlich.« M'Benga begriff, dass sie sich mit Captain Picard in Verbindung setzen musste. Die Sicherheit der Mission im Paralleluniversum mochte gefährdet sein. »Ein seltsamer Ort für einen optischen Spion.«

Odo wandte sich an den Schneider. »Was haben Sie dazu zu sagen?«

Garak nahm den kleinen Apparat und betrachtete ihn aus der Nähe. »Ich fürchte, mit solchen Dingen kenne ich mich nicht besonders gut aus. Aber es scheint ein einfaches Gerät zu sein. Das Konstruktionsmuster ist alles andere als neu, die Reichweite eher gering. Vermutlich stammt dieser Spion noch aus der Besatzungszeit.«

»Er funktionierte gestern, als ich ihn entdeckte. Und er befand sich nicht dort, als ich zum letzten Mal nach verborgenen Überwachungsmechanismen gesucht habe.«

Garak hielt den Apparat so, als wollte er ihn in Odos Hand fallen lassen. Der Gestaltwandler griff danach.

»Soll ich mich erkundigen, ob jemand einen solchen Spion vermisst?«, fragte der cardassianische Schneider.

»Ich möchte, dass Sie in Ihrem Laden bleiben und auf alle Aktivitäten verzichten, die den Eindruck erwecken könnten, dass Sie für die Cardassianer arbeiten. Captain Sisko muss einen Krieg gewinnen, aber *mir* geht es um die Sicherheit an Bord dieser Raumstation.«

M'Benga beobachtete fasziniert, wie sich Odos Hand plötzlich veränderte und zu einer Pranke mit drei messerscharfen Krallen wurde. Mühelos zerfetzten sie den optischen Spion und verstreuten die Einzelteile auf Garaks Salat.

»Guten Appetit«, knurrte Odo. Er sah M'Benga an

und rang sich ein Lächeln ab. »Doktor… Wir sprechen später über die Angelegenheit, wenn Dr. Bashir zurück ist.«

Der klingonische Kellner brachte den Tee, als sich Odo umdrehte und das Café verließ.

»Mir… fehlen die Worte«, sagte M'Benga, um Garak zu helfen, seine Verlegenheit zu überwinden.

Aber auch Garak hatte sich verändert. Sein Gesicht zeigte kein freundliches Lächeln mehr. »Wissen Sie, Doktor, Ihr Problem besteht darin, dass Sie viel zu gutgläubig sind. Sie haben immer zu viel Vertrauen«, sagte er düster.

M'Benga verstand seinen plötzlichen Stimmungswandel nicht, doch derzeit galt ihre Aufmerksamkeit anderen Dingen. Sie schob den Stuhl zurück und stand auf.

Garak beugte sich vor. »Hat Bashir das Experiment mit dem Trianosyn durchgeführt?«, fragte er in einem drängenden Tonfall.

M'Benga sank auf den Stuhl zurück. *Ich darf nie mit jemandem über Trianosyn sprechen,* flüsterte es in ihr. »Ich weiß gar nicht, wovon Sie reden.«

»Nein, vermutlich nicht. Was zeigt, wie gut man Sie unter Kontrolle hat.«

M'Benga spürte, wie ihr schwindelig wurde. »Ich glaube, ich sollte jetzt gehen.«

»Ich schlage vor, Sie begleiten mich zu meinem Laden«, sagte Garak.

Irgendetwas in M'Benga leistete Widerstand. Garak war gefährlich. Jeder, der mit ihr über Trianosyn reden wollte, stellte eine Gefahr dar. Solche Personen musste sie meiden. Um jeden Preis. Um jeden Preis.

»Nein, ich kann nicht«, sagte M'Benga und stand auf.

Garak zeigte ihr wieder sein strahlendes Lächeln. »Sind Sie sicher, Doktor? Ich habe gerade eine neue Lieferung bunter Stoffe von Betazed bekommen. Aus einigen von ihnen ließen sich hübsche Stirnbänder anfertigen, und deshalb habe ich eine besondere Auswahl für Sie beiseite gelegt.«

Das Gefühl der Panik wich so schnell aus M'Benga, wie sich Garaks Stimmung erneut verändert hatte. »Nun… das klingt verlockend.«

»Also abgemacht.« Garak erhob sich ebenfalls. »Sie wissen ja, wo sich mein Laden befindet, hinter der Promenade, neben dem Büro des Prüfers. Wir gehen jetzt dorthin, und dann können Sie selbst auswählen.«

»Danke, Garak.«

»Keine Ursache, Doktor. Es ist mir immer eine Freude, jenen Personen einen Gefallen zu erweisen, die es meiner Ansicht nach verdienen.«

M'Benga genoss die Schmeichelei. Es fühlte sich gut an. *Es ist schön, einen Freund wie Garak zu haben,* dachte sie. Die Erinnerung daran, dass er Trianosyn erwähnt hatte, verschwand aus ihr, wie viele andere Erinnerungen im Lauf der Jahre.

Ein schweres Gewicht schien von M'Benga zu weichen, als sie Garak zu seinem Laden folgte, um sich die neuen Stoffe anzusehen.

19

Picard versuchte nicht, seinen Abscheu zu verbergen, als er um jenes kleine Raumschiff herumging, das Kirk tiefer ins Paralleluniversum bringen sollte. Es handelte sich um einen sogenannten Imperialen Raubvogel, ein kompaktes, schwarzes Schiff mit nach vorn geneigten Tragflächen, an denen sich rote Klauen zeigten. Auf beiden Seiten war ein aufgerissener Rachen mit blutigen Reißzähnen an den Rumpf gemalt – es sah nach einem teuflischen Ungeheuer aus, das sich anschickte, Unschuldige zu verschlingen. Grelle scharlachrote, safrangelbe und violette Töne umgaben das Bugfenster, das dadurch wie ein starrendes Auge wirkte. Das Erscheinungsbild war im wahrsten Sinne des Wortes monströs.

»Welche Art von Welt und Geschichte bringt so etwas hervor?«, fragte Picard.

Kirk strich mit der Hand über den schwarzen Rumpf. »Der Schrecken muss gewahrt bleiben, denn sonst wäre das Imperium zum Untergang verurteilt. So lautet die Logik der Geschichte.«

Für Picard klang es nach einem Zitat. »Wer hat das gesagt?«

Kirk deutete zur einen Seite des Hangardecks, wo La-Forge mit den Piloten des Schiffes sprach, mit T'Val und Kate Janeway. Auch die beiden Spocks waren zugegen. »Intendant Spock. Vor mehr als hundert Jahren. Ich hatte es gewagt, Starfleets Entscheidung infrage zu stellen, die Halkanier auszurotten.«

Picard beobachtete, wie ein ganz besonderer Schmerz in Kirks Gesicht zurückkehrte, und er wusste, dass er nicht dorthin gehörte. »Jim, wenn Sie einen Beweis dafür brauchen, dass Sie nicht für die Barbarei in der Welt hinter dem Spiegel verantwortlich sind... Erinnern Sie sich daran, dass das Terranische Empire schon vor Ihrem Transfer ins Paralleluniversum existierte.«

»Aber es war zum Untergang verurteilt«, erwiderte Kirk. »Die Halkanier gaben ihm noch maximal 240 Jahre. ›Eroberungen sind einfach. Viel schwerer ist es, die Kontrolle zu wahren.‹ Diese Worte richtete ich damals an den Intendanten. Je schneller das Empire wuchs, desto weiter breitete sich seine Macht aus – was schließlich zum Zusammenbruch führen musste. So lautet die wahre Logik der Geschichte. Ich forderte den Intendanten auf, etwas zu unternehmen, und dadurch löste ich eine Kettenreaktion aus, die zu einem noch brutaleren Regime führte.«

»Vielleicht wäre es ohnehin dazu gekommen, so oder so, früher oder später.« Picard dachte daran, dass Kirk bereits genug Belastungen standhalten musste. Eine solche Bürde hatte ihm gerade noch gefehlt. »Während meiner archäologischen Studien habe ich vor allem Folgendes gelernt: Die Geschichte zeichnet sich durch einen eigenen Wechsel von Ebbe und Flut aus. Manchmal wird der Unterschied nicht von einem einzelnen Individuum bewirkt, sondern von... einer Welle aus Umständen, die Individuen mitreißt. Deshalb gibt es Muster in historischen Ereignisketten. Bestimmte Entwicklungen wiederholen sich immer wieder.«

»Und wo kommt hier der freie Wille ins Spiel?« Mit den Fingerknöcheln klopfte Kirk auf eine der Tafeln, die das Symbol des Terranischen Empire zeigten: ein in der Erde steckendes Schwert. Ein dumpfes Geräusch erklang und wies darauf hin, dass die Tafel eine Fälschung war. »Zum Glück werden im All keine Geräusche übertragen. Was passiert, wenn jemand dieses Ding scannt und ein modernes Starfleet-Shuttle identifiziert, das von einer Tarnhülle aus Duraplast umgeben ist?«

Diese Frage hatte Picard LaForge gestellt, auf den die Umbauten und Erweiterungen zurückgingen. Die eigentlichen Spezifikationen stammten hingegen von Radisson.

»Damit sollten Sie schneller sein als alle Raumer, denen Sie in diesem Universum begegnen«, sagte Picard. »Das Warptriebwerk ist auf Höchstgeschwindigkeit ausgelegt. Bei geringer Geschwindigkeit arbeitet es nicht sehr effizient, und es könnte dabei zu starken Vibrationen kommen. Nichts kann Sie einholen.«

»Zumindest nichts, das wir kennen«, erwiderte Kirk. Etwas lenkte ihn ab.

Picard drehte sich um und sah T'Val, Janeway und die beiden Spocks, die sich dem Raubvogel näherten. Ihre Besprechung war zu Ende. Die Mission konnte beginnen.

Picard schüttelte ihnen nacheinander die Hand. »Wir bringen Sie zu dem Rand der Badlands, der am weitesten von der cardassianischen Grenze entfernt ist. Von dort aus sondieren wir und warten auf Signale. Captain Radisson hat uns gestattet, die *Enterprise* aus den Badlands zu steuern, aber nur wenn garantiert ist, dass sie nicht entdeckt wird. Wenn Sie in Schwierigkeiten geraten, sollten Sie dafür ein abgelegenes System auswählen.«

Picard hoffte, mit dieser letzten Mahnung die Stimmung ein wenig verbessern zu können, aber nur Kirk reagierte mit einem dünnen Lächeln. Janeways Miene wirkte auch weiterhin finster, und T'Vals Gesicht zeigte die typische vulkanische Ausdruckslosigkeit.

»Senden Sie das Signal fünfzehn Minuten nach unserem Start«, erwiderte Janeway. »Um den Rest kümmern wir uns.«

»Die Sensorscheibe ist bereits rekonfiguriert worden«,

sagte Picard. »Was auch immer es mit dem Signal auf sich hatte, das Tiberius von dem Asteroiden in der Goldin-Diskontinuität aus sendete... Wir wiederholen es, fast mit der gleichen Sendestärke.«

Nach Picards Ansicht gehörte das zu den riskantesten Teilen von Radissons Plan. Als einige Tage nach Tiberius' Verschwinden beim Asteroiden genug Aufzeichnungen der Subraum-Überwachung ausgewertet worden waren, gelangte man zu dem Schluss, dass sich der Imperator zum Arbeitslager gebeamt hatte, um dort eine sehr leistungsfähige Subraum-Bake zu aktivieren.

Die Energiekupplungen und Subraum-Transmitterknoten im Innern des Asteroiden hatten einen drei Sekunden langen Impuls erzeugt, stark genug, dass er überall in der Galaxis empfangen werden konnte. Aufgrund der enormen energetischen Belastungen waren die wichtigsten Bestandteile der Bake geschmolzen – eine Reparatur kam nicht infrage. Bei der späteren Analyse des Impulses stellte sich Folgendes heraus: Er bestand aus dem Äquivalent von tausend Display-Bildern, hochkomprimiert und komplex verschlüsselt. Bisher war es den Kryptografen der Föderation noch nicht gelungen, den Code zu entschlüsseln.

Derzeit ging man davon aus, dass nur ein oder zwei der tausend Bildschirmseiten wichtige Informationen enthielten. Was bedeutete: Es war praktisch unmöglich, den Inhalt von der Verpackung zu unterscheiden. Picard sah gewisse Parallelen zu dem Problem, mit dem es Professor Galen über Jahre hinweg zu tun gehabt hatte, während er versuchte, die holografische Botschaft im genetischen Code verschiedener Spezies zu finden.

Worin auch immer der letztendliche Zweck des Signals bestehen mochte: Radissons Plan bestand darin, in der Welt hinter dem Spiegel einen ebenso beschaffenen Impuls zu senden. Das Signal der *Enterprise* würde nicht überall in der Galaxis zu empfangen sein – immerhin gab es *gewisse* Grenzen für ihr Potential. Aber die Sendestärke genügte für den Alpha- und Beta-Quadranten.

Radisson hatte das Signal scherzhaft als Lockruf bezeichnet, nicht ohne Grund, wie Picard meinte. Der Bau des Arbeitslagers, der anderen *Voyager* und des immer noch rätselhaften Transferapparats deutete darauf hin, dass Tiberius im Paralleluniversum auf eine unglaublich komplexe Infrastruktur zurückgreifen konnte. Ihm standen Schiffe, Nachschublinien und ein Netzwerk aus zuverlässigen Arbeitern und/oder Soldaten zur Verfügung. Das wiederum deutete auf die Existenz eines ausgedehnten Kommunikationssystems hin, und zwar unabhängig von entsprechenden Einrichtungen der Allianz.

Radisson hoffte ebenso wie Picard und Kirk, dass Tiberius' Kom-System das Signal empfing und darauf zu antworten versuchte. Wenn tatsächlich eine Antwort erfolgte, so bekam Kirk einen Ansatzpunkt für die Suche nach seinem anderen Selbst. Anschließend war er auf sich allein gestellt.

Picard sah, wie Janeway vortrat und einen Teil der falschen Außenhülle des Imperialen Raubvogels öffnete. Dahinter kam eine Art Steg zum Vorschein, der zum Starfleet-Shuttle führte. Hunderte von Streben und Kabeln verbanden die Tarnung mit dem Rumpf, und hinzu kam ein spezielles Integritätsfeld, das Stabilität gewährleistete.

Janeway und T'Val traten durch die Öffnung. Picard blickte an ihnen vorbei und stellte fest, dass LaForges Team sicherheitshalber alle Starfleet- und Föderationszeichen vom Rumpf des Shuttles entfernt hatte, nur für den Fall. Um zu verhindern, dass der Allianz moderne Föderationstechnik in die Hände fiel, hatte LaForge außerdem eine Selbstzerstörungsanlage an Bord installiert. Ihr Destruktionspotential reichte aus, um das Shuttle vollständig zu vernichten, ohne dass irgendetwas von ihm und den Passagieren übrig blieb.

Kirk schob sich durch die Öffnung. Wie Janeway und T'Val trug er zivile Kleidung. Ihre Beschaffenheit basierte auf den Sensor-Aufzeichnungen, die Sisko von *Deep Space 9* zur Verfügung gestellt hatte, und ihre Authentizität war von Intendant Spock bestätigt worden. Für ihre Replikation hatte man Materie aus dem Arbeitslager verwendet, damit die Quantensignatur nicht den wahren Ursprung verriet.

Picard hoffte inständig, dass sich all diese Vorsichtsmaßnahmen letztendlich als unnötig herausstellten. Wie dem auch sei: Kirk ging gut gerüstet in den Einsatz.

Picard sah, wie Kirk in der Öffnung zögerte, und er ging die kurze Rampe hoch, um sich von ihm zu verabschieden. »Wie Captain Mantell schon sagte: Weidmannsheil.«

»Und wie Captain Radisson sagen würde: Spitzen Sie die Ohren für den Lockruf.«

»Ich hoffe, wir irren uns, soweit es sie betrifft«, sagte Picard. »Die Vorstellung, dass eine so stattliche Person nicht die besten Eigenschaften Starfleets repräsentiert, bereitet mir Unbehagen.«

Kirk runzelte die Stirn. »Sie ist zweifellos eine interessante und auch beeindruckende Person, aber ich würde sie nicht unbedingt als stattlich bezeichnen.« Er streckte die Hand aus. »Wir sehen uns in fünfzig Stunden wieder.«

Picard ergriff die dargebotene Hand und lächelte. »Wer weiß, was Sie unter ›stattlich‹ verstehen. Immerhin ist Radisson mehr als zwei Meter groß und so breit wie wir beide zusammen.«

Kirk erwiderte das Lächeln nicht. »Die Captain Radisson, mit der ich gesprochen habe, war etwa anderthalb Meter groß.«

Picard zweifelte nicht an Kirks Erinnerungsvermögen, was bedeutete… »Es gibt *zwei* Radissons?«

»Oder gar keine«, erwiderte Kirk grimmig. »Oder wenn es nur eine gibt, so bin ich ziemlich sicher, dass keiner von uns sie gesehen hat.« Er trat durch die Öffnung und verharrte auf dem Steg. »Sprechen Sie mit Spock. Mit meinem Spock. Er hat in dieser Hinsicht einige interessante Vermutungen. Zum Beispiel die wissenschaftlichen Schiffe. Was wir an Bord gesehen haben… Vielleicht ist nichts real gewesen.«

»Merde«, flüsterte Picard.

»Wenn ich zurückkehre, gehen wir beide auf die Jagd«, versprach Kirk. Er schloss die Außenhülle des Raubvogels und daraufhin war das monströse Schiff zum Start bereit.

Picard wich zurück und beobachtete, wie der kleine Raumer langsam aufstieg, sich in einem Antigravfeld drehte, dann Fahrt aufnahm, das Hangar-Kraftfeld durchdrang und draußen in den Badlands verschwand.

Seine Gedanken kehrten zu Captain Radisson und zum Projekt Zeichen zurück. Zum ersten Mal fragte sich Picard, wo es mehr verborgene Geheimnisse zu entdecken gab – in der Welt hinter dem Spiegel oder in seinem eigenen Universum.

20

M'Benga trat in die kühle Dunkelheit von Garaks Laden und fühlte sich sofort wohl. Sie roch frische Blumen und nahm den besonderen Duft neuer Stoffe wahr. Als Garak die Tür schloss, waren überhaupt keine Geräusche von der Promenade mehr zu vernehmen. Von einem Augenblick zum anderen schienen sie sich in einer ganz anderen Welt zu befinden.

»Ihr Laden ist anders, als ich ihn in Erinnerung habe«, sagte M'Benga.

Garak betätigte die Schaltelemente einer Sicherheitstafel neben der Tür. »Wenn die Fenster auf Lichtundurchlässigkeit und die akustischen Filter auf maximale Leistung programmiert sind, verwandelt sich mein Geschäft in eine Art Refugium.« Er lächelte freundlich. »Ich finde großen Gefallen daran.«

M'Benga sah sich um, hielt jedoch vergeblich nach betazoidischen Stoffballen Ausschau. »Lagert der Stoff im Hinterzimmer?«, fragte sie.

»Ja, genau«, bestätigte Garak. »Im Hinterzimmer.« Er deutete eine Verbeugung an und vollführte eine einladende Geste in Richtung der Tür, die ins Lager führte. »Wenn ich bitten darf…«

M'Benga näherte sich der altmodischen Tür, die einen Knauf aufwies und sich nicht automatisch vor ihr öffnete. Sie musste den Knauf drehen und Druck ausüben.

Garak streckte den Arm aus und stieß die Tür weiter auf. Mit der anderen Hand berührte er die Ärztin am Rücken und schob sie über die Schwelle.

M'Benga wollte dagegen protestieren, doch dann sah sie etwas, das sie verblüffte und entsetzte.

Vor ihr saß ein Mann auf einem Stuhl. Ein Mensch. In ziviler Kleidung. *Gefesselt und geknebelt.*

»Garak!«, entfuhr es ihr. Blaue Flecken zeigten sich im Gesicht des Mannes. Ein Auge war zugeschwollen. Ein aufgerissener Ärmel gewährte den Blick auf einen Apparat, bei dem es sich um einen am Unterarm befestigten neurokortikalen Stimulator zu handeln schien. Der Mann sah zu ihr auf, und nackte Angst flackerte in seinen Augen. Verzweifelt kämpfte er gegen die Fesseln an, konnte sich aber nicht befreien.

M'Benga setzte sich in Bewegung. Alles in ihr drängte danach, dem Mann zu helfen.

Garak hielt sie fest.

»Lassen Sie mich los! Er ist verletzt! Ich muss ihn behandeln!«

Doch Garaks Hand löste sich nicht vom Arm der Ärztin. »Zuerst bestehe ich darauf, dass Sie einige Fragen beantworten.«

M'Benga schüttelte den Kopf. »Das ist inakzeptabel.« Sie wollte ihren Insignienkommunikator aktivieren, aber Garak griff nach ihrer Hand.

»Bitte hören Sie mich an, Doktor! Beantworten Sie meine Fragen. Anschließend lasse ich Sie los, und dann können Sie Odo verständigen, wenn Sie wollen – ich werde nicht versuchen, Sie daran zu hindern. Ich möchte nur eine Minute Ihrer Zeit, mehr nicht.«

M'Benga begriff, dass Garak viel stärker war als sie. Wenn sie sich ihm gegenüber durchsetzen wollte, musste sie auf ihre Nahkampf-Ausbildung an der Akademie zurückgreifen, und in den vergangenen Jahren hatte sie das Training vernachlässigt.

Sie beschloss, ein Risiko einzugehen und Garak beim Wort zu nehmen. Einige Fragen und anschließend gab sie der Sicherheitsabteilung Bescheid.

»Na schön«, sagte sie. »Eine Minute.«

»Sehen Sie sich den Mann an.« Garak ließ M'Benga nicht los, als er zur Seite trat, damit sie ihren Blick auf den Gefangenen richten konnte. Und genau das war er: Garaks Gefangener.

»Wie lautet Ihre Frage?«

»Erkennen Sie ihn?«

»Nein.«

»Sehen Sie genau hin, Doktor. Haben Sie diesen Mann schon einmal gesehen?«

M'Benga musterte den Gefesselten und versuchte, sich ihn ohne die blauen Flecken und das zugeschwollene Auge vorzustellen. Er blieb ein Fremder. Das Unbehagen in ihr verdichtete sich rasch. »Ich sehe ihn jetzt zum ersten Mal. Lassen Sie mich los.«

»Was ist, wenn ich Ihnen sage, dass Sie sich irren? Wenn ich Sie darauf hinweise, dass Sie diesen Mann schon einmal gesehen haben? Er wurde von Ihnen behandelt. In der Krankenstation. Vor drei Tagen.«

»Unmöglich.« M'Benga spürte, wie sie zu zittern begann.

»Computer«, sagte Garak, »zeige die Aufzeichnung der Krankenstation. Vor drei Tagen. Zeitcode: sechsundzwanzig Uhr und achtzehn Minuten. Überzeugen Sie sich selbst, Doktor.«

An der Wand befand sich ein kleines cardassianisches Computerterminal, flankiert von Gestellen mit Herrenanzügen. Auf dem Bildschirm erschien eine Weitwinkel-Darstellung der Krankenstation, offenbar vom Operationsmodul über der Diagnoseliege aus gesehen.

»Odo hatte Recht!«, stieß M'Benga hervor. »Der optische Spion, den er fand… Er gehörte Ihnen.«

»Er fand ihn nicht«, erwiderte Garak. »Ihre Starfleet-Freunde entdeckten ihn. Sehen Sie, was nun geschieht.«

M'Bengas Unruhe wuchs, als ihr klar wurde: Der cardassianische Schneider wusste vermutlich von ihrem

Kontakt mit Kirk, Picard und den beiden Spocks. Dadurch geriet ihre geheime Mission in große Gefahr. Sie musste unbedingt eine Warnung übermitteln und ...

Der Bildschirm zeigte, wie sie durch die Krankenstation ging, und zwar in Begleitung des Mannes, der gefesselt auf dem Stuhl saß. Er hielt sich den einen Arm so, als sei er verletzt.

»Das ist nie geschehen«, sagte M'Benga verwundert. »Es handelt sich um eine holografische Fälschung.«

»Passen Sie auf.«

Der Mann setzte sich auf die Diagnoseliege. Die M'Benga auf dem Bildschirm näherte sich ihm mit einem medizinischen Tricorder und einem Tablett, auf dem Knochen- und Gewebe-Akzeleratoren lagen. Sie justierte den Tricorder, um den Arm zu untersuchen. Nach einigen Sekunden veränderte sie erneut die Einstellungen des Geräts und erhöhte seine Sondierungsempfindlichkeit, als hätte die erste Untersuchung keine Ergebnisse geliefert.

M'Benga beobachtete, wie sie an die Seite des Tricorders klopfte, als funktionierte er nicht richtig. Und als sie sich mit der Absicht umdrehte, einen anderen medizinischen Tricorder zu nehmen ...

Der Mann auf der Diagnoseliege hielt ihr einen kleinen Injektor an den Hals.

Aus einem Reflex heraus hob M'Benga die Hand, um nach ihrem Hals zu tasten, aber sie spürte natürlich nichts. Wenn es tatsächlich zu einer Injektion gekommen war, so lag sie zu lange zurück.

»Und deshalb erinnern Sie sich nicht«, sagte Garak.

M'Benga sah erschrocken, wie der Mann auf dem Schirm sie auffing, als sie zusammenbrach, und dann auf die Diagnoseliege legte. Sie wandte sich ab, wollte nicht noch mehr sehen.

»Schon gut«, sagte Garak sanft. »Ihnen stieß nichts weiter zu.«

M'Benga sah erneut zum Bildschirm. Der Mann saß nun am Computer, und seine Finger huschten über die Schaltflächen. Sie konnte nicht erkennen, welche Daten er abrief.

»Ich verstehe das nicht«, sagte sie und fühlte sich von Schwindel erfasst. »Ich muss mich setzen.«

»Nein.« Garak drückte ihre Arme aneinander und schloss dann eine kräftige Hand um ihre Handgelenke. Mit der anderen tastete er nach etwas in einem Regal hinter der Ärztin. Sie spielte kurz mit dem Gedanken, einen Befreiungsversuch zu unternehmen, doch Schwäche breitete sich in ihr aus. Der Lagerraum schien immer weniger Platz zu bieten, während es gleichzeitig heißer wurde.

M'Benga taumelte.

»Halten Sie durch, Doktor!«, rief Garak. »Überlassen Sie ihnen nicht den Sieg!«

M'Benga schloss die Augen. Sie wusste: Alles war viel einfacher, wenn sie einschlief. Doch dann hörte sie das Zischen eines Injektors und spürte Kühle am Hals...

Eine Sekunde später war sie hellwach, und Nervosität prickelte in ihr.

»Was haben Sie mir gegeben?«, fragte sie, klopfte auf ihren Insignienkommunikator und...

Der Kommunikator fehlte.

Garak hielt ihn. Er hatte ihr das kleine Gerät abgenommen, als sie mit geschlossenen Augen bereit gewesen war, sich dem Schlaf hinzugeben.

M'Benga rieb sich den Hals und bemerkte, dass ihr Garak den Weg zur Tür versperrte. »Was haben Sie mir gegeben?«, wiederholte sie.

»Ein starkes Stimulans, unter anderem.«

»Warum?«

»Um Ihnen zu helfen, der psychischen Konditionierung zu widerstehen, die man bei Ihnen vorgenommen hat. Damit meine ich Ihre Tendenz, immer dann in Ohnmacht zu fallen oder einzuschlafen, wenn externe Stimuli Erinnerungen wecken können – Erinnerungen an Dinge, an die Sie sich nicht erinnern *sollen.*«

M'Bengas Herz schlug schneller. Synthetisches Adrenalin befand sich jetzt in ihrem Blutkreislauf. *Unter anderem,* dachte sie.

»Wer möchte, dass ich mich *woran* nicht erinnere?« Entsprechende Vorstellungen erschienen ihr absurd, aber die Aufzeichnung… Inzwischen glaubte sie nicht mehr, dass die Bilder gefälscht waren. Ihr Umgang mit dem nicht funktionierenden Tricorder… Sie hätte sich genau auf eine solche Weise verhalten.

»Hinter dieser kleinen Verschwörung steckt eine Organisation namens Projekt Zeichen.«

Der Name sagte M'Benga nichts. »Hab nie davon gehört.«

»Das überrascht mich nicht. Nun, ich kann Ihnen Folgendes mitteilen: Das Projekt Zeichen ist imstande, Teile Ihres Gedächtnisses permanent zu löschen, wobei allerdings die Gefahr besteht, dass Schaden angerichtet wird. Es hat sich gegen diese Möglichkeit entschieden. Stattdessen wurden Ihre Erinnerungen gewissermaßen auf Eis gelegt. Was können Sie mir über die Station 51 sagen?«

»Dort gibt es ein streng geheimes Forschungslaboratorium mit… Lieber Himmel!« M'Benga presste sich beide Hände an die Schläfen, als Informationen in ihrem Kopf regelrecht explodierten. Sie betrafen Station 51, Starbase 25-Alpha, die unterirdischen Laboratorien von Zeta Reticuli IV. Plötzlich fiel ihr das Atmen schwer, und das Herz schlug ihr bis zum Hals empor. Irgendwie wusste sie, dass Garak sie hielt, ihr sanft den Rücken rieb und tröstende Worte sprach. Aber genauso gut hätte er sich auf der anderen Seite der Promenade befinden können, während Tage und ganze Wochen zurückkehrten, die man aus M'Bengas Leben gestohlen hatte.

Eine Stimme dominierte – die von Commodore Twining. Nate Twining.

»Ich habe mich freiwillig gemeldet«, brachte sie hervor.

Sie entsann sich an *alles.*

»Sie kamen zu mir, als ich das Studium beendete. Sie erzählten mir... Meine Güte, sie erzählten mir von so vielen Dingen...«

»Von welchen Dingen?«, fragte Garak.

»Von Forschung. Fremdem Leben. Es gibt so viel mehr fremdes Leben, als wir glauben... Es weilt unter uns...« Von einem Augenblick zum anderen lachte M'Benga und konnte nicht wieder aufhören.

»Ist die Verschwörung wirklich so amüsant?«, fragte Garak mit echter Besorgnis. »Oder handelt es sich um eine allergische Reaktion auf das von mir hergestellte Bi-Trianosyn?«

»Tut mir Leid.« M'Benga schnappte nach Luft. »Ich bin in Ordnung. Glaube ich wenigstens.« Sie wischte sich Tränen aus den Augen. »Es ist nur... Plötzlich sich an all das zu erinnern, was man mir über Jahre hinweg gesagt hat, das vollständige Bild zu sehen und zu erkennen, dass ich von Anfang an *belogen* wurde... Man präsentierte mir widersprüchliche Informationen, um...«

»Um zu verhindern, dass Sie alles verstehen, falls Erinnerungsfragmente zurückkehren sollten«, sagte Garak.

M'Benga lehnte sich an ein Gestell mit Anzügen. Sie fühlte sich so befreit, dass sie fast zu schweben glaubte. Wie oft hatte sie über einen Landurlaub nachgedacht, an den sie sich kaum erinnerte, oder eine überaus langweilige medizinische Konferenz? Jetzt verblüffte sie ihre Bereitschaft, sich einfach damit abzufinden, dass ganze Abschnitte ihres Lebens fehlten.

»Woher wussten Sie das, Garak?«

»Ich habe vom Trianosyn gehört. Davon, dass es auch bei Erinnerungsmanipulationen der üblen Sorte eingesetzt wird.«

»Wie haben Sie davon gehört? Ich hatte keine Ahnung davon, und ich bin Ärztin.«

»Ah, aber ich bin Schneider.«

M'Benga musterte ihn aus zusammengekniffenen Augen. »Das ergibt doch keinen Sinn, Garak.«

»Es ergibt ebenso viel Sinn wie alles andere hier. Wichtig ist, dass Sie sich wieder erinnern.« Er deutete auf den von Panik ergriffenen Gefesselten. »Und solche Leute können Sie nicht mehr missbrauchen. Zu welchen Zwecken auch immer.«

Mit ihrem zurückgewonnenen Wissen blickte M'Benga auf den Mann hinab. Sie erinnerte sich jetzt an die Begegnung in der Krankenstation vor drei Tagen. Und eine Woche zuvor. Und einen Monat zuvor. »Er kam regelmäßig hierher«, sagte sie und verstand auf einmal. »Jetzt ist mir klar, warum Sie Julian aufgefordert haben, sein Blut auf eine Trianosyn-Spitze hin zu untersuchen. Die Geräte in der Krankenstation hätten sie nicht entdeckt. Dieser Mann oder seine Komplizen haben die medizinischen Sondierungsgeräte so umprogrammiert, dass sie nicht auf Trianosyn reagieren.«

»Was auch immer es mit dem Projekt Zeichen auf sich hat: Es ist sehr gut organisiert. Wie fühlen Sie sich jetzt?«

M'Benga hob die Hände – sie zitterten. »Ich beruhige mich allmählich.«

»Ich schlage einen kleinen Test vor, einverstanden? Was wissen Sie von den *Kindern* in Station 51?«

M'Benga riss die Augen auf, als ihr etwas Schreckliches einfiel. »Sie haben sie getötet! Die unschuldigen Kinder des Schläferschiffes starben im Phaserfeuer.« Der Schock war so heftig, dass er fast eine physische Komponente gewann.

»Und was ist mit dem Kind, das Captain *Kirk* beschrieben hat?«

M'Benga rieb sich die Schläfen, als sie die einzelnen

Teile zu einem... Muster zusammenfügte, das kein Muster hatte. »Das Kind... Ich erinnere mich daran, dass Kirk ein Kind mit Gift an den Fingern erwähnte. Mit klingonischem Gift. Oder war es vulkanischen Ursprungs? Ich...« Plötzlich fiel es ihr ein. »Deshalb hat man mir den genetischen Atlas gestohlen.« Sie sprach immer schneller. »Während meines letzten Aufenthalts an Bord von Station 51 habe ich die Kinder untersucht, ihre genetische Struktur. Sie war fast menschlich, aber bei einem Kind – Kind Nummer 7 – stellte ich Gene einer Tierspezies auf Vulkan fest. Und... die Kinder entkamen und, oh, es war schrecklich. Nate Twining befahl ihren Tod. Und das MHN injizierte mir etwas. Später erwachte ich auf Vulkan und dachte, ich hätte...«

»Rudellianisches Hirnfieber«, sagte Garak und legte ihr beruhigend die Hand auf die Schulter.

»Ja. Und letzte Woche sah ich in meinem Atlas nach, weil ich Informationen für einen Artikel benötigte, und dabei fand ich die *gleiche* genetische Struktur auf Vulkan. Die Erinnerungen an Station 51 kehrten zurück, und daraufhin wurde meine Konditionierung aktiv – ich fiel in Ohnmacht.«

Garak nickte aufmunternd. »Und bei welcher vulkanischen Spezies fanden Sie die genetische Struktur?«

»Beim Sandhai.« M'Benga schauderte. »Eine Art kleine Schlange, die in den südlichen Wüsten vorkommt. Unglaublich giftig. Warum sollte ein Kind Gene von einer giftigen...« Sie unterbrach sich, als das Muster plötzlich einen Sinn ergab.

Einen grauenhaften Sinn.

M'Benga sah erneut zu dem gefesselten Mann. »Wissen Sie, wer das ist, Garak?«

»Ich weiß, *was* er ist. Der Rest spielt keine Rolle. Obwohl er sicher interessant sein dürfte.« Der cardassianische Schneider wandte sich von M'Benga ab und näherte sich dem Mann.

Der Gefesselte duckte sich, als Garak den Knebel löste. Und dann schrie er aus vollem Hals. Seine Stimme war heiser, als hätte er zuvor stundenlang geschrien.

Garak sah zu M'Benga und lächelte. »Keine Sorge. Mein Laden ist vollkommen schalldicht. Das hilft mir gelegentlich bei der Arbeit.«

Die Schreie des Mannes verklangen allmählich, als er in Atemnot geriet und keuchte. »Lassen Sie nicht zu, dass er mich anrührt, lassen Sie es nicht zu…«, brachte er hervor.

Es erfüllte M'Benga mit Entsetzen, jemanden zu sehen, der so sehr misshandelt und gequält worden war. Aber dann erinnerte sie sich an die Kinder, die im Feuer der Phaserstrahlen verbrannten. Wenn dieser Mann an Commodore Twinings Verbrechen beteiligt war… Vielleicht verdiente er die Folterung durch Garak. Vielleicht…

Einige neue, beunruhigende Fragen kamen M'Benga in den Sinn.

»*Warum* machen Sie das alles, Garak?«

Diesmal hatte der Cardassianer nicht sofort eine Antwort parat.

»Würde es einen Sinn ergeben, wenn ich in diesem Zusammenhang von einer höflichen Geste Ihnen gegenüber spräche?«

»Nein, eigentlich nicht.«

»Na schön. Dann eben Offenheit. Ich mag Sie, Doktor. Was nicht bedeutet, dass Sie sich in Hinsicht auf einen cardassianischen Freier Sorgen machen müssen. Ich weiß Ihre Arbeit an Bord dieser Raumstation zu schätzen, Ihre Freundlichkeit mir gegenüber, jene fast kindliche Art, mit der Sie darauf bestanden, einen schlichten cardassianischen Schneider in mir zu sehen, mit einem Laden in der Promenade.«

M'Benga musterte Garak aufmerksam und gelangte zu dem Schluss, dass seine Worte zum ersten Mal seit Beginn ihrer Bekanntschaft wirklich aus seinem Herzen kamen.

»Wissen Sie, Doktor, in diesem Universum sind zu wenige Unschuldige übrig geblieben, und wenn ich sehe, dass jemand wie Sie missbraucht wird, von… von Leuten wie mir, die es eigentlich besser wissen sollten… Nun, so absurd dies in meinem Tätigkeitsbereich auch klingen mag: Ich gehöre zu den wenigen, die noch immer glauben, dass es bestimmte Regeln zu beachten gilt.

Das Projekt Zeichen hält sich nicht an jene Regeln. Deshalb habe ich beschlossen, Ihr…«

»Mein tapferer Ritter zu sein?«

Garak blinzelte und starrte M'Benga groß an. Sie sah ein echtes Lächeln in seinem Gesicht, ohne List oder Berechnung.

»Das gefällt mir«, sagte der Cardassianer. »Sir Garak, Ritter der… Wie heißt es?«

»Ritter der Tafelrunde.«

»Der Tafelrunde, ja.« Der Schneider schwieg einige Sekunden lang und schien die Worte in Gedanken zu wiederholen. Als er kurze Zeit später aufsah… Welches Fenster sich zuvor auch in seiner Seele geöffnet hatte – M'Benga spürte, dass es jetzt wieder geschlossen war. Erneut lächelte er freundlich, doch gleichzeitig war wieder eine gewisse Distanz zwischen ihnen spürbar.

»Danke, Doktor M'Benga«, sagte er.

»Bitte nennen Sie mich Andrea.«

Aber er schüttelte den Kopf und sah zu seinem Gefangenen. »Es wartet noch immer Arbeit auf uns. Hören Sie sich an, was der Mann Ihnen zu sagen hat.«

Garak beugte sich zu ihm vor. Der Gefesselte erbleichte und versuchte vergeblich, von dem Cardassianer fortzuweichen. »Sie werden ihr alles sagen, nicht wahr? Oder möchten Sie, dass ich noch einmal von vorn beginne?«

Der Mann schüttelte hastig den Kopf.

»Wiederholen Sie, was Sie mir zuvor von den Kindern erzählt haben«, forderte Garak den Gefangenen im Plauderton auf.

»Wir haben sie nicht getötet«, platzte es aus dem Mann heraus. »Wir haben sie aus dem Innern von Station 51 in einzelne Transporterzellen gebeamt, in separate, speziell abgesicherte Kammern. Man kann sie nur mit einem Transporter aufsuchen oder verlassen.«

»Ich habe gesehen, wie die Phaser feuerten«, erwiderte M'Benga.

»Zuerst fand der Transfer statt. Dann wurde das Schiff vernichtet und der zentrale Hohlraum in Station 51 sterilisiert. Dazu dienten die Phaser. Sie gehörten zum Wildfire-Szenario. Bitte, Sie müssen mir glauben. Die Kinder waren zu wertvoll, um sie zu töten.«

»Zu wertvoll?«, fragte M'Benga. »Was soll das denn heißen?«

»So denken jene Leute«, warf Garak ein. »Na los, erzählen Sie ihr den Rest. Über Captain Kirk und seine Braut.«

Der Mann sackte in sich zusammen. So sehr sein Zustand M'Benga auch besorgte – ihr Interesse an den Dingen, die Garak herausgefunden hatte, wuchs immer mehr.

»Wissen Sie, was mit Teilani geschehen ist?«, fragte M'Benga.

»Wir haben das Kind zu ihr geschickt. Eins der Kinder vom Schläferschiff.«

»Was soll das heißen?«

Der Mann ließ verzagt den Kopf hängen. »Die Kinder sind genetisch manipuliert. Einige von ihnen haben Giftdrüsen unter den Fingernägeln. Bei anderen enthält der Speichel ein Toxin. Oder es gibt neurochemische Wirkstoffe im Schweiß.«

M'Benga fühlte sich elend, und sie fürchtete die Richtung, in die ihre Fragen zielten. »*Wer* hat das Kind zu Teilani geschickt?«

»Wir. Das Projekt Zeichen.«

»Um sie zu töten?«

»Nein! Sie sollte nicht sterben, nur so krank werden, dass sie einige Monate in medizinischer Stasis verbringen musste.«

»Warum?«

»Damit sich Kirk unseren Wünschen fügt.«

»Wie bitte? Was haben Sie von ihm erwartet?«

Der Mann stöhnte und schluchzte. »Das weiß ich nicht... Dafür war ich nicht zuständig. Niemand hat mir etwas darüber gesagt. Bitte...«

»Mehr konnte ich nicht aus ihm herausholen«, stellte Garak fest.

Hinter M'Bengas Stirn herrschte ein heilloses Durcheinander. Die vielen zurückgekehrten Erinnerungen, die sie sortieren musste; Entscheidungen, die es schnell zu treffen galt... »Ich sollte ihn zur Krankenstation bringen.«

»Seien Sie unbesorgt«, erwiderte Garak. »Ich kümmere mich um ihn.«

M'Benga wagte nicht daran zu denken, was der Cardassianer mit dem Mann angestellt hatte und was er ihm noch antun konnte. Sie durfte nicht zulassen, dass dem Gefangenen noch mehr Leid geschah. »Wie wollen Sie sich um ihn kümmern?«

Garak nahm einen Injektor von einem Regal. »Er bekommt die gleiche Behandlung wie Sie, Doktor. Das nenne ich ausgleichende Gerechtigkeit. Er wird sich... an nichts... erinnern.«

Er reichte der Ärztin ihren Insignienkommunikator.

M'Benga nahm ihn entgegen und befestigte das kleine Gerät an der Jacke, ohne es zu aktivieren.

Der cardassianische Schneider nickte bestätigend. »Darf ich fragen, was Sie jetzt vorhaben?«

»Von Kirk weiß ich, dass Teilani nach *Qo'noS* gebracht wird. Ich glaube, ich sollte meine Informationen weitergeben.«

»Aber ohne…«, begann Garak.

M'Benga nickte. »Ohne darauf hinzuweisen, woher sie stammen.«

»Danke, Doktor.«

M'Benga musterte den Gefangenen und katalogisierte dabei alle Verletzungen, die eine Behandlung erforderten. Vermutlich gab es auch noch andere Wunden, die ihre medizinische Aufmerksamkeit verlangten.

»Nachdem Sie Ihre ausgleichende Gerechtigkeit praktiziert haben, Garak… Könnten Sie dafür sorgen, dass er auf einer Untersuchungsliege in der Krankenstation landet? Damit würden Sie mir einen großen… Gefallen erweisen.«

Subtile Veränderungen in der Miene des Cardassianers wiesen darauf hin, dass ihm diese Entscheidung sehr schwer fiel.

Aber er traf sie.

»Für Sie, Doktor, bin ich zu allem bereit.«

»Danke, Garak.«

»Nein, ich danke Ihnen. Ich kann mich nicht daran erinnern, wann ich zum letzten Mal eine so faszinierende Unterhaltung genießen durfte. Und es geht dabei auch noch um eine gute Sache. Ich wünsche Ihnen eine angenehme Reise nach *Qo'noS*.«

M'Benga richtete einen erstaunten Blick auf den Cardassianer. »Was veranlasst Sie zu der Annahme, dass ich zur klingonischen Heimatwelt fliegen könnte?«

»Vertrauen Sie mir, Doktor. Ein Schneider weiß über diese Dinge Bescheid.«

21

Der Ruf war beantwortet worden. – Siebenundzwanzig Minuten nachdem die *Enterprise*-E ein Signal gesendet hatte, das dem von Tiberius in Kirks Universum ähnelte, traf Antwort ein.

Sie bestand aus einem hoch komprimierten und komplex strukturierten Richtstrahlimpuls. Die große Entfernung zwischen dem getarnten Shuttle und der in den Badlands verborgenen *Enterprise* ermöglichte es, den Ausgangspunkt des Signals genau zu berechnen.

Das Ergebnis überraschte Kirk nicht. Er kehrte dorthin zurück, wo es begonnen hatte. Wo *alles* begonnen hatte.

Zur Erde.

Doch Kirks Piloten zeigten sich erstaunt und auch besorgt. Janeway und T'Val fürchteten eine Falle der Allianz.

»In diesem Universum ist die Erde eine sterbende Welt«, sagte Kirk. Vor acht Monaten hatte er das Zerrbild seiner Heimatwelt zum ersten Mal gesehen, und manchmal sah er die albtraumhaften Bilder vor seinem inneren Auge wieder.

In Begleitung von Janeway, T'Val und Intendant Spock war er über die Oberfläche des Mondes gelaufen. Er unterschied sich völlig von dem Mond, den Kirk kannte. Es fehlten Siedlungen, Kuppeln, Seen, zwitschernde Vögel und spielende Kinder.

Und am lunaren Himmel hing eine geschändete, kaum wiederzuerkennende Welt.

Die Tagseite erweckte den Eindruck, als hätte sich der Schimmel in einer Petri-Schale unkontrolliert ausgebreitet. Die einst blauen Meere mit ihren zarten weißen Wolkenschlieren präsentierten nun ein unheilvolles Durcheinander aus braunen, schwarzen und purpurnen Tönen.

Einst eine Welt mit grünen Kontinenten, durchzogen von braunen Wüstenbändern und dem dramatischen Grau-Schwarz von Gebirgen, an den Polen das reine, makellose Weiß von Eiskappen... Jetzt bestanden die Landmassen nur noch aus farblosem, trübem Grau und darüber schwebten tintenschwarze Wolken.

Und die Nachtseite... Kirk schauderte, als er sich daran erinnerte. Die Zivilisation schien vollkommen von der einst blühenden Welt verschwunden zu sein. Wo Lichterketten auf Städte und Verkehrsnetze hinweisen sollten, gab es nur einige glühende rote Flecken – vielleicht Vulkane oder außer Kontrolle geratene Großbrände. Flackernde Blitze wiesen auf gewaltige Unwetter hin, die über verwüstetes Land hinwegzogen – andere Lichtquellen gab es nicht auf dem verheerten Planeten.

»Ich habe keine Hinweise auf Stützpunkte der Allianz gesehen«, wandte sich Kirk an Janeway und T'Val, als sie mit dem getarnten Shuttle zur Erde des Paralleluniversums flogen. »Warum sollte sie an einer solchen Welt Interesse zeigen?«

»Die Allianz hat kein eigenes Interesse daran«, erwiderte Janeway. »Aber sie möchte verhindern, dass jemand anders die Erde beansprucht.«

»Warum sollte *irgendjemand* Anspruch auf sie erheben?«

»Um sich dort zu verstecken«, sagte T'Val. »Allerdings deutet die Logik auf Folgendes hin: Je unwirtlicher eine Welt, desto weniger wahrscheinlich ist eine dortige Präsenz der Allianz. Dadurch wächst die Wahrscheinlichkeit für das Vorhandensein einer Basis der Widerstandsbewegung. Und *dadurch* wiederum erhöht sich die Wahrscheinlichkeit für Überwachungseinrichtungen der Allianz.«

Kirk beugte sich im Passagiersessel hinter den beiden Pilotensitzen des Shuttles nach vorn. »Wenn die Logik darauf hinweist, dass vor allem an sehr unwirtlichen Orten mit Stützpunkten der Allianz zu rechnen ist… Warum sollte sie dann eine falsche Antwort auf unser Signal senden und uns zu einer Welt locken, auf der wir eine Falle erwarten?«

Er hörte, wie Janeway leise lachte. Sie hielt nichts davon, ständig über ein Problem nachzudenken und nach Lösungen zu suchen. Wie Kirk zog sie es vor, sich einer Herausforderung direkt zu stellen. »Unser Plan sieht folgendermaßen aus«, sagte sie. »Wir sind sehr vorsichtig, wenn wir die Erde erreichen.«

Kirk erhob keine Einwände. Immerhin befanden sie sich an Bord eines Föderationsschiffes, das schneller war als alle möglichen Verfolger.

Während der nächsten zwölf Stunden des Warptransfers sprachen Kirk und die beiden Frauen nur selten miteinander. Wenn Kate Janeway und T'Val im Verlauf der vergangenen acht Monate in Kirks Universum Neues erfahren hatten, so schienen sie nicht ohne weiteres bereit zu sein, ihr Wissen oder ihre Erfahrungen mit ihm zu teilen.

Zunächst wunderte sich Kirk über das Verhalten der beiden Pilotinnen. In Kate Janeway steckte die wissenschaftliche Leidenschaft für neue Entdeckungen. Ein solches Schweigen war atypisch für sie. Als sich das getarnte Shuttle schließlich der Erde näherte – und zwar aus dem solaren Süden, um zu vermeiden, die einzelnen Planetenbahnen zu kreuzen und dabei von eventuellen automatischen Ortungsstationen entdeckt zu werden –, verstand Kirk endlich den Grund für Janeways und T'Vals Feindseligkeit.

»Dies sollte Ihre Mission sein, nicht wahr?«, fragte er. »Deshalb konnte Captain Radisson die notwendigen Vorbereitungen so schnell treffen. Dieser Einsatz war seit Monaten geplant, aber eigentlich sollten nur Sie beide daran teilnehmen.«

T'Val gab durch nichts zu erkennen, dass sie Kirk gehört hatte – sie schenkte ihm einfach keine Beachtung. Aber Janeways Reaktion zeigte, dass er mit seiner Vermutung richtig lag.

»Und wenn schon«, sagte sie. »Dadurch ändert sich nichts.«

»Dadurch ändert sich eine ganze Menge«, widersprach Kirk. »Warum wollten Sie in Ihr Universum zurückkehren?«

»Um mit der vulkanischen Widerstandsbewegung Kontakt aufzunehmen«, sagte T'Val kühl. »Um Beziehungen zwischen Ihrer Föderation und unseren Freiheitskämpfern zu knüpfen.«

Das hielt Kirk nicht für eine ausreichende Erklärung. »Dazu wären Sie jederzeit imstande gewesen. Und ein Imperialer Raubvogel ist dafür nicht erforderlich. Nein, Ihr Einsatz drehte sich um etwas anderes. Dann kam ich und plötzlich stand eine ganz andere Mission auf dem Programm.«

Kirk zweifelte nicht daran, dass er Recht hatte. Aber warum weigerten sich Janeway und T'Val, seine Schlussfolgerungen zu bestätigen? Was hatten sie zu erreichen gehofft? Etwas, das sie vor ihm verbergen wollten.

»Bestand Ihre Absicht darin, Tiberius zu töten?«, spekulierte er.

»Geht es *Ihnen* nicht darum?«, entgegnete Janeway.

»Ich bin nur dann bereit, ihn zu töten, wenn er uns in die Quere kommt«, sagte Kirk. »Ich will vor allem herausfinden, welches Gift er bei Teilani verwendete. Wenn ich entsprechende Informationen habe, kehren wir heim. Tiberius kann warten.«

T'Val und Janeway wechselten einen Blick, ohne etwas zu erwidern. Schließlich sagte Kate: »Das Ende des Warptransfers steht unmittelbar bevor.«

Kirk blickte durchs Bugfenster des Shuttles und die Öffnung in der Tarnhülle. Die Erde raste ihnen entgegen und schwoll so schnell an, wie es nur bei einem überlichtschnellen Flug möglich war. Dann verharrte sie abrupt.

»Wir schwenken in einen polaren Orbit«, sagte Janeway.

T'Val behielt die Sensorkontrollen im Auge. »Ich orte ein Schiff der Allianz in einem lunaren Standardorbit. Es ist ein... Truppentransporter der *Strell*-Klasse.«

»Wahrscheinlich sondieren sie alle Eishöhlen und Tunnel, die wir benutzten«, meinte Janeway. »Solange wir in der Umlaufbahn auf den Einsatz unserer Phaser und des Transporters verzichten, sollten wir vor Ortung geschützt sein.«

Kirk hoffte, dass das stimmte. Die Entfernung zwischen Erde und Mond war vergleichsweise gering. Andererseits: Die Sensortechnik der Allianz mochte nicht so hoch entwickelt sein wie die der Föderation.

»Na schön, Captain«, sagte Janeway. »Wir haben das Ziel erreicht. Was nun?«

»Wir suchen nach einer Signalbake«, erwiderte Kirk. »Sie dürfte ein nur geringes energetisches Niveau haben und schwer zu finden sein. Der Grund? Man geht ganz einfach von folgender Annahme aus: Wer nach der Basis sucht, die den Impuls sendete, kennt bereits ihren Standort.«

»Warum sollte dann überhaupt eine Signalbake nötig sein?«, fragte T'Val.

»Als Wegweiser für die letzten zwei- oder dreihundert Kilometer«, antwortete Kirk. »Planeten der Klasse M weisen große Ähnlichkeit auf, wenn man sich ihnen weit genug nähert.«

Janeway drehte sich im Pilotensessel halb um und sah Kirk an. »Es könnte Tage dauern, den Planeten nach einem Sender mit einer Reichweite von wenigen hundert Kilometern abzusuchen. Wenn Sie Tiberius wären – wo würden Sie dann Ihren Stützpunkt verstecken?«

Janeway ging das Problem auf die richtige Weise an, fand Kirk. Er überlegte. »Zunächst einmal: Infrage kommt nur eine unterirdische Basis. Gebäude auf der Oberfläche des Planeten wären zu leicht zu entdecken.«

»Was ist mit einem Stützpunkt unter Wasser?«

»Daraus ergeben sich Schwierigkeiten für Raumschiffe«, sagte Kirk. »Bei der Landung beziehungsweise Wasserung gerät organisches Material in die Kühlschlitze und Manövrierdüsen. Beim Start gefriert die Feuchtigkeit am Rumpf. Außerdem könnte der Druck des Wassers externe Wartungsluken und dergleichen beschädigen. Wenn es zu einem Energieausfall kommt, kann man nur so lange im Wasser versteckt bleiben, wie der Vorrat an Luft reicht. Nein, eine langfristige Basis ist unterirdisch angelegt.«

Kirk spürte Janeways nachdenklichen Blick auf sich ruhen. »Na schön, Captain Kirk hat gerade versucht, in die Rolle eines Missionsplaners zu schlüpfen. Dabei ist es Ihnen gelungen, unsere Suche auf die Landmassen des Planeten zu beschränken. Denken Sie wie Tiberius«, riet sie ihm. »Baut er seinen Stützpunkt auf dem höchsten Berg? In der spektakulärsten Schlucht? Im größten Meteorkrater? Wenn die ganze Erde zur Auswahl steht – welchen Ort würde jemand mit dem Ego des Imperators wählen?«

Kirk begriff, dass er nicht genug über Tiberius wusste, um diese Frage zu beantworten. Andererseits: Wenn er zu seiner eigenen Erde heimkehren würde, so kam vor allem ein Ort infrage.

»Iowa«, sagte er und nannte Janeway die Koordinaten der Farm, die sein erstes Zuhause gewesen war. Er kannte sie so gut wie seinen eigenen Namen.

Doch auf Tiberius' Erde gab es kein Iowa mehr.

Vor achtzig Jahren, nach dem Äquivalent der Schlacht von Wolf 359 im Paralleluniversum, bei der die Imperiale Sternenflotte eine vernichtende Niederlage erlitten hatte, war die klingonisch-cardassianische Armada zur Erde weitergeflogen.

Ein vier Tage langes gnadenloses Bombardement verwandelte den ganzen Planeten in eine Wüste. Partikelstrahlen bohrten sich tief in die Oberfläche. Klingonische Disruptoren ließen die Großen Seen von Nordamerika austrocknen. Die Regenwälder verbrannten, und nur Asche blieb von ihnen übrig.

Janeway flog das getarnte Shuttle zu dem Bereich, der Kirks Koordinaten entsprach, doch die Landschaft wies keine besonderen Merkmale auf. Reste von Straßen zeigten sich ebenso wenig wie die Fundamente von Jahrhunderte alten Gebäuden. Der einst goldene Staat Iowa war eine leblose Einöde.

»Die von den Sensoren ermittelten Daten deuten auf ein massives Disruptor-Bombardement hin«, sagte T'Val.

Janeway neigte den Bug des Shuttles nach unten, ohne die Flughöhe zu ändern. Dadurch gewährte das Fenster Ausblick auf die Ödnis. »Offenbar kannte auch jemand anders Tiberius' Geburtsort.«

Zwar wusste Kirk, dass er nur ein Zerrbild seiner eigenen Welt sah, aber dieses grausame Beispiel für die Unbeständigkeit der Dinge erschütterte ihn zutiefst. Irgendwann, so wusste er, würde auch auf seiner Erde nichts mehr an den Ort seiner Geburt erinnern. Straßen, Hausfundamente, die Spuren all jener Personen, die dort gelebt hatten – Zeit und ewige Dunkelheit würde das alles verschlingen.

Diese Erkenntnis schürte das Feuer seines Widerstandswillens. Gab es einen besseren Grund, gegen das unvermeidliche Ende aller Dinge zu kämpfen, als das Wissen, dass das Ende tatsächlich unvermeidlich war? Nun, ebenso gut konnte man fragen, wie Mut ohne das Wissen um die Furcht existieren sollte. Gab es Sieg ohne das Wissen um die Niederlage? Und war es nicht gerade das Wissen um den Tod, das dem Leben einen Sinn verlieh? Die Verwüstung dieser Welt, die Zerstörung aller ihrer Hoffnungen... Dadurch wurden Kirks Heimat und seine eigene Mission nur noch wichtiger.

Irgendwann einmal würden alle Dinge dem dunklen Sieg der Zeit erliegen, aber nicht heute.

Kirk beendete die düsteren Grübeleien und fragte sich, welchen anderen Ort jemand wie Tiberius auf einem solchen Planeten wählen würde.

»Ich empfange einen Signalstrom«, verkündete T'Val plötzlich. »Das energetische Niveau ist gering, und die Impulse lassen sich kaum anmessen.«

»Willkommen daheim, James T. Kirk«, sagte Janeway und flog zum Ausgangspunkt der Signale.

Die Sendestärke der Signalbake war wie erwartet sehr schwach. In unregelmäßigen Abständen gingen Subraum-Impulse von ihr aus, die sich in einer Entfernung von nur hundert Kilometern in der allgemeinen Subraum-Statik verloren. Sie kamen von einer Ansammlung alter Betonplatten, die halb unter einem großen Aschehaufen verborgen waren. Bei dem Durcheinander aus Schutt und Trümmern schien es sich um die Überbleibsel einer kleinen Stadt zu handeln, aber Kirk erinnerte sich nicht an eine Ortschaft so nahe bei der Farm seiner Familie. Zumindest nicht in dem Universum, aus dem er stammte.

Janeway kreiste zunächst über den Trümmern und

landete dann so nahe bei den Platten wie möglich. Anschließend steuerte sie das getarnte Shuttle noch ein wenig nach vorn, damit es halb unter einem großen, überhängenden Betonfragment verschwand.

Eine Sondierung ergab, dass sich tief unter dem Schutt eine unbeschädigte Metallkonstruktion erstreckte: ein langer Zylinder, der mindestens fünfhundert Meter weit in die Tiefe reichte. T'Val verzichtete darauf, die Sondierung mit höherer Signalstärke fortzusetzen – es bestand die Gefahr, dass man an Bord des Truppentransporters in der lunaren Umlaufbahn die Streustrahlung bemerkte. Aber sie zweifelte ebenso wenig wie Janeway und Kirk daran, wohin der Zylinder führte.

Sie glaubten das Shuttle sicher, geschützt durch den Überhang und sein Erscheinungsbild, und beschlossen, gemeinsam aufzubrechen, um mit der Suche zu beginnen.

Die Entscheidung amüsierte Kirk eher, als dass sie ihn besorgte. Vermutlich wollten ihn Janeway und T'Val vor allem deswegen begleiten, weil sie ihm misstrauten. In ihren Augen war er Tiberius und würde es immer bleiben.

Sie verließen das kleine Raumschiff und schritten vorsichtig an den Trümmern vorbei. Als das Licht ihrer Lampen durch die dunstige, schmutzige Luft glühte, machten sie schon nach kurzer Zeit eine Entdeckung, die weder Kirk noch seine Begleiterinnen überraschte: Was von draußen wie ein vom Zufall bestimmtes Durcheinander aussah, erwies sich von innen als geschickt konstruiert. Die Betonplatten waren so angeordnet, dass sie einen Weg zum zentralen Schacht abschirmten.

Dort verharrte Kirks Gruppe und richtete die Lichtkegel der Lampen auf den metallenen Zylinder. Er durchmaß etwa drei Meter und reichte vier oder fünf Meter empor, bis er in den Betonplatten an der Decke verschwand. T'Val berichtete von einer Energiequelle, die mit irgendeiner Komponente des Schachts verbunden war. Sie vermutete, dass der Zylinder die Transportkapsel eines Turbolifts enthielt. Kirk hoffte, dass sie Recht hatte. Der Weg ins Innere des Planeten war zwar nur fünfzig Meter lang, aber Janeway und er atmeten schwer. Die hiesige Luft enthielt viel weniger Sauerstoff als die von Kirks Erde. Nach den Anzeigen von T'Vals Tricorder zu urteilen, entsprach der Sauerstoffgehalt einer Höhe von über viertausend Metern, obwohl der Luftdruck ganz normal war.

»Es liegt an der Zerstörung der Regenwälder«, sagte T'Val. Ihr machte der Sauerstoffmangel weitaus weniger zu schaffen als den beiden Menschen. »Das Ökosystem dieser Welt ist nicht mehr stabil.«

Kirk wünschte sich, ein Bild dieser vegetationslosen, sterbenden Erde in sein eigenes Universum projizieren zu können, als eine Mahnung dafür, dass man nie das Gleichgewicht der Dinge vergessen durfte.

Sie gingen um den Zylinder herum, und auf der anderen Seite entdeckte Kirk eine Tür. Dahinter wartete entweder eine Transportkapsel oder eine Wendeltreppe. Angesichts seiner Atemprobleme erhoffte sich Kirk einen Turbolift.

Neben der Tür befand sich ein Scan-Schirm ohne irgendwelche Schaltelemente. Kirk zögerte nicht – er wusste, worauf es jetzt ankam.

Er legte die Hand auf die Abtastfläche.

Der Schirm leuchtete blau.

Die Tür öffnete sich, und dahinter zeigte sich etwas, das tatsächlich nach einer Transportkapsel aussah.

Was auch immer unten wartete: Es war darauf programmiert, Tiberius willkommen zu heißen.

Kirk betrat die Kapsel und wich beiseite, damit ihm Janeway und T'Val folgen konnten.

Die beiden Frauen setzten sich in Bewegung – und gaben schmerzerfüllte Schreie von sich, als ein knisterndes Kraftfeld sie zurückschleuderte.

Kirk streckte vorsichtig die Hand aus, spürte jedoch keinen Widerstand.

Auf der anderen Seite der Tür folgte T'Val seinem Beispiel mit ihrer biomechanischen Hand. Ringe aus blauer Energie flackerten an den metallenen Fingern. Kirk beobachtete, wie T'Val ein wenig das Gesicht verzog – bei Vulkaniern ein Zeichen für schier unerträglichen Schmerz –, als sie sich vorbeugte und versuchte, die energetische Barriere zu durchdringen. Eine jähe Entladung stieß die biochmechanische Hand so abrupt zurück, dass T'Val taumelte und gegen Janeway stieß.

»Sind solche Kraftfelder in Ihrem Universum üblich?« Kirk sah sich im Innern der Transportkapsel um, doch nirgends zeigten sich Kraftfeldkontrollen.

»Ich bekomme es zum ersten Mal mit so etwas zu tun«, sagte Janeway und stützte T'Val. »Offenbar handelt es sich um eine auf genetischem Niveau selektive energetische Barriere.«

»Ich weiß nicht, wie so etwas möglich sein soll«, brachte die Vulkanierin hervor und keuchte.

»Vielleicht können wir sie überlisten.« Kirk streckte erneut den Arm aus, griff nach Janeways Hand und zog sie langsam zu sich. Welche Sensoren auch immer ihn identifizierten: Möglicherweise konnten sie jetzt keinen Unterschied mehr zwischen ihm und der anderen Person feststellen.

Aber in dem Augenblick, als Janeways Hand das Kraftfeld berührte, glitt sie so fort, als sei sie in Schmieröl getaucht.

»Es klappt nicht«, sagte Janeway und schüttelte ihre Hand, um den Blutkreislauf zu stimulieren. »Aber sehen wir die Sache von der positiven Seite. Die energetische

Barriere bedeutet: Was sich weiter unten befindet, ist allein Tiberius vorbehalten. Vielleicht finden Sie hier, wonach Sie suchen.«

Kirk wusste: Er hatte sich auf eine sehr gefährliche Sache eingelassen, und das Risiko wuchs noch mehr, wenn er den Weg allein fortsetzte. Aber ihm blieb keine Wahl, wenn ihm etwas daran lag, Teilani zu retten. Er nickte. »Ich sehe mich unten um und kehre dann zurück, um Bericht zu erstatten«, sagte er. »Vielleicht gelingt es mir, die Kontrollen für das Kraftfeld ausfindig zu machen.«

Janeway und T'Val schienen es nicht sehr zu bedauern, sich von Kirk trennen zu müssen. Sie versprachen, auf seine Rückkehr zu warten.

Er wusste natürlich, dass sie nur eine gewisse Zeit warten würden. Die instabile Transfermöglichkeit in den Badlands, die der *Enterprise* eine Rückkehr in ihr Universum ermöglichte, blieb nur noch zweiundvierzig Stunden lang von Bestand. Kirk bezweifelte, dass Janeway und T'Val ihr Leben aufs Spiel setzen wollten, indem sie versuchten, ein Transporternetz der Allianz bei Terok Nor zu benutzen, und das bedeutete: Nach spätestens zwanzig Stunden würden sie mit dem getarnten Shuttle starten und zu den Badlands fliegen.

Kirk konnte es ihnen nicht verdenken, dass sie auf eine einigermaßen sichere Weise zu Intendant Spock zurückkehren wollten. Er durfte sich also nicht mehr als zwanzig Stunden Zeit lassen, um seine Mission zu beenden.

»Ich werde versuchen, so schnell wie möglich zurück zu sein«, sagte Kirk.

Janeway und T'Val erwiderten seinen Blick stumm, zeigten keine Reaktion auf die Worte.

Im Innern der Transportkapsel gab es nur eine rote Schaltfläche. Kirk betätigte sie.

Und begriff, dass er sich gar nicht im Innern einer Transportkapsel befand. Janeway, T'Val, das Innere des metallenen Zylinders und die Betonplatten draußen – alles verschwand im goldenen Funkeln eines Transporterstrahls.

Es gab keine Möglichkeit, den Vorgang aufzuhalten – James T. Kirk entmaterialisierte.

22

Einen zeitlosen Augenblick später gewann das Universum wieder Konturen.

Instinktiv bereitete sich Kirk auf eine Veränderung der Schwerkraft vor, aber bevor er festen Boden unter den Füßen spürte, funkelte es erneut um ihn herum. Der Glanz des Transporterstrahls wiederholte sich mehrmals, sicheres Zeichen für einen multiplen Transfer.

Schließlich formte sich ein Raum um ihn herum und blieb stabil. Kirk schnupperte. Der Geruch von Asche und Vernichtung existierte hier nicht. Alles roch sauberer und die Luft enthielt auch mehr Sauerstoff.

Er sah sich um und blinzelte mehrmals, während sich seine Augen ans hellere Licht gewöhnten.

Er befand sich in einem zylindrischen Raum, der fast ebenso beschaffen war wie jener, den er kurze Zeit zuvor für eine Transportkapsel gehalten hatte. Hier gab es nicht nur eine rote Schaltfläche, sondern auch eine grüne, direkt über der roten. Mehrere mögliche Erklärungen fielen ihm ein, und die wahrscheinlichste lautete: Die rote Schaltfläche brachte ihn dorthin zurück, wo Janeway und T'Val warteten. Wo sie *hoffentlich* noch warteten.

Bevor er mit Experimenten in Hinsicht auf das Transportersystem begann, wollte Kirk mehr über seinen gegenwärtigen Aufenthaltsort herausfinden.

Die Tür des zylindrischen Raums öffnete sich automatisch, als er sich ihr näherte.

Dahinter erstreckte sich ein hell erleuchteter Saal, der

etwa zwanzig Meter durchmaß und dessen Boden aus weißem Marmor bestand. Kirk passierte die Tür des Transporterraums und bemerkte zwei Korridore, die auf beiden Seiten des Saals fortführten. Neben einem Eingang hing ein großes, zweidimensionales optisches Foto an der Wand. Es erschien vertraut, und Kirk trat näher.

Ein entsetzlicher Anblick erwartete ihn.

Das Bild wirkte deshalb vertraut, weil es einen Gebäudekomplex zeigte, den er kannte: das Starfleet-Hauptquartier in San Francisco. Der Daystrom-Annex fehlte, was darauf hindeutete, dass die Aufnahme mindestens sechzig Jahre alt war – so lange lag der Bau jener Anlagen zurück.

Bei genauerem Hinsehen stellte sich heraus, dass die Wände des Hauptgebäudes nicht etwa das Starfleet-Emblem zeigten, sondern das Symbol des Terranischen Empire: ein in der Erde steckendes Schwert.

Und davor standen... Galgen. Das Foto zeigte zwanzig vor dem Starfleet-Hauptquartier *gehängte* Personen, umgeben von Zuschauern, die zum größten Teil Uniformen der alten Art trugen: Pullis, deren unterschiedliche Farben auf verschiedene Abteilungen hinwiesen; dazu schwarze Hosen und Stiefel.

Ein schreckliches, barbarisches Bild. Eine schier unglaubliche Szene.

Dann bemerkte Kirk die Namen.

Schilder waren an den Galgen befestigt, die Buchstaben darauf gerade groß genug, damit er sie entziffern konnte.

Der erste Name lautete RAND. Darunter baumelte die Leiche einer blonden Frau. Es folgten: SCOTT, DECKER, MOREAU. Die nächsten Namen kannte Kirk nicht, im Gegensatz zu GARROVICK, MARCUS, M'BENGA. Und es folgten weitere.

Eine Säuberungsaktion, vermutlich von Tiberius veranlasst. Kirk wusste, dass sein anderes Selbst ein Ungeheuer war, das viele Welten vernichtet und ganz Völker ausgerottet hatte, ein Monstrum, das durch die Ermordung von Captain Christopher Pike zum Kommandanten der I.S.S. *Enterprise* geworden war… Zu sehen, dass die unbarmherzige Rachsucht seines Äquivalents so groteske Ausmaße gewinnen konnte… Dadurch wurde Tiberius für Kirk noch unheilvoller und gleichzeitig auch menschlicher.

Er wandte sich von dem Foto und seiner grässlichen Darstellung ab, blickte durch den Korridor. Weitere Bilder hingen dort an den Wänden. Ihm lag nichts daran, sie zu betrachten und andere von Tiberius verübte Grausamkeiten zu sehen.

Kirk trat zurück und sah zum zweiten Korridor – dort fehlten Fotos an den Wänden. Er beschloss, zunächst in jene Richtung vorzustoßen.

Auch der Boden dieses Korridors bestand aus weißem Marmor. In Abständen von einigen Metern ragten jeweils zwei schlanke Säulen aus rosarotem Marmor auf und stützten Wandtafeln mit Streifen, von denen indirektes Licht kam. Das konservative Design schien darauf hinzudeuten, dass man diese Anlage vor hundert oder zweihundert Jahren erbaut hatte. Aber vielleicht war sie auch nur wenige Tage alt.

Nichts deutete auf den Zweck der unterirdischen Räume und Korridore hin. Handelte es sich um ein Wohnquartier? Um ein Museum? Oder um eine geheime militärische Basis?

Kirk ging bis zum Ende des Korridors, und dort fand er auf der einen Seite eine große Tür, ebenso weiß wie der Boden. Vor dieser Tür lag ein kleines, totes Tier, das in der steril wirkenden Umgebung ebenso fehl am Platz wirkte wie die Fotos. Ein weiterer Hinweis auf Zerfall und Tod…

Kirk stieß den sandfarbenen Kadaver vorsichtig mit der Stiefelspitze an.

Das Geschöpf – ein primitiver, pelzbedeckter Zweibeiner, nicht mehr als zwanzig Zentimeter groß und recht dick – rollte leblos zur Seite. Es schien erstaunlich leicht zu sein.

Kirk ging in die Hocke, um es sich genauer anzusehen.

Wenige Sekunden später gab er alle Vorsicht auf und griff nach dem Tier, das gar kein Tier war, sondern ein Spielzeug: ein Teddybär mit Knopfaugen und einem gestickten Mund.

Als sich Kirk noch fragte, was es mit dem Spielzeug auf sich hatte, glitt die weiße Tür zur Seite. Er hob den Kopf und sah…

…einen Jungen. In Memlons Alter, höchstens sechs oder sieben.

Der Knabe trug einen weißen Schlafanzug mit gelben Sonnen und blauen Monden. Er rieb sich die Augen, sah Kirk an und streckte eine Hand aus.

Kirk fühlte sich wie in einem Traum, der sich seiner Kontrolle entzog. Er reichte dem Jungen den Teddybär.

Der Knabe nahm ihn am weichen Stoffohr entgegen und umarmte ihn dann.

»Danke, Daddy«, sagte er und lächelte.

Kirk neigte sich nach hinten und hätte fast das Gleichgewicht verloren. Er erhob sich nicht, setzte sich stattdessen auf den Boden, starrte das Kind an und wusste, wer der Vater des Jungen war.

Eine weitere kleine Gestalt trat hinter dem Knaben hervor, ein Mädchen mit lockigem braunen Haar. »Daddy!«, rief es, lief zu Kirk und schlang ihm beide Arme um den Hals.

Er versuchte, das Kind zurückzuschieben. Als er an dem Mädchen vorbei sah, bemerkte er weitere Kinder. Das Zimmer jenseits der weißen Tür enthielt Schlafsaalbetten. Jungen und Mädchen in bunten Schlafanzügen näherten sich.

Kirk stand auf. Aus irgendeinem rätselhaften Grund fühlte er Entsetzen in sich hochsteigen.

Dies waren die Kinder eines Ungeheuers. Also mussten auch sie Ungeheuer sein, oder?

Doch als sich die Kinder an ihn drängten, Liebe und Aufmerksamkeit verlangten, ihn Dad, Daddy oder auch Vater nannten, begriff Kirk: Dies waren nicht nur Tiberius' Kinder, sondern auch seine. Sie beide hatten die gleiche genetische Struktur.

Und dann wurde ihm plötzlich klar, warum ihn die Kinder nicht nur mit Entsetzen erfüllten, sondern auch mit Furcht.

Sein Blick galt einem ganz bestimmten Kind. Insgesamt mochten es zwölf sein, obwohl das Zimmer mehr Betten enthielt, und dieses eine Kind stand ein wenig abseits – der Junge, der Teilani umarmt hatte. Ein kleiner Kratzer am Nacken, tödliches Gift…

Kirk sah auf die kleinen Hände hinab, die sich ihm entgegenstreckten. Wozu war jedes einzelne dieser Kinder fähig?

Die Hände. Kirk behielt die Fingernägel im Auge, als er zurückwich und mit dem Rücken an die Wand stieß.

Sie riefen nach ihm, streckten ihm die Hände entgegen. Die Hände…

Kirk glitt an der Wand herab auf den Boden und beobachtete, wie die Jungen und Mädchen noch näher kamen. Tiberius' Kinder. *Seine* Kinder. Ungeheuer und Mörder.

Und dann verharrten sie.

Verblüffung zeigte sich in ihren Gesichtern.

Als sie den Blick von Kirk abwandten und etwas ansahen, das sich neben ihm befand.

Er brauchte nicht den Kopf zu drehen, um herauszufinden, was – beziehungsweise *wer* – die Kinder so sehr erstaunte.

Seine Suche war vorbei.

James Tiberius Kirk stand im Korridor, die Hände an den Hüften, und blickte auf die Kinder hinab. Es war nicht nötig, dass der Mann auf dem Boden den Kopf hob. Er wusste auch so, um wen es sich handelte.

»Ich bin sehr von dir beeindruckt, James. Hast du… *unsere* Kinder begrüßt?«

Kirk stand langsam auf und stützte sich dabei an der Wand ab.

Wie ein Krieger schätzte Tiberius den Zustand seines Gegners ein. Besser als bei ihrer letzten Begegnung. Aber nicht gut genug.

»Zurück in die Krippe«, sagte Tiberius und klatschte in die Hände. *»Sofort.«*

Die Jungen und Mädchen gehorchten und verschwanden rasch in der Sicherheit verheißenden Kinderkrippe.

Wenige Sekunden später waren Tiberius und Kirk allein. Sie musterten sich gegenseitig.

Tiberius war der Erste, der Furcht sah.

»Ich habe von dir gelesen«, sagte er und lächelte. »Von deinen so genannten Heldentaten. Ich hätte nie gedacht, dass du Mumm genug hast, um nach Vergeltung zu streben.«

»Stell mich auf die Probe.«

Tiberius schüttelte den Kopf. Eine leere Drohung, weiter nichts. »Sei vorsichtig, James. Wir tragen hier keine Raumanzüge. Wir stehen nicht unter Zeitdruck. Und ich bin dir überlegen, in allen Dingen.«

Interessant, dachte Tiberius, als er Kirks Reaktion beobachtete. Bei dem Hinweis darauf, dass sie nicht unter Zeitdruck standen, veränderte sich etwas in seinem Gesicht. Spielte der Zeitfaktor für ihn eine Rolle? Und aus welchem Grund?

»Du hast Teilani ermordet!«, stieß Kirk zornig hervor.

Tiberius gestattete sich ein selbstgefälliges Lächeln.

Am Ende dieses Tages – oder dieser Begegnung – stand der Tod von James T. Kirk. Und dann konnten alle Universen erfahren, dass er, Tiberius der Triumphator, den endgültigen Sieg errungen hatte. »Wenn du so empfindest, und wenn du derartige Vorstellungen zum Anlass genommen hast, hierher zu kommen… Dann wünsche ich mir fast, ich hätte tatsächlich versucht, sie zu töten.«

»Lüg mich nicht an, du verdammter Mistkerl!«, heulte Kirk und sprang vor.

Tiberius' rechte Faust zuckte so schnell nach vorn, dass Kirk den Schlag nicht abwehren konnte – der Hieb traf ihn an der Seite des Kopfes. Bevor er zu Boden ging, rammte ihm Tiberius das Knie ans Kinn. Erst dann landete Kirk auf dem harten Marmorboden.

»Ich brauche dich nicht anzulügen«, sagte Tiberius verächtlich. »Du bist es überhaupt nicht wert, dass ich allein deinetwegen irgendwelche Maßnahmen ergreife. Meine Aufmerksamkeit gilt wichtigeren Dingen.«

Kirk starrte zu Tiberius empor. »Lügner«, fauchte er. Blut quoll aus der aufgeplatzten Lippe.

»Bist du so versessen darauf, jetzt sofort zu sterben?«

Kirk kam erstaunlich schnell auf die Beine. »Du wirst dich mehr anstrengen müssen, als du glaubst.«

Tiberius seufzte – an dem Ausgang eines Kampfes zwischen ihnen bestand nicht der geringste Zweifel. Aber da Kirk schon einmal hier war… Interesse erwachte in Tiberius. Warum nicht feststellen, aus welchem Grund sein anderes Selbst gekommen und wie es ihm gelungen war, die geheime Basis zu lokalisieren? Ja, vielleicht sollte er noch ein wenig damit warten, Kirk zu töten.

»Komm«, sagte Tiberius gebieterisch. »Ich möchte dir etwas zeigen.«

Er wandte Kirk den Rücken zu, um ihm das Ausmaß seiner Verachtung zu zeigen und auch darauf hinzuweisen, wie wenig er sich durch ihn bedroht fühlte. Mit langen Schritten ging er durch den Korridor, zu dem Teil der Basis, die sein privates Quartier enthielt. Kirk war viel zu feige, um ihn von hinten anzugreifen.

Tiberius spürte, wie sich ein sonderbares Gefühl in ihm regte. Die Vorstellung, sein lächerlich schwaches und alles andere als perfektes Äquivalent zu töten, nachdem er lange genug damit gespielt hatte... Dadurch wurde dieser Tag zum angenehmsten seines Exils.

Er war fast glücklich.

23

Kirk hinkte hinter Tiberius her. Er litt an Kopfschmerzen, und noch immer quoll Blut aus der aufgeplatzten Lippe. Zu einem anderen Zeitpunkt in seinem Leben hätte er nicht gezögert, sich von hinten auf Tiberius zu stürzen und das arrogante, selbstgerechte Monstrum zu erwürgen.

Aber er brauchte Tiberius. Zumindest so lange, bis er ein Gegenmittel für das Gift bekommen hatte, das Teilani umbrachte. Wenn er über das Antitoxin verfügte, betrug Tiberius' Lebenserwartung nur noch wenige Sekunden.

Kurze Zeit später erreichten sie den Saal vor dem Transporterraum. Kirk beobachtete, wie Tiberius achtlos an dem Foto vorbeiging, das die Gehängten vor dem Starfleet-Hauptquartier zeigte.

Kirk konnte nicht anders – er blieb stehen und las einen weiteren Namen. MCCOY. *Wie ist das möglich?*, dachte er. Wie konnten identische Personen so unterschiedliche Leben führen?

»Alte Freunde?«, fragte Tiberius. Er hatte sich umgedreht und sah, dass Kirk das Foto betrachtete. Langsam kam er näher und verhielt sich so, als seien sie auf einer Tour durch eine Kunstgalerie.

»Hast *du* irgendwelche Freunde?«, erwiderte Kirk grimmig.

»Wie sollte das möglich sein?«, erwiderte Tiberius, und erstaunt hörte Kirk die Aufrichtigkeit in der Stimme seines anderen Selbst. »Ich war einmal – und werde es bald wieder sein – absoluter Herrscher über Leben und Tod im bekannten Weltall. *Jeder* möchte mein Freund sein, James, um sich bei mir einzuschmeicheln, um sich im Abglanz meines Ruhms zu sonnen. Aber wenn ich so etwas zuließe, wenn ich einige Personen anderen vorziehen würde... Wie könnte ich dann meinen Untertanen gegenüber Gerechtigkeit walten lassen? Wie sollte ich unter solchen Umständen fair und ehrlich sein? Komm, James. Es gibt so viel zu tun und nur wenig Zeit...«

Tiberius setzte sich wieder in Bewegung und schritt durch den Korridor.

»Ich habe deine bedauerlicherweise sehr enttäuschende berufliche Laufbahn analysiert und dabei viele deiner Fehler identifiziert«, fuhr er fort. »Einer der größten besteht darin, dass du dummerweise glaubst, wie andere Menschen zu sein.« Tiberius sah über die Schulter. »Du bist *kein* gewöhnlicher Mensch, James. Das bist du nie gewesen. *Wir* sind es nie gewesen. Aber nur mir ist es gelungen, über dein lächerliches Bestreben hinauszuwachsen, ein Mann des Volkes zu sein.«

»Bist du irgendwann einmal still?«, fragte Kirk.

Sie erreichten eine andere weiße Tür. Tiberius presste die Hand an eine Scanner-Tafel daneben, und lautlos glitt die Tür beiseite.

»Ich hoffe«, sagte Tiberius, »dass du intelligent genug bist, um zu begreifen: Ich habe dich trotz deiner Beleidigungen am Leben gelassen, weil ich dich respektiere.«

»Warum hast du nicht auch Teilani respektiert?«

Tiberius blieb in der offenen Tür stehen. »So unglaublich es dir auch erscheinen mag: Deine klingonisch-romulanische Konkubine interessiert mich nicht. Nun, Regent Picard scheint sie recht attraktiv zu finden, aber wenn er irgendetwas mit Teilani anstellen würde, so wäre es sicher nicht tödlich für sie.«

Kirk unterdrückte seinen Zorn. Es hatte keinen Sinn,

sein anderes Selbst erneut anzugreifen. Tiberius war besser trainiert und verfügte über größere Erfahrung im Nahkampf. Er musste einen geeigneten Zeitpunkt abwarten. Vielleicht war er nicht imstande, Tiberius in einem Zweikampf zu besiegen, aber bestimmt konnte er ihn überlisten. Sobald er das Antitoxin besaß.

Aber Kirk wollte nicht zulassen, dass ihn das Monstrum auch weiterhin belog.

»Wenn dir Teilani gleichgültig ist… Warum hast du dann eins deiner Kinder geschickt, um sie zu vergiften?«

Zum ersten Mal gewann Kirk den Eindruck, dass er es wirklich geschafft hatte, Tiberius' Interesse zu wecken.

»Ich habe kein Kind geschickt.«

»Ich war dabei. Ich habe es gesehen. Der gleiche Junge befindet sich in deiner… Krippe.«

Tiberius wurde ernst. »Welchen Jungen meinst du?«

»Seinen Namen kenne ich nicht. Er ist etwa acht und trug einen Schlafanzug.«

»Wo wurde Teilani vergiftet?«

»Treib keine Spielchen mit mir! Du *weißt,* wo sie vergiftet wurde!«

Kirk beobachtete, wie Tiberius' Gesicht rot anlief, als das Temperament mit ihm durchzugehen drohte. »Geh davon aus, dass ich es *nicht* weiß. Nimm an, einer meiner eifrigen Kommandanten wollte mir eine Freude bereiten, indem er ohne mein Wissen einen Killer auf Teilani ansetzte. Hast du genug Phantasie, um dir so etwas vorzustellen?«

»Chal«, sagte Kirk und glaubte auch weiterhin, dass Tiberius die volle Verantwortung für das trug, was Teilani zugestoßen war.

»Eine Provinzwelt. Ohne Bedeutung in deinem Universum. Eine leblose Wüste in meinem. Was hat das Kind getan?«

»Teilani vergiftet«, sagte Kirk. »Mit einem klingonischen Nervengift.«

Wieder zeigte sich eine sonderbare Mischung aus Ernst und Interesse in Tiberius' Gesicht. »Folge mir. Ich möchte dir etwas zeigen, mithilfe des Computers.«

Kirk wusste nicht, was ihn erwartete, aber Kenntnis davon zu erhalten, wo sich Tiberius' Computer befand… Das konnte durchaus nützlich sein. Er folgte seinem Äquivalent an den Fotos vorbei und versuchte, ihnen keine Beachtung zu schenken. Doch eins von ihnen fing seine Aufmerksamkeit ein.

»Ah«, ließ sich Tiberius vernehmen, als er Kirks Blick bemerkte. »Eins meiner Lieblingsbilder.«

Die Aufschrift des Namensschilds lautete PAVEL A. CHEKOV, und das Foto zeigte eine wie mumifiziert wirkende Leiche in einer transparenten Röhre. Plötzlich fiel Kirk ein, was die Röhre darstellte – eine Agoniezelle.

Tiberius lächelte und schien stolz auf das Bild zu sein. »Ich schätze, ein Teil des Ruhmes jenes Tages – beziehungsweise jener Woche – gebührt dir. Mein damaliger Freund Mr. Spock teilte mir mit, dass sich Chekov gegen mich wandte, während du die lächerliche Maskerade an Bord meines Schiffes veranstaltet hast. Als ich ins richtige Universum zurückkehrte, fand ich den armen Chekov in der Agoniezelle, aber deine Nachsicht hatte meine Folterer verwirrt.

Ich beschloss, ebenfalls Milde walten zu lassen, indem ich Anweisung gab, die Agoniezelle auf mittlere Intensität zu programmieren. Stell dir dumpfe Zahnschmerzen vor, die den ganzen Körper betreffen. Erträglich, aber höchst unangenehm. Und dann ließ ich Pavel in der Röhre. Es dauerte dreizehn Tage, bis er starb. Die Sache wirkte sehr anregend auf meine Crew und entwickelte sich zu einem neuen Standard in der ganzen Flotte.«

»In meinem Universum wurde er zum Leiter von Starfleet.«

»Was eine ganze Menge in Hinsicht auf deine Version von Starfleet erklärt, nicht wahr?«

Kirk wollte sich mit diesem Ungeheuer nicht auf irgendwelche Diskussionen einlassen, die andere Dinge betrafen als Teilani und das Gift. »Wo ist der Computer?«, fragte er.

Tiberius deutete durch die Tür, und Kirk trat ein.

Der Computer stand auf einer nahen Konsole. Es schien sich um ein gewöhnliches Starfleet-System zu handeln, wie man es an Bord eines Raumschiffs erwarten konnte. Jenseits davon, auf beiden Seiten des schmalen Raums, in dem sie sich nun befanden, bemerkte Kirk Vitrinen und Schaukästen. In der rückwärtigen Wand fiel ihm eine rote Doppeltür auf, die ihn an die Brücke der ersten *Enterprise* erinnerte.

Tiberius trat an den Computer heran, gab Codes ein und neigte den Oberkörper dabei zur Seite, damit Kirk nicht sehen konnte, welche Schaltflächen er betätigte. Als er den Blick auf die Konsole freigab, zeigte der Bildschirm den Jungen, der den Anschlag auf Teilani verübt hatte und sich in der Kinderkrippe am Ende des anderen Korridors befand.

»Das ist der Junge«, sagte Kirk.

»Bist du sicher?«, fragte Tiberius. »Oder war es vielleicht dieser?« Er berührte eine Schaltfläche, und ein neues Bild erschien.

»Das ist der gleiche Junge«, sagte Kirk.

»Oder meinst du diesen?«

Ein drittes Bild erschien, und wieder zeigte es den gleichen Knaben.

Kirk blickte auf seine Hände hinab und sprach das Wort aus, das seine Fragen beantwortete: »Klone.«

»Ja. Diesen Jungen gibt es in dreifacher Ausfertigung, und was für dich von Interesse sein könnte: Einer von ihnen wird in deinem Universum vermisst. Ich habe dort ein Signal gesendet, um einige geheime Basen und andere Einrichtungen zu aktivieren. Die Kindergruppe, zu der *er* gehörte, meldete sich nicht.«

Kirk versuchte, diese Informationen zu verarbeiten. »Was soll das heißen? Willst du etwa behaupten, jemand in meinem Universum entschied einfach so, den Jungen zu verwenden, um Teilani zu töten?«

»Jemand, der wusste, wie man ihn benutzen kann. Ja, das scheint mir eine vernünftige Annahme zu sein.«

Tiberius' Wortwahl erstaunte Kirk. »Was meinst du mit *benutzen?*«

»Weißt du das nicht?«

Kirk schüttelte den Kopf und trat an die Seite seines Ebenbilds. Er schien bestrebt zu sein, eine Konfrontation zu meiden, aber in Wirklichkeit ging es ihm vor allem darum, die Kontrollen der Konsole besser zu erkennen. »Derzeit habe ich fast das Gefühl, überhaupt nichts zu wissen.«

»Das ist ein guter Anfang«, entgegnete Tiberius. »Wie ich schon sagte: Ich kann mir weder Freunde noch gleichrangige Partner leisten. Du ahnst nicht, wie groß meine Enttäuschung über dich war. Aber wie dem auch sei: Ich muss Vorbereitungen für die Zukunft treffen. Wir beide scheinen eine zweite Chance im Leben erhalten zu haben. Vielleicht bekommen wir auch eine dritte. Wer weiß? Nun, in der Zwischenzeit habe ich Klone geschaffen.«

Tiberius lächelte. »Oh, es sind keine exakten Duplikate. Replikationsdrift kann gefährlich sein, und ich muss langfristig denken. Deshalb sind sie zur einen Hälfte ich, beziehungsweise wir. Die anderen Gene stammen von Personen, die ich aufgrund meiner Nachforschungen für vielversprechend hielt. Und als ich dabei war, die genetische Struktur zusammenzustellen… Da erschien es mir ebenso einfach wie angebracht, sie hier und dort zu verbessern. Überlegene Kraft, enorm gesteigerte Ausdauer. Überragende Intelligenz. Und… eingebaute Methoden der Selbstverteidigung.«

Kirk wartete auf den Rest der Erklärung und er brauchte sich nicht lange zu gedulden.

»Ich habe mir gewisse Eigenschaften anderer erfolgreicher Spezies ausgeliehen.«

»Spezies?« Kirk wusste die Antwort, bevor Tiberius Gelegenheit bekam, seine Ausführungen fortzusetzen. »*Giftige* Spezies. Das Toxin war nicht auf den Fingernagel des Jungen aufgetragen. Es kam aus ihm selbst.«

»Rätsel gelöst. Komm, gehen wir dorthin.«

»Nein, das Rätsel ist nicht gelöst!«, erwiderte Kirk scharf. »Wer hat das Kind zu Teilani geschickt?«

»Was spielt es für eine Rolle? Sie ist tot, hast du gesagt.«

»Sie befindet sich in der Stasis. Bestimmt kennst du das Gift des Jungen und hast ein Gegenmittel!«

Tiberius' Reaktion gefiel Kirk nicht. Er verharrte, verschränkte die Arme und lächelte hintergründig.

»Du hältst *mich* für fähig, Teilani das Leben zu retten?«

Kirk wusste, dass sich eine schreckliche Tür öffnete, und er gab die einzige ihm mögliche Antwort. »Ja.«

Tiberius lachte laut und spöttisch. »Du hast da nur ein kleines Detail übersehen, James. Warum sollte mir etwas daran gelegen sein, Teilani vor dem Tod zu bewahren?«

Kirk konnte nur eins anbieten. »Du wolltest mich töten.«

»Ja, das stimmt. Und jetzt bist du hier. Als Verhandlungsgrundlage taugt das nicht viel.« Tiberius trat näher an Kirk heran und musterte ihn aufmerksam. »Du meinst es ernst, nicht wahr? Du willst Teilani retten. Das wünschst du dir mehr als alles andere. Du willst ihr Leben bewahren – um jeden Preis?«

Kirk zögerte. Er fürchtete sich vor dem, was Tiberius vorschlagen mochte.

Aber noch mehr fürchtete er die Dinge, die geschehen konnten, wenn er jetzt einen Rückzieher machte.

»Was verlangst du von mir?«, fragte Kirk und begriff: Mit diesen Worten hatte er Tiberius seine Seele verkauft.

Offenbar gelangte Tiberius zur gleichen Erkenntnis, denn er lächelte triumphierend.

»Komm«, sagte er.

Erneut kehrte er Kirk den Rücken zu, ging an den Vitrinen vorbei und blieb schließlich vor einer stehen, die eine kleine Gestalt enthielt.

Kirk gesellte sich seinem anderen Selbst hinzu und blickte in den gläsernen Schaukasten.

Ihm wurde übel.

»Balok?«, brachte er hervor.

»Der Einzigartige. Ein hervorragender Wissenschaftler und einsamer Raumschiff-Kommandant. Und ein sehr enttäuschender Botschafter der Ersten Föderation. Allerdings gibt er eine gute Trophäe ab.«

Kirk glaubte, seinen Augen nicht trauen zu können. Es handelte sich *tatsächlich* um Balok, den kleinen Fremden, der ihn und die Crew der *Enterprise* während der ersten Fünf-Jahres-Mission auf die Probe gestellt hatte. Jene Begegnung markierte den Beginn einer zwar ungewöhnlichen, aber immer noch bestehenden Beziehung mit der Ersten Föderation. Doch hier, in der Welt hinter dem Spiegel, war Balok ein *ausgestopftes* Schaustück in Tiberius' ganz persönlichem Gruselkabinett. Sein Mund zeigte ein ewiges Lächeln, während er auf das Glas *Tranya* sah, das man an seiner leblosen Hand befestigt hatte.

»Balok gab viele Geheimnisse preis, bevor ich mit ihm fertig war«, sagte Tiberius liebevoll. »Ich glaube, du hast das Tantalusfeld in Aktion gesehen, nicht wahr? Es ging auf Balok zurück. Captain Pike schien viel zu versessen darauf gewesen zu sein, alle Wunder der *Fesarius* für sich zu behalten. Deshalb benutzte ich das Tantalusfeld, um ihn loszuwerden und seinen Rang für mich selbst zu beanspruchen.«

Tiberius runzelte so die Stirn, als erinnerte er sich an eine schreckliche Niederlage. Kirk genoss den Anblick.

»Nach einer Weile verlor die Folter bei Balok an Wirkung. Wir konnten dem Bordcomputer seines Schiffes einige Daten entlocken, und aus ihnen ging hervor, dass es nicht weit außerhalb des imperialen Raumbereichs eine große Basis mit Schiffen der Fesarius-Klasse gab. Ich setzte alle meine Fähigkeiten ein, um von Balok zu erfahren, wo sich dieser Stützpunkt befindet. Kurz bevor er starb, allein und auf eine so erbärmliche Weise, nannte er mir die Koordinaten der Basis.«

Kirk ahnte, was geschehen war. »Er hat dich belogen.«

»Stell dir meine Enttäuschung vor.«

Kirk betrachtete den ausgestopften Leichnam des kleinen Fremden. Er *konnte* sich Tiberius' Zorn vorstellen – dies war das Ergebnis. Absoluter Wahnsinn.

»Jetzt frage ich dich, James T. Kirk: Weißt *du*, wo sich die Basis der Ersten Föderation befindet?«

Kirk nickte. Von allen Fragen, die sein anderes Selbst ihm stellen konnte – auf diese wusste er eine Antwort.

»Hast du das Antitoxin, um Teilani zu retten?«

Tiberius nickte ebenfalls.

Dann streckte er die Hand aus.

»Ich glaube, dies könnte der Beginn einer sehr nützlichen Beziehung sein«, sagte er. »Wir bekommen beide das, was wir uns mehr wünschen als alles andere.«

Kirk betrachtete die Hand einige Sekunden lang.

Es konnte doch nicht nur eine Ja-Nein-Situation sein. Entweder ergriff er die Hand oder er ergriff sie nicht... Gab es keine dritte Möglichkeit? Es hatte *immer* eine dritte Möglichkeit gegeben.

Aber diesmal nicht.

Denn die Zeit genügte nicht.

Kirk griff nach der dargebotenen Hand und ließ sich auf ein Abkommen mit dem Dämon ein, der in ihm wohnte.

Er traf diese Entscheidung, um Teilani das Leben zu retten.

Aber sie bedeutete auch, dass James T. Kirk eine bittere Niederlage eingestand.

DIE ERSTE FÖDERATION

Es gab Ebbe und Flut in der Geschichte. Gewisse Dinge wiederholten sich immer wieder. Ähnliche Muster entstanden aus dem Chaos.

Eins dieser Muster bestand aus dem Prinzip der Nichteinmischung.

An manchen Orten und in manchen Epochen nannte man es Erste Direktive.

Die Erste Föderation war sehr, sehr alt und außerordentlich hoch entwickelt. Schon seit langer Zeit wusste sie, wie gefährlich es sein kann, einem Volk Technik zu geben, die es nicht selbst geschaffen hatte.

Im Universum von Captain Kirk war Balok über die Entdeckung der Föderation erfreut gewesen. Bereitwillig hatte er einen Austauschoffizier an Bord genommen, Lieutenant David Bailey, früher Besatzungsmitglied der Enterprise.

Von Bailey erfuhr er viel.

Die Menschen und anderen Völker in der Vereinten Föderation der Planeten waren noch nicht reif für einige der erstaunlicheren Technologien der Ersten Föderation.

Bailey wurde als Ehrengast behandelt und schließlich nach Hause geschickt, um viele Erfahrungen reicher. Diplomatische Beziehungen entstanden, doch auf dem höchsten Niveau teilten die Repräsentanten der Ersten Föderation denen der neuen Föderation mit, dass beim wissenschaftlichen Austausch in den meisten Fällen ihr eigenes Nichteinmischungsprinzip zur Anwendung kam. Die Welten der Föderation konnten an den Wundern der Fesarius *erst teil-*

haben, wenn sie selbst entsprechende Durchbrüche erzielt hatten.

Die Föderation hatte ihre Erste Direktive, und deshalb stellte sie den Standpunkt der Ersten Föderation nicht infrage.

Die Beziehungen waren freundlicher Natur. Häufig kam es zu kulturellem Austausch, doch nur selten sah man Raumschiffe der Fesarius-Klasse.

Allerdings gab es eine Basis. Die Erste Föderation hatte jenen Stützpunkt aufgeben – bis zu dem Tag, an dem die Föderation eine vergleichbare technische Entwicklungsstufe erreichte.

Die Basis befand sich in einem ausgehöhlten Asteroiden, eine alte Nachschubstation, die darauf wartete, dass die beiden Föderationen zu ebenbürtigen Partnern wurden.

In der Welt hinter dem Spiegel existierte die Basis nicht mehr. Nach Baloks tragischer Begegnung mit der Enterprise *verzichtete die Erste Föderation auf weitere Kontakte mit dem Terranischen Empire und später der Allianz. Baloks Volk wollte erst dann in die betreffenden Raumbereiche zurückkehren, wenn dort das Zeitalter der Barbarei zu Ende gegangen und hoffnungsvolleren Gesellschaftsformen gewichen war.*

Aber im Universum von Captain Kirk gab es die Basis noch. Lieutenant Bailey hatte sie gesehen und Captain Kirk Berichte übermittelt, der sie an Starfleet Command weiterleitete. Schließlich wurden sie alle als streng geheim klassifiziert. Der Sicherheitsschwur einiger weniger Personen, die die Wahrheit kannten, schützte das Wissen um die Basis der Ersten Föderation.

Doch in einem galaktischen oder gar noch größeren Maßstab war die Wahrheit auf vielen Ebenen bekannt.

Um Teilani zu retten, schickte sich Captain Kirk an, Imperator Tiberius zu jener Basis zu bringen.

Aber nicht nur Menschen wussten von dem Stützpunkt.

In den Gezeiten der Geschichte war bekannt, dass Kirk

früher oder später zu der Basis fliegen würde. Jetzt wusste man, dass Tiberius ihn begleitete.

Man traf Vorbereitungen.

Jenen Dingen, die Baloks Volk zurückgelassen hatte, wurde noch etwas hinzugefügt.

Ein Obelisk mit erhöhten Piktogrammen, die eine tonale Sprache beschrieben.

Er stammte von einer Spezies, die in dieser Region des Alls viele Namen hatte. Hier und dort nannte man sie ›Bewahrer‹.

Das Alter einiger Artefakte schätzte man auf Milliarden von Jahren.

Doch dieser Obelisk, von dem silberne Lichtblitze ausgingen, war erst vor sechs Jahren aufgestellt worden, zur Zeit eines unerwarteten Zwischenfalls auf Veridian III.

Er wartete – darauf, dass Captain Kirk kam und seine Botschaft las.

Jene Geschöpfe, die man ›Bewahrer‹ nannte, existierten nach wie vor.

Sie warteten darauf, dass ein Muster aus dem Chaos entstand.

Sie warteten auf ihre Begegnung mit Captain James T. Kirk.

Und sie brauchten nicht mehr lange zu warten.

STAR TREK™

in der Reihe
HEYNE SCIENCE FICTION & FANTASY

STAR TREK: CLASSIC SERIE
Vonda N. McIntyre, Star Trek II: Der Zorn des Khan · 06/3971
Vonda N. McIntyre, Der Entropie-Effekt · 06/3988
Robert E. Vardeman, Das Klingonen-Gambit · 06/4035
Lee Correy, Hort des Lebens · 06/4083
Vonda N. McIntyre, Star Trek III: Auf der Suche nach Mr. Spock · 06/4181
S. M. Murdock, Das Netz der Romulaner · 06/4209
Sonni Cooper, Schwarzes Feuer · 06/4270
Robert E. Vardeman, Meuterei auf der Enterprise · 06/4285
Howard Weinstein, Die Macht der Krone · 06/4342
Sondra Marshak & Myrna Culbreath, Das Prometheus-Projekt · 06/4379
Sondra Marshak & Myrna Culbreath, Tödliches Dreieck · 06/4411
A. C. Crispin, Sohn der Vergangenheit · 06/4431
Diane Duane, Der verwundete Himmel · 06/4458
David Dvorkin, Die Trellisane-Konfrontation · 06/4474
Vonda N. McIntyre, Star Trek IV: Zurück in die Gegenwart · 06/4486
Greg Bear, Corona · 06/4499
John M. Ford, Der letzte Schachzug · 06/4528
Diane Duane, Der Feind – mein Verbündeter · 06/4535
Melinda Snodgrass, Die Tränen der Sänger · 06/4551
Jean Lorrah, Mord an der Vulkan Akademie · 06/4568
Janet Kagan, Uhuras Lied · 06/4605
Laurence Yep, Herr der Schatten · 06/4627
Barbara Hambly, Ishmael · 06/4662
J. M. Dillard, Star Trek V: Am Rande des Universums · 06/4682
Della van Hise, Zeit zu töten · 06/4698
Margaret Wander Bonanno, Geiseln für den Frieden · 06/4724
Majliss Larson, Das Faustpfand der Klingonen · 06/4741
J. M. Dillard, Bewußtseinsschatten · 06/4762
Brad Ferguson, Krise auf Centaurus · 06/4776
Diane Carey, Das Schlachtschiff · 06/4804
J. M. Dillard, Dämonen · 06/4819
Diane Duane, Spocks Welt · 06/4830
Diane Carey, Der Verräter · 06/4848
Gene DeWeese, Zwischen den Fronten · 06/4862
J. M. Dillard, Die verlorenen Jahre · 06/4869
Howard Weinstein, Akkalla · 06/4879
Carmen Carter, McCoys Träume · 06/4898
Diane Duane & Peter Norwood, Die Romulaner · 06/4907
John M. Ford, Was kostet dieser Planet? · 06/4922
J. M. Dillard, Blutdurst · 06/4929
Gene Roddenberry, Star Trek I: Der Film · 06/4942
J. M. Dillard, Star Trek VI: Das unentdeckte Land · 06/4943
Jean Lorrah, Die UMUK-Seuche · 06/4949
A. C. Crispin, Zeit für gestern · 06/4969
David Dvorkin, Die Zeitfalle · 06/4996
Barbara Paul, Das Drei-Minuten-Universum · 06/5005
Judith & Garfield Reeves-Stevens, Das Zentralgehirn · 06/5015
Gene DeWeese, Nexus · 06/5019
D. C. Fontana, Vulkans Ruhm · 06/5043
Judith & Garfield Reeves-Stevens, Die erste Direktive · 06/5051
Michael Jan Friedman, Das Doppelgänger-Komplott · 06/5067

STAR TREK™

Judy Klass, Der Boaco-Zwischenfall · 06/5086
Julia Ecklar, Kobayashi Maru · 06/5103
Peter Norwood, Angriff auf Dekkanar · 06/5147
Carolyn Clowes, Das Pandora-Prinzip · 06/5167
Michael Jan Friedman, Schatten auf der Sonne · 06/5179
Diana Duane, Die Befehle des Doktors · 06/5247
V. E. Mitchell, Der unsichtbare Gegner ·06/5248
Dana Kramer-Rolls, Der Prüfstein ihrer Vergangenheit · 06/5273
Barbara Hambly, Der Kampf ums nackte Überleben · 06/5334
Brad Ferguson, Eine Flagge voller Sterne · 06/5349
J. M. Dillard, Star Trek VII: Generationen · 06/5360
Gene DeWeese, Die Kolonie der Abtrünnigen · 06/5375
Michael Jan Friedman, Späte Rache · 06/5412
Peter David, Der Riß im Kontinuum · 06/5464
Michael Jan Friedman, Gesichter aus Feuer · 06/5465
Peter David/Michael Jan Friedman/Robert Greenberger, Die Enterbten · 06/5466
L. A. Graf, Die Eisfalle · 06/5467
John Vornholt, Zuflucht · 06/5468
L. A. Graf, Der Saboteur · 06/5469
Melissa Crandall, Die Geisterstation · 06/5470
Mel Gilden, Die Raumschiff-Falle · 06/5471
V. E. Mitchell, Tore auf einer toten Welt · 06/5472
Victor Milan, Aus Okeanos Tiefen · 06/5473
Diane Carey, Das große Raumschiff-Rennen · 06/5474
Margaret Wander Bonanno, Die Sonde · 06/5475
Diane Carey, Kirks Bestimmung · 06/5476
L. A. Graf, Feuersturm · 06/5477
A. C. Crispin, Sarek · 06/5478
Simon Hawke, Die Terroristen von Patria · 06/5479
Barbara Hambly, Kreuzwege · 06/5681
L. A. Graf, Ein Sumpf von Intrigen · 06/5682
Howard Weinstein, McCoys Tochter · 06/5683
Judith & Garfield Reeves-Stevens, Die Föderation · 06/5684
J. M. Dillard, Sabotage · 06/5685
Denny Martin Flinn, Der Coup der Promethaner · 06/5686
Diane Carey/Dr. James I. Kirkland, Keine Spur von Menschen · 06/5687
William Shatner, Die Asche von Eden · 06/5688
William Shatner, Die Rückkehr · 06/5689
William Shatner, Der Rächer · 06/5690
Peter David, Die Tochter des Captain · 06/5691
Dean Wesley Smith/Kristine Kathryn Rusch, Die Ringe von Tautee · 06/5693
Diane Carey, Invasion – 1: Der Erstschlag · 06/5694
Dean Wesley Smith/Kristine Kathryn Rusch, Tag der Ehre – 4: Das Gesetz des Verrats · 06/5702
William Shatner, Das Gespenst · 06/5703
William Shatner, Dunkler Sieg · 06/5704

STAR TREK: THE NEXT GENERATION
David Gerrold, Mission Farpoint · 06/4589
Gene DeWeese, Die Friedenswächter · 06/4646
Carmen Carter, Die Kinder von Hamlin · 06/4685
Jean Lorrah, Überlebende · 06/4705
Peter David, Planet der Waffen · 06/4733
Diane Carey, Gespensterschiff · 06/4757
Howard Weinstein, Macht Hunger · 06/4771

STAR TREK™

John Vornholt, Masken · 06/4787
David & Daniel Dvorkin, Die Ehre des Captain · 06/4793
Michael Jan Friedman, Ein Ruf in die Dunkelheit · 06/4814
Peter David, Eine Hölle namens Paradies · 06/4837
Jean Lorrah, Metamorphose · 06/4856
Keith Sharee, Gullivers Flüchtlinge · 06/4889
Carmen Carter u. a., Planet des Untergangs · 06/4899
A. C. Crispin, Die Augen der Betrachter · 06/4914
Howard Weinstein, Im Exil · 06/4937
Michael Jan Friedman, Das verschwundene Juwel · 06/4958
John Vornholt, Kontamination · 06/4986
Mel Gilden, Baldwins Entdeckungen · 06/5024
Peter David, Vendetta · 06/5057
Peter David, Eine Lektion in Liebe · 06/5077
Howard Weinstein, Die Macht der Former · 06/5096
Michael Jan Friedman, Wieder vereint · 06/5142
T. L. Mancour, Spartacus · 06/5158
Bill McCay/Eloise Flood, Ketten der Gewalt · 06/5242
V. E. Mitchell, Die Jarada · 06/5279
John Vornholt, Kriegstrommeln · 06/5312
David Bischoff, Die Epidemie · 06/5356
Peter David, Imzadi · 06/5357
Laurell K. Hamilton, Nacht über Oriana · 06/5342
Simon Hawke, Die Beute der Romulaner · 06/5413
Rebecca Neason, Der Kronprinz · 06/5414
John Peel, Drachenjäger · 06/5415
Diane Carey, Abstieg · 06/5416
Diane Duane, Dunkler Spiegel · 06/5417
Jeri Taylor, Die Zusammenkunft · 06/5418
Michael Jan Friedman, Relikte · 06/5419
Susan Wright, Der Mörder des Sli · 06/5438
W. R. Thomson, Planet der Schuldner · 06/5439
Carmen Carter, Das Herz des Teufels · 06/5440
Michael Jan Friedman & Kevin Ryan, Requiem · 06/5442
Dafydd ab Hugh, Gleichgewicht der Kräfte · 06/5443
Michael Jan Friedman, Die Verurteilung · 06/5444
Peter David, Q² · 06/5445
Simon Hawke, Die Rückkehr der Despoten · 06/5446
Robert Greenberger, Die Strategie der Romulaner · 06/5447
Gene DeWeese, Im Staubnebel verschwunden · 06/5448
Brad Ferguson, Das letzte Aufgebot · 06/5449
Kij Johnson/Greg Cox, Die Ehre des Drachen · 06/5751
J. M. Dillard/Kathleen O'Malley, Wahnsinn · 06/5753
Dean Wesley Smith/Kristine Kathryn Rusch, Invasion – 2: Soldaten des Schreckens · 06/5754
Pamela Sargent/George Zebrowski, Verhöhnter Zorn · 06/5756
J. M. Dillard, Star Trek VIII: Der erste Kontakt · 06/5757
Diane Carey, Tag der Ehre – 1: Altes Blut · 06/5763
John Vornholt, Der Dominion-Krieg – 1: Hinter feindlichen Linien · 06/5765
John Vornholt, Der Dominion-Krieg – 3: Sternentunnel · 06/5766
Peter David, Imzadi II · 06/5767
John de Lancie/Peter David, Ich, Q · 06/5768
J. M. Dillard, Star Trek IX: Der Aufstand · 06/5770

STAR TREK: DIE ANFÄNGE
Vonda N. McIntyre, Die erste Mission · 06/4619

STAR TREK™

Christie Golden, Die ermordete Sonne · 06/5406
Mark A. Garland/Charles G. McGraw, Geisterhafte Visionen · 06/5407
S. N. Lewitt, Cybersong · 06/5408
Dafydd ab Hugh, Invasion – 4: Die Raserei des Endes · 06/5409
Karen Haber, Segnet die Tiere · 06/5410
Jeri Taylor, Mosaik · 06/5811
Melissa Scott, Der Garten · 06/5812
David Niall Wilson, Puppen · 06/5813
Greg Cox, Das schwarze Ufer · 06/5814
Michael Jan Friedman, Tag der Ehre – 3: Ihre klingonische Seele · 06/5815
Christie Golden, Gestrandet · 06/5816
Dean Wesley Smith/Kristine Kathryn Rusch/Nina Kiriki Hoffman, Echos · 06/5817
Christie Golden, Seven of Nine · 06/5818

STAR TREK: DIE NEUE GRENZE
Peter David, Captain Calhoun · 06/6551
Peter David, U.S.S. Excalibur · 06/6552

DAS STAR TREK-UNIVERSUM, 2 Bde.,
von *Ralph Sander* · 06/5150
DAS STAR TREK-UNIVERSUM, 1. Ergänzungsband
von *Ralph Sander* · 06/5151
DAS STAR TREK-UNIVERSUM, 2. Ergänzungsband
von *Ralph Sander* · 06/5270

Ralph Sander, Star Trek Timer 1996 · 06/1996
Ralph Sander, Star Trek Timer 1997 · 06/1997
Ralph Sander, Star Trek Timer 1998 · 06/1998
Ralph Sander, Star Trek Timer 1999 · 06/1999

William Shatner/Chris Kreski, Star Trek Erinnerungen · 06/5188
William Shatner/Chris Kreski, Star Trek Erinnerungen: Die Filme · 06/5450

Phil Farrand, Cap'n Beckmessers Führer durch
STAR TREK – DIE CLASSIC SERIE · 06/5451
Phil Farrand, Cap'n Beckmessers Führer durch
STAR TREK – DIE NÄCHSTE GENERATION · 06/5199
Phil Farrand, Cap'n Beckmessers Führer durch
STAR TREK – DIE NÄCHSTE GENERATION – Teil 2 · 06/6457
Phil Farrand, Cap'n Beckmessers Führer durch
STAR TREK – DEEP SPACE NINE · 06/6458

David Alexander, Gene Roddenberry – Die autorisierte Biographie · 06/5544
Judith & Garfield Reeves-Stevens, Star Trek Design · 06/5545
Nichelle Nichols, Nicht nur Uhura · 06/5547
Leonard Nimoy, Ich bin Spock · 06/5548
Lawrence M. Krauss, Die Physik von Star Trek · 06/5549
Judith & Garfield Reeves-Stevens, Star Trek – Deep Space Nine: Die Realisierung einer Idee · 06/5550
Herbert F. Solow & Yvonne Fern Solow, Star Trek: Das Skizzenbuch – Die Classic-Serie · 06/6469
Judith & Garfield Reeves-Stevens, Star Trek – Phase II: Die verlorene Generation · 06/6470
Herbert F. Solow/Robert H. Justman, Star Trek – Die wahre Geschichte · 06/6499
J. M. Dillard, Star Trek: Wo bisher noch niemand gewesen ist · 06/6500

Diese Liste ist eine Bibliographie erschienener Titel,
KEIN VERZEICHNIS LIEFERBARER BÜCHER!